Das Buch

Ellie Haskell ahnt nichts Böses, als sie die Schwiegereltern einlädt, auf Merlin's Court ihren 38. Hochzeitstag zu feiern. Geradezu entzückt ist sie von der Idee, die Schwiegermutter mit einer alten Freundin zu überraschen. Zu dumm nur, daß sie die folgenden Entwicklungen nicht vorausgesehen hat, denn ehe sie sich versieht, hat sie eine überaus anspruchsvolle neue Mitbewohnerin: ihre Schwiegermutter. Heimlich schmiedet Ellie mit ihren Freundinnen und Leidensgenossinnen Mordpläne, ohne zu ahnen, daß aus Träumen Wirklichkeit werden könnte ...

Die Autorin

Dorothy Cannell wurde im englischen Nottingham geboren und lebt heute in Illinois, USA. Mit der Figur der schlagfertigen Ellie Haskell avancierte sie zur Topautorin der Frauenkrimiszene. Mit Witz und Phantasie bringt ihre Heldin nicht nur jeden Schurken zur Strecke, sondern zieht auch ein Millionenpublikum aus aller Welt in ihren Bann.

Von Dorothy Cannell sind in unserem Hause bereits erschienen:

in der Reihe um Ellie Haskell
Der Club der alten Damen
Femmes Fatales / So töte ich den Mann meiner Träume
Immer Ärger mit Harriet
Der Putzteufel geht um
Seltsame Gelüste
So töte ich den Mann meiner Träume

außerdem:
Der Tote ist immer der Butler

Dorothy Cannell

Nur eine tote Schwiegermutter ...

Roman

Aus dem Englischen
von Brigitta Merschmann

Ullstein

Besuchen Sie uns im Internet:
www.ullstein-taschenbuch.de

Umwelthinweis:
Dieses Buch wurde auf chlor- und säurefreiem Papier gedruckt.

Ullstein Verlag
Ullstein ist ein Verlag des Verlagshauses Ullstein Heyne List GmbH & Co. KG.
1. Auflage März 2003
2. Auflage März 2003
© 2003 für die deutsche Ausgabe by Ullstein Heyne List GmbH & Co. KG
© 1999 für die deutsche Ausgabe by Verlagshaus Goethestraße, München
© 1996 für die deutsche Ausgabe by Econ Taschenbuch Verlag, Düsseldorf und Wien
© 1994 by Dorothy Cannell
Published by arrangement with Bantam Books, a division of Bantam Doubleday Dell
Publishing Group, Inc.
Titel der amerikanischen Originalausgabe: *How to Murder Your Mother-In-Law*
(Bantam Books, New York)
Übersetzung: Brigitta Merschmann
Redaktion: Andrea Krug
Umschlaggestaltung: Thomas Jarzina, Köln
Titelabbildung: Mauritius, Mittenwald
Druck und Bindearbeiten: Elsnerdruck, Berlin
Printed in Germany
ISBN 3-548-25639-2

Für DIANE DAMARIN,
eine Freundin für alle Jahreszeiten

Schwiegermutter liebste,
so komm doch nur herein,
es gibt gebratenen Fasan
und einen feinen Schierlingswein.

Manche Frauen sind zur Schnüfflerin geboren. Sie schleichen sich in Badezimmer, stecken ihre Nasen in Medizinschränkchen und hängen neues Toilettenpapier ein. Sie schimpfen anderer Leute Kinder aus und setzen die Zimmerpflanzen ihrer Nachbarn auf Diät. Sie würden selbst Gott sagen, was im Himmel falschläuft, wenn man sie nur ließe. Genug ist genug! Ich meine, man sollte sie bei Morgengrauen erschießen, jede einzelne von ihnen, Mrs. Bentley T. Haskell auf Merlin's Court, Chitterton Fells, eingeschlossen; denn wenn es eine gibt, der die Worte *Ich kümmere mich um meine eigenen Angelegenheiten* auf die Stirn gebrannt werden sollten, dann bin ich das. In einem Anfall von Familiensinn beschloß ich, anläßlich des Hochzeitstages meiner Schwiegereltern – Magdalene und Elijah Haskell – eine Dinnerparty auszurichten. Nichts Großes, versteht sich. Nur ein Rindfleischtopf mit leicht französischem Akzent, ein Salat Jardin und vielleicht ein Schokoladen-Blancmanger, das sich als Mousse ausgab. »Ellie, du bist das Salz der Erde«, würde Dad sagen. Und Mum würde flöten: »Ich weiß gar nicht, warum ich so lange gebraucht habe, um deine herausragenden Talente schätzen zu lernen.« Meinen Ehemann, hin und wieder ein richtiger Miesmacher, riß die Idee nicht gerade vom Hocker. Ach, hätte ich doch nur auf Ben gehört! Wie traurig, feststellen zu müssen, daß ich aus meinen Fehlern anscheinend nur lerne, wie ich neue machen kann.

Als der große Tag da war, hatte ich die Situation immer noch voll im Griff. Ben hatte sich erboten, früher aus dem Abigail's, seinem Restaurant im Dorf, nach Hause zu kommen, doch ich blieb eisern.

Ich war nicht gar so eklektisch in der Zusammenstellung von Salat wie mein Liebster. Und einmal habe ich mir sogar auf der Suche nach raffinierter Butter in sämtlichen Supermärkten des Ortes die Hacken abgelaufen. Ich esse viel besser, als ich koche, wie man bedauerlicherweise auf den ersten Blick sieht. Und doch war ich ganz versessen darauf, Mum und Dad zu zeigen, daß ich ihnen zu Ehren eine anständige Mahlzeit auf den Tisch bringen konnte.

Hätte ich an jenem verhängnisvollen Tag meinen Sohn Tam und meine Tochter Abbey, achtzehn Monate alte Zwillinge, am Hals gehabt, wäre es ein wahrer Alptraum geworden. Merlin's Court ist ein riesiges Haus, und längst hatte ich dem naiven Glauben abgeschworen, daß es sich, wenn ich einmal im Monat einen gründlichen Hausputz machte, zur Belohnung die übrige Zeit von selbst sauberhielt. Zum Glück nahm mir Jonas, der sich als Gärtner ausgibt, in Wahrheit jedoch zur Familie gehört, am Morgen die Zwillinge ab. Und am Nachmittag kam mein Cousin Freddy, der in dem Cottage am Tor wohnt, hereingeschlendert und verkündete, er werde sich ein paar Stunden freinehmen, wie er es zwei- bis dreimal am Tag zu tun pflegt. Freddy ist Bens Stellvertreter im Abigail's, doch das hindert ihn keineswegs daran, mir zu gestatten, gegen ein geringfügiges Darlehen von fünf Pfund seine Dienste in Anspruch zu nehmen. Abbey und Tam, die Freddy mit seinem Pferdeschwanz und dem baumelnden Ohrring heiß und innig lieben, bereiteten ihm einen herzlichen Empfang. Sie glucksten Beifall und warfen ihr Spielzeug in die Luft.

Alles lief wie am Schnürchen, da ich Glückspilz – um nicht wie ein verwöhntes Püppchen zu klingen – zudem über die Unterstützung von Mrs. Roxie Malloy verfügte. Mrs. Malloy stellt sich immer montags zum »Großreinemachen« ein. Sie hatte sich großmütig bereit erklärt, ein wenig früher als gewohnt zu kommen und bis zum späten Abend zu bleiben, um beim Abräumen und beim Abwasch zu helfen.

Nachdem ich wie Batman durchs Haus geflogen, Fenster und Spiegel mit Salmiakgeist geputzt und die Möbel mit Johnsons Lavendelwachs poliert hatte, die Badezimmer abgespritzt, Betten gemacht und fieberhaft Fingerabdrücke weggewischt hatte, als erwarte ich Besuch von der Polizei anstelle meiner Schwiegereltern, traf ich um vier Uhr im holzgetäfelten Speisezimmer mit Mrs. Malloy zusammen.

»Welch ein Team!« Ich lächelte ihr selbstgefällig über die breite Kluft des in Leinen gehüllten Tisches zu, der mit hauchdünnem Porzellan und Kristall gedeckt war, das Abigail gehört hatte, der früheren Herrin von Merlin's Court. »Meine Schwiegereltern kommen erst in Stunden, und wir sind fast schon fertig.«

»Nicht so großspurig, Mrs. H.« Mrs. Malloy ist eine notorische Schwarzseherin. »Die Kerzen da könnten gut mal geschneuzt werden.« Sie musterte die Kerzen, als wären sie ein paar ungezogene Schuljungen. Die Arme in die kräftigen Hüften gestemmt, sah sie sich mit Argusaugen im Raum um, ganz so, als wäre sie Lady Kitty Pomeroy, der Schrecken unserer kleinen Gemeinde, bei der Inspektion der Stände auf dem Sommerfest von St. Anselm.

Mrs. M würde jedem Zimmer Kolorit verleihen. Ihre pechschwarzen Haare haben stets fünf Zentimeter lange weiße Wurzeln – ein modisches Statement, nicht weil sie bald wieder zum Färben muß. Ihr Rouge wirkt wie mit einer Maurerkelle aufgetragen, ihr Lippenstift ist ein grelles Violett, und ihre Augen sind zurechtgemacht wie Buntglasfenster. Seit jenem denkwürdigen Tag, an dem sie mich als Klientin akzeptierte (mit strikt sechsmonatiger Probezeit), maßen wir regelmäßig unsere Kräfte.

»Die Kerzen sind doch gut.« Ich rückte die tropffreien Bienenwachskerzen in ihren Zinnhaltern zurecht. »Und das Abendessen ist auch soweit fertig. Das Rinderragout wartet im Kühlschrank, bis es aufgewärmt werden muß. Das Salatdressing ist angerührt, die Endivie gewaschen, und die Brötchen gehen zum zweiten Mal auf.«

»Und die Schokoladenpampe?« Mrs. Ms Pflaumenlächeln versicherte mich ihres unverbrüchlichen Vertrauens in mein Talent, das Dessert zu verpfuschen.

»Die Mousse ist in kleinen Glasschälchen kaltgestellt. Die Backschokolade aufzuteiben hat viel Zeit in Anspruch genommen. Eine unbekannte Person hat sie auf das oberste Regal in dem Schrank gelegt, wo ich das Aspirin und den Hustensaft aufbewahre.«

»Meinen Sie nicht, das Silberzeug könnte 'ne kleine Politur vertragen?«

»Das Geheimnis der erfolgreichen Gastgeberin besteht darin zu wissen, wann es reicht, Mrs. Malloy.« Mein Ton war so scharf wie die Kniffe in den Damastservietten. Ich lehnte mich gegen die Anrichte, die bereits unter der Last von ausreichend versilberten Tischrechauds ächzte, um einen rührigen Hehler ein Jahr lang über Wasser zu halten.

»Die Uhr auf dem Kaminsims muß auch nicht aufgezogen werden, die Bilder müssen nicht geradegerückt und Jonas muß nicht daran erinnert werden, daß er ein Bad nehmen soll.«

Die Arme unter dem Busen verschränkt, der wie stets zu platzen drohte wie zwei übermäßig aufgeblasene Ballons, spitzte Mrs. Malloy die Schmetterlingslippen und machte ein trauriges Gesicht.

»Hochmut kommt vor dem Fall, Mrs. H.«

»Um Himmels willen!« Ich lachte munter. »Was soll das, belegen Sie mich mit einem Fluch?«

»Den Dreh hab' ich noch nicht raus.« Mrs. M ruckte ihre Organzaschürze zurecht und setzte eine bescheidene Miene auf. »Solche Dinge überlass' ich meiner ehemaligen Freundin, Edna Pickle. Ednas Ururgroßmama war eine Hexe, und es heißt ja, so was kommt, wie Zwillinge, alle paar Generationen wieder.«

»Wie meinen Sie das« – ich stürzte mich auf den pikanten Teil ihrer Bemerkung – »ehemalige Freundin? Sie und Mrs. Pickle sind seit Urzeiten ein Herz und eine Seele. Sie gehen sie auf dem Heimweg doch immer im Pfarrhaus besuchen.«

»Wir hatten eine Auseinandersetzung«, erwiderte sie bedeutungsschwanger. »Nein, fragen Sie nicht weiter, Mrs. H, meine Lippen sind versiegelt.«

»Na gut«, sagte ich.

»Na los!« Sie stieß einen Seufzer tödlicher Erschöpfung aus. »Zwingen Sie mich zum Geständnis. Gestern hat Edna mir erzählt, sie macht sich Hoffnungen auf die Martha – das ist die Trophäe, die auf dem Sommerfest verliehen wird, zu Ehren der Frau, die in der Bibel immer die Küchenspüle geschrubbt hat. Sie geht an die Person, die in den Haushaltsdisziplinen – Marmeladekochen, Kürbisziehen und der ganze Unfug – am besten abschneidet. Aber das wissen Sie ja selbst, Mrs. H. Und als ich antwortete, so nett wie nur was, daß ich mir dieses Geschwafel nicht länger anhören könnte, wo Sie in diesem Jahr Präsidentin sind, wurde Edna nachgerade gehässig.«

»Was – Mrs. Pickle?« Ich konnte es nicht glauben. Mir war es immer so vorgekommen, als hätte diese Frau nicht die Energie, sich über irgend etwas aufzuregen. Wenn ich zum Pfarrhaus ging, brauchte sie jedesmal unabänderlich zwei Stunden, um mir die Tür zu öffnen, und eine weitere Viertelstunde, um durch die Diele ins Arbeitszimmer zu schlurfen und ihre Arbeitgeberin von meiner Ankunft zu unterrichten. Ich war nicht sonderlich überrascht, daß Eudora Spike sie behielt, weil unsere Diakonin eine so überaus gütige Frau ist. Nein, die Überraschung war, daß Mrs. Pickle noch für mehrere andere Leute als Putzfrau arbeitete, einschließlich der wehrhaften Lady Kitty Pomeroy.

»Edna kann 'ne Stinkwut kriegen, wenn man se reizt«, sagte Mrs. Malloy, die nie in Umgangssprache verfällt, es sei denn, die Situation verlangt nach besonderem Nachdruck. »Das alte Lied von wegen stille Wasser sind tief, wenn Sie verstehen, wohin ich schippere. Und in diesem Sinne, Mrs. H, Sie haben noch keinen Ton darüber gesagt, was der Mister von dieser Ihrer Dinnerparty hält.«

»Sie ist für seine Eltern.«

»Und er überschlägt sich vor Freude, wollen Sie das damit sagen?«

»Ach, Sie kennen ja die Männer«, sagte ich ausweichend.

»Nach vier Ehemännern will ich das meinen, Herzchen.« Mrs. Malloy konnte unglaublich mitfühlend sein, wenn die Neugier sie plagte. »Ben war nicht auf Anhieb von der Idee eingenommen.« Ich beschäftigte meine Hände damit, Messer und Gabel geradezurücken, die nicht geradegerückt zu werden brauchten. »Aber es ist ja nicht so, als wollte ich den Postboten und dessen Gattin bewirten. Er kennt seine Eltern seit Jahren.«

»Und was war dann sein Problem?«

»Er hackte auf ihrer Anreise herum, als ob Mum und Dad mit dem Hundeschlitten aus Sibirien kämen anstatt mit dem Zug aus Tottenham. Wenn es mitten im Winter wäre und nicht Juni, dann hätte ich es ja noch eingesehen. Aber im Grunde lief es darauf hinaus, daß er meinte, Mum und Dad hätten noch nie viel Aufhebens um ihren Hochzeitstag gemacht, und er dachte, sie würden sich über eine hübsche Karte mehr freuen. Sie wissen schon, so eine mit einem Satinherzen, das man später als Nadelkissen benutzen kann, innen mit einem kleinen Vers nach dem Motto ›Die Welt sich täglich weiterdreht, von eurem Liebeslied durchweht‹.«

»Los, raus damit.« Mrs. Malloy hauchte einen Servierlöffel an, bevor sie ihn mit ihrer Schürze polierte. »Wie haben Sie ihn rumgekriegt?«

»Die Babys. Ich habe Ben darauf hingewiesen, daß seine Eltern die Zwillinge das letztemal gesehen haben, als sie noch keine ganzen Worte sagen, geschweige denn durchs ganze Haus krabbeln konnten. Und sobald er nichts mehr zu sagen wußte, schnappte ich mir das Telefon und sprach die Einladung aus.«

»Und Ihre Schwiegereltern waren überglücklich?«

»Na ja, so weit würde ich nicht unbedingt gehen«, gab ich zu. »Dad druckste ein wenig herum, von wegen, dann müßten sie aber den Hund mitbringen, und Mum konnte ich im Hintergrund sagen hören, sie wolle niemandem zur Last fallen. Aber ich wußte, daß sie eigentlich ja sagen wollten. Wieso auch nicht? Und am Ende haben wir vereinbart, daß sie heute abend zum Essen kommen und eine Woche hierbleiben.«

»Und wann sind Sie auf die glorreiche Idee verfallen, die lang vermißte Freundin von Mrs. Haskell ebenfalls einzuladen?«

»Erst vor ein paar Tagen«, sagte ich und schaute um mich, als hätten die Wände nicht nur Ohren, sondern ihren eigenen Telegrafendienst. Denn das sollte die Riesenüberraschung werden. »Bei ihrem letzten Besuch erwähnte Mum, sie hätte gerüchteweise erfahren, daß ihre Jugendfreundin Beatrix nur wenige Kilometer von hier entfernt lebt. Und daß ihr Ehename Taffer lautet. Aber als ich vorschlug, sie anzurufen und zum Mittagessen oder Tee einzuladen, legte Mum ihre übliche Platte auf von wegen, ich solle ihretwegen keine Umstände machen. Ein Jammer, denn ich konnte mir denken, daß sie ihre Freundin brennend gern wiedergesehen und mit ihr über alte Zeiten geplaudert hätte. Als ich dann die Planung der Dinnerparty in Angriff nahm, rief ich auf eigene Faust an und sprach mit der Schwiegertochter von Mrs. Taffer. Die alte Dame konnte nicht selbst ans Telefon kommen, weil sie gerade ihre Übungen machte – vermutlich Arthritis, die Ärmste. Aber Frizzy Taffer hätte nicht netter oder erfreuter sein können, weil ich Beatrix eingeladen habe.«

»Wie reizend.« Mrs. Malloy rümpfte hochmütig die Nase. »Wenn Sie mich fragen, Sie werden noch alle Hände voll zu tun haben.«

»Ich sage Ihnen doch, ich habe alles unter Kontrolle.«

»Behaupten Sie, Mrs. H, und ich behaupte, daß Sie vergessen, was für 'ne Nervensäge Ihre Schwiegermutter sein kann.«

»Das ist nicht nett.«

»Nicht nett war« – Mrs. M richtete sich auf ihren Stöckelabsätzen hoch auf –, »daß sie mich Hure von Jerusalem titulierte, als ihr Mann mir letzte Weihnachten unter dem Mistelzweig 'nen Kuß gab. Aber vielleicht war ich eingeschnappt, obwohl es gar nicht böse gemeint war. Mein dritter – oder war es mein vierter? – Ehemann hat immer gesagt, ich wär' zu empfindsam für diese Welt. Aber für unsere Natur können wir ja nichts.«

Ich fragte mich, was Eudora Spike wohl zu diesem Thema zu sagen gehabt hätte. Unheimlicherweise zeigte Mrs. Malloy sich imstande, Gedanken zu lesen.

»Lassen Sie sich die Erfahrungen unserer armen Pfarrerin eine Lehre sein, Mrs. H.«

Als Mrs. Spike als Nachfolgerin auf Zeit von Reverend Rowland Fox-
worth in das Pfarrhaus von St. Anselm eingezogen war, hatte es
anfangs chauvinistische Proteste gegeben, doch nach ein paar Monaten hatten die meisten Gemeindemitglieder vergessen, daß sie nur
Diakonin war; Mrs. Malloy, die sie mit »Pfarrerin« ansprach, war keine Ausnahme.

»Welche Erfahrungen denn?« fragte ich.

»Wo leben Sie eigentlich, in einem Iglu? Anfang Mai kam ihre
Schwiegermutter auf vierzehn Tage zu Besuch, und jetzt treibt sie sich
immer noch bei ihnen rum.«

»Ach ja?« Ich hatte die ältere Mrs. Spike weder je in der Kirche gesehen, noch hatte Eudora sie zu mir mitgebracht oder mich ins Pfarrhaus eingeladen, um sie mir vorzustellen.

»Die waren vollauf damit beschäftigt, sich gegenseitig an die Gurgel
zu gehen«, sagte Mrs. Malloy liebenswürdig. »Meine Ex-Freundin
Edna Pickle hat mich aufgeklärt. Edna ist nicht so wie ich, Mrs. H,
denn wie ich Ihnen gleich am ersten Tag gesagt hab' als ich durch Ihre
Tür kam, ich mach' keine Dachrinnen, ich mach' keine Keller, und ich
tratsch' nicht über meine Klientinnen. Wie gesagt, ich bin zu gut für
diese Welt, und ich mach' mir Sorgen um Sie und Ihre guten Absichten, Mrs. H; ich sag' Ihnen ganz offen und direkt, Sie werden noch so
enden wie Pamela, die Schwiegertochter von Lady Kitty Pomeroy.
Meine Freundin Edna hat gesagt, als wir noch miteinander gesprochen haben, versteht sich, wenn man das arme Mädchen ans Licht
hält, dann kann man durch sie durchgucken.«

Die Vorstellung, daß ich mich in eine hauchzarte Elfe verwandeln
würde, hatte ihren Reiz für mich. Das ganze Gerenne des heutigen
Tages hatte einen Strich durch die Diät gemacht, mit der ich gleich
nach dem Mittagessen hatte anfangen wollen. Beziehungsweise nach
der Schachtel Pralinen, die ich nach dem Mittagessen vertilgt hatte.

»Stichwort Lady Kitty«, sagte ich, »Sie haben mich daran erinnert,
daß ich noch wegen der Zelte für das Fest mit ihr sprechen muß. Ich

habe gehört, der letztjährigen Präsidentin hat sie die Hölle heißgemacht, weil sie sich nicht mit ihr beraten hat. Und wohl zu Recht, wenn man bedenkt, daß die Veranstaltung auf dem Gelände von Pomeroy Manor stattfindet.«

»Diese Frau ist ein blutiger Tyrann«, sagte Mrs. Malloy scharf und verscheuchte das selbstgefällige Lächeln von meinem Gesicht. »Man braucht sie sich nur anzusehen, dann weiß man Bescheid. Und Sir Robert kriegt nie einer zu sehen. Edna sagt, der arme alte Kerl hat den Besitz nicht verlassen, seit er vor zwanzig Jahren mal ohne Erlaubnis auf die Jagd gegangen ist. Aber manch einer würde sagen, daß Mylady im Vergleich zu Ihrer Schwiegermutter ein wahres Goldstück ist. Lassen Sie sich eins gesagt sein, das alte Mädchen wird keine fünf Minuten in diesem Haus sein, dann sind Sie schon in Tränen aufgelöst, weil sie darauf besteht, daß der Kater eingeschläfert wird.«

»Sie sind mir ja eine große Hilfe, Mrs. Malloy.« Ich schaute mich im Speisezimmer nach einem verräterischen Anzeichen dafür um, daß mein geliebter Kater Tobias sich irgendwo versteckt hielt und unser Gespräch belauschte. »Meine Schwiegermutter und ich hatten in der Vergangenheit unsere Differenzen, aber inzwischen sehe ich ein, daß es überwiegend meine Schuld war. Ich war zu schnell eingeschnappt. Damit ist Schluß. Diese Dinnerparty soll ein neuer Anfang sein.«

»Wie Sie meinen.« Mrs. Malloy stieß einen ungläubigen Seufzer aus. »Aber wenn sie verlangt, daß *ich* eingeschläfert werde, Mrs. H, machen Sie es hoffentlich kurz und schmerzlos.«

»Lassen Sie uns noch mal über die Blumen sprechen«, sagte ich in bestimmtem Ton. »Mir sind Zweifel wegen der Pfingstrosen gekommen.«

»Ich finde sie ganz in Ordnung.«

»Sind Sie sicher?« Plötzlich fragte ich mich, ob sich in der Schale auf der Fensterbank, die von den Ausmaßen des Taufbeckens in der Kirche war, Ringelblumen nicht besser gemacht hätten. Die Sonnenstrahlen, die sich durch das Bleiglasfenster Bahn brachen, bissen sich farblich eigentlich mit all dem Pink. Dem Himmel sei Dank für Ben.

Sein klassisch gutes Aussehen harmoniert mit jeder Dekoration. Bei Jonas liegt der Fall anders. Unser Hausgärtner legt Wert darauf, so schmuddelig auszusehen wie möglich, von seinem ergrauten Schnurrbart bis zu seinen klobigen Stiefeln. Nur gut, daß Lady Kitty ihn nicht in den Klauen hatte, sonst hätte Jonas sich zusammen mit dem Staubsauger im Stauraum unter der Treppe wiedergefunden.

Aber wer war ich, den ersten Stein zu werfen? Der Spiegel über dem Kaminsims bot keinen sonderlich hübschen Anblick dar. Mein Haar war in einer Galgenschlinge straff zurückgebunden; ich trug scheußliche alte Shorts, und mein T-Shirt hatte ich aus dem Putzlappensack gerettet. Sollten meine Schwiegereltern mich in diesem Aufzug erwischen, konnte ich es ihnen nicht verdenken, wenn sie fanden, daß ihr Ben es besser hätte treffen können. Doch zum Glück deutete nichts auf derlei Katastrophen hin. Mir blieben noch wenigstens zwei genüßliche Stunden, in denen ich ein Bad nehmen, mir das Haar waschen und in mein Partykleid schlüpfen konnte.

Mrs. Malloy sah das anders. »Bevor der Kater zweimal mit dem Schwanz wedelt, werden Mum und Dad Sturm läuten, es sei denn, das Haus wird vom Roten Kreuz für Erste-Hilfe-Übungen beschlagnahmt. Kommen Sie lieber in die Hufe, wenn Sie noch die zehn Kilo abspecken wollen, über die Sie die ganze Woche lamentiert haben.«

»Danke für die moralische Unterstützung«, sagte ich frostig.

»Und Sie müssen auch noch die Zwillinge feinmachen«, erinnerte sie mich.

»Das Vorrecht einer Mutter.« Ich strahlte und verdrängte die Vorstellung, wie Abbey und Tam jetzt, nach einer Stunde mit Cousin Freddy, wohl aussehen mochten. Der Mann, der aussah wie der Dorfkiller, war Wachs in den Händen meiner Babys.

»Und der heilige Franziskus?« Mrs. Malloy trommelte mit schwer beringten Fingern auf ihren Unterarm. »Ist der immer noch verschwunden?« Also wirklich! Diese Frau sollte für Scotland Yard arbeiten. Ich hatte die kleine Statue, ein Hochzeitsgeschenk von Mum, aus ihrer Nische in der Halle genommen, um sie abzustauben, und sie dann wer weiß wo zwischengelagert.

»Ich finde ihn schon noch«, sagte ich zuversichtlich.

»Natürlich, Herzchen!« Sie lachte schallend. »Mit Einbruch der Dunkelheit wird's nicht weiter schwer sein, weil er dann ja leuchtet. 'nen bösen Schreck hat er mir damals eingejagt, als ich für Sie auf die Babys aufpassen mußte und der Strom ausfiel. Ich dachte schon, ich hätte eine von diesen Visionen, von denen die Römisch-Katholischen wie Ihre Schwiegermutter immer faseln. Sie können mir glauben, ich hab' eifrig meine Sünden bereut, mit A war ich schon durch und hatte gerade mit B angefangen, als das Licht wieder anging.« Mrs. Malloy schauderte bei der Erinnerung.

Zu meiner Schande fühlte ich voll und ganz mit ihr. Als Kind hatte ich ein Buch über die Visionen von Bernadette gelesen und sogleich sämtliche Ambitionen, eine Heilige zu werden, an den Nagel gehängt. Noch lange danach machte ich es mir zur Aufgabe, vor dem Schlafengehen etwas anzustellen, auf daß mir nicht die Gnade zuteil würde, himmlischen Besuch aus dem Schatten zwischen Kleiderschrank und Fenster auftauchen zu sehen. Dennoch wachte ich manchmal mitten in der Nacht auf und glaubte es flüstern zu hören: »Ellie... El-lie, komm in die Grotte.« Das Ziel war, so schloß ich, weder zu gut zu sein noch so böse, daß der Teufel mich holte. Und schon früh in meiner Ehe war ich zu der Einsicht gelangt, daß ich niemals katholisch werden könnte, auch nicht Mum zu Gefallen, es sei denn, ich ließ stets ein Nachtlicht brennen, was wiederum Ben nicht gefallen hätte.

»Komische Ehe, meinen Sie nicht auch?« unterbrach Mrs. Malloy meine Gedanken.

»Welche?«

»Die von Ihren Schwiegereltern. Sie so katholisch, daß selbst der Papst dagegen alt aussieht – und er so jüdisch, wie es im Buche steht. Das muß 'n Ding gewesen sein, als sie den Bund fürs Leben schlossen.«

Ich hatte schon oft das gleiche gedacht. In achtunddreißig Jahren hatte sich vieles verändert, doch als Mum und Dad damals kopfüber ins Wasser sprangen, hatten sie wohl ganz schön gegen den Strom schwimmen müssen. Wie ich Mum kannte, konnte ich nur vermuten, daß die Verlockungen der verbotenen Früchte … und des Gemüses (Dad hatte einen Obst- und Gemüseladen) sich als unwiderstehlich erwiesen hatten.

»Beim Anblick eines Paares, das im Sauseschritt auf die Siebzig zugeht«, sagte ich, »vergessen wir schnell, daß es vielleicht einmal eine der wahrhaft großen Liebesgeschichten war.«

»Jetzt werden Sie mir man nicht sentimental, Mrs. H.« Mrs. Malloy spitzte die violetten Lippen.

»Ich will damit ja nur sagen, daß Sie sich diese kleine Party anläßlich Ihres Hochzeitstages verdient haben, und das überraschende Wiedersehen mit Beatrix Taffer ist das Sahnestück.«

»Behaupten Sie! Und jetzt, wenn's Ihnen nichts ausmacht und recht ist« – Mrs. M zerrte an ihrer Schürze, ein Zeichen ihrer Entschlossenheit –, »geh' ich mir 'ne Tasse Tee machen, während Sie sich die Zeit damit vertreiben, diese Zierdeckchen auszulegen.«

»Danke für die Gedächtnisstütze«, sagte ich aufrichtig und ging, so entlassen, in die Halle.

Mum, ein Handarbeitsgenie, hatte uns so viele kleine Spitzendeckchen vermacht, daß es, hätte ich sie alle auf einmal ausgelegt, nach dem Jahr der Häkelnadel ausgesehen hätte. An diesem Morgen hatte ich den Inhalt von vier Schubladen ausgegraben und auf dem Tisch in der Halle gestapelt, wo die Deckchen nun darauf warteten, auf jeder verfügbaren Fläche vom Queen-Anne-Sekretär bis zum Bügelbrett ausgelegt zu werden. Als ich jetzt eines von ihnen zur Hand nahm, bewunderte ich seine Museumsreife und überlegte ein wenig wehmütig, ob Mum und mir wohl ein engeres Verhältnis beschieden gewesen wäre, hätte ich ihre Begabung geteilt.

Das *Bong* der Standuhr war nicht der einzige Grund, warum ich das Deckchen fallen ließ. Jonas streckte den Kopf übers Geländer und ließ ein Grummeln hören, das eigentlich ein Flüstern sein sollte: »Ellie, mein Mädel! Ich kann mein Choco-Lax nicht finden.«

»Dein was?«

»Dieses Zeug, von dem ich regelmäßig aufs Klo kann.«

»Nun sieh mich bloß nicht so an!« verteidigte ich mich. »Ich setz' mich doch nicht hin und schlag' mir den Bauch mit Schokoriegeln voll. Überleg mal genau, wo du sie hingetan haben könntest.«

Seine Antwort wurde vom Läuten des Telefons übertönt. Als ich mich mit dem Hörer in der Hand wieder umdrehte, war er bereits verschwunden.

»Hallo!« zwitscherte ich, in der Erwartung, Bens Stimme fragen zu hören, ob er nach Hause kommen und die Dachrinne saubermachen sollte, was nicht so hirnrissig war, wie es klingt, da Mum durchaus zuzutrauen war, daß sie eine Leiter nahm und hochkletterte, um nachzusehen. Sie ist nicht nur ein Original, sondern auch eine penible Hausfrau.

»Mrs. Haskell?«

Da Ben und ich es uns nie zur Gewohnheit gemacht hatten, uns wie Figuren aus einem Roman von Jane Austen anzureden, konnte ich mir denken, daß er nicht der Anrufer war. Außerdem sprach da eine Frau. Die Stimme war mir bekannt. Das Herz rutschte mir in die Turnschuhe. Frizzy Taffer. O nein! Jetzt sag bloß nicht, daß Beatrix, deine Schwiegermutter, sich nicht wohl fühlt und nicht kommen kann!

»Hallo«, sagte ich matt.

»Hoffentlich hab' ich Sie nicht in einem ungünstigen Moment erwischt.«

»Ganz und gar nicht.«

»Ich kenne das, wenn man sich noch in letzter Minute abhetzt, um tausend Dinge gleichzeitig zu erledigen«, sagte Frizzy mitfühlend. »Vorige Woche habe ich eine Party zum dreizehnten Geburtstag meiner Tochter Dawn gegeben.« Atemloses Gelächter. »Und gerade als es an der Tür klingelte, rutschte mein Vierjähriger aus und schlug sich den Kopf auf, und kaum hatte ich ihn verarztet, entdeckte ich, daß die Kleine von sämtlichen Törtchen genascht hatte.«

Da ich mich nur ungern damit brüsten wollte, daß ich alles hundertprozentig im Griff hatte, sagte ich nur, es sei nett, von ihr zu hören.

»Ich dachte, ich rufe Sie lieber an und sage Ihnen Bescheid, daß wir ein Taxi bestellt haben, das Ma zu Ihnen bringt und wieder abholt, wenn sie zurück will.«

»Dann kommt sie also?« Ich hätte den Hörer küssen mögen.

»Natürlich!« In Frizzys Stimme schlich sich Panik. »Sie haben es sich doch nicht anders überlegt?«

»Nein!«

»Sie ist nämlich *so* aufgeregt!«

»Oh, das freut mich!«

»Sie ist wie ein Teenager, der auf sein erstes richtiges Fest geht!«

»Wie reizend!«

»Haben Sie Gesellschaftsspiele vorbereitet? Ma mag Gesellschaftsspiele.«

Ich hatte nichts in der Art geplant, versicherte ihr jedoch eiligst, daß wir nach dem Essen eine Partie Scrabble einschieben könnten.

»Das wäre reizend«, sagte Frizzy munter. »Mas Herz hängt zwar mehr an Pfänderspielen, aber egal – sie kann sich glücklich schätzen, überhaupt eingeladen zu werden.«

Oje! dachte ich. Das hörte sich an, als erlebe Beatrix Taffer eine zweite Kindheit: ein Grund mehr, sie und meine Schwiegermutter zusammenzubringen, solange sie sich noch aneinander erfreuen konnten.

Nachdem ich Frizzy noch gesagt hatte, ich hoffte, sie eines Tages einmal persönlich kennenzulernen, legte ich den Hörer so sanft auf die Gabel, als wäre er ein Baby. Erfüllt von Wohlwollen für die Menschheit im allgemeinen und für mich im besonderen nahm ich eine Ladung Zierdeckchen an mich und ging in den Salon. In jüngster Zeit hatte er sich in eine Art Museum verwandelt, das bis zu dem Tag unter Verschluß bleiben würde, an dem die Zwillinge auf den Queen-Anne-Stühlen oder dem einen oder anderen mit elfenbeinfarbener

Seide bezogenen Sofa sitzen würden, ohne in die Polster zu beißen oder zerbrechlichen Zierat auf den Boden zu schmeißen.

Der Perserteppich in Pfauenblau und Rosenrot war, wie viele der Möbel, ein Vermächtnis aus der Vergangenheit, aus den Tagen, als Abigail Grantham Herrin über Merlin's Court war. Ihr Porträt hing von dem Kaminsims, und ich reckte mich, um es geradezurücken. Manchmal haut mein Einfallsreichtum mich regelrecht um. Mitten im Verteilen von Zierdeckchen im ganzen Zimmer kam mir die glänzende Idee, meine Schwiegereltern hier auf Merlin's Court ihr Eheversprechen erneuern zu lassen. Da sie vermutlich keine sehr prächtige Hochzeit gehabt hatten, konnte ich mir nichts Schöneres denken. Nur eine Frage ließ mir keine Ruhe. Sollte das Brautpaar vor dem Kamin stehen oder am Fenster? Versonnen trat ich an den Bleiglaserker und ließ prompt eine Handvoll Zierdeckchen fallen. Was ich erblickte, war so beängstigend, daß mir das Blut in den Adern gefror. Draußen auf dem Rasen bauten Männer große weiße Zelte auf. Grundgütiger! Die Szene gemahnte an ein Gipfeltreffen in der Sahara. Und als ob das noch nicht Grund genug für heilloses Entsetzen wäre, kam ein Taxi durch die schmiedeeisernen Tore und an Freddys Cottage vorbeigesaust wie ein geölter Blitz.

Noch bevor ich nach Atem ringen konnte, standen meine Schwiegereltern in unserer Kiesauffahrt und verhandelten mit dem Taxifahrer, während Sweetie, ihre kleine Hündin, wie angestochen im Kreis herumraste, fiepte und kläffte und drei Beinpaare mit ihrer Leine verschnürte. Lächeln, Ellie! Weise jeden Verdacht von dir, daß Mum und Dad es so geplant haben, um dich eiskalt zu erwischen. Es mußte eine einfachere Erklärung geben – zum Beispiel, daß sämtliche Uhren in diesem Haus zwei Stunden nachgingen. Was machte es im übrigen, daß mir keine Zeit blieb, mir die Haare zu kämmen – geschweige denn fünf Pfund abzunehmen –, bevor es an der Tür läutete? Meine Schwiegermutter war eine Heilige. Sie würde mich mögen, so wie ich war – und wenn es sie umbrachte.

Es soll keiner sagen können, daß wir unpünktlich sind!«
Mum trat zierlichen Schrittes über die Türschwelle, während
Dad und der Taxifahrer hinter ihr mit dem Gepäck hereingewankt
kamen. Lag es an der dreisten Nachmittagssonne, daß Magdalene
Haskell aussah wie ein kleines Mädchen aus dem Armenhaus mit
ihrer Häkelbaskenmütze, die sie bis über die Ohren heruntergezogen
hatte, und in ihrem verwaschenen Kleid, das zwei Nummern zu groß
war, wie um Platz zu lassen, weil sie noch wuchs? Sie war nicht größer
als ein Sperling. Und ich war verdammenswert, weil mich ihre
Pünktlichkeit störte. Hatte ich denn aus meiner nahezu vorbildlichen
Teilnahme am Gottesdienst in St. Anselm bezüglich des Strebens
nach Demut, Geduld und Seelenstärke gar nichts gelernt? Die Zierdeckchen lasteten schwer auf meinem Gewissen und meiner Brust.
Auf dem Weg zur Haustür hatte ich gemerkt, daß ich immer noch
welche in der Hand hielt. Mit der Verzweiflung eines Haushundes,
der Gefahr läuft, mit dem Sonntagsbraten im Maul erwischt zu werden, hatte ich sie mir in den BH gestopft.

Apropos Hund, Sweetie kam hereingetrabt und durchbohrte mich
mit einem Blick, der besagte: Was – du immer noch hier? Aber ich
ließ mich von ihr nicht aus dem Konzept bringen. »Mum! Dad! Wie
schön, euch zu sehen!« Ich umfing sie in einer dicken Umarmung, die
den erstaunten Taxifahrer mit einschloß.

»Und wo ist die Blaskapelle, Ellie?« brüllte Dad. Elijah neigt dazu, ein
Getöse zu machen, als ob alle Welt taub wäre. Er kommt damit durch,
so vermute ich, weil er einen Bart hat wie der Weihnachtsmann und

dunkelbraune Augen, mit denen er zu seiner Zeit wohl so manches Mädchenherz zum Schmelzen gebracht hat.

»Ach, du spielst auf die Zelte an!« Ich wollte gerade sagen, daß es sich um ein Versehen handelte, als die Haustür krachend aufflog und Mum fast einer der Ritterrüstungen an der Treppe in die Arme stieß.

»Mrs. Haskell?«

Ein Hüne von Mann versperrte die Türöffnung. Dieses massige Wesen hatte einen Bleistift hinter dem linken Ohr und ein zerknittertes grünes Formular in der klobigen rechten Hand. »Wir haben den Kram aufgebaut, wenn Sie also netterweise hier auf der gepunkteten Linie den Empfang bestätigen wollen, dann verziehen wir uns wieder.«

»Sie können gehen, wann Sie wollen«, sagte ich. »*Nachdem* Sie diese Zelte wieder abgebaut haben.«

»Aber Sie haben sie bestellt, Lady!«

»Ich weiß.« Ich rang mir ein Lächeln ab. »Allerdings für das Sommerfest von St. Anselm, das am 12. Juli stattfindet, nicht am 12. Juni; und die Zelte sollten auf dem Gelände von Pomeroy Manor aufgeschlagen werden, nicht hier.« Ich schlug ihm die Tür vor dem beleidigten Gesicht zu und genoß die kurze Verschnaufpause, in die hinein Mum sagte, sie habe ja gewußt, daß die Zelte nicht für Dad und sie bestimmt seien – nicht, daß sie auf solch einen Rummel Wert gelegt hätten. Ehe ich darauf antworten konnte, klopfte es erneut an der Unglückstür. Ich öffnete, auf den Anblick eines Burschen mit einer Friedensfahne gefaßt, der entschlossen war, einen Waffenstillstand auszuhandeln, in dessen Verlauf die Zelte fielen, die Rechnung jedoch bezahlt wurde.

»Na, hallo, Mrs. Pickle!« Ich gab mich begeistert.

»Ich hoffe sehr, daß ich nicht ungelegen komm.« Sie schaute zu mir auf, die Gewissensbisse standen ihr in ihr Rosinenbrötchen-Gesicht geschrieben. Anders als Mrs. Malloy glich Edna Pickle aufs Haar den Reinemachfrauen, die man im Fernsehen bewundern kann –

geblümte Kittelschürze und Metallockenwickler, die sich unter ihrem Kopftuch sträubten.

»Meine Schwiegereltern sind gerade eingetroffen« – ich warf einen Blick über die Schulter – »aber Sie sind immer willkommen.«

»Ich wär' ja hintenrum gegangen.« Mrs. Pickle sprach stets, als müsse sie einem Dolmetscher genügend Zeit lassen, um ihre Worte in eine Fremdsprache zu übersetzen. »Aber ich wollte Mrs. Malloy nicht überrumpeln, nicht nach dem Krach, den wir neulich hatten. Sie kann ziemlich heftig werden, unsere Roxie, da dachte ich mir, ich sollte lieber ein bißchen vorsichtig sein.«

Indem sie den Umweg durch die Halle nahm? Lächelnd, zum Zeichen, daß ich volles Verständnis für sie hatte, zog ich die Tür weit auf, und in der Zeit, die man benötigte, um eines der Zelte abzubauen, betrat Edna Pickle mein Heim und öffnete ihre große schwarze Tasche.

»Bitte schön, Mrs. Haskell. Ich hab' Ihnen zwei Flaschen von meinem Löwenzahnwein mitgebracht, weil Roxie mir erzählt hat, wie schnell Sie die letzten, die ich Ihnen geschickt hab', leer hatten.«

»Oh, vielen Dank.« Ohne den Kopf zu drehen, wußte ich, daß Mum einen fragenden Blick mit Dad getauscht hatte. »Wenn Sie die bitte in die Küche mitnehmen könnten, Mrs. Pickle. Da ist Mrs. Malloy mit meinem Cousin Freddy und den Zwillingen.«

»Stör' ich auch bestimmt nicht?«

»Nicht im mindesten.«

Da ich hörte, daß der Taxifahrer, Typ zäher Bursche, hechelte, wie um anzudeuten, daß sein Motor noch lief, schob ich sie in Richtung Küche, noch ehe sie ordentlich »Freut mich, Sie kennenzulernen« zu Mum und Dad sagen konnte. Als ich wieder in die Halle kam, rang ich mir ein Lächeln für den Taxifahrer ab. Sein Gesicht nahm zusehends die Farbe eines schlimmen Blutergusses an.

»Hören Sie, Lady«, sagte er gerade zu Mum, »ich hab' Ihre Gepäckstücke durchgezählt, als ich sie ins Taxi geladen habe, und das sind alle.«

»Und ich sage Ihnen«, konterte Mum, »daß mein Handarbeitskorb fehlt. Nicht, daß es irgendwen kümmert, nein bewahre, wenn Häkeln auch mein Leben ist« – sie bekreuzigte sich –, »das heißt, nach Mutter Kirche.«

Dad stieß einen Seufzer aus, der den schneeweißen Schnäuzer um seine Lippen flattern ließ. »Weißt du was, Magdalene? Du machst mich wahnsinnig. Wohin wir in den letzten achtunddreißig Jahren auch gefahren sind, immer verlierst du was.«

»Wohin wir auch gefahren sind, Elijah? Wir haben in der ganzen Zeit nicht einmal einen Tagesausflug an die See gemacht.«

»Es geht schon wieder los.« Er wandte sich an mich. »Deine Schwiegermutter ist verbohrt wie ein Maulesel.« Seine Stimme steigerte sich zu dem üblichen Getöse. »Wenn es nicht ihre Handtasche ist, die sie angeblich verloren hat, dann ihr Schirm! Und weißt du, warum, Ellie? Weil sie alle fünf Minuten umpackt. Im Zug hat sie ihren Häkelkorb erst in ihren kleinen Koffer gesteckt, dann in den großen, dann wieder in den kleinen.«

»Ich gehe eben gern systematisch vor.« Mum richtete sich stolz auf, so daß sie auf einer Höhe mit dem Schirmständer war.

»Das macht zwei Pfund zwanzig.« Der Taxifahrer zwang sich zu einem kraftmeierischen Lächeln, klappte seine Brieftasche auf, stopfte den Fünf-Pfund-Schein hinein, den Dad ihm reichte, und gab auf dem Weg nach draußen widerstrebend Wechselgeld heraus. Als ich die Tür schloß und mich zu meinen Schwiegereltern umdrehte, vernahm ich eine Reihe fröhlicher Quiekser aus der Küche.

Mum spitzte die Ohren unter der Baskenmütze. »Sind das die Zwillinge?«

»Ja! Mein Cousin Freddy hat heute nachmittag den Babysitter gespielt, und wie man hört, haben wohl alle großen Spaß.« Ich mußte an mich halten, um nicht durch die Halle zu rennen, die Küchentür aufzustoßen und Abbey und Tam stolz vorzuführen. Was machte es schon, daß meine Lieblinge gewaschen und gekämmt werden mußten? Großeltern sehen mit dem Herzen. Sie würden verstehen, daß ich keine Preispudel züchtete. Nichts für ungut, Sweetie. Vor lauter Überschwang gab ich Mum einen Kuß, und sie zuckte nicht zurück. Statt dessen küßte sie fünf Zentimeter rechts von meiner Wange in die Luft und klammerte sich an ihre Handtasche wie an ein Rettungsfloß.

»Ihr könnt euch nicht vorstellen, wie die beiden gewachsen sind und wie dunkel Tams Haar inzwischen geworden ist. Abbeys Haar hat immer noch die Farbe von Kandiszucker, und genauso süß ist sie auch.« Ich nahm Dad beim Arm, hatte ihn jedoch erst einen Schritt weit mitgeschleift, als seine bessere Hälfte uns stoppte.

»Wir sehen sie uns an, wenn wir uns gewaschen und von dem ganzen Schmutz und den Keimen aus dem Zug gereinigt haben«, entschied Magdalene. »Ich weiß, daß die Zeiten sich geändert haben, Ellie! Ihr jungen Leute seid nicht so heikel – zu beschäftigt damit, euer eigenes Ding zu machen, oder wie die Redensart lautet. Es liegt mir fern, Kritik zu üben, aber Elijah und ich sind zu alt, um uns umkrempeln zu lassen.«

»Du vielleicht.« Dads Gebrüll wurde durch ein Augenzwinkern abgemildert, und es fiel mir auch nicht schwer, Mum einiges nachzusehen. Sie mußte müde sein, und vermutlich gab sie sich alle Mühe, sich an den Namen des Schutzheiligen verlorengegangener Gepäckstücke zu erinnern, damit sie ein Dankgebet ob des Auftauchens des Häkelkorbs sprechen konnte. Im ersten Augenblick wußte ich mir nicht zu erklären, warum mein Herz zu ticken begann wie eine Zeitbombe. Dann fiel es mir ein. Der heilige Franziskus! Ich wagte nicht, zu der verwaisten Wandnische hinüberzusehen. Wo hatte ich die Statuette bloß hingestellt? Und als wäre das nicht schon Problem genug, spürte ich, wie die Zierdeckchen sich unaufhaltsam nach oben schlängelten, was in mir die Befürchtung weckte, daß ich am Ende noch eine elisabethanische Halskrause tragen würde.

Mum hob die Nase so genüßlich wie ein Vampir, der in eine Blutbank eingebrochen ist. »Ellie, woher kommt dieser *eigenartige* Geruch?«

Sogleich kam mir der beschämende Gedanke, daß mein Deodorant versagt hatte. Im Blitztempo wich ich zurück und stieß gegen die Standuhr, die ein verärgertes *Bong* von sich gab. Und nicht nur ihr strenges Zifferblatt war Zeuge meines Unbehagens. Die beiden Ritterrüstungen stolperten fast über ihre eigenen Metallfüße, um besser hören zu können.

»Ich rieche nichts«, brüllte Dad.

Mum schnupperte unbeirrt weiter, als würde ihre Nase von einer dieser Batterien mit verlängerter Lebensdauer betrieben. »Lavendel, das ist es!«

Ich zitterte vor Erleichterung. »Du hast recht, ich hab' die Möbel mit Johnsons Lavendel poliert.«

»Ich benutze immer Lemon Pledge.« Mum richtete sich kerzengerade auf und schaffte es irgendwie, trotzdem winziger denn je auszusehen. »Aber wir haben alle unsere eigene Methode, und von mir brauchst du keine Einmischung zu befürchten, Ellie.« Sie sah sich nach einem Platz für ihre Handtasche um. Die Halle wirkte auf obszöne Weise nackt, kein Zierdeckchen weit und breit in Sicht, und es hätte mir nicht peinlicher sein können, wenn Mr. Watkins, der Fensterputzer, mich im Bad erwischt hätte, ohne einen einzigen Waschlappen zur Tarnung der strategisch wichtigen Stellen.

Apropos feurige Kohlen auf meinem Haupt sammeln! Mum erwähnte die Zierdeckchen mit keinem Wort. Sie überreichte Dad ihre Handtasche. Er seinerseits überreichte sie mir, so als spielten wir Stille Post. Ich legte sie zu dem Gepäckhaufen an der Treppe.

»Wie ich neulich abends zu Elijah sagte, wir wollen den jungen Leuten um nichts auf der Welt Umstände machen. Jeden Abend bete ich zum heiligen Franziskus, daß wir niemandem zur Last fallen.«

Schweig still, mein pochendes Herz. Die leere Wandnische gähnte wie das Tor zur Hölle. Jeden Moment würden Moms Augen nach rechts schwenken, und ich würde aus der Familie ausgeschlossen werden.

»Sei nicht dumm, Weib, Ellie empfindet uns nicht als Last.« Dads Brauen senkten sich finster herab, was mich auf herzzerreißende Weise an Ben erinnerte.

»Das hatte ich auch gehofft.« Mum alterte vor meinen Augen. »Aber gleich bei unserer Ankunft haben wir gesehen, daß sie Zelte auf dem Rasen hat aufbauen lassen, die sie nicht will, und daß sie im Juni Frühjahrsputz gemacht hat. Da sollte es uns eigentlich nicht wundern, daß sie zur Flasche greift...«

Mein Mund stand offen.

»Das Dumme ist, daß es einem die ganze Freude an diesem Besuch verdirbt.« Mum preschte weiter vor wie ein Schnellzug. »Mrs. Brown vom Laden an der Ecke sagt immer, wenn man regelmäßig Stück für Stück wischt und wienert, braucht man niemals das ganze Haus auf den Kopf zu stellen. Aber das sind *ihre* Worte, nicht meine. Ich sage nur, Elijah, daß wir den nächsten Zug nach Hause nehmen sollten. Wir in unserem Alter können es wahrlich nicht brauchen, daß Ellie unseretwegen in einem dieser Entzugsdingsbums landet. Ben würde uns das nie verzeihen. Unser einziger Sohn ist wie so viele junge Leute heutzutage. Für ihn steht seine Frau an erster Stelle.«

Dad verdrehte die Augen. »Du steigerst dich, Magdalene. Normalerweise brauchst du eine halbe Stunde, um so richtig in Fahrt zu kommen.«

Fast hätte ich zu meiner Verteidigung gesagt, Mrs. Malloy habe den Löwenanteil der Arbeit erledigt, während ich den ganzen Tag gefaulenzt und Choco-Lax gemampft hatte. Und der Grund, warum ich nicht für Besuch angezogen war, sei der, daß die Reinigung alle meine Designerkleider verdorben hatte. Aber vor diesem feigen Auftritt wurde ich bewahrt, weil Mum ihre Aufmerksamkeit Sweetie zuwandte. Die kleine Hündin pirschte durch die Halle und unterzog das Mobiliar dem Pfoten-und-Krallen-Test. Um ihre Lefzen spielte ein süffisantes Bette-Davis-Grinsen nach dem Motto »Was für eine Müllkippe!«.

»Elijah! Diese ganze Aufregung ist nicht gut für den Hund.«

»Na, jetzt verhätschele sie mal nicht so, oder sie will noch das Frühstück ans Bett haben.« Dads Stimme klang barsch, aber sein Schnurrbart zuckte liebevoll.

»Das gibt den Ausschlag.« Mit der Schnelligkeit eines Menschen, der sein Leben auf Kirchenbänken zugebracht hat, fiel Mum auf die Knie und schloß Sweetie in die Arme. »Wir hätten nicht kommen sollen. Die Zugfahrt war zuviel für sie, und bei unserer Ankunft finden wir Ellie mit angegriffenen Nerven vor, und Ben und die Babys sind nirgends zu sehen. Also, ich wiederhole, das beste für alle Beteiligten wäre es, wenn wir auf der Stelle wieder heimfahren.«

Soviel zu meinen hochfliegenden Träumen, daß dieser Besuch ein Musterbild ungestörter familiärer Harmonie werden würde. Hätte ich eine Violine zur Hand gehabt, dann hätte ich sie mir vielleicht unters Kinn geklemmt und mit dem Bogen eine Trauermelodie gekratzt. Aber das hätte nur Sweetie in die Pfoten gespielt. Ihr Auftritt verlangte förmlich nach Musik – vorzugsweise von einem ganzen Orchester, mit Mozart höchstpersönlich am Dirigentenpult. Nachdem sie sich Mums Armen entwunden hatte, stand sie mit nach links geneigtem Fellgesicht da, entweder um ihre Schokoladenseite zu zeigen oder um Kater Tobias zu erschnüffeln, der unter dem Tisch lauerte. Das mußte der Neid dieser Hundeversion von Lizzie Borden lassen – sie war längst nicht mehr der mottenzerfressene Lumpen, den meine Schwiegereltern vor einem elendiglichen Leben auf der Straße bewahrt hatten. Diese Hündin sah aus wie von Mum gehäkelt und von Hand mit Wollwaschmittel gewaschen. Ich vermutete, daß ihr Lieblingsparfüm Très Chic hieß, ihre Nägel aus Acryl waren und daß sie inzwischen ihren Hundefreundinnen weismachte, ihr Name sei Anastasia und man habe ihre Familie während dieser gräßlichen Revolution dazu gezwungen, aus dem königlichen Hundezwinger zu fliehen.

»Wie wär's mit einer schönen Tasse Tee?« schmeichelte ich, als Mum sich wieder erhob. Leider gewann man den Eindruck, ich hätte Gift vorgeschlagen. Ihre Sperlingsaugen verdunkelten sich zu einem furchtbaren Schwarz. Ihre Haare standen rings um die Baskenmütze zu Berge, als sträubten sie sich, und sie bekreuzigte sich mit zitternder Hand, bevor sie mit dem Finger in Richtung Küche zeigte.

Manchmal bin ich entsetzlich schwer von Begriff. Als mein Blick Mums anklagendem Finger folgte, sah ich nichts, was das alte Haus in seinen Grundfesten hätte erbeben lassen können. Offen gestanden hätte ich von jeder Grandma aus Fleisch und Blut erwartet, daß sie lächelte. Denn mein bezaubernder Tam sah aus wie ein Bilderbuchkind, als er in die Halle gewackelt kam. Sein Gesicht war so süß wie sein kirschroter Pullover, sein Gang ein wenig eigenartig, weil er ein Püppchen über dem Kopf hielt, als befürchte er, es könne ihm entrissen werden. Heiliger Bimbam! Sag, daß es nicht wahr ist! Mein Herz fing an, im Takt mit der Standuhr *bong bong* zu schlagen. Dieses Püppchen war der heilige Franziskus!

»Laßt mich erklären«, begann ich.

»Das ist kein Grund, gleich in die Luft zu gehen, Magdalene!« Dad löste das gräßliche lebende Bild auf, indem er mit ausgestreckter Hand auf Tam zusteuerte. »Na komm, mein Sohn, gib es Grandpa.«

Wie lieb mein großer Junge war, er hielt ihm die Figur hin. Doch als Dad danach griff, sagte Tam mit schrecklicher Klarheit nein. Dann lachte er glucksend und schob sich den Gipskopf in den Mund.

»Wie kannst du da nur grinsen, Elijah!« schnauzte Mum. »Du würdest ganz andere Saiten aufziehen, wenn Ellie dem Kind Moses gegeben hätte, um ihn sich wie einen Lutscher in den Mund zu stecken.«

»Aber ich habe Tam den heiligen Franziskus nicht gegeben! Als Tierliebhaberin...« Ich riß den Blick von Sweetie los. Ihr süffisantes Grinsen sagte lauter als alle Worte: »Gelogen, gelogen, gelogen, die Balken haben sich gebogen!« Ich stammelte hastig weiter. »Als Tierfreundin habe ich den heiligen Franziskus immer bewundert. Ich hab' ihn nur heruntergeholt, um ihm die Ohren abzustauben...«

Niemand ist so taub wie jene, die nicht hören wollen. Mums Hände waren krampfartig zum Gebet gefaltet, ihr verkniffenes Gesicht gen Himmel gewandt. »Ich habe die Figur dir und Ben zur Hochzeit geschenkt.«

»Das war ja auch sehr lieb von dir!«

Die Küchentür sprang weit auf und offenbarte Mrs. Malloy in ihrer ganzen Herrlichkeit. »Noch so 'n Krimkrams, den die arme Mrs. H abstauben muß!« schäumte sie. »Ich hab' doch gleich von Anfang an, als ich Merlin's Court das erste Mal betrat, klar wie der Tag gesagt, ich mach' keine Dachrinnen, ich mach' keine Decken, und ich mach' vor allen Dingen keine Götzenbilder.«

Diese Blasphemie verwandelte Mum in eine Salzsäule. Nicht jedoch Dad. Er wirkte ziemlich von Mrs. Malloy eingenommen, aber ob das an ihrem bebenden Taftbusen lag oder daran, daß sein Glaube ebenfalls Gipsgötzen verbot, die im Dunkeln leuchten, wußte nur er allein.

Er kam allerdings nicht dazu, seine Augen oder Ohren lange an ihr zu weiden. Mein Cousin Freddy tauchte mit Abbey auf dem Arm neben Mrs. M auf. Mein kleines Mädchen sah richtig zum Anbeißen aus mit ihren Kandiszuckerlocken und dem Hagebuttenlächeln, während Freddy aussah wie etwas, das die Katze zu fressen verweigert hatte. Sein Pferdeschwanz hatte sich gelöst, sein Bart war wirr von dem Gezupfe seiner kleinen Schützlinge, und sein löcheriges Sweatshirt war mit Essensflecken verziert.

»Tut mir leid, das mit Tam.« Freddy beehrte die Allgemeinheit mit seinem schaurigsten Lächeln. »Der kleine Bengel hat sich heimlich von Bord geschlichen.«

Es fiel schwer, den Wahrheitsgehalt seiner Worte anzuzweifeln, da mein Sohn und Erbe just versuchte, Freddys Bein zu erklimmen, als sei es die Takelage der HMS *Victory*. Mrs. Malloy warf die Hände hoch und verschwand in die Küche, um dort ihren Seelenfrieden wiederherzustellen, vermutlich mit einem Schlückchen von Mrs. Pickles Löwenzahnwein.

»Wer ist dieser furchtbare Mann?« Mums Finger schwenkte zwischen mir und Freddy hin und her wie ein Geschütz, das jeden Augenblick losgehen konnte.

»Mein Lieblingscousin.«

»Oh! Nun, in einer Familie gibt's eben so 'ne und solche, wie Mrs. Jones von unten an der Straße sagen würde.«

Dad verbarg jede Verlegenheit, die er empfinden mochte, indem er Tam hochnahm, der das Interesse am heiligen Franziskus verloren hatte und ihn auf dem Fußboden vergaß.

Freddy wiederum zeigte sich durch Mums Worte nicht im mindesten gekränkt, sondern wirkte geradezu gebauchpinselt, als er Abbey auf seinen Armen reiten ließ. »Mann, so was Einfühlsames hat schon ewig niemand mehr über mich gesagt. Da komme ich mir ja richtig begehrt vor.« Mein Cousin klimperte mit den Wimpern. »Danke, Tantchen Mags. Es stört dich doch nicht, wenn ich dich Tantchen nenne?«

Mum war sprachlos.

»Soll ich die Koffer nach oben bringen?« Freddys Blick schwenkte zu der Stelle, wo die Herde von Gepäckstücken es sich im gesprenkelten Schatten des Geländers bequem gemacht hatte.

»Furchtbar nett von dir, Freddy«, mischte ich mich ein, »aber wir schaffen es schon.«

»Komm gleich wieder von deinem hohen Roß runter, Cousinchen«, sagte er beschwichtigend. »Ich nehme nicht mehr als einen Fünfer von ihnen. Sie gehören doch zur *Familie.*«

Mum brachte ein Ächzen zustande. »Elijah, wir haben zu lange gelebt. Ich will, daß du mich nach London zurückbringst, damit ich einen Termin mit Father O'Grady vereinbaren kann.«

Um dafür zu sorgen, daß die Ehe ihres Sohnes annulliert wurde? Hätte ich zu den Frauen gehört, die ihre Tränen gepflegt zu vergießen wissen, wäre jetzt vielleicht der Zeitpunkt für eine Runde Heulen gewesen. So jedoch sah ich trockenen Auges zu, wie Dad Tam an Freddy weitergab, der sagte, wenn er außer als Ziergegenstand nicht mehr gebraucht werde, wolle er die beiden Kleinen nach oben bringen, um sie zu baden. Und kaum war er mit meinen Lieblingen im Schlepptau verschwunden, beschloß Sweetie, sich in Szene zu setzen. Da sie es leid war, in den Hintergrund gedrängt zu werden, hockte sie sich auf die Steinfliesen, präsentierte sich von ihrer Schokoladenseite und kreierte eine Pfütze von der Größe des Atlantischen Ozeans.

»Dummer Köter!« brüllte Dad.

Mum ging sogleich in Gefechtsbereitschaft. »Sie markiert lediglich ihr Terrain. Du hast doch« – sie stellte klar, daß der Fehltritt ihres Schoßhündchens ganz allein meine Schuld war – »du hast doch immer noch diesen Kater?«

»Wir hängen an ihm.« Ich wich der vorwurfsvollen Frage ebenso aus wie der Überschwemmung, die in mir die Befürchtung weckte, daß wir noch alle Zuflucht in den höheren Lagen der Treppe suchen müßten. Keine Hoffnung, daß Mrs. Malloy wie durch Zauber mit Eimer und Lappen erschien. Ihre Arbeitsplatzbeschreibung schloß die Beseitigung von Hundepfützen nicht ein. Bedauerlicherweise bot die Mitgliedschaft im hiesigen Mütterverein auch keinen solchen Service.

»Sweetie verträgt sich nicht mit Katzen.« Dads Stimme, weich wie sein weißer Bart, deutete an, daß er bereits Nachsicht walten ließ gegenüber der kleinen Rotznase, einer Meisterin der Armesündermiene, die, im Gegensatz zu manch anderer von uns, ihre Tränen vermutlich durchaus gepflegt zu vergießen wußte.

»Nicht, daß sie sie nicht mag.« Mum durchbohrte mich mit ihren Sperlingsaugen. »Sie ist allergisch.«

»Welch ein Jammer«, heuchelte ich. »Aber betrachten wir es mal von der positiven Seite. Das kleine . . . Schätzchen fühlt sich hier offenbar heimisch, sonst hätte sie sich nicht die Mühe gemacht . . . ihr Terrain zu markieren, deshalb müßt ihr doch schon um ihretwillen bleiben, und weil« – ich hielt inne, um die Spannung zu steigern – »weil Ben und ich euch lieben und . . . ich eine besondere Überraschung für euch beide vorbereitet habe. Mum, ich habe deine alte Freundin Beatrix Taffer eingeladen, heute abend mit uns zusammen zu essen!«

Ich hätte die frohe Botschaft wohl schonender verkünden sollen, da Mum sich als allergisch gegen Überraschungen erwies. Anstatt zu strahlen, ähnelte ihr Gesicht einer tödlichen Bombe, die jederzeit explodieren konnte.

»Du hast was?«

»Ich habe gesagt ...«

»Und ich habe dir gesagt, Ellie, als wir über Beatrix sprachen, daß ich seit fast vierzig Jahren keinen Kontakt mehr zu ihr habe.«

»Ich weiß.«

»Nun, du weißt aber nicht« – Mum sah aus, als wollte sie in die Luft schießen wie eine Leuchtkugel –, »du weißt aber nicht, daß wir uns deshalb nicht mehr gesehen haben, weil wir am Schluß einen furchtbaren Krach hatten.«

»Oje!« Aus den Augenwinkeln sah ich, daß Sweetie Kater Tobias unter dem Tisch in die Enge getrieben hatte und daß die beiden in einer Art heiligem Krieg um den heiligen Franziskus entbrannt waren, den zumindest einer von ihnen für einen Knochen hielt, den man forttragen und einbuddeln mußte, wo kein menschliches Wesen ihn je finden würde. Mist! Es sagte viel darüber aus, wie aufgebracht Mum war, daß sie nicht ein einziges Mal in die Richtung des tierischen Wettstreits blickte.

»Magdalenes Krach mit Beatrix damals war wirklich vom Feinsten.« Dads Miene war ernst, aus seiner Stimme glaubte ich jedoch ein Lächeln herauszuhören. Aus früheren Erfahrungen hatte ich den Eindruck gewonnen, daß mein Schwiegervater bei Streit aufblühte. Ich allerdings nicht. In meinem Magen rumorte es.

»Nach all den Jahren hat Mrs. Taffer das Ganze vermutlich vergessen«, sagte ich hastig. »Einigen Andeutungen ihrer Schwiegertochter habe ich entnommen, daß es um die Gesundheit deiner alten Freundin nicht gut bestellt ist. Wäre es da nicht netter, die Vergangenheit ruhen zu lassen?«

»Nur über meine Leiche«, sagte Mum.

Ein Trost war zumindest, daß Mum jetzt zu niedergedrückt war, um einen endgültigen Abgang in Szene zu setzen. Aber sobald sie und Dad nach oben verschwunden waren und Sweetie sich mit dem heiligen Franziskus in unbekannte Gefilde davongemacht hatte, war ich versucht, mich einer der Ritterrüstungen an den Hals zu werfen und ihr mein Leid zu klagen. Da ich jedoch aus härterem Holz geschnitzt war, beschloß ich, mich statt dessen an den gut gepolsterten Busen von Mrs. M zu werfen.

Freddy mit seinem Sinn für Theatralik hätte die Vorstellung genossen, doch er war – Gott segne seine Tätowierungen – noch oben und überwachte die abendliche Waschung der Zwillinge. Und als ich, nachdem ich Sweeties Atlantischen Ozean aufgewischt hatte, in die Küche kam, mußte ich entdecken, daß Mrs. Pickle sich nach Hause verzogen hatte und daher nicht zur Verfügung stand, um mich mit Löwenzahnwein abzufüllen. Machte nichts.

Mrs. M bot ein herzerwärmendes Bild. Sie saß auf einem Stuhl, die Füße auf das Gitter des offenen Kamins gestützt, und hatte ein Buch auf dem Schoß. Ich hatte durchaus nichts dagegen einzuwenden, daß sie während der Arbeitszeit las. Wir alle müssen von Zeit zu Zeit von den Unbilden des Tages verschnaufen. Hier in diesem Raum, dem Herzen des Hauses, würde ich mich meines Kummers entledigen, ebenso wie der in meinen BH gestopften Zierdeckchen.

»Ah, da sind Sie ja, Mrs. H.« Mrs. Malloy hob ihre Regenbogenlider, behielt die Nase jedoch im Buch. »Na, was haben Sie mit unseren Gästen gemacht?«

»Sie sind oben in ihrem Zimmer.«

»Hinter Schloß und Riegel?«

»Keine Scherze, bitte!« Ich versuchte zu lächeln, spürte jedoch, wie mein Gesicht Risse bekam. »Mum wollte sich nicht mal mit dem Gepäck helfen lassen. Sie denkt anscheinend, daß ich schon genug getan habe.«

»Endlich ein bißchen Anerkennung.«

»Sie haben nicht verstanden. Sie hat eine Stinkwut auf mich, weil ich Beatrix Taffer zum Abendessen eingeladen habe.«

»Tja, man sagt ja, keine gute Tat bleibt ungesühnt.« Mrs. Malloy raschelte mit einer Seite, und ich entschuldigte ihre Gleichgültigkeit damit, daß jederzeit der Herd explodieren und ich ein richtig gutes Buch auch nicht aus der Hand legen könnte – wie zum Beispiel *Der Wind in den Weiden,* an der Stelle, wo die Ratte in den Wilden Wald geht, um den Maulwurf zu retten.

»Sie wollte, daß ich Mrs. Taffer anrufe und wieder auslade, aber das konnte ich der armen alten Dame nicht antun.«

»Sie brechen mir das Herz, aber könnten Sie mal eben die Klappe halten, Mrs. H? Jetzt wird's nämlich gerade spannend.«

»Gott verhüte, daß ich Sie störe.«

»Wie wär's denn, wenn ich Ihnen ein paar Abschnitte vorlese?« schlug Mrs. Malloy liebenswürdigerweise vor.

Sogleich entspannte ich mich. Es hat immer etwas Erbauliches, das geschriebene Wort laut ausgesprochen zu hören. Ich hockte mich auf den Tisch, umfing den ganzen Raum mit meinem Lächeln und sagte: »Nur zu, ich bin ganz Ohr.«

Mrs. Malloy leckte sich die Lippen und intonierte mit einer den Klassikern würdigen Genüßlichkeit: »Als er so auf den zerwühlten Laken unter dem Moskitonetz lag, seufzte Sir Edward mit vor Leidenschaft ausgedörrten Lippen den Namen seiner verschwundenen Geliebten. ›Letitia! Letitia!‹ Im Angedenken an ihr Bild, wie sie dem Bad des Harems entstieg, krümmte er sich in erlesener Qual und drückte seine pochende Männlichkeit an seine Brust.«

»Seine was?« Ich rutschte vom Tisch hinunter.

»Denk mal an«, sinnierte Mrs. Malloy, »da hatte ich vier Ehemänner, mehr oder weniger, und hab' nie gewußt, daß man mich knapp gehalten hat.«

»Sie müssen Zugeständnisse an die dichterische Freiheit machen.« Ich blickte ihr über die Schulter. »Wie lautet der Titel des Buchs?«

»*Lady Letitias Liebesbriefe*.« Sie klappte es zu. »Und tun Sie man bloß nicht so, als ob Sie's nicht gewußt hätten, Mrs. H, zumal Sie es sich schließlich aus der Bücherei geliehen haben.«

»Sie haben recht«, gab ich zu. »Was für ein Reinfall! Dabei sieht der Umschlag mit der einsamen Reitpeitsche darauf so sittsam aus.« Während ich das sagte, verstaute ich die lasterhafte Lektüre zwischen den Kochbüchern auf dem Regal, wo es auffiel wie eine Königin der Nacht auf einem Picknick der Sonntagsschule. »Ich lasse mir später noch ein besseres Versteck einfallen«, sagte ich zu Mrs. Malloy.

»Angst, daß Mr. H es nicht gutheißt?«

»Blödsinn! Als ich Ben kennenlernte, versuchte er sich gerade an einem Roman, dessen schwülstig-schwüle Prosa selbst Sir Edward, den Satyr, in Verlegenheit gebracht hätte. Nein, ich mache mir Sorgen wegen meiner Schwiegermutter. Magdalene hält schon Jane Austen für gewagt, und nach unserem Auftritt von vorhin will ich lieber nicht noch mehr Wellen schlagen.«

Bei meinen Worten trat ein bedrückter Ausdruck auf Mrs. Malloys Gesicht. »Scheint mir, als hätten Sie sich verändert, seit *sie*« – die Augen zur Decke erhoben – »zur Tür reingekommen ist. Schlimm genug, wenn eine Frau ihr Heim nicht ihr eigen nennen kann, aber wenn ihr eigener Kopf nicht mehr ihr gehört...« Sie verstummte bedeutungsschwanger.

Ich mußte mich dagegen verwahren. »Was ist falsch daran, Frieden halten zu wollen?«

Mrs. Malloy schenkte mir ein wohlwollendes Lächeln. »Da spricht nicht Ihr wahres Ich. Besessenheit ist der medizinische Terminus für das, was hier abläuft. Und Edna Pickle könnte Ihnen ein, zwei Dinge zu dem Thema erzählen, wo ihre Ururgroßmama doch eine Hexe war.«

»Das sagten Sie bereits.« Ein Schauer überlief mich, der nicht nur der Standuhr zuzuschreiben war, die in der Halle die Stunde bongte. Es war total albern, aber plötzlich war mir, als sei ich eine dieser kleinen Voodoo-Puppen, und das Schicksal bohre seine Nadeln in mich, um sicherzustellen, daß mir etwas weit Schlimmeres als eine Auseinandersetzung mit meiner Schwiegermutter bevorstand. Lächerlich! Mein Nervenkostüm war angegriffen. Ich erkundigte mich hastig bei Mrs. M, ob sie und ihre Freundin ihren Streit beigelegt hätten.

»Wir sind alle gehalten, einander zu vergeben!« Mrs. Malloy neigte zu dergleichen frommen Anwandlungen, seit sie Mitglied des Kirchenchors von St. Anselm war. »Verflixt lästig, aber so ist es nun mal. Und letzten Endes bin ich die einzige Freundin, die Edna auf dieser Welt hat. Ich sag' ihr immer wieder, daß ihre Besessenheit, die Martha zu gewinnen, den Leuten auf die Nerven fällt. Aber es ist, als rede man gegen eine Wand.« Mrs. Malloy erhob sich schwankend auf ihre Stöckelabsätze und verstaute eines der Quietschspielzeuge der Babys in der Anrichte.

»Ach ja?« Die Vorstellung, daß die einer Schildkröte so ähnliche Mrs. Pickle eine von brennendem Ehrgeiz zerfressene Frau war, erschien mir in etwa so glaubhaft wie die Aussicht, daß Mum splitternackt auf dem Klavier tanzte. Aber was wußte ich schon?

»Offen gestanden«, sinnierte meine treue Putzfrau, »hab' ich mich schon gefragt, ob es nicht an Ednas primitivem Hokuspokus liegt, daß das Bewerberfeld in diesem Jahr so dürftig ausfällt.«

»Wovon um alles in der Welt reden Sie?«

»Na ja, ohne die Sache aufbauschen zu wollen, da ist diese Irene Jolliffe, die immer mit ihrer Marmelade gewonnen hat und sich plötzlich aus dem Staub macht, um bei ihrer Tochter in Liverpool zu leben. Von Louise Bennett ganz zu schweigen, die auf einmal meint, daß sie ihre preisgekrönten Kürbisse nicht mehr ziehen kann, weil ihre Arthritis so schlimm geworden ist. Und ist es nicht komisch, daß

Mavis Appleby, deren Kuchen nicht ihresgleichen hatten, Knall auf Fall diesen Postboten aus London heiratet und wegzieht?«

»Nicht besonders«, sagte ich. »Sie sagen doch seit Jahren, daß Mrs. Appleby hinter allem her ist, was Hosen anhat.«

»Na schön.« Mrs. Malloy trug diesen Rückschlag mit Fassung. »Was ist mit Sarie Robertson, die all diese hübschen Häkelarbeiten gemacht hat und vor zwei Monaten auf dem Marktplatz tot umgefallen ist?«

»Sie war zweiundneunzig!«

»Na und?«

»Man kann wohl kaum behaupten, daß sie in der Blüte ihrer Jahre dahingerafft wurde.« Ich schob mir das Haar aus der gefurchten Stirn und fragte: »Worauf genau wollen Sie hinaus, Mrs. Malloy? Sie glauben doch nicht wirklich, daß Mrs. Pickle hinter der Arthritis von Mrs. Bennett steckt, daß sie Mrs. Robertsons Gebißreiniger vergiftet und das Gerücht gestreut hat, die beiden anderen Frauen hätten die Stadt verlassen, derweil sie in Wahrheit unter ihren Rosenbüschen begraben liegen?«

»Nicht gleich so melodramatisch.« Mrs. M streckte die Nase so hoch, daß diese Gefahr lief, von einem Piepmatz abgepickt zu werden. »Dergleichen unerfreuliche Dinge stoßen nur Leuten wie Ihrer Schwiegermutter zu. Was mir vorschwebt, ist, daß Edna einige von den Tricks ihrer Ururgroßmama benutzt hat– Nadeln in selbstgebastelte Puppen zu stecken, die so aussehen wie diese Frauen.«

Angesichts meiner Phantasien von vorhin war das geradezu unheimlich.

»Ich würde es ihr durchaus zutrauen, das steht schon mal fest!« Wie eine wahre Freundin von Mrs. Pickle gesprochen.

»Also ehrlich!« Ich brachte ein zittriges Lachen zustande.

»Das ist Ihr Problem, Mrs. H. Ihnen ist wohl nie der Gedanke gekommen, daß die beiden Flaschen Löwenzahnwein als Bestechung gedacht waren, um Sie ihr gewogen zu machen, wo Sie doch dieses Jahr die Präsidentin des Sommerfests von St. Anselm sind.«

»Ich hielt es lediglich für eine sehr nette Geste von seiten Mrs. Pickles«, sagte ich entschieden.

»Wer nicht sehen will . . .« Mrs. M schüttelte ihren schwarz-weißen Kopf. »Es kann nicht schaden, an das alte Sprichwort zu denken – ›Schwer ruht das Haupt, das ne Krone drückt‹ oder so ähnlich.« Nachdem sie diese düstere Warnung ausgesprochen hatte, fügte sie munter hinzu: »Tja, von dem ganzen Gequatsche kann ich mir auch kein neues Kleid kaufen. Wie wär's« – sie nahm den Kessel und knallte ihn auf den Herd – »wie wär's, wenn wir unseren Kummer in 'ner schönen Tasse Tee ertränken?«

»Nicht für mich, danke.« Von Mrs. Malloys Tee bekam man nämlich schwarze Zähne. Und anders als bei diesen Sechs-Wochen-Tönungen, die sich bei der ersten Shampoo-Berührung auswaschen, war die Wirkung unweigerlich von Dauer. Außerdem hatte ich keine Zeit. Auf einmal wirbelte all das, was ich noch zu erledigen hatte, durch meinen Kopf wie Herbstblätter. Die Zierdeckchen abladen, den heiligen Franziskus aufstöbern, Ragout und Brötchen in den Ofen schieben, etwas Qualitätszeit mit meinen Kindern verbringen, ein Bad nehmen, mir die Haare waschen, anziehen . . . Nahm es denn kein Ende? Wenn ich überlegte, daß ich vor knapp einer Stunde noch so viel Zeit zur Verfügung gehabt hatte, daß ich weniger glücklichen Zeitgenossen davon hatte abgeben wollen!

Mrs. Malloy mußte meine Gedanken gelesen haben, denn sie zeigte dem Kessel die kalte Schulter und verkündete, sie stehe mir voll und ganz zur Verfügung.

»Bedanken Sie sich nicht bei mir, Mrs. H, stecken Sie mir nur 'n bißchen was extra in meine Lohntüte. Ich wisch' mal den Herd, während Sie sich um das Gemüse kümmern.«

»Ach du liebe Zeit!« Ich schlug die Hand vors Gesicht und ging fast k.o. Als ich mich zum Fenster umdrehte, sah ich einen der vielen Blumentöpfe schwanken, und ein Schwanzende schlängelte sich durch das Grün.

»Runter von der Fensterbank!« befahl ich Tobias. »Du und ich müssen uns mal darüber unterhalten, ob du dir nicht mehr Mühe geben solltest, mit Sweetie auszukommen. Andererseits halte ich es nicht für unloyal, wenn du mir sagst, wo sie den heiligen Franziskus verbuddelt hat.«

Zu meiner Überraschung schoß Tobias, ein gewöhnlich relativ unbekümmerter Bursche, vom Fenstersims in die Spüle, in der das Gemüse schwamm. Das Wasser spritzte an alle vier Wände, als er weiter auf den Tisch hechtete, wo er die Blumenvase umstieß.

Ohne ein Wort der Klage zog Mrs. Malloy ihre falschen Wimpern von einem Auge ab und tupfte ihr Lid trocken, bevor sie die triefenden Spinnenbeine wieder andrückte. Mir gelang es weniger gut, die Nerven zu behalten.

»Wag es ja nicht, die Pfote gegen mich zu erheben!« Ich wich vor den aufblitzenden Krallen zurück, die besser zu einem Grizzly gepaßt hätten, und fiel fast über einen Stuhl, als mein Schwiegervater hinter mir sein Löwengebrüll anstimmte.

»Ich bin's nur, Ellie!«

Lebte ich denn in einem Zoo? Ein Blick in Richtung der Tür zur Halle bestätigte dieses gespenstische Szenarium. Dad stand da, mit Sweetie im Arm, deren glänzend schwarze Augen aussahen wie Knöpfe an einer flauschigen Strickjacke, die jeden Augenblick abspringen und durch den Raum klickern konnten, während sie fiepte und kläffte in dem Bestreben, auf den Tisch zu hechten und Tobias an die Gurgel zu gehen.

»Halt sie gut fest«, beschwor ich Dad. »Ich bringe den Kater nach draußen.«

»Oh, Sie dürfen sich nicht so anstrengen.« Mrs. Malloy sprach zu mir, klimperte mit den Wimpern – die an dem einen Auge einen Zentimeter höher saßen – jedoch in Dads Richtung. Allem Anschein nach maß sie dem Wangenkuß, den er ihr Weihnachten unter dem Mistelzweig gegeben hatte, eine tiefere Bedeutung bei als die bloßer Anerkennung ihrer Salbei-Zwiebel-Füllung. »Überlassen Sie das mir, Mrs. H, ich bring' die ungezogene Miezekatze nach draußen, damit sie das liebe kleine Hundchen nicht erschreckt.«

Dieses edelmütige Angebot war leichter gemacht als durchgeführt. Tobias widersetzte sich der Gefangennahme; erst sprang er wieder in die Spüle und sandte eine wahre Sintflut in meine Richtung, als ich seiner habhaft zu werden suchte, dann stürzte er sich auf das oberste Tellerbord der Anrichte. Dort setzte er, ganz Schloßherr, eine gleichgültige Miene auf.

In Gedanken bei den Wonnen eines schönen heißen Bades, schleppte ich einen Stuhl herbei und schaffte es nach einer Reihe von Fehlstarts, mit Tobias, der sich in meine Arme krallte, wieder festen Boden unter den Füßen zu gewinnen. »Ohne Fleiß kein Preis«, keuchte ich, dann wankte ich zur Gartentür, riß sie so schnell auf, daß sie – das kann ich beschwören – zur Seite sprang, und warf mein treues Katertier auf den in der Sonne bratenden Hof. »Alles klar!« Wie dumm von mir! Ich hätte daran denken sollen, daß Sweetie eine Hündin war, die stets das letzte Wuff hatte. Dad mußte eine Idee zu früh losgelassen haben. Bevor ich die Tür zukriegen konnte, flitzte etwas, das kaum größer war als einer von Mrs. Malloys Pelzkrägen, an meinen Beinen vorbei, und mit einem triumphierenden »Fiep!« war die Hündin aus dem Sack ... ich meine natürlich, zum Haus hinaus.

»Dieser Köter ist eine echte Plage.« Dad klopfte selbstzufrieden seine Strickjacke ab.

»Sie mußte wohl mal dringend für kleine Mädchen«, sagte ich großmütig.

»Deswegen habe ich sie ja nach unten gebracht. Magdalene legt größten Wert darauf, daß sie ihr Geschäft zu festgelegten Zeiten erledigt.«

»Hervorragende Idee! Ruht Mum sich aus?« Auf eine dumme Frage kriegst du von Dad eine offene Antwort. Der Mann ist in zweierlei Hinsicht ein Fanatiker – er lügt nie und bricht nie sein Wort.

»Sie räumt den Wäscheschrank auf.«

»Wie aufmerksam von ihr!« Ich hatte meine Laken und Handtücher erst gestern morgen neu geordnet und in alphabetischer Reihenfolge aufeinandergestapelt. Amber, blau, cremefarben usw. Aber es hatte keinen Zweck, sich auf den Schlips getreten zu fühlen, besonders wenn Mum auf diese Weise einen Teil ihrer negativen Gefühle gegenüber Beatrix Taffer abreagierte.

»Diese Frau ist eine Wucht!« rief Mrs. Malloy mit patentreifer Falschheit aus.

»Ja.« Dad streichelte sein bärtiges Kinn. »Wenn sie mit dem Wäscheschrank fertig ist, will sie den großen Schrank im Schlafzimmer oben abstauben. Da sind Spinnweben drauf.«

Mist! Ich hätte wissen müssen, daß sie dieses winzig kleine Spinngewebe entdecken würde. Ich hatte es einzig deshalb nicht entfernt, weil der Schrank fast bis zur Zimmerdecke reichte, und man konnte nur bis ganz nach oben gelangen (wenn man keine Leiter die Treppe hochschleppen wollte), indem man sich auf die schmale Leiste zwischen dem Schubladensatz und dem einsachtzig hohen Spiegel samt Hutregal stellte.

»Na, Ellie, jetzt mach dich deswegen mal nicht selbst zur Schnecke.« Dad tätschelte meine Schulter. »Du kennst Magdalene und ihre nervöse Energie. Sie ist ganz aus dem Häuschen, weil sie denkt, der Fensterriegel schließt nicht richtig. Sie sagt, es könnte jederzeit jemand einbrechen.«

Ihr Schlafzimmer lag im Nordturm, mehrere Meter über dem Wolkenspiegel. Nur ein Einbrecher, der heftiges Nasenbluten riskieren wollte, würde am Efeu hochklettern, doch der Seelenfriede meiner Gäste war von höchster Wichtigkeit, zumal ihr Besuch den ausdrücklichen Zweck hatte, daß wir einander lieben lernten bis in den Tod.

»Wenn ich nach oben gehe«, sagte ich, »bitte ich Jonas, sich den Riegel mal anzusehen. Er hat einen Werkzeugkasten in seinem Zimmer, deshalb wird es ganz schnell gehen.«

Dad machte ein finsteres Gesicht. »Also, Ellie! Laß dem Mann seine Ruhe.«

»Keine Sorge« – ich küßte ihn auf seine Kuschelwange – »Jonas wird sich über die Gelegenheit zum Herumwerkeln freuen. Er liest schon so lange die *Geschichte aus zwei Städten*, daß ihm fast die Augen aus dem Kopf fallen müssen. Wie wär's, wenn du nach oben gehst, Mum hinsichtlich dieser Kleinigkeit beruhigst und ihr vorschlägst, ein schönes entspannendes Bad zu nehmen? Ich hole den Hund rein.«

»Ich kapiere den Wink mit dem Zaunpfahl schon!« Dad wandte sich zur Tür. »Ich bin der erste, der es akzeptiert, daß ein Mann in der Küche nichts zu suchen hat – es sei denn natürlich, wir sprechen von meinem Sohn, der einen Beruf daraus gemacht hat.«

Kaum war er zur Tür hinaus, verzog Mrs. Malloy die Lippen zu einem samtweichen Lächeln und strich ihr Taftkleid glatt, so daß es sich um ihre reifen Hüften schmiegte. »Nicht übel für so 'nen alten Knacker, wie?«

Ich hatte meinen Schwiegervater nie unter diesem Blickwinkel gesehen – der Gedanke war entfernt inzestuös –, und ich war nicht bereit, Mrs. Malloy in ihren kindischen Phantasien zu bestärken, zumal es inzwischen schon nach halb sechs war und Mrs. Taffer um sieben vor der Tür stehen würde. Hätte Mum die Küche betreten, dann hätte sie kein Johnsons Lavendelwachs gerochen. Offen gestanden, sie hätte gar nichts gerochen. Die Luft war nicht warm und duftete nicht nach einem Abendessen, das zufrieden im Ofen vor sich hinschmurgelte. Das Rindfleischragout stand noch im Kühlschrank, das Gemüse schwamm noch in der Spüle, und ich durfte auch die Brötchen nicht vergessen, die, nach ihrem Aussehen zu urteilen, allmählich an Biß verloren.

»Mrs. Malloy«, wagte ich mich vor, »wären Sie so gut, Sweetie zu suchen?«

»Dieser Hund braucht Rund-um-die-Uhr-Betreuung!« Sie stolzierte in den Garten hinaus und ließ mich in dem Gefühl zurück, im Big Ben zu wohnen. Bei jedem meiner Atemzüge gab die Standuhr ein *Bong* von sich, aus reiner Herzensgüte, um mich daran zu erinnern, daß keine Frau der Welt das Rad der Zeit aufhalten kann. Bis ich die Lachspastete aus ihrer ovalen Schüssel geschält hatte, zitterten mir die Hände, und schon bevor ich der Küche entkam und nach oben lief, war mir endgültig die Puste ausgegangen.

Freddy hatte die Zwillinge bereits in ihre Bettchen gepackt, als ich ins Kinderzimmer kam, und da ich keinen Orden hatte, den ich ihm an seine edle Brust heften konnte, pflanzte ich einen Kuß auf seine gammelige Wange. »Danke, Mary Poppins! Du bist einsame Klasse!« »Verklicker das mal deiner Schwiegermutter.«

»Ach, komm schon!« Ich umarmte ihn. »Sie wollte nicht...«

»...bei meinem Anblick Zeter und Mordio schreien?« Freddy tat, als schluchze er, und wischte sich mit dem Ende seines Pferdeschwanzes die Augen. »Offen gestanden, Ellie, altes Haus, diese Frau hat mich tief getroffen, und ich glaube, ich werde mich ohne ein großes Bier nicht erholen.« Damit bückte er sich, gab Abbey einen Kuß auf ihr kandiszuckerfarbenes Haar und kniff Tam scherzhaft in die Wange, dann ging er zum Fenster, öffnete es und verschwand über die Fensterbank.

Als ich mich hinauslehnte, um zu beobachten, wie mein Cousin am Abflußrohr hinunterrutschte, sah ich mich genötigt, meine bisherige Haltung in bezug auf Einbrecher zu überdenken. Aber dies war nicht der rechte Zeitpunkt, um ein Sicherheitssystem zu entwerfen. Tam quietschte: »Mum! Hier!« Und Abbey startete einen Ausbruchsversuch aus dem Gitterbettchen.

Nachdem ich das Fenster mit einem letzten Blick auf Freddy, wie er in Richtung Cottage lief, geschlossen hatte, drehte ich mich um, die Arme weit ausgebreitet, um sie beide zu umfangen, und rief: »Ich komme, meine Lieblinge!«

Ach, wie unermeßlich erholsam war es, mit meinen Kindern im Schaukelstuhl zu sitzen und Lieder mit unsinnigem Text und ohne Melodie zu trällern. Zehn Minuten später, als sie sicher und süß eingeschlafen waren, ging ich die Stufen hinunter, an Leib und Seele gestärkt, mit dem Ergebnis, daß ich lediglich nach Luft schnappte, als die Haustür aufging und ein unbekannter Mann in die Halle trat.

Gegen die messingfarbene Sonne, die ihm auf den Fersen folgte, hielt ich die Hand über die Augen und fragte: »Wer sind Sie?«

Er nahte gebieterischen Schritts und heftete seinen furchterregenden

Blick auf mich. »Mein Gott, Ellie! Hast du den Verstand verloren oder dein Augenlicht?«

»Ach, du bist es!« Ich sank an seine ehemännliche Brust. »Scheint eine Ewigkeit her zu sein, seit ich dich das letzte Mal gesehen habe, und ich konnte nicht genau erkennen, ob du nicht doch ein Versicherungsvertreter bist. Und heute morgen schwamm doch in meiner Tasse ein Teeblatt, das besagte, es sei mir bestimmt, einen dunkelhaarigen, attraktiven Mann kennenzulernen, der es darauf abgesehen hätte, mich seinen Wünschen gefügig zu machen.«

Ben beendete mein törichtes Geschwätz mit einem Kuß, der selbst Sir Edward zur Ehre gereicht hätte, und wir fuhren erst auseinander, als die Standuhr, die als Aufseher Überstunden machte, ein mächtiges *Bong* von sich gab. »Du hast dich zuviel mit der Teesatz-Wahrsagerei auf dem Sommerfest beschäftigt.« Mein Gatte nahm mir das letzte Zierdeckchen aus den fügsamen Händen und legte es auf meinen Kopf. »Wie ist der Stand der Dinge in unserem Schloß am Meer?«

»Ganz gut.« Ich lächelte tapfer. »Deine Mutter ist gleich, nachdem sie zur Tür herein war, fast wieder gegangen, aber falls sie kein Seil aus Bettlaken geknüpft hat und aus dem Fenster geklettert ist, sind sie und Dad noch da.«

»Es ist doch möglich«, sagte mein Liebster so sanft, wie er konnte, »daß sie von diesem Besuch von Anfang an nicht so begeistert waren. Ich hatte dir erzählt, Liebes, daß es ihnen immer ziemlich wichtig war, ihren Hochzeitstag nicht ... wichtig zu nehmen.«

»Ich habe darüber nachgedacht«, gab ich zu, »ob der Grund vielleicht sein könnte, daß ihr Hochzeitstag nicht mit den allerglücklichsten Erinnerungen verbunden ist? Aber Mums Ärger über mich hatte einen ganz speziellen Anlaß. Es hing mit meiner kleinen Überraschung zusammen.«

»Beatrix Taffer?«

»Anscheinend hatten sie und Mum vor vielen Jahren einen schlimmen Streit.«

»Moment mal, verstehe ich das richtig?« Ben hob fragend eine Augenbraue. »Sprechen sie etwa nicht miteinander?«

»Seit vierzig Jahren nicht.«

Ein leises Lachen kam von meinem Mann. »Meinst du, wir können sie dazu bringen, sich durch Klopfzeichen zu verständigen?«

»Das ist überhaupt nicht komisch«, sagte ich spitz.

»Schatz« – das spitzbübische Funkeln verschwand sofort aus seinen Augen – »ich lasse nicht zu, daß du dich selbst geißelst. Du hast auf diese Weise doch allen die Gelegenheit verschafft, sich einen Kuß zu geben und sich zu versöhnen.«

Verblüffend, wie er es schaffte, daß ich dahinschmolz und in seinen Händen zu einer Frau wurde, die keinerlei Ähnlichkeit mit ihrem äußeren Aufzug aus schlampigem T-Shirt und Shorts hatte. *Sag Lady Letitia zu mir!* schrie mein Herz. Und das nur, weil er mich mit seinen blaugrünen Mittelmeeraugen ansah, so daß ich mehrere Faden tief eintauchte, dahin, wo die wundersamen Schätze einer versunkenen Galeone auf ihrem Grund schimmerten.

»Ich will ...« flüsterte er erstickt.

»Das ist furchtbar lieb von dir« – ich streichelte seine Wange – »aber es gibt gewisse zeitliche Probleme.« Zweifellos war ich bestrickend schieläugig, weil ich halb ihn ansah, halb das unerbittliche Zifferblatt der Uhr.

»Ellie, ich bestehe darauf!«

»Nun, in diesem Fall ...« Sicherlich konnte nicht einmal seine Mutter etwas dagegen haben, da es einer der Grundpfeiler ihres Glaubens war, daß eine Ehefrau sich niemals ihrem Ehemann verweigerte.

Herrisch legte er die Hände auf meine Schultern. »Ich will, daß du nach oben gehst und in die Wanne steigst. Du hast dir nach der ganzen Knochenarbeit ein entspannendes Bad verdient.«

»Vielen Dank.« Meine Stimme kam aus meinen Stiefeln. Die Uhr gab ein weiteres *Bong* von sich, und ich war versucht, mit dem Zierdeckchen nach ihr zu werfen. Ben führte mich unnachgiebig zur

Treppe. Ich riskierte es, ihn zu fragen, warum er mit dieser gedämpften, sexy Stimme sprach.

»Ich muß allergisch gegen diesen verflixten Hund sein.« Er zog ein Papiertaschentuch hervor.

»Das ist doch lächerlich. Kaum hatte Sweetie die Pfote ins Haus gesetzt, da war sie auch schon wieder draußen.«

Bens dunkle Augenbrauen trafen über der Nase zusammen; diese finstere Miene hatte er von seinem Vater geerbt und an seinen Sohn weitergegeben. »Kann gut sein, daß mein Problem psychosomatischer Natur ist, Ellie, aus der tiefsitzenden Abneigung gegen ein Tier erwachsen, das mich von meinem Platz bei Mum und Dad verdrängt hat.«

»Ich kann verstehen, daß es nicht leicht für dich war, als du feststellen mußtest, daß sie Sweetie dein altes Zimmer gegeben haben. Aber du kannst deine Gefühle nicht an einem wehrlosen Tier auslassen«, beschwichtigte ich ihn mit meiner gewohnten Heuchelei.

»Du hast recht.« Er stopfte das Papiertuch wieder in seine Tasche und verkniff sich ein Lächeln, was mir verriet, daß er einen Scherz gemacht hatte. »Wenn Mum sich mit Tobias abfindet, werde ich mein Bestes tun, um gastfreundlich zu sein.«

»Einen Augenblick mal! Tobias lebt zufällig hier. Und das verleiht ihm gewisse Rechte.«

»Ja, Schatz!« Ben küßte mich auf die Nasenspitze. Es spielte keine Rolle, daß seine heisere Stimme das Ergebnis einer eingebildeten Allergie war. Mir wurde ganz schwach, vielleicht weil ich nach dem Mittagessen nur eine Schachtel Pralinen gegessen hatte. Als seine Lippen die meinen berührten, spürte ich, wie mein Herz den Sonnenschein aufsog, meine gespaltenen Haarspitzen sich wieder zusammenfügten und meine Fingernägel zu Perlmutt wurden. Der Kronleuchter kreiste sacht um die eigene Achse, als Ben mich herumdrehte und erneut zur Treppe stupste. »Was du jetzt brauchst, meine Süße, ist, deine Sorgen vom Wasser hinwegspülen zu lassen.«

»Wie du meinst.« Ich lehnte mich verträumt an ihn.

»Soll ich dir Gesellschaft leisten« – ich hörte das Lächeln in seiner Stimme – »und dir den Rücken schrubben?«

Es war ein Augenblick, so duftig verheißungsvoll wie die rosaroten Blumen auf dem Tisch und so zerbrechlich wie die Vase, in der sie arrangiert waren. Dann ließ ihn ein Schrei von irgendwo über uns zerspringen, und ich wirbelte durch die Halle, als Ben mich von sich stieß, das Geländer packte und zu einem Spurt in den zweiten Stock ansetzte.

»Halt durch, Mum! Ich komme«, schrie er.

Ehe ich einen Gedanken fassen, geschweige denn mich rühren konnte, stand Mrs. Malloy vor mir, die Hände in ihre überdimensionalen Hüften gestemmt. »Typisch Mann«, sagte sie empört. »Ein Schrei von seiner Mutter, und schon ist er auf und davon.«

Sie sollte sich schämen! Kaum waren ihr diese Worte über die violetten Lippen gekommen, sah ich Mum über die Galerie zur Treppe rennen, als seien ihr sämtliche Dämonen der Hölle auf den Fersen. Was dann geschah, ging zu schnell, als daß man es sehen konnte, aber irgendwie verlor sie den Halt und fiel mit ausgestreckten Armen und einem haarsträubenden Schrei vornüber. Krank vor Entsetzen, unfähig, ihren vergeblichen Versuch, den Sturz aufzufangen, mit anzusehen, zog ich mich in das Dunkel hinter meinen geschlossenen Lidern zurück und betete, daß dieser Tag wieder dahin zurückging, wo er hergekommen war.

Ich prahle ja nur ungern, aber ein gut funktionierender Haushalt vermag ein gelegentliches Mißgeschick zu überstehen. Der Tod hatte seine Klauen ausgestreckt, war jedoch, um seine Beute betrogen, mit leeren Händen abgezogen. Am Abend hatten wir uns im Salon versammelt, ein richtig fröhlicher kleiner Kreis. Meine Haare waren fast trocken, und ich hatte aufgehört, mir Sorgen darüber zu machen, ob ich etwa nur auf ein Auge Eyeliner aufgetragen hatte und ob der Reißverschluß an meinem Kleid aufspringen würde, sollte ich gleichzeitig atmen und sprechen. Jonas hatte sich auf einem der Oueen-Anne-Stühle häuslich niedergelassen, die Nase in seiner zerlesenen Ausgabe von *Geschichte aus zwei Städten* vergraben. Mum und Dad saßen auf einem der elfenbeinfarbenen Sofas, durch ein Kissen voneinander getrennt, als hätte man ihnen gesagt, sie sollten in die Kamera schauen und sich nicht rühren, während Ben um den Marmorkamin herumstrich, um seine preiselbeerfarbene Smokingjacke besser zur Geltung zu bringen. Leider biß sie sich fürchterlich mit der feuerroten Strickjacke seines Vaters.

Wer konnte es Mum verdenken, daß sie pikiert war, weil ihr Gatte anläßlich ihres Überlebens nicht etwas Gedämpfteres angezogen hatte? Sie selbst trug ein steifes kleines Kostüm, dessen Saum, wie an der verräterischen Naht zu erkennen, fast bis zur Taille umgeschlagen war, um ihrer zwergenhaften Gestalt Rechnung zu tragen. Ich war gerührt, als ich sah, daß sie ihr dürftiges Haar zu Locken aufgedreht hatte, die rings um ihren Kopf abstanden wie verbogene Büroklammern.

»Ich konnte Sweetie nicht überreden, nach unten zu kommen«, informierte sie die Tapete. »Sie hat einen Schock erlitten, die arme Kleine, und wen nimmt es wunder, nachdem sie fast zur Waise geworden ist?«

»Mum«, sagte Ben, »wir alle wissen, daß du einen mächtigen Schreck gekriegt hast, aber ich stand direkt auf der Treppe und konnte dich auffangen, als du gestolpert bist.«

»Mein Leben lief blitzartig vor mir ab! Aber denkt nicht, daß ich Ellie einen Vorwurf mache, weil sie die Stufen halsbrecherisch blank gebohnert hat. Ich bin bloß froh, daß ich diejenige war, die fast ums Leben gekommen ist. In meinem Alter bleiben mir nicht mehr viele Jahre. Ich weiß sehr gut, daß alte Leute sehr häufig im Weg sind.«

»Das meinst auch nur du«, brüllte Dad.

Mir war klar, daß es keinen Sinn hatte, den Einwand geltend zu machen, daß ich die Treppe gar nicht gebohnert hatte, da Mum sich gleich bei ihrer Ankunft beschwert hatte, das Haus stinke nach Lavendelwachs, daher murmelte ich nur, ich sei froh, daß sie sich nichts getan habe.

»Wenn ihr mich fragt, dann bin ich's, der auf Schadenersatz klagen sollte!« Jonas hob den Blick von seinem Buch, um Mum kalt zu fixieren. »Da steh' ich, will Ihr Fenster reparieren, so wie man's mir aufgetragen hat, und da kommen Sie von hinten und kreischen so laut, daß eine ganze Armee stehenbleiben würde wie ein Mann. Wenn's kein Wunder ist, daß ich nicht auf der Stelle mausetot umgefallen bin, dann weiß ich nich'! Wo mein Herz nicht das allerbeste ist.«

Mum schrumpfte fast bis zum Verschwinden zusammen, schaffte es jedoch, mit einem »Ich hätte wissen müssen, daß ich letzten Endes die Schuldige bin!« zu kontern.

»In Zukunft« – Jonas' Stimme pflügte durch das bleischwere Schweigen, brach es auf wie dicke Erdklumpen – »hängen Sie doch einfach ein Schild an Ihre Tür, auf dem steht ›Unbefugtes Betreten wird strafrechtlich verfolgt‹.«

»Man könnte meinen«, sagte Mum eingeschnappt, »daß ich mit Absicht fast zu Tode gekommen bin!«

Ben und Dad trugen ihrerseits dazu bei, ein Patt zu schaffen, indem sie sich ansahen und die Augenbrauen hochzogen. Und Jonas, dessen Schnurrbart von der schlechten Behandlung ganz borstig war, sackte kunstvoll auf seinem Stuhl zusammen, was mich veranlaßte, zu ihm zu eilen und seine dreckverkrusteten Stiefel auf einen Fußhocker zu betten, woraufhin Kater Tobias wie aus dem Nichts erschien, um sich wie ein Fellvorleger über die Knie des Möchtegern-Invaliden zu drapieren.

»Vielleicht würde es uns allen anstehen«, wandte ich mich an den Raum im allgemeinen, »uns daran zu erinnern, was der heilige Franziskus in diesem Fall sagen würde: *Wo Zorn ist, laßt uns Liebe säen. Wo Kränkung ist, Vergebung...*«

Die Türglocke ging.

»Das kann nicht Beatrix Taffer sein! Sie ist erst in fünf Minuten fällig.« Bin ich die einzige Dumme auf dieser Welt, die glaubt, daß etwas, wenn sie es nur laut genug sagt, auch wahr ist? Diese verflixte Kaminuhr! Die Sonnenuhr im Rosengarten war hundertmal zuverlässiger. Angesichts von Mums bedrückter Miene war ich versucht, nach Mrs. Malloy zu läuten und sie Mrs. Taffer mit der Nachricht empfangen zu lassen, die Familie Haskell zanke sich gerade noch. Wenn Madam sich freundlicherweise in den Wintergarten begeben wolle, um die dortige Tapete zu bewundern oder vielleicht ein Stück Sellerie zu knabbern, wir würden uns umgehend um sie kümmern.

»Auf die Plätze, fertig, lächeln«, bettelte ich, als es erneut läutete. »Dieser kleine Ausflug bedeutet Mrs. Taffer unsagbar viel.«

»Das wage ich zu bezweifeln!« sagte Mum naserümpfend.

»Ruhe!« donnerte Dad in dem Augenblick, als die Tür zum Salon aufsprang und Mrs. Malloy in der ganzen Pracht ihres zweifarbigen Haars und ihrer Preiselbeerschürze sichtbar wurde.

»Wir haben geläutet?« Ben hob fragend eine dunkle Augenbraue.

»Na los, Leute!« Wenn Mrs. Malloy vergißt, was sich gehört, dann richtig. »Laßt das Glotzen und sagt eurem Gast freundlich guten Tag.«

Und siehe da, Beatrix Taffer war direkt hinter ihr. Welch ein Schock! Dies war nicht die zerbrechliche alte Dame meiner Phantasie – die sich durch ihre geriatrischen Übungen quälte, als ich am Telefon mit ihrer Schwiegertochter sprach. Diese ältere Frau humpelte nicht an Krücken herein, mit pfeifendem Atem. Sie drängte Mrs. Malloy in die Halle ab, kam hereingeeilt und öffnete weit die Arme, mit dem offensichtlichen Ziel, sämtliche Anwesenden an ihr Herz zu drücken. Mich verließ der Mut. Sie war ein siebzig Jahre alter Wirbelwind, wie er im Buche steht.

»Mags! Elijah! Ihr habt euch nicht die Spur verändert!«

Keiner der beiden rührte sich oder sagte ein Wort. Ja, meine Schwiegereltern sahen aus, als seien sie ebenso handlungsunfähig wie die Zwillingsritterrüstungen in der Halle. Dem Himmel sei Dank für Ben. Sein Lächeln war jeder Zoll so weltmännisch wie seine Smokingjacke, als er auf Mrs. Taffer zuging und ihr tief in die Augen blickte. »Willkommen auf Merlin's Court.«

Von dem guten Benehmen ihres Sohnes inspiriert, riß Mum sich zusammen. Sie streckte steif die Hand aus und sagte mit einer Stimme, die garantiert Gefrierbrand verursachte: »Lange her, Bea!«

Unser neuer Gast strahlte. »Na, wenn das nicht die Zeit zurückdreht! Mich nennt niemand mehr Bea; ich bin bei jung wie alt als Tricks bekannt.«

»Paßt zu dir!« Dad stand auf und sah mit seinem weißen Schnurrbart und der roten Strickjacke aus, als würde er jederzeit mit Vergnügen durch Mrs. Taffers Schornstein kommen. Um nicht zurückzustehen, rappelte Jonas sich schneller von seinem Stuhl auf, als es einem Invaliden anstand.

»Verzeihen Sie meine dreckigen Stiefel, Lady! Ich komm' gerade von draußen rein, wo ich Gemüse für Ihr Abendessen ausgebuddelt habe.«

Ich unterdrückte ein beklommenes Frösteln und sagte: »Schön, daß Sie gekommen sind, Mrs. Taffer.«

»Ach, papperlapapp, Mrs. Haskell! Ich bin überglücklich, daß Sie mich eingeladen haben.«

Tricks bot einen Anblick, den man nicht so leicht vergaß. Sie maß keine einsfünfzig. Ihre kugelrunde Figur wurde von einem Busen geziert, der sogar den von Mrs. M in den Schatten stellte und Mum aussehen ließ, als hätte sie sich gerade erst für ihren allerersten BH qualifiziert. Ihr Kleid war eine Kreation aus indischem Musselin mit drei Dutzend tanzenden Troddeln. Von ihr ging solch eine Energie aus, daß die Stehlampen schwankten wie Palmen und die Stühle davontrippelten, um Platz zu machen.

Erstaunlich! Ihr Gesicht war, trotz all seiner Falten, das eines Schulmädchens. Eines zu Streichen aufgelegten Schulmädchens, dem das ultrarote Haar wie Stachelschweinborsten vom Kopf abstand und an einen Punkrocker erinnerte. Und – Entsetzen und Bewunderung durchfuhren mich – ihre Ohren waren dreifach gepierct.

Als ich Bens Blick auffing, wußte ich genau, was er dachte. Dieser Kobold konnte keine Gleichaltrige seiner Mutter sein! Schon der Gedanke war blödsinnig. Fast so blödsinnig wie Jonas, der nach vorn gestapft kam, um unserem Gast mitzuteilen, daß es eine einzigartige Freude sei, sie kennenzulernen.

»Ich habe alle Ihre Bücher gelesen.« Er schüttelte ihr die Hand, bis sie fast abfiel. »Ich weiß, daß sie eigentlich für kleine Kinder gedacht sind, aber Peter Rabbit und seine Freunde waren immer schon Idole von mir.«

»Jonas« – unbeeindruckt von der Taktik des alten Einfaltspinsels legte ich die Hand auf seinen Arm –, »diese Dame ist nicht Beatrix Potter.«

»Das will ich meinen!« Tricks bohrte ihm neckisch einen ihrer Wurstfinger in die Rippen. »Mags und ich sind alte Freundinnen, aber *so* alt sind wir beide wieder nicht.« Sie strahlte meine Schwiegermutter an, die sich nicht revanchierte.

»Euer Alter ist euch nicht anzusehen... keiner von euch beiden.« Dad zeigte sich galanteriemäßig der Lage gewachsen und wandte sich an Tricks – speziell an ihr Dekolleté, das unbestreitbar eines der landschaftlichen Wunder dieser Welt war. Mum war selbstredend nicht sehr erbaut.

»Mir hat noch niemand gesagt, daß ich einen auf jung mache.«
Tugendsames Naserümpfen. »Meine Religion lehrt allerdings auch,
daß der Körper der Tempel der Seele ist.«

Es war ein peinlicher Augenblick, aber Tricks dachte anscheinend gar
nicht daran, ungehalten zu sein, sondern gab ein kleines prustendes
Lachen von sich und wandte sich an uns übrige: »Noch ganz die alte
Mags, wie? Immer zu gut für solche Sünder wie uns. Komm her, altes
Mädchen, geben wir uns einen Kuß zur Versöhnung.« Mit diesen
Worten packte sie Mum und drückte ihr einen schallenden Kuß auf
beide fahlen Wangen. Die Männer und ich sahen voller Respekt zu,
wie Tricks Mum bei der Hand nahm und mitzog, wobei sie fast hüpfte, und beide aufs Sofa plumpsten, wohin Tobias sich zu einem Nik-
kerchen zurückgezogen hatte. Er flog in die Luft, zusammen mit ein
paar Kissen, doch Tricks bemerkte nichts davon.

»Wenn man sich vorstellt, Mags, daß es vierzig Jahre her ist, und alles
wegen dieses albernen Streits am Meer.«

Mum hatte nichts darüber verlauten lassen, wo der Krach stattgefunden hatte, und als Schnüfflerin war ich neugierig auf Sinn und Unsinn
des Ganzen, wenn nicht sogar begierig auf eine Schilderung in allen
Details. Tricks, Punkerhaare wurden durch einen verirrten keilförmi-
gen Sonnenstrahl von Rot zu einem irisierenden Rosarot abge-
schwächt, der ebenso – weniger vorteilhaft – die Laufmasche an ihrem linken Strumpf und die Schmutzränder unter ihren Fingernägeln
ausleuchtete. »Es war so ein häßlich grauer Tag, und außer uns dreien
war niemand am Strand.« Sie strahlte zu Dad hoch, der seinen Bart in
eine flottere Form streichelte. »Deshalb fand ich nichts dabei . . .«

». . . vorzuschlagen, daß wir schwimmen gehen?« Meine Schwiegermutter saß da wie auf einer Kirchenbank, die winzigen Knie zusam-
mengepreßt, die Hände steifgefaltet; ihre Stimme war um mehrere
Grade frostiger, als das Meer es an jenem weit zurückliegenden Tag
gewesen sein konnte.

»Ich weiß, du magst Wasser nicht, Mum«, sagte Ben beschwichtigend.

»Ha« – ihre Sperlingsaugen blitzten –, »aber eines weißt du nicht, mein Sohn, daß wir nämlich unsere Badesachen nicht dabei hatten. Und jemand« – sie rückte weiter von Tricks ab – »nannte mich eine Spielverderberin, weil ich mich weigerte ...«

»Im Evaskostüm zu baden?« fragte ich mit bebender Stimme.

»Wenn das der volkstümliche Ausdruck dafür ist.«

»Heiliger Bimbam, Dad« – es hörte sich an, als wollte Ben gleich loslachen – »welche Rolle hast du bei all dem gespielt?«

»Ich stand auf der Seite deiner Mutter. Mußte ich doch, oder?«

Schweigen brach über uns herein, drohte uns zu verschlingen, aber irgendwie schaffte ich es, die Lachspastete und eine Platte mit Käsestangen zu orten, während Ben sich daran machte, Drinks zu improvisieren.

»Was kann ich Ihnen bringen, Mrs. Taffer?« fragte er.

»Fruchtsaft, wenn Sie so lieb sind.« Sie kicherte wie ein Teenager. »Ich bin ein ziemlicher Gesundheitsfreak. Und nennen Sie mich doch Tricks.«

»Wie passend.« Mum rang sich ein unfrohes Lachen ab und nahm ein Glas Limonade. Sie »trank« nicht; ich wünschte mir jedoch, sie ließe sich in dieser Situation dazu überreden, sich etwas Stärkeres zu genehmigen. Ein Glas Lourdes-Wasser zum Beispiel. Unser kleines Beisammensein bedurfte dringend eines Wunders.

Mit ihrer glucksenden Stimme, die um Jahrzehnte zu jung klang, brachte Tricks einen Trinkspruch aus. »Lassen wir die Vergangenheit ruhen, schlage ich vor, und mögen herrliche Zeiten anheben!«

Mum fuhr fort, in ihre Limonade zu starren, doch die Männer, mein Ehemann eingeschlossen, stürzten zu ihr, und bevor ich mich zu ihnen gesellen konnte, verschwand Tricks zwischen ihnen, begleitet von Gläserklirren und »Cheers«-Rufen, gefolgt von einem nicht zuzuordnenden »Hoppla!«.

Jemandes Getränk schwappte über den Rand seines oder ihres Glases und machte einen schönen dicken Fleck auf die Sofalehne und den Teppich. Eine gute Gastgeberin zuckt in solchen Situationen nicht

mit der Wimper, und ich wollte gerade sagen, daß es nicht das geringste machte, als Tricks schon unseren Seelenfrieden wiederherstellte.

»Zerbrechen Sie sich deswegen nicht den Kopf, meine Liebe! Aus
diesen modernen Stoffen gehen Flecken fast in Null Komma nichts
wieder raus.« Sie tätschelte die feuchte Sofalehne. »Und außerdem
können Sie das Problem jederzeit mit einem dieser süßen Dingelchen
überspielen.« Sie setzte ihre Worte in die Tat um, nahm ein Zierdeckchen von dem Beistelltisch aus Eiche und ließ es über den Fleck auf
dem Teppich fallen. »So!« Sie strahlte. »Wem würde es jetzt schon
noch auffallen?«

Den Männern hatte es vor Bewunderung die Sprache verschlagen.
Ich trank meinen Sherry in einem Zug aus, bevor ich ihn noch ver-
schüttete. Und Mum zeigte mit zitterndem Finger auf ihr Lebens-
werk, die Zierdeckchen, die im ganzen Zimmer ausgelegt waren.

»Süße Dingelchen!« Mum fuhr zu Tricks herum, schnappte nach dem
Wort und kaute darauf herum, wie Sweetie auf einem Knochen her-
umgekaut hätte. »*Süße Dingelchen!* So nennst du sie?«

»Das reicht, Magdalene!« donnerte Dad. »Sie hat es doch nicht so
gemeint.«

»Ich hätte wissen müssen, daß du ihre Partei ergreifst.«

»Eltern! Eltern!« frotzelte Ben.

Jonas kam bei diesem rasanten Tempo nicht mehr mit. Er tapste wieder zu seinem Stuhl und ging hinter der *Geschichte aus zwei Städten* in
Deckung. Aus dem verzweifelten Wunsch heraus, dem allen zu entrinnen, war ich versucht, das Abendessen aufzutragen, auch wenn das
hieß, daß wir das Gemüse roh essen mußten. Tricks hob an zu sagen,
daß sie große Stücke auf Mags Zierdeckchen hielt, doch Mum war
nicht mehr zu bremsen. Und vielleicht war es das beste so. Ihre Feindseligkeit war wie ein dienstbarer Geist, den man nach vierzig Jahren
der Einkerkerung aus seiner Flasche entlassen hatte. Selbst wenn ihn
jemand einfangen und wieder hineinstopfen sollte, wäre das nur ein
vorübergehender Aufschub. Wir würden alle darauf warten, daß der
Stopfen wieder hinausflog.

»*Süße Dingelchen!* Wie ausnehmend lässig-amerikanisch von dir, Tricks! Es war mir früher derart peinlich, wenn die Leute darüber tratschten, wie du mit den Amis vom Air-Force-Stützpunkt geflirtet hast. Ich wollte es nicht glauben, als eines Tages deine eigene Mutter in Tränen ausbrach und zugab, du hättest kleine Geschenke von ihnen angenommen – Kaugummi und, am allerschlimmsten« – sie spie das Wort aus, als könne sie es nicht ertragen, daß es ihre Lippen berührte – »Zigaretten.«

»Wollen Sie damit sagen, sie war eine Spionin?« Jonas wurde wieder lebendig, seine Raupenaugenbrauen schnellten vor Neugier hoch und runter.

»Nein, liebes Alterchen!« Tricks Gesicht war nach wie vor ein einziges Lächeln. »Mags will sagen, daß ich ein Flittchen war.«

Haltet mich ruhig für defätistisch, aber mir kam, so darf ich mich rühmen, eine blitzartige Erkenntnis. Mein herrlicher Abend war gestorben. Und nach dem Anblick von Ben und den anderen Jungs zu schließen, waren sie einer Meinung mit mir. Aber wie sehr kann man sich irren! Entweder war unser Gast eine Meisterin in Sachen Haltung bewahren, oder man konnte sie einfach nicht beleidigen, a) weil sie das Salz der Erde war, oder b) weil sie sich absolut nicht in andere einzufühlen vermochte. Der Gedanke drängte sich auf, daß letzteres ein echtes Handikap sein konnte – es war, als überquere man die tückischen Schnellstraßen des Lebens mit verbundenen Augen. Doch wie gewöhnlich kam ich nicht dazu, in philosophischen Spekulationen zu schwelgen.

Tricks zwitscherte: »Geht's dir besser, Kleines, nachdem du dir das alles von der Seele geredet hast?«, während sie Mum erneut in einer dieser Auf-ewig-Freundinnen-Umarmungen an sich drückte. Worauf diese mit ihrer gewohnten Inbrunst reagierte, die Arme steif an die Seiten gepreßt. Ihre Nase und das eine sichtbare Auge blickten starr nach vorn in die Unendlichkeit.

Ich war im Begriff, die Tugenden der Käsestangen anzupreisen, als die Tür zum Salon aufsprang, der Wand eine weitere Kerbe beibrachte und Mrs. Malloy hereinkam, deren netzbestrumpfte Knie unter dem Gewicht des monströsen Buketts, das sie im Arm hielt, nachgaben.

Das ein Meter zwanzig hohe Gebilde bestand ganz und gar aus Gemüse – Gemüse von obszönem Ausmaß, das aussah, als hätte es Steroide eingenommen. Ben war der erste, der den Mund aufbekam. »Mein Gott, Ellie! Stellst du dir so ein Hors d'oeuvre vor?«

»Das hab' ich mitgebracht!« Tricks sprang auf, wobei sie eine Lampe und zwei ausgesprochen entbehrliche Ziergegenstände umwarf, und ihr Lächeln spendete mehr Licht als die Hundert-Watt-Birne. »Mein kleines Mitbringsel – mein Dankeschön, weil Sie mich zu diesem vergnüglichen Abend eingeladen haben.«

»Da ist mir ein Strauß Narzissen allemal lieber!« Taktvoll wie stets drückte Mrs. Malloy mir das Ungeheuer in die Arme und flitzte aus dem Zimmer, bevor es eine grüne oder orangefarbene Pfote ausstrecken und einen der besonders pikanten Teile ihrer Anatomie abreißen konnte, um seinen unstillbaren Appetit auf Menschenfleisch zu befriedigen.

Armer Ben. Ich merkte, wie er sich anstrengte, einige anerkennende Worte zu finden, die nicht gegen den hypokritischen Eid des Kochs verstießen. Ich meinerseits strengte mich an, mich aufrecht zu halten. Mum saß unterdessen da wie eine Steckrübe – als hätten wir nicht schon genügend Gemüse. Und Dad und Jonas kamen so still und ehrfurchtsvoll zu mir geschlichen, als wären sie in der Kirche.

»Na los, sagt mir, wie ihr es findet!« Tricks vibrierte vor Aufregung.

»Unglaublich!« Dad, der mir den Schiefen Turm von Gemüse abnahm, hielt ihn hoch, während Jonas wie angenagelt neben ihm stand, mit erhobenem Blick.

»Es gefällt euch?«

»Wir sind begeistert!« Die beiden Männer sprachen wie mit einer Stimme. Und warum auch nicht? Jonas hielt sich viel auf das von ihm gezogene Gemüse zugute und Dad auf das von ihm verkaufte.

»Ein wahres Prachtstück!« schwärmte der eine oder der andere von ihnen.

»Oh, ihr Engel!« Bescheidenheit gehörte nicht zu den Tugenden der Dame. »Ich brenne geradezu darauf, mich mit einer meiner Phantasien in Gemüse beim Sommerfest von St. Anselm anzumelden.« Ich wollte sagen, daß ich die diesjährige Präsidentin war, aber Tricks übertönte mich einfach. »Die Ausstellerin muß alles mit ihren eigenen kleinen Händen angepflanzt haben.« Sie hielt die ihren in die Höhe, mit weit gespreizten Fingern. Und ich muß sagen, es war beruhigend zu wissen, daß der Dreck unter ihren Nägeln gute, ehrliche Erde war. »In den letzten fünf Jahren, seit ich in großem Stil Gartenbau betreibe, bin ich immer auf dem zweiten Platz gelandet. Aber in diesem Jahr, glaube ich, habe ich die Chance, den Vogel abzuschießen, weil nämlich Louise Bennett, die immer mit ihren Kürbis-Potpourris gewonnen hat, nicht antritt.«

»Was für ein Glücksfall!« bemerkte Ben.

»Ja, nicht? Und weißt du, was ich gerade dachte, Mags?« Tricks strahlte ihre Ex-Freundin an. »Sarie Robertsons Fehlen in diesem Jahr könnte *dir* die Tür zum Ruhm öffnen.«

Mum machte ein verständnisloses Gesicht, daher erklärte ich es ihr: »Es besteht die Möglichkeit, daß eine andere an ihrer Stelle den ersten Preis im Häkeln gewinnt.«

»Willst du damit andeuten, Ellie« – Mum wachte auf –, »daß ich diese Sarie nicht schlagen könnte, wenn sie noch im Rennen wäre?«

»Natürlich könntest du das. Du bist ein *Genie* mit der Häkelnadel«, sagte ich, schon ganz schwindelig vor Hunger oder weil Jonas und Dad immer noch wie besessen die Phantasie in Gemüse in ihren Händen drehten und wendeten. »Nur leider bist du nicht teilnahmeberechtigt, weil du nicht in diesem Bezirk gemeldet bist . . .«

»Das stimmt, Mags.« Mrs. Taffer sprach mit ihrer ewigen Munterkeit. »Ich hatte ganz vergessen, daß du ja nur ein paar Tage hier bist. Wie dem auch sei, es wird ein großartiges Jahr werden. Wo so viele der altgedienten Preisträgerinnen weggezogen sind oder aus anderem Grund das Handtuch – beziehungsweise die Schaufel – geworfen haben, ist selbst die Martha wieder in Reichweite.«

Ben, ein Experte in Sachen Sommerfest, da er mein Gejammer über meine vielfältigen Pflichten hatte mit anhören müssen, fing an zu erklären, was es mit dieser von vielen Frauen – zusammen mit einer wachsenden Anzahl von Männern, nicht zuletzt dem Gatten unserer Pfarrerin, Gladstone Spike – heißbegehrten Trophäe auf sich hatte. Gladstone machte einen beachtlichen Biskuitkuchen. Leider Gottes wurde mein Mann im Haus vom Essensgong übertönt.

»Fragt nicht, wem der Gong schlägt«, wandte ich mich an die nachhallende Stille, »er schlägt euch.«

Und damit marschierten wir alle ins Speisezimmer, um uns an dem einmaligen Abendessen zu ergötzen.

Niemals in der Geschichte hatte sich eine geistesverwandtere Gesellschaft um einen Eßtisch versammelt. Bedauerlicherweise war meinen Kochkünsten kein großer Erfolg beschieden. Was leider nicht heißen soll, daß das Essen miserabel war. Miserables Essen ist gewissermaßen authentisch – ein Statement, wenn man so will. Mittelmäßige Kost hingegen bleibt gewöhnlich auf dem Teller liegen, ohne Lob zu erfahren oder aber die Auszeichnung, zur scheußlichsten Mahlzeit erklärt zu werden, die alle je gegessen haben.

Gute alte Mrs. Malloy! Sie bemühte sich nach Kräften, der Veranstaltung Weihe zu verleihen, indem sie den Servierwagen hereinrollte, als habe sie den Kopf von Johannes dem Täufer in der großen Schüssel. Aber selbst auf sie war nicht hundertprozentig Verlaß. Man hätte eine Gabel fallen hören können – eine ganze Reihe Gabeln –, als sie ein Schnittbrot, noch in seiner Plastikhülle, auf den Tisch geknallt hatte.

»Machen Sie man bloß nicht solche Stielaugen, Mrs. H! Sie haben vergessen, die Brötchen in den Ofen zu schieben. Arme kleine Kerle. Ihre kleinen Gesichter sind zu Brei geschlagen, und das für nichts und wieder nichts!« Mit diesen dramatischen Worten ging Mrs. M taftraschelnd in Richtung Küche ab und überließ es mir, mein strahlendstes Lächeln aufzusetzen.

»Das Futter ist nicht schlecht, Ellie, mein Mädel!« Jonas lutschte Soße von seinem Schnurrbart und machte sich über sein Fleisch her (das es aufgegeben hatte, sich als *Bœuf Bourguignonne* zu verstellen), als grabe er ein Beet Steckrüben um.

»Ich habe schon Schlimmeres gegessen.« Dad hielt sich, wie stets, streng an die Wahrheit und nichts als die Wahrheit. Ein Fehler, für den ich seinen Sohn bekanntlich des öfteren kritisiert hatte – indem ich erklärte, daß eine glücklich gewählte Lüge so süß sein kann wie eine duftende Rose. Aber bei dieser Gelegenheit erwies Ben sich als Ritter in schimmernder Rüstung.

»Ganz vollendet, Liebes.« Er wandte sich an seine Mutter. »Bist du nicht auch der Meinung, daß meine Frau sich selbst übertroffen hat?«

So direkt gefragt, hielt Mum mitten in der Bewegung inne, mit der sie eine nicht übermäßig volle Gabel vorsichtig zum Mund führte, und sagte: »Du hättest dir wirklich nicht soviel Arbeit machen sollen, Ellie. Wo du doch sowieso abnehmen willst. Dad und ich wären schon mit einem Teller Suppe oder einer Scheibe Brot mit Marmelade zufrieden gewesen.«

»Ach komm, meine Liebe!« Tricks' Lächeln ließ ihr stacheliges Haar aufleuchten wie einen Heiligenschein. »Ich weiß nicht, wann ich das letzte Mal so etwas Leckeres gegessen habe!«

Mum fuhr zu ihr herum. »Aber du hast nicht mal zwei Bissen gegessen!«

»Sie hat recht!« schimpfte Dad. »Wenn das Rindfleisch noch länger auf deinem Teller liegenbleibt, dann kann man es bald heiligsprechen.«

»Ja, nun . . .« Tricks lächelte mir bedauernd zu. »Die Wahrheit ist, ich bin Vegetarierin. Seit Jahren habe ich kein Fleisch gegessen. Aber laßt euch davon nicht stören. Wenn ich sage, leben und leben lassen, gilt das für blutrünstige Menschen«, sagte sie lachend, »ebenso wie für die armen kleinen Bählämmchen und Muhkühchen.«

Na großartig! Meine trübselige kleine Dinnerparty wurde mir nichts, dir nichts in den Rang eines Terrorakts erhoben.

»Warum hast du dann deinen Salat nicht gegessen?« Mum ging schon wieder auf sie los. »Und was ist mit den Karotten und dem Brokkoli? Was für eine Art Vegetarierin bist du denn?«

»Man würde mich wohl nicht als orthodox bezeichnen, eher als reformiert.« Tricks zwinkerte Dad zu. »Ich hab' kein Gemüse mehr gegessen, seit ich es selbst ziehe. Du weißt ja, wie schnell das geht, Elijah, sein Herz daran zu hängen.«

»Kann ich von mir nich' gerade behaupten.« Jonas tunkte seine Soße mit einem Stück Brot auf. »Aber wir alten Junggesellen sind ja auch nich' berühmt für unsere Empfindsamkeit.«

Er wurde mit einem Schulmädchenkichern belohnt. »Ach, kommen Sie! Daß Sie ein Herz aus Gold haben, sieht doch jeder. Warum Sie nicht schon vor Jahren von einem Häschen in hautengem Rock und Pulli eingefangen worden sind, ist mir ein Rätsel.«

Hatte die Dame es etwa auf meine Unschuld vom Lande abgesehen? Ich überlegte gerade, was ich von dieser Möglichkeit halten sollte, als Dad sagte: »Wenn ich so denken würde wie du, Tricks, dann wäre ich arbeitslos. Auf der anderen Seite muß ich zugeben, daß es Zeiten gab, da wurde mir unwohl, wenn ich sah, wie ein besonders feiner Blumenkohl über den Ladentisch ging, um zu Brei verkocht zu werden.«

»Du rührst mich zu Tränen, Dad.« Ben spießte ein Stück Rindfleisch auf. »Vielleicht solltest du veranlassen, daß das Gesundheitsamt nach jedem Kauf eine Stichprobenkontrolle vornimmt, um sicherzustellen, daß die Wohnbedingungen im Kühlschrank angemessen sind.«

Auf Mums verkniffenem Gesicht zeigte sich Mißbilligung über all dieses Gerede von wegen Gemüse – von dem Brokkoliberg auf ihrem Teller ganz zu schweigen. »Ich wüßte nur zu gern, Bea«, sagte sie, »was du denn nun ißt, um Leib und Seele zusammenzuhalten.«

»Dies und das.« Ein Flattern falscher Wimpern, die doppelt so lang waren wie die von Mrs. Malloy. »Und es vergeht kein Tag, an dem ich nicht mein wunderbares Gesundheitselixier nehme. Du solltest es ausprobieren, Mags! Glaub mir, du würdest dich um vierzig Jahre jünger fühlen.«

»Ich möchte mich nicht vergiften.«

»Sei nicht so voreingenommen«, tadelte Dad. »Könnte durchaus nützlich sein, bei deinem Problem.«

»Welchem Problem?« fragte ich, unheilbar töricht.

Mum spitzte die Lippen. »Das möchte ich lieber nicht sagen, Ellie. Nicht in gemischter Gesellschaft. Es ist mir schwer genug gefallen, das Thema in meinen Briefen anzuschneiden. Ich erwarte nicht etwa, daß du dich daran erinnerst. In meinem Alter lernt man, mit Beschwerden zu leben. Es bleibt einem nichts anderes übrig, es sei denn, man begibt sich unters Messer, und mein Arzt gibt selbst zu, daß das keine Garantie für eine Heilung ist.«

»Sie hat Ärger mit der Verdauung!« Dad brüllte die Hiobsbotschaft heraus, was Salz- und Pfefferstreuer dazu veranlaßte, einen irischen Volkstanz aufzuführen.

»Davon hatte ich keine Ahnung.« Ben sah mich an – die Person, der es oblag, die Briefe seiner Mutter zu lesen und zu beantworten. Zur Entschuldigung meiner Herzlosigkeit hätte ich anführen können, daß, wenn Mum über sehr persönliche Dinge schrieb, ihre Handschrift äußerst klein wurde, als senkte sie auf dem Papier die Stimme, und das bedeutete, daß ich kein Wort zu entziffern vermochte. Aber ich kam nicht dazu, etwas zu sagen, denn in diesem Moment trat Mrs. Malloy ein, um mit der Weinflasche reihum zu gehen.

Da ich überzeugt war, daß Tricks im Begriff stand zu fragen, ob die Weintrauben auch auf humane Weise gekeltert worden waren, schlug ich ihr vor, von Mrs. Pickles Löwenzahngebräu zu kosten. Unkraut bleibt trotz allem Unkraut. Der Fluch des Gärtnerlebens.

»Nur ein Schlückchen, meine Liebe.« Tricks hielt ihr Glas hin. »Ich hab' so oft gehört, daß diese Dame auf dem Sommerfest für ihren Wein jedesmal einen Preis bekommt.«

Im Kielwasser dieser Lobesworte schlug Ben vor, wir sollten alle Tricks' Beispiel folgen. Und mit nur ein, zwei gegrummelten Bemerkungen, wie überarbeitet und unterbezahlt sie sei, klackte Mrs. Malloy auf ihren Stöckelabsätzen um den Tisch herum und füllte die Gläser, bis sie zu Mum kam, die zusammenzuckte, als wollte man sie schlagen.

»Vielen Dank, ich trinke nicht.«

»Was sagten Sie noch gleich?« Mrs. Malloy goß das Glas bis zum Rand voll.

»Daß ich nicht...«

»Welch ein Jammer! Aber spare in der Zeit, so hast du in der Not! Auf der ganzen Welt verdursten Tausende in der Wüste.« Von ihrer eigenen Phrasendrescherei zu Tränen gerührt, kippte meine getreue Abstauberin den Wein in einem Zug hinunter, wischte das Glas mit ihrer Preiselbeerschürze aus und stellte es mit einer schwungvollen Bewegung wieder auf den Tisch.

»Ich weiß nicht, warum du diese Frau behältst«, sagte Mum schnippisch, als Mrs. Ms unbotmäßiges Hinterteil zur Tür hinaus verschwunden war.

»Mach dir nicht gleich ins Hemd, meine Liebe!« Tricks strahlte sie an. »Riskier's – ertränk deinen Kummer in einem Glas Wasser.«

»Wenn dich das glücklich macht«, lautete die mürrische Antwort. Und von diesem Augenblick an trank Mum ununterbrochen, in klitzekleinen Schlucken, von den Früchten des Küchenhahns. Ich dachte ein paarmal daran, mich zu weigern, ihr Glas nachzufüllen, als ich sie immer tiefer in Nüchternheit versinken sah; aber wo soll eine Gastgeberin die Grenze ziehen? Außerdem war da noch die Kleinigkeit, daß Tricks mit meinem Männervolk schnäbelte und gurrte. Wenn sie in seine Richtung blickte, saß Jonas jedesmal mit aufgestütztem Besteck und dümmlichem Gesichtsausdruck da. Selbst Ben war nicht immun gegen den siebzig Jahre alten Vamp. Dad war jedoch der allerschlimmste. Wenn er nicht an ihren Lippen hing, dann weidete er seine Augen an ihrem Superlativbusen.

»Du hast deinen Wein gar nicht angerührt, Tricks«, schalt er sie mit untypisch sanfter Stimme. Woraufhin sie ihn anrührte, indem sie das Glas mit dem Ellbogen umstieß.

»Keine Sorge«, gluckste sie, als der gelbliche Fleck in das Damasttischtuch einsickerte. »Das geht beim Waschen wieder raus.«

»Ohne Probleme«, sagte ich.

»Meine Schwiegertochter steht auf diesen ganzen Hausfrauenkram.

Für mich wäre das nichts; ich wollte immer mehr vom Leben. Aber verstehen Sie mich nicht falsch« – Tricks wedelte mit den Händen –, »Frizzy ist ein tolles Mädchen. In all den Jahren, seit ich bei ihr und Tom lebe, ist kein böses Wort zwischen uns gefallen, und das ist ein wahres Wunder in einem so kleinen Haus, wo man die Kinder immerzu um die Beine hat.«

»Du könntest sie ja bitten auszuziehen«, witzelte Dad. »Ich bin jedesmal nahe dran, das sage ich euch, wenn Dawn, die älteste Tochter, über mein Make-up herfällt und die drei Kleinen herumspringen, während ich meine Meditationsübungen zu machen versuche.«

»Das hat man davon, wenn man seine Unabhängigkeit aufgibt«, schaltete Mum sich ein. »Übrigens, was ist denn aus deinem Mann geworden?«

»Im Krieg gefallen«, erwiderte Tricks fröhlich.

»Im Zweiten Weltkrieg?« Ben sah verwirrt aus.

»Genau.«

»Aber das kommt doch nicht hin, wie ich auch rechne!« Mum starrte sie an. »Du warst noch nicht verheiratet, als ich dich das letzte Mal gesehen habe, und das war in den fünfziger Jahren.«

»Die Bombe war ein Spätzünder.«

»Das soll wohl ein Witz sein!« Dad verbannte seine Gabel neben seinen Teller.

»Na gut!« Tricks warf die Hände hoch und klimperte mit ihren falschen Wimpern. »Ich war nie mit Toms Vater verheiratet. Na und? Heutzutage ist das allen schnuppe, aber damals, als ich in anderen Umständen war, mußte ich das übliche Ammenmärchen erfinden, von wegen daß ich Witwe wurde, bevor das Baby zur Welt kam. Den Nachnamen Taffer hab' ich mir aus dem Telefonbuch rausgesucht. Ich fand ihn ganz hübsch.«

»Nie verheiratet!« Mum sank so tief in ihren Stuhl, daß ich schon einen der Hochstühle der Zwillinge für sie holen wollte. Doch einmal mehr zerstörte Mrs. Malloy den Augenblick, indem sie den Servierwagen hereinschob.

»Der Böse kennt nicht Rast noch Ruh!« Sie schmatzte mit den Schmetterlingslippen und räumte dann die Teller ab, als bewegte sie sich auf einem rutschigen Schiffsdeck. Falls sie in der Küche einen zur Brust genommen hatte, brauchte ich mir wenigstens keine Sorgen darüber zu machen, wie sie heil nach Hause kam. Ich hatte bereits beschlossen, Tricks zu fragen, ob sie sich ein Taxi mit ihr teilen würde. Auf meine Kosten natürlich.

»Jemand Lust auf Pudding?« Nachdem Mrs. M die obere Platte des Servierwagens beladen hatte, nahm sie das Tablett mit der Schokoladenmousse von der unteren, ging um den Tisch herum und knallte jedem von uns ein Schälchen vor die Nase. »Es soll mich lieber keiner auffordern, mich dazuzusetzen. Ich könnt' mich nämlich vergessen und ja sagen. Betteln nützt auch nichts mehr, Mrs. H, ich bin weg, um meine Arme bis zu den Ellbogen in Spülwasser zu tauchen.«

Dem Ruf der Pflicht folgend, wankte sie hinaus, ohne zu ahnen, wie gern ich es in der Tat gesehen hätte, daß sie sich einen Stuhl heranzog und sich zu uns gesellte. Man konnte sich stets darauf verlassen, daß Mrs. Malloy eine Situation hinreichend verkomplizierte, so daß alles, was sonst geschah, belanglos schien. Zu meiner Überraschung kam Mum nicht auf die spannungsgeladene Enthüllung von Tricks Ledigenstand zurück. Anstatt das Messer tiefer in die Wunde zu bohren, bohrte sie den Löffel in ihre Schokoladenmousse. Ich hielt die Luft an, in der naiven Hoffnung, daß sie mich gerührt ansehen und sagen würde: »Ellie, ich habe mich all die Jahre in dir getäuscht. Eine Frau, die eine Schokoladenmousse dieser Güte zubereiten kann, hat meinen einzigen Sohn verdient.«

Die traurige Wahrheit ist, sie aß, als merke sie nicht, was sie tat. Ihr Löffel mochte sich bewegen, ihre Augen nicht. Sie waren starr geradeaus gerichtet, wie auf eine ferne Küste. Die Männer waren so damit beschäftigt, dafür zu sorgen, daß Tricks sich zu den stacheligen roten keine grauen Haaren wachsen ließ, in der fälschlichen Annahme, ihre Offenbarung habe an ihrer Wertschätzung irgend etwas geändert, daß sie ihre Mousse nicht anrührten. Tricks wiederum blieb lieber bei ihrem Löwenzahnwein, an dem sie Geschmack gefunden zu haben schien – inzwischen war sie bei ihrem dritten Glas angelangt. Ich meinesteils war (ausnahmsweise) nicht in der Stimmung für Schokolade.

»Kann nich' leicht gewesen sein, als Frau ganz allein auf sich gestellt einen Jungen großzuziehen.« Jonas bot Tricks zuliebe seinen ganzen rustikalen Charme auf. »Für mich macht Sie das zu einer richtigen Heldin.«

»Ich hatte ziemlich zu kämpfen«, zirpte Florence Nightingale. »Aber ich bin zurechtgekommen.«

»Eine große Leistung!« Dad prostete ihr zu.

»Es ist ja schon schwer genug, Kinder aufzuziehen, wenn man verheiratet ist.« Das war Ben, der sich gern für den Erfinder der Elternschaft hielt. In verspäteter Rücksicht auf seine Pflichten gegenüber seiner Mitarbeiterin bei diesem Unternehmen schenkte er mir ein Lächeln und probierte endlich von seiner Schokoladenmousse. Mit geschlossenen Augen führte er den Löffel an seine Lippen ... und ließ ihn sogleich mit gräßlichem Geklirre fallen.

»Ellie, da ist was furchtbar schiefgegangen!«

»Du meinst, sie ist nicht richtig fest geworden?«

»Ich spreche von der *Schokolade!* Welche Sorte hast du benutzt?«

»Die normale Back ...« Der Protest erstarb mir auf den Lippen, und ich schlug die Hände an meine glühenden Wangen.

»Was ist?« wollte der Großinquisitor wissen.

»Mir ist gerade eingefallen, daß ich überall nach der Schachtel gesucht habe, und am Schluß habe ich sie auf dem Regal mit den Medikamenten gefunden.«

»Das war nicht Backschokolade«, brummte Jonas. »Das war mein Choco-Lax.«

»Sie meinen« – Tricks kicherte –, »sie hat den Pudding aus einem Abführmittel gemacht?«

»Jeder kann sich mal irren.« Um Bens Blick auszuweichen, schaute ich zu Mum hinüber und wurde sogleich von einer kräftigen Dosis –

entsetzlicher Ausdruck – Reue gepackt. »Ach du meine Güte!« Ich riß ihr den Löffel weg. »Ausgerechnet du, mit deinen Verdauungsproblemen, ißt dieses Zeug! Vielleicht sollten wir lieber den Arzt rufen.«

»Es wird ihr schon nicht schaden«, sagte Dad mit ehemännlicher Überzeugung. »Ich sage ihr immer wieder, sie soll mehr Feigen essen.«

»Und wenn Komplikationen auftauchen?« *Tod* war eine davon. Ich sah bereits die Schlagzeilen in den Zeitungen vor mir. *Frau Überdosis eines Abführmittels verabreicht – Schwiegertochter des Mordes angeklagt!* Darunter ein Foto von mir, wie ich mich hinter einer dunklen Sonnenbrille verbarg, und mehrere Passagen, die sich bis in die allerletzten Einzelheiten über Mums Beinahe-Todessturz heute abend auf der Treppe ausließen. Einer Treppe, Ladies und Gentlemen, die in Voraussicht auf den Besuch der Verstorbenen halsbrecherisch blank gebohnert worden war.

»Mum, ich hab' mich noch nie so elend gefühlt.«

»Da sind wir schon zwei.«

Dieser Vorwurf traf tief, aber ich hatte das Gefühl, sicherlich eine Folge meiner Feigheit, daß sie nicht von einer Reaktion auf die Schokoladenmousse sprach. Sie saß da, die Hand in der Luft, als hielte sie noch den Löffel, den ich ihr abgenommen hatte, und ihr Blick war starr und ausdruckslos.

»Mum, geht es dir gut?« Ben erhob sich halb von seinem Stuhl.

»Natürlich.« Sie schüttelte ihren zarten Kopf und warf mit Haarklemmchen um sich. »Wo« – sie blickte auf ihre Hand – »ist mein Löffel?«

»Erzähl mir doch mal von deiner Hochzeit, ja, Mags, meine Liebe?« forderte Tricks sie auf.

»Meine was?« Mum richtete sich ruckartig auf.

»Was gibt's da schon zu erzählen?« Dad leistete ihr ausnahmsweise volle eheliche Unterstützung. »Reden wir lieber über was Interessanteres. Wie sieht die Wettervorhersage für morgen aus?«

»Na, jetzt seid doch keine Spielverderber, ihr zwei!« Tricks strahlte sie

nacheinander an. »Ohne diesen albernen Streit wäre ich eure Brautjungfer gewesen. Da habe ich doch bestimmt einen Anspruch darauf,
jedes blumige Detail zu erfahren.«

»Mir haben sie nur erzählt« – Ben stützte sich mit dem Ellbogen auf
den Tisch, sein edles Kinn ruhte in seiner hohlen Hand –, »daß es eine
Trauung im engsten Kreis war.«

»Richtig«, sagte Dad in einem trockenen Tonfall, der »Ende des
Themas« besagte.

»Und sie war bestimmt traumhaft!« Tricks ließ sich nicht so leicht
zum Schweigen bringen. »Fand sie denn in einer Kirche statt oder in
einer Synagoge?«

»Das geht dich nichts an.« Mum zitterte so heftig, daß der Fußboden
erbebte. Jonas sah verblüfft aus, ich wußte nicht, wie ich aussehen
sollte, und Ben sah aus, als hätte er beiden Eltern liebend gern eine
Ohrfeige gegeben, weil sie aus einer Mücke solch einen Elefanten
machten.

»Geht es *mich* denn was an?« Mein Gatte zuckte mit einer dunklen
Braue und wartete auf Aufklärung.

»Von meiner Warte aus nicht!« Dad hievte sich mitsamt seinem Stuhl
hoch und knallte ihn dann mit ehrfurchtgebietender Endgültigkeit
wieder auf den Boden.

Erstaunlich! Tricks war anscheinend die einzige, die nichts von dem
Wirbel mitbekam, den sie selbst verursacht hatte. Durchaus möglich,
daß sie es nicht absichtlich getan hatte; sie war in meinen Augen viel
zu selbstbezogen, um gewollt boshaft zu sein, aber sie war auch mit-
nichten die Einfühlsamkeit in Person. Woher nahm ich andererseits
das Recht, das zu monieren? In diesem Augenblick wünschte ich
verzweifelt, ich hätte sie nicht eingeladen beziehungsweise mich
überhaupt nie zu dieser Dinnerparty entschlossen. Die Gelegenheit
war günstig, um zu erkennen, daß die Worte »ich hab's doch nur gut
gemeint« wohl zu den unerquicklichsten Redensarten überhaupt
gehören. Ben hatte mich vorgewarnt, daß seine Eltern es nicht mochten, wenn man um ihren Hochzeitstag großes Trara machte. Es

mochte ein unsinniger Grund dahinterstecken – ich tippte auf eine standesamtliche Trauung –, aber was spielte das für eine Rolle, wenn seine Mutter hier an meinem Tisch saß und ihr kleine Tränen über die Wangen rollten?

»Elijah«, sagte sie, »wir stehen mit dem Rücken zur Wand, und ich sehe keine andere Möglichkeit, als unserem Jungen reinen Wein einzuschenken.«

»Komm schon, Mum!« Bens Stimme klang ärgerlich, aber auch liebevoll. »Ich werde euch nicht aus meinem Testament streichen, wenn ihr mir sagt, daß ihr in Caxton Hall getraut wurdet.«

Ihre Antwort war ein *plop*, plop von Tränen auf das Tischtuch, und ich rechnete schon damit, daß Tricks uns umgehend aufklärte, sie würden beim Waschen rausgehen, doch es war Dad, der das Schweigen brach.

»Ich hab' ja immer gesagt, mein Sohn, daß du ein Recht darauf hast, es zu erfahren, und ich wollte, ich hätte dir unter vier Augen erzählen können, daß deine Mutter und ich ... daß deine Mutter und ich nie von einer rechtsgültigen Instanz im heiligen Ehebund vereint wurden.«

»Ihr seid nicht verheiratet?« Ben wurde so weiß wie das Tischtuch. Tricks klatschte in ihre molligen Hände. »Mags, das hätte ich dir nie zugetraut!«

»Allmählich denk' ich« – Jonas versuchte seine ungezogene Belustigung hinter seinem Schnurrbart zu verbergen –, »daß ich ein sehr behütetes Leben geführt hab'.«

»Natürlich sind wir verheiratet«, tobte Dad. »Man braucht nicht unbedingt einen Geistlichen, oder auch einen Richter, um eine Heirat zu vollziehen. Dazu braucht man einen Mann und eine Frau, die zusammenkommen und einander Treue geloben. Und wenn das nicht reicht, ist da noch der Ring. Meinst du etwa, Ben, ich hätte vier Pfund zehn für das Exemplar, das deine Mutter trägt, geblecht, wenn ich unsere Verbindung nicht als vor Gott und den Menschen verpflichtend ansehen würde?«

»Ich bin illegitim!« Mein Ehemann hob abwechselnd die eine, dann die andere Braue, als wäre das ein Jongliertrick, den er gerade erlernt hatte.

»Oh, mein Sohn! Sag so was nicht!« schluchzte seine Mutter.

»Ich mache dir keinen Vorwurf!« Ben packte die Armlehnen seines Stuhls, als säße er in einer Achterbahn, die jeden Moment in halsbrecherischem Tempo starten würde. »Du warst ein junges, leicht beeinflußbares Mädchen.«

Dad schlug mit der Faust auf. »Sie war annähernd vierzig.«

»Ich muß versuchen, es dir begreiflich zu machen, Ben, mein Lieber.« Mum hob ihr Waisenkindgesicht. »Damals sah man das alles anders. Elijahs Eltern drohten, sich das Leben zu nehmen, falls wir in der Kirche heirateten, und meine sagten, sie würden dasselbe tun, falls die Hochzeit in einer Synagoge stattfände.«

»Was war denn am Standesamt auszusetzen?« Ben war ein wenig milder gestimmt.

Mum stieß einen kleinen schrillen Schrei aus. »Nie im Leben hätte ich einen dieser gottlosen Orte aufgesucht.«

»Ich kündige hiermit dennoch an, daß ich euch beide nicht aus meinem Testament streiche.« Ben unterdrückte die Belustigung in seiner Stimme nicht. Gutgemacht, mein Liebling! Er hielt sich erstaunlich tapfer. Der Bastardfaden in seinem Wappen verlor an Schrecken. Er würde sich nicht genötigt sehen, aus seinen Clubs auszutreten. Mich überraschte nur, daß Mum sich nicht genötigt gesehen hatte, aus der römisch-katholischen Kirche auszutreten, aber sie erklärte, wie sie diese Klippe umschifft hatte.

»Man sagt ja, daß man sich allerlei einreden kann, wenn man nur will; so wie wenn man ein Foto über ein anderes klebt. Deshalb stellte ich mir, wenn ich an meine Hochzeit dachte, jedesmal vor, daß sie in der Kirche zur Heiligen Mutter Maria stattgefunden und der liebe Pfarrer O'Dugal die Trauung vollzogen hätte ... so wie ich es mir immer erträumt hatte.«

»Aber dafür ist es doch nicht zu spät«, rief ich und tat, was ich am besten konnte – steckte die Nase in Dinge, die mich nichts angingen.

»Du kannst endlich deine Traumhochzeit haben. Ben könnte dich zum Altar führen, Mum, und ...«

»Ich könnte Brautjungfer sein.« Tricks klang längst nicht so begeistert, wie ich erwartet hätte.

»Und ich denk', ich könnte für die Blumen sorgen.« Jonas erwies ihnen seine Reverenz.

»Es wäre eine Erleichterung, dich anständig verheiratet zu wissen, Mum. Vergiß nicht, Ellie und ich kommen allmählich in die Jahre und werden nicht ewig leben.« Ben lief wieder zu Höchstform auf.

»Selbstverständlich muß ich mit Dad sprechen, um sicherzugehen, daß er für deinen Unterhalt sorgen kann, zumal wenn noch was Kleines kommt.«

Mums Gesicht verfärbte sich zu einem kleidsamen Rosarot, und die Andeutung eines Grübchens erschien auf ihrer Wange. »Es wäre wohl das beste, zur hiesigen Kirche zu gehen, wo uns niemand kennt, Elijah.«

»Kirche?« Dads Stimme klang, als traue er seinen Ohren nicht. »Ich möchte dich darauf hinweisen, Magdalene, daß, wenn diese Zeremonie stattfindet, dann in einer *Synagoge.*«

»Nicht zanken, liebe Eltern!« sagte Ben zu ihnen, doch es war die Stimme eines Rufers in der Wüste. Seine Erzeuger waren aufgesprungen und funkelten sich über den Tisch hinweg zornig an.

»Wie dumm bin ich gewesen!« Das Gesicht seiner Mutter war verkniffener denn je. »Du hast dich gar nicht wegen deiner Eltern geweigert, mich in der Kirche zur Heiligen Mutter Maria zu heiraten. Deine eigenen Gefühle waren dir wichtiger. So wie an jedem einzelnen Tag jeder einzelnen Woche, die wir zusammen sind!«

»Wenn du das glaubst« – Dads Brauen schossen fast von seiner Stirn –, »werde ich von nun an einen weiten Bogen um dich machen, Magdalene! Ja, wenn dir das lieber ist, verbringe ich die Nacht sogar in einem Hotel.«

Eine leere Drohung. Der Gedanke, daß er gutes Geld bezahlte, wenn er hier umsonst schlafen konnte, war verrückt, aber ich fühlte mich verpflichtet, Protest zu erheben. »Sei so lieb und rede mit Mum noch einmal in Ruhe darüber . . .«

»Mit dem kann man nicht reden!« Seine Lebenspartnerin bezog mich in ihren wütenden Blick ein. »Wenn er mich nach fast vierzig Jahren sitzenlassen will, soll er doch! Oder noch besser, er soll sich ein Taxi mit Bea teilen. So wie die sich den ganzen Abend aufgeführt hat, ist das doch ihr größter Wunsch.«

»Mags, das ist doch lächerlich!« Tricks schaffte es, so sittsam wie eine sechzehnjährige Jungfrau auszusehen.

»Lügnerin!« Mum stürzte zur Tür und stieß sie weit auf, so daß Mrs. Malloy, die gerade mit dem Kaffee auf dem Servierwagen hereinkommen wollte, ins Trudeln geriet. »Aber du kannst ihn meinetwegen haben, Bea. Samt Schnarchen. Ich würde Elijah Haskell selbst dann nicht heiraten, wenn er der letzte Mann auf Erden wäre!«

Ich war ganz dafür, den Abend damit zu beschließen, daß ich meinen Kopf in den Ofen schob. Aber Mrs. Malloy legte umgehend ihr Veto gegen diese famose Idee ein.

»Nicht in meiner schönen sauberen Küche, o nein!« Sie warf ihr feuchtes Geschirrtuch auf den Stapel bei der Spüle. »Also, mal sehen, ob ich richtig gehört hab': Ihre Schwiegereltern sind nicht verheiratet und waren's auch nie?«

»Es war ein Problem der Religion...«

»Also haben sie einfach in Sünde gelebt?«

»Wir kennen keine Details...«

»Sie brauchen nicht gleich ordinär zu werden, Mrs. H. Mir tut nur Mr. H leid, der arme Junge – das Produkt einer zerrütteten Familie. Hat sich ins Bett verkrochen, wie?«

»Er ist nach oben gegangen, um nach den Zwillingen zu sehen.«

»Wohl eher, um sich in den Schlaf zu weinen!« Sie griff nach dem Geschirrtuch und tupfte sich die Augen. »Und wann *ich* mal ins Bett komme, steht noch in den Sternen.«

»Einer von uns bringt Sie nach Hause«, versprach ich. »Sie sehen doch ein, daß es nicht gegangen wäre, Sie mit Dad und Mrs. Taffer fahren zu lassen?«

»Der arme Mann hätte einen Anstandswauwau gut gebrauchen können, wenn Sie mich fragen! Er wird völlig wehrlos sein, und wenn diese Frau kein Barrakuda ist, dann weiß ich nicht. Ich staune, daß Sie nicht gespürt haben, daß Sie zur Straffälligkeit zweier älterer Mitbürger beitragen, indem Sie ihnen Mr. Hs Wagen geliehen haben.«

»Was sollten wir denn tun? Mum hat Dad befohlen, das Haus zu verlassen. Es war klar, daß sie beide Zeit brauchen, um sich abzukühlen. Ich für meinen Teil hoffe, daß er morgen früh wiederkommt, in der einen Hand seinen Hut, in der anderen einen Blumenstrauß.«

»Träumen Sie weiter, Mrs. H, dieser Mann ist so stur wie ein Maulesel auf Urlaub. Aber zerbrechen Sie sich nicht den Kopf darüber, wie ich nach Hause komme. Sie brauchen mich hier zu Ihrer moralischen Unterstützung, und ich gehöre nicht zu den Menschen, die ein sinkendes Schiff verlassen. Ich übernachte hier, ohne es Ihnen in Rechnung zu stellen.«

»Ich weiß nicht, wie ich Ihnen danken soll . . .«

»Als erstes könnten Sie mir schon mal 'ne Tasse Tee machen.« Mrs. Malloy pflanzte sich auf einen Stuhl und streifte den einen Schuh mit der Spitze des anderen ab. »Und am besten tun Sie noch einen Extralöffel Zucker rein, als Nervennahrung. Ich muß immer wieder daran denken, daß die beiden in dieser alten Klapperkiste rumfahren. Zehn zu eins, daß die da draußen in der Einöde eine Panne haben. Glauben Sie mir, er wird die Nacht zwangsläufig mit dieser Frau zusammen auf dem Rücksitz verbringen müssen. Und als Gentleman der alten Schule wird er sich moralisch verpflichtet fühlen, sie gleich morgen früh zu heiraten, ob ihr Vater sich nun mit einer Schrotflinte an seine Fersen heftet oder nicht.«

»Sie mit Ihrer blühenden Phantasie.« Ich brachte ein mattes Lachen zustande. Doch ich muß zugeben, während ich darauf wartete, daß der Kessel kochte, stand mir in Technicolor vor Augen, wie Dad und Tricks in Heinz, Bens ganzem Stolz, über die Cliff Road fuhren. Heinz wurde seit Jahren nur von Sekundenkleber und der Drohung mit dem Großen Schrottplatz im Himmel zusammengehalten. Er war ein Kabrio, dessen Verdeck sich einst nicht hatte schließen lassen, bis Mr. Fixit Abhilfe schuf, mit dem Ergebnis, daß es sich seither nicht mehr öffnen ließ. Heinz war wie ein treuer alter Hund, der nur auf einen Herrn hört. Ben brauchte nur einzusteigen, schon schnurrte er los; Dad hingegen würde womöglich Mühe haben, in den zweiten Gang zu schalten, ohne daß eines oder zwei Räder abfielen.

Vermischt mit dem schrillen Pfeifen des Kessels hörte ich Tricks' girrende Stimme, die Dad fragte, ob er nicht schneller fahren könne, damit sie spüren würde, wie der Wind durch den Fensterspalt hereinströmte und ihr das Stoppelhaar zauste. Ich stellte mir vor, wie sie sich ihm zuwandte, wie in ihren Augen Funken tanzten wie die Troddeln an dem indischen Musselinkleid. Während sie um eine Haarnadelkurve nach der anderen tuckerten, würde Dad sich alle Mühe geben, auf die Straße zu schauen, die zur Rechten von stacheligen Hecken gesäumt, zur Linken auf den felsigen Abhang geöffnet war, der steil zum Meer hinunter abfiel. Bis sie wieder auf gerader Straße fuhren, hätte die Nacht ihre Schatten freigelassen wie eine Frau, die ihr Haar löst. Nichts wäre behaglicher als dieser Wagen, der, in die Dunkelheit geschmiegt, vielleicht von einem Mondschimmer versilbert und von Rosenduft erfüllt wurde. Tricks mochte sich sogar poetischen Anwandlungen hingeben – à la John Masefields »Seefieber«. Du lieber Himmel! Ich schaltete meine Phantasie zusammen mit dem Kessel aus, und zwar an dem Punkt, als ich sie Dad vorschlagen hörte, ob er nicht Lust auf einen Strandspaziergang hätte, bevor er sie heimbrachte.

Glücklicherweise brachte mich die prosaische Aufgabe, Tee aufzugießen, wieder zur Vernunft, und ich hatte Mrs. Malloy gerade ihre Tasse gereicht, als es an der Gartentür klopfte. Ich und meine böse Phantasie! Das war mit Sicherheit Dad! Voller Reue und bereit, über die Trauung zu verhandeln. Falsch! Wer hereingeplatzt kam, war Cousin Freddy, mit seelenvoll zum Himmel erhobenem Blick, die Hände zum Gebet gefaltet.

»Ist noch was übriggeblieben?«

»Nur ich!« Mrs. Malloy entblößte ein netzbestrumpftes Knie, als sie die Beine übereinanderschlug.

»Sie übernachtet hier«, erklärte ich. »Es gab etwas Zoff, und alle sind ziemlich angeschlagen.«

»Nimm keine falsche Rücksicht auf mich!« Freddy ließ sich auf dem Tisch nieder, sein Totenkopf-Ohrring zitterte vor Aufregung. »Hat es Tote gegeben?«

»Schlimmer!« Mrs. Malloy schlürfte zur Stärkung von ihrem Tee. »Es hat sich herausgestellt, daß Mrs. Hs Schwiegereltern seit fast vierzig Jahren ohne den Segen der Kirche zusammenleben.«

»Nein!« Er schlug sich so fest aufs Knie, daß sein Pferdeschwanz tanzte.

»Man muß sich erst an den Gedanken gewöhnen«, gab ich zu.

»Und ob! Wo das alte Mädchen so aussieht, als ob sie immer noch denkt, daß die Babys vom Klapperstorch gebracht werden, und, wie ich höre, bei jeder sich bietenden Gelegenheit in die Kirche rennt!«

»Man wird sie aus der Legion Mariens ausstoßen, soviel ist klar!« Mrs. Malloy tat einen Seufzer, der ihren Busen um zwei Körbchengrößen anschwellen ließ. »Die katholische Kirche ist in manchen Dingen sehr streng, wie ich mir immer wieder von Mrs. Pickle habe sagen lassen, die selbst römisch-katholisch war, bevor sie die Stelle im Pfarrhaus antrat und beschloß, daß sie, wenn sie es in ihrem Job zu was bringen wollte, besser in die anglikanische Staatskirche überwechseln sollte.«

»Apropos Scheinheiligkeit!«

In der Annahme, daß Freddy von Mum sprach, eilte ich schnell zu ihrer Verteidigung. »Sie hat einen mentalen Block errichtet, um sich einzureden, daß sie mit der Kirche auf gutem Fuß steht.«

»Und du hast sie vermutlich mit ihrem Freund in einem Bett schlafen lassen, ohne an das moralische Wohl deiner kleinen Kinder zu denken. Ellie, ich frage dich, wo steuert die Welt noch hin?« Mein Cousin heftete seinen mitleidig verwirrten Blick auf mich.

»Was weiß ich! *Ich* steuere jedenfalls ins Bett.«

Ich war fast zur Tür hinaus, als er mich mit einer Frage zurückhielt, die zum Glück nichts mit meinen fehlgeleiteten Schwiegereltern zu tun hatte.

»Soll ich dir trotzdem noch in Sachen Sommerfest helfen?«

»Was? Oh, ja! Ich hatte dich doch schon gebeten, mit der Sammel-büchse für solche Ausgaben wie die Zeltmiete die Runde zu machen? Eine Liste potentieller Spender liegt auf dem Schreibtisch im Arbeitszimmer. Und ich wäre dir zu Dank verpflichtet, wenn du noch diese Woche anfangen könntest. Gute Nacht, Freddy. Gute Nacht, Mrs. Malloy.«

»Falls Ben eine starke Schulter zum Ausweinen braucht, ich bin hier!« Das großmütige Angebot meines Cousins folgte mir die Stufen hin-auf zum Schlafzimmer, wo mein Ehemann keineswegs mit angehalte-nem Atem auf mich wartete.

Er lag auf dem Himmelbett, die Füße zusammen, die Hände auf der Brust gefaltet, als hätte die Gemeindeschwester ihn gerade aufge-bahrt. Die Begräbnisstimmung wurde durch die Zwillingsvasen auf dem Kaminsims, die vor Blumen überquollen, noch verstärkt. Nie waren die weinroten Samtvorhänge und die Tapete mit den grauen und silbernen Fasanen in unechterem festlichem Glanz erstrahlt. Doch ich muß zugeben, daß Ben selbst im Zustand der Totenstarre sehr einnehmend aussah. In seinem schwarzseidenen Morgenmantel habe ich ihn immer schon unwiderstehlich gefunden, vor allem mit diesem leisen Anflug von mitternächtlichen Bartstoppeln, die seine schönen Wangenknochen unterstrichen.

»Bist du's, Ellie?« Er setzte sich auf, die Augen fest geschlossen, und schwang die Beine so behutsam vom Bett wie ein Krankenhauspati-ent, der nach einer Operation das Bad aufsuchen darf.

Ich wandte den Blick von dem verlockenden V seiner behaarten Brust ab und sagte streng: »Du hast einen schwierigen Abend hinter dir, das gebe ich zu, aber du mußt auch an deine Mutter denken.«

»Ich habe bei ihr gesessen, bis sie einschlief.«

»Mein tapferer Liebling!«

»Ich gebe mir Mühe, Ellie, aber das alles fällt mir nicht leicht.« Er zog mich an sich und löste meinen Zopf, während er sprach. »Weißt du, ich habe immer zu meinem Vater aufgesehen.«

»Blödsinn! Er ist gut sieben Zentimeter kleiner als du.«

»Ich dachte, es wären nur fünf.« Ben wirkte flüchtig gebauchpinselt.
»Aber das ändert nichts an der Tatsache, daß er in meinen Augen stets
ein Hüter der Wahrheit war, und nun ...«

»Tu das nicht!« Ich wich zurück und sah ihm tief in die blaugrünen
Augen. »Rede nicht so, als ob ihr Leben, und deines auch, eine einzige
Lüge wäre.«

»Soll ich es etwa so sehen, daß ihre Liebe einfach unter einem Unstern
stand?«

»Genau! Anstatt uns mit der Vergangenheit aufzuhalten, müssen wir
uns darauf konzentrieren, wie wir die beiden wieder zusammenbrin-
gen. Ihre Geschichte *muß* ein Happy-End haben.«

»Sie können einer wie der andere extrem starrsinnig sein.«

»Können wir das nicht alle?« Ich entfernte mich von ihm, um mich
auszuziehen. »Es muß doch einen Weg geben, die Sache in Ordnung
zu bringen.«

»Zu ihrem Besten und zu unserem«, sagte er. »Denn so sehr ich Mum
auch liebe, Ellie, ich weiß nicht, inwieweit es funktionieren würde,
wenn sie auf unbestimmte Zeit hierbliebe.«

»Ich verstehe, was du meinst.« Ich überspielte meinen unaufrichtigen
Tonfall, indem ich mir das Nachthemd über den Kopf zog.

»Du meinst nicht, daß ich mich aufs Pferd schwingen und noch heute
abend Dads Verfolgung aufnehmen sollte?« Ben schritt zur Tür.

»Nein. Sie brauchen etwas Abstand voneinander. Und morgen überlegen wir uns einen Plan. Im Augenblick kann ich nur den Vorschlag
machen, daß wir morgen schon mal herumtelefonieren, ob wir einen
Rabbi und einen Priester dazu bewegen können, eine Gemeinschafts-
trauung zu vollziehen.«

»Mein Liebling!« Ben hob mich mit Schwung hoch und trug mich
zum Bett. Er legte sich neben mich, nahm meine Hand und hob sie an
die Lippen. »Wenn du auch nur im mindesten kochen könntest, wäre
ich Wachs in deinen Händen.«

»Das Abendessen war ein Flop, nicht wahr?«

»Ja, aber als typisch unsicheres männliches Wesen wäre es mir ein

Graus, wenn du auch nur halb so gut kochen könntest wie ich. Darf ich vorschlagen, daß du dich auf deine anderen Talente konzentrierst, die unendlich in ihrer Vielfalt wie auch« – er küßte mich – »in ihrer Vollendung sind.«

»Weißt du, woran ich gerade gedacht habe?«

»Sag es mir, mein Engel.« Er beugte sich über mich, seine Hände glitten an meinen Armen hoch und zogen die Träger meines Nachthemds herunter.

»Wilhelm der Eroberer war ein Kind der Liebe.«

»So wie alle richtigen Männer.«

»Willst du damit sagen, daß du voll und ganz genesen bist und nicht die fünf Stadien der Schwermut durchleben mußt, oder wie viele es auch immer sind?«

»Leider nicht, Ellie. So wie ich mich derzeit fühle, werde ich eine ausgiebige Therapie brauchen.«

Er streckte die Hand aus, um die Nachttischlampe auszuknipsen, und selbst dieses flüchtige Zurückziehen kam mir unerträglich vor. Nach dem Tag, den ich erlebt hatte, konnte nichts paradiesischer sein, als mit Ben auf unserer eigenen kleinen Insel allein zu sein. Er küßte meine Augenlider, dann meine Wangen, bevor er meine geöffneten Lippen in Besitz nahm. Ich sog den verlockenden Duft der ungeheuer maskulinen Seife ein, die er benutzte. Ich spürte, wie die Anspannung durch alle meine Poren entwich, als sein Körper geschmeidig und doch fest auf meinen sank. Mit zitternden Händen schob ich die Seide seines Morgenmantels auseinander und ließ mich von der köstlichsten Trägheit überwältigen. Seine geschickten Finger waren in mein Haar verflochten, was mein Pech war, denn als er sich plötzlich aufrichtete, riß er mir fast den Kopf von den Schultern.

»Autsch!« schrie ich auf – verführerisch, wie ich hoffte.

»*Schsch!*« Er legte einen Machofinger an seine Lippen.

»Die Zwillinge?« Ich setzte mich, knipste das Licht an und schlug die Bettdecke zurück, drauf und dran, ins Kinderzimmer zu sprinten.

Ich hatte keinen Piep aus dem Babyphon gehört, aber Ben hat schärfere Ohren als ich.

»Nein.« Ben wies mit dem Daumen zur Zimmerdecke. »Es ist Mum. Sie läuft den Lack vom Fußboden in ihrem Zimmer ab.«

»Du hast mir gesagt, sie wäre eingeschlafen.«

»Ich weiß! Aber ich habe ihr kein Schlafmittel in die Milch getan!«

»Wahrscheinlich sucht sie nach ihrer Uhr oder so«, sagte ich, während die Schritte hin- und hergingen, nur Zentimeter, so schien es, über unseren Köpfen. Lebenslanges Elend lag in jedem dieser Schritte. Aber was noch beunruhigender war, sie führte in einer Art rhythmischem Gebrabbel Selbstgespräche.

»Sie betet den Rosenkranz!« sagte Ben. »Die schmerzhaften Gesätze, nehme ich an.«

»Hol dir den Trost, wo du ihn kriegen kannst.«

»Es wird die ganze Nacht so gehen.«

Ich wollte gerade sagen, daß ich Ohrstöpsel für ihn suchen würde, als ein schrilles Fiepen von Sweetie zu hören war.

»Na großartig!« Mein Ehemann machte den heldenmütigen Versuch, munter zu klingen. »Jetzt spricht der Hund auch noch das Amen.«

»Und wenn wir sie hören können, dann können sie uns hören.«

»Schon kapiert.« Er verzog das Gesicht, und gemeinsam packten wir die Bettdecke, um jedem Geraschel vorzubeugen. Still und leise glitten wir wieder zwischen die Laken, nur um von lautem Gebell hochgeschreckt zu werden.

»Und was nun?« jammerte ich.

»Horch mal!« Ben hob eine Hand, und dann hörte ich es auch, das Dröhnen eines Automotors und das Aufspritzen von Kies, als das Fahrzeug keine fünf Zentimeter vor den Stufen der Haustür zum Stehen kam.

»Der verlorene Vater kehrt zurück«, erklärte der treue Sohn.

»Siehst du, Mums Gebete wurden erhört!« Frohen Herzens sprang ich aus dem Bett, streifte einen Morgenmantel über und folgte meinem Ehemann über die Galerie. Im Hinuntergehen machte ich überall Licht. War meine Schwiegermutter auch so aufgeregt – drückte sie ihr Ohr an das Schlüsselloch ihres Turmzimmers?

Ben durchquerte die Halle, als die Türglocke ging, und zwar so heftig wie bei Probealarm. Es schien, als kehre unser Verlorener nicht in sonderlich einsichtiger Stimmung zurück.

»Einen Augenblick!« Ben schob den Riegel zurück. Schreck laß nach! Als er öffnete, erschien ein Polizist, der im grellen Schein der Außenlaternen auf den Stufen stand. In Uniform, Helm, dem ganzen Drum und Dran.

»Mr. Bentley Haskell?«

»Richtig.«

O mein Gott! Es war ein Unfall passiert! Ein schlimmer Unfall, nach der betrübten Miene des Mannes zu schließen. Es war einer dieser Momente, wenn alle Sinne geschärft sind. Ich registrierte Schritte auf der oberen Galerie und wußte, ohne hinzusehen, daß Mum am Geländer Posten bezog, in dem Morgenmantel, der schon bessere Tage gesehen hatte. Ich wußte, daß ihr mausgraues Haar aus dem Netz hervorlugte, das sie aus Stickseide gehäkelt hatte. Ich wußte, daß Jonas bei ihr war und daß die Küchentür sich verstohlen geöffnet hatte, so daß Freddy und Mrs. Malloy Bens steifen Rücken sehen konnten.

»Ich habe die traurige Pflicht, Ihnen eine erschütternde Mitteilung zu machen.« Der Polizist brachte ein Notizbuch zum Vorschein, sah jedoch nicht hinein. »Vor annähernd einer halben Stunde war ich auf Streife auf dem Fußweg von der Cliff Road zur Schmugglerbucht und stieß auf ein geparktes Fahrzeug, das ich in der Folge als Ihr amtlich registriertes Eigentum identifizierte, Sir.«

»Ich habe den Wagen meinem Vater und einer Freundin der Familie geliehen.« Ben griff nach meiner Hand, als ich mich neben ihn schob. »Ist er... ist mein...?«

»Dazu kommen wir gleich, Sir.« Der Polizist, dessen Benehmen das eines Mannes war, der seinen Dienst seit dreißig Jahren versah, ohne um einen einzigen freien Tag gebeten zu haben, ließ sich nicht davon abbringen, streng nach Vorschrift zu verfahren. »Ich ging zu dem bereits erwähnten Transportmittel hinüber und versuchte gerade festzustellen, welches Fabrikat es war – da es aus allen möglichen Einzelteilen zusammengeschustert schien –, als sich mir zwei Personen näherten, die behaupteten, sie hätten den Schlüssel im Zündschloß stecken lassen und sich somit selbst ausgesperrt.«

»Ich möchte mal wissen, warum sie überhaupt ausgestiegen sind.« Ben schüttelte den Kopf über die Launen der älteren Generation. »Aber Sie sind sicher wegen des Zweitschlüssels hier. Sehr nett von Ihnen. Wenn Sie bitte eintreten möchten, dann hole ich ihn sofort, Constable...?«

»Sergeant Briggs, und ich fürchte, es geht um etwas mehr, als ich bislang angedeutet habe.« Der Sergeant rührte sich nicht vom Fleck, sah auf sein Notizbuch hinunter und blätterte einige Seiten zurück. Wollte er uns etwa mitteilen, daß er Dad und Tricks wegen ordnungswidrigen Parkens auf einem öffentlichen Fußweg oder wegen der rechtswidrigen Entsorgung eines Kraftfahrzeugs einen Strafzettel verpaßt hatte?

»Worum geht es also?« fragte Ben ohne Zittern und Zagen.

»Es ist keine schöne Geschichte, Sir, aber ich will es so kurz und schmerzlos machen, wie ich kann.« Unser Mann in Blau stand da, die Augen geradeaus gerichtet, den Helm an die Brust gepreßt. »Als Mr. Elijah Haskell und Mrs. Beatrix Taffer sich mir näherten, hatten beide Beteiligten nichts am Leibe.«

»Das muß ein Witz sein!« Bens Hand hielt meine Faust so fest gepackt, daß ich befürchtete, er werde mich ungewollt zu Boden zwingen.

»Ich werde nicht dafür bezahlt, die Öffentlichkeit zu unterhalten, Sir«, lautete die steife Antwort. »Mr. Elijah Haskell zufolge lud Mrs. Taffer ihn ein, hüllenlos ein kurzes Bad im Mondschein zu nehmen. Und als die Beteiligten aus dem Wasser zurückkamen, konnten sie ihre Kleider nicht finden, die sie am Strand zurückgelassen hatten, und nahmen an, daß sie ins Meer gespült worden waren.«

»Nein!« Ich schlang die Arme um Ben aus Angst, daß er umkippen und sich den Kopf auf dem Fußboden aufschlagen würde. Es war ein Gebot der Stunde, daß er zum Wohle seiner Mutter seine fünf Sinne beisammenhielt. Von der Galerie oben war ein Keuchen zu hören, und ich befürchtete, daß jederzeit ein Tränenregen auf uns niedergehen würde. Unterdrücktes Gelächter, traurig, aber wahr, war der Beitrag der Zuschauer an der Küchentür.

»Wo sind unser Adam und unsere Eva jetzt?« erkundigte sich Ben mit zusammengebissenen Zähnen.

»Es gelang mir, mit Hilfe von ein wenig polizeitechnischem Knowhow, Ihr Auto zu öffnen, und ich fuhr die Beteiligten hierher, nachdem ich eine mündliche Verwarnung wegen Erregung öffentlichen Ärgernisses ausgesprochen hatte. Hätte es sich um Jugendliche gehandelt, dann hätte ich sie aufs Revier gebracht« – unter der Uniform des Sergeants schlug doch ein Herz –, »aber da ich selbst Eltern habe, Sir, weiß ich, wie es ist.«

»Sie werden es nicht bereuen, wenn Sie Mr. Elijah Haskell in meine Obhut geben.« Bens Brauen ratterten auf seine Nase hinunter wie ein Eisengitter.

»Schon verstanden, Sir, keine Hoffnung auf Milde von Ihrer Seite.« Das Notizbuch wurde zugeklappt und weggesteckt. »Ich habe die Dame und den Herrn angewiesen, im Wagen zu bleiben, während ich mit Ihnen rede – mir ging es darum, sie ein wenig im eigenen Saft schmoren zu lassen.«

»Nun kommen Sie schon, mein Lieber! Sie können doch nicht gedacht haben, daß wir im Auto hockenbleiben, wenn Sie so lange Reden schwingen!«

Das war Tricks' Stimme. Schämte sie sich denn gar nicht? Ein Bündel aus zwei Menschen, die in eine Decke gewickelt waren, kam aus der Dunkelheit gehumpelt und stieg die Stufen hoch, mit dem Gang von Teilnehmern an einem Dreibeinlauf. Ich erkannte die Decke wieder. Ben hatte sie auf den Rücksitz des Autos gelegt, um die Risse im Polster zu verdecken. »War das nicht Glück, die hier zu finden?« tönte Tricks. »Elijah bekam schon überall Gänsehaut.«

Arme Mum! Es war ein Wunder, daß sie nicht übers Geländer sprang. Wie dreist, diese Taffer! Da stand sie in der Tür und sprühte geradezu vor guter Laune. Sie riskierte es sogar, daß ihr die Decke wegrutschte, als sie einen obszön nackten Arm ausstreckte und den Polizisten in die Rippen stupste.

»Mein Ritter mit den schimmernden Silberknöpfen. Wir waren noch nie im Leben so froh, einem Menschen zu begegnen, nicht wahr, Eli?«

Dad antwortete ihr nicht. Er schlurfte mit seinem siamesischen Zwilling über die Schwelle und hielt sein Plädoyer vor Richter Bentley T. Haskell. »Steh nicht so da, mein Sohn, als hättest du eine zweiköpfige Mißgeburt aus dem Zirkus vor dir. Jeder Mann macht in seinem Leben Fehler, und ich hab' 'ne Menge guter Gründe. Das mußt du zugeben!« Seine braunen Augen waren wirklich seelenvoll, und man sah, daß sein kahler Kopf zusammen mit seinem Gesicht Farbe verloren hatte. »Dieser Löwenzahnwein, den ich getrunken habe, auf euer Drängen, war ein starkes Zeug, und dann die Sache mit deiner Mutter. Nach achtunddreißig Jahren treibt sie mich aus dem Haus, treibt mich in Ruin und öffentliche Schande.«

»Und mir direkt in die Arme.« Von Tricks' Seufzer kräuselte sich die Decke. »Aber du meine Güte, Mags hat keinerlei Grund zur Sorge. Wir haben uns bloß ein bißchen amüsiert, weiter nichts, haben wie zwei Kinder nackt im Wasser geplanscht.«

»Das meinst auch nur du!« brüllte Dad. »Ich bin mir wie hundert Jahre alt vorgekommen, als ich da ins Wasser stieg, und beim Rauskommen bin ich um weitere zweihundert Jahre gealtert.«

»Ich habe keine Zeit, mit dir zu leiden, Dad.« Ben tastete seinen Morgenmantel ab, als erwarte er, daß der Zweitschlüssel für Heinz sich in seiner Tasche materialisierte. »Wenn Sergeant Briggs so freundlich ist zu warten, während du und Mrs. Taffer euch anzieht, kannst du ihn zum Polizeirevier zurückfahren, vorzugsweise nachdem du Mrs. Taffer nach Hause gebracht hast, und dann kannst du dir ein Zimmer im Dark Horse nehmen. Im Vertrauen darauf, daß du dich nicht doch noch ins Gefängnis bringst, sehe ich jetzt mal nach Mum, ob sie vielleicht wie durch ein Wunder nicht mitgekriegt hat, was vorgefallen ist.«

Mein armer Liebling. Er ahnte ja nicht, daß sie jedes Wort mitbekommen hatte. Ach, wie tat es mir um seinetwillen in der Seele weh, ebenso wie um Mum, als sie ihre Anwesenheit kundtat.

»Dem Himmel sei Dank, daß ich dich habe, mein Sohn. Wenigstens ein Gutes ist aus dieser unchristlichen Verbindung mit diesem... Judas hervorgegangen!« Wir schauten alle nach oben und sahen sie am Geländer stehen, diese Frau, deren Liebeslied sich in einen Klagegesang verwandelt hatte. »Aber es soll nur ja keiner denken, daß ich es tragisch nehme. Weit gefehlt! Elijah und Bea können ruhig weiter nach Herzenslust ihre Niedertracht ausleben. Schließlich sind sie beide frei wie der Wind. Wenn ihr mich also entschuldigen wollt, gehe ich wieder auf mein Zimmer und stelle die Möbel um. Für ein paar Nächte hätte ich mich damit abgefunden, wie es ist, aber jetzt steht ja fest, daß ich auf Dauer hier leben werde, deshalb möchte ich, daß es halbwegs anständig aussieht.«

Stille senkte sich auf die Halle herab, als sie von der Szene abging. Eine Zeitlang stand Sergeant Briggs mit dem Helm über dem Herzen da, dann beugte Jonas sich übers Geländer – ein Bild für die Götter in seinem Nachthemd und der Sandmann-Nachtmütze – und deklamierte frei nach Dickens folgende Worte, die mir die Tränen in die Augen trieben und ein Schluchzen in meiner Kehle aufsteigen ließen:

»Es ist etwas weit Besseres, was sie tut, als sie je getan hat, und es ist eine weit bessere Ruhe, der sie entgegengeht, als sie je gekannt hat.«

Verlangen Sie bloß nicht von mir, daß ich eimerweise Tränen um sie vergieße.« Mrs. Malloy hatte sich mitten in der Küche aufgebaut. »Manche Menschen verdienen jeden einzelnen Nasenstüber, den sie kriegen.«

»Wie können Sie nur so herzlos sein?« Noch im Morgenmantel und mit herabwallendem Haar wankte ich zur Spüle und goß mir einen kräftigen Schluck Wasser ein. Nach einer schlaflos verbrachten Nacht waren meine Augen so trüb wie der Morgen, dem der Regen so locker saß wie mir die Tränen. »Was hat meine Schwiegermutter Ihnen eigentlich getan?« fragte ich.

»Sie ist gestern abend in mein Zimmer gekommen und hat mir befohlen, das Radio leiser zu drehen. Außerdem hat sie ihren Hund mitgebracht, zu Einschüchterungszwecken, und der hat das Bein gehoben« – Mrs. M holte empört Luft – »an dem Stuhl, auf den ich meine Wäsche gelegt hatte.«

»Sweetie hat männliche Hormone eingenommen, sie hatte eine schwierige Menopause.«

»Wenn ich Sie aufgeregt hab', tut mir das leid.« Mrs. M zeigte ihre Reue, indem sie mein leeres Glas nahm und es mit Orangensaft füllte. »Hier, trinken Sie das, um Ihre Nerven zu beruhigen. Wenn Sie es unbedingt wissen wollen, der wahre Grund, warum ich diese Frau nicht ausstehen kann, ist die Art und Weise, wie sie Sie behandelt. Das muß man sich mal vorstellen! Sie wollte nicht mal zu Ihrer Hochzeit kommen.«

»Damals dachte ich, es läge daran, daß ich der anglikanischen Kirche angehöre. Doch jetzt ist mir klar, daß die Trauung zu viele Erinnerungen an die Hochzeit geweckt hätte, die sie nie hatte.«

»Sie ist *nie* dankbar für etwas, was Sie tun.« Mrs. Malloy schüttelte ihren zweifarbigen Kopf. »Sie haben weiß Gott Ihre Fehler, Mrs. H, aber hören Sie jemals einen Laut der Klage von mir?«

»Nie«, log ich.

»Diese Frau ist nur zufrieden, wenn sie sich elend fühlt! Demnach sollte sie überglücklich darüber sein, wie sich alles entwickelt hat. Eines kann ich Ihnen sagen, noch ehe dieser Tag um ist, wird sie sich ein härenes Hemd häkeln.«

»Wir müssen tolerant sein.« Ich trank einen Schluck Orangensaft und fühlte mich gleich gestärkt.

»Mit Ihnen ist ja nicht zu reden.« Mrs. Malloy wischte sich an dem nächstbesten Geschirrtuch die Hände ab. »Kommen Sie bloß nicht heulend zu mir gelaufen, wenn Sie völlig am Ende sind und Mr. H in die Fußstapfen seines Vaters getreten ist und Sie für eine Frau verlassen hat, die keine Ringe unter den Augen hat. Er hat es heute morgen ja ganz schön eilig gehabt, zur Arbeit zu kommen, wie?«

»Es gab einen Notfall im Restaurant.«

»Na klar.«

»Er war besorgt, weil er meinen Wagen nehmen und mich auf Gedeih und Verderb dem Busverkehr ausliefern mußte. Sobald er eine freie Minute hat, geht Ben ins Dark Horse, um mit seinem Vater darüber zu reden, wie alles wieder ins Lot gebracht werden kann.«

»Andernfalls haben Sie Ihre Schwiegermutter für den Rest Ihres Lebens auf dem Hals. Denn Sie werden als erste abtreten, darauf können Sie Gift nehmen! Übrigens, wo ist Mrs. Sonniges Gemüt eigentlich, wenn ich mich erkühnen darf, das zu fragen?«

»Oben, sie badet die Zwillinge. Sie hat gesagt, sie wollte diese Aufgabe künftig übernehmen, neben der religiösen Unterweisung und...«

Ich brach ab, als ein *Rap-tap-tap* von der Gartentür ertönte und ein fürchterlich verzerrtes Gesicht durch das Kieselglas spähte.

»Nun erschrecken Sie mal nicht gleich«, schimpfte Mrs. Malloy. »Es wird dieser Freddy sein, um Frühstück zu schnorren.«

In beträchtlich gehobener Laune ging ich aufmachen. Mein Cousin würde sich meine Leidensgeschichte anhören, seine gewohnt deftigen Kommentare vom Stapel lassen, und ich würde alles wieder in den richtigen Proportionen sehen. Da gab's nur ein Problem! Der Mann auf der Stufe war nicht Freddy. Es war ein gepflegt aussehender kleiner Mann mit in der Mitte gescheiteltem Haar und einer Brille, die ihm das Aussehen einer Eule verlieh.

Ein neuer Milchmann vielleicht? Durch diese weitere Störung der kosmischen Ordnung aus dem Gleichgewicht gebracht, ganz zu schweigen davon, daß ich mit nackten Füßen und im Morgenmantel erwischt wurde, mochte mein Lächeln mehr verheißen haben, als meine Absicht war. Sagen wir, sechs Flaschen pro Tag – anstatt der gewohnten vier.

»Mrs. Haskell?«

»Ja!« Ein Blick auf seinen Nadelstreifenanzug veranlaßte mich, eine Neueinschätzung seines Berufs vorzunehmen.

»Peter Savage.«

»Verkaufen Sie irgendwas?«

»Leider nein.« Er studierte mich, als wäre ich ein Gemälde im Louvre. »Was dann . . .?«

»Ich bin Landstreicher«, erwiderte er, ganz ähnlich wie ein anderer verkündet hätte, er sei Banker.

Bei genauerem Hinsehen stellte ich fest, daß der Anzug von Peter Savage gut und gern hätte gebügelt werden können und daß er eine marineblaue und eine graue Socke zu braunen Schuhen trug, doch er war glattrasiert, und seine Zähne waren so weiß wie die Küchenspüle. Die Menschlichkeit gebot, daß ich ihn hereinbat und ihm ein herzhaftes Frühstück vorsetzte. Der gesunde Menschenverstand bestand darauf, daß ich nichts dergleichen tat. Merlin's Court lag ein ganzes Stück von der Straße entfernt, gut zehn Minuten Fußweg vom nächsten Nachbarn, dem Pfarrhaus. Und oben hatte ich zwei Babys, eine

Schwiegermutter und Jonas, der ohne Zögern meine Ehre verteidigen würde, bis in den Tod, und zwar mit einem Regenschirm aus dem Ständer in der Halle.

»Ich suche Gelegenheitsarbeiten.«

»Ach ja?« sagte ich.

»Ihr Cousin Freddy Flatts hat mir freundlicherweise ein Empfehlungsschreiben mitgegeben.« Mr. Savage griff in seine Nadelstreifentasche und brachte ein gefaltetes Blatt Papier zum Vorschein.

»Ich wette meinen Schlüpfer, daß es eine Fälschung ist«, steuerte Mrs. Malloy aus dem Hintergrund bei. Doch ich erkannte Freddys Handschrift, als ich den Zettel auseinanderfaltete, auf dem er mich tatsächlich bat, dem Mann behilflich zu sein.

»Bitte kommen Sie rein.« Ich winkte ihn ins Haus, schloß die Tür und zermarterte mir das Hirn, was er tun könnte.

»Ich könnte den Rasen mähen«, schlug er vor.

»Bedaure«, sagte ich, da ich wußte, daß Jonas sofort seine Sachen packen würde, wenn ich einen anderen an seinen Rasenmäher ließ. »Wir lassen das Gras wachsen.«

»Ich bin gut im Fensterputzen.«

Perfekt, dachte ich. Und erinnerte mich dann daran, daß Mr. Watkins, der Fensterputzer, an eben diesem Morgen kommen sollte. Und wie er mir das letzte Mal erzählt hatte, war er bereits Lady Kitty Pomeroy wegen ihrer Krittelsucht als Kundin losgeworden.

»Wenn er sich wirklich nützlich machen will« – Mrs. Malloy musterte den Bewerber durch schmale Regenbogenlider –, »könnte er Ihre Schwiegermutter ermorden, Mrs. H. Ich bin sicher, Sie würden ihn großzügig entlohnen.«

»Sie ist immer zu Scherzen aufgelegt«, sagte ich zu Mr. Savage. »Warum nehmen Sie nicht Platz und frühstücken, bevor wir Ihren Arbeitstag planen?«

»Wie gütig von Ihnen!« Er hätte einen vom Himmel herabschwebenden Engel rühren können, wie er da auf seinem Stuhl saß, die Füße nebeneinander, die Hände ordentlich vor sich auf dem Tisch gefaltet.

»Porridge reicht völlig, und vielleicht zwei Streifen Speck hinterher. Ein Würstchen nur, und das Ei nicht zu durchgebraten, vielen herzlichen Dank.«

»Geröstetes Brot und Tomaten?« Mrs. Malloys Stimme war süßer als der Inhalt einer Zuckerdose.

»Ich möchte Ihnen nicht zur Last fallen.«

»Was, Sie? Niemals!« *Peng* landete die Bratpfanne auf dem Herd, *klatsch* landete der Speck auf der Arbeitsfläche, *klack* landeten zwei Eier in der Pfanne. Sprechen nicht Taten lauter als alle Worte? Mrs. M gab mir unzweideutig zu verstehen, ich solle abzwitschern, mich hinsetzen, die Füße hochlegen, während jemand anders meine Arbeit verrichtete. Um mir nicht ganz und gar wie ein Parasit vorzukommen, strich ich das Tischtuch glatt und legte das Besteck aus, bevor ich mich Mr. Savage gegenübersetzte.

»Sie wollen wohl auch Orangensaft?« Mrs. M stieß die Tür des Kühlschranks mit ihrem Hinterteil zu und rückte mit dem Glaskrug an. Der Herr legte den Kopf auf die Seite. »Ist er frisch gepreßt?«

»Ich hab' die Apfelsinen selbst mit meinen nackten Füßen zerstampft.« *Rums* landete der Krug mitten auf dem Tisch; eine Flutwelle aus Saft schäumte über den Rand, und Mr. Savage umklammerte nervös die Armlehnen seines Stuhls.

»Vielen Dank, Mrs. Malloy.« Ich warf ihr einen Blick zu, als sie wieder zu ihrer Bratpfanne ging, die wutentbrannt zischte und fauchte.

»Und woher kennen Sie Freddy?« fragte ich unseren Gast.

»Wir haben uns im Rahmen meiner Tätigkeit kennengelernt, Mrs. Haskell.«

»Sie meinen, bevor . . .?«

»O nein! In meinem früheren Leben war ich Lehrer und lebte in Harold Wood, Essex, und ich wüßte nicht, daß Ihr Cousin sich jemals in der Gegend aufgehalten hätte. Wir haben vor gut einem Monat Freundschaft geschlossen, als ich auf der Straße spielte . . .«

»Wie bitte?«

Er nahm seine Brille ab und polierte sie mit seiner Serviette. »Ich absolvierte meine Gesangs- und Tanznummer draußen vor dem Bus-bahnhof. Freddy blieb stehen und warf ein paar Münzen in meine Mütze. Er sagte zu mir, ich klänge genauso gut wie der Interpret der Originalaufnahme.«

»Ein nettes Kompliment.«

»Eigentlich nicht.« Mr. Savage schob Messer und Gabel zurecht. »Er hatte mich als Schwindler entlarvt. Und ich hoffe, daß Sie, die Sie so wund ... so wohlwollend sind, nicht allzu schlecht von mir denken werden. Sehen Sie, ich hatte ein Radio in der Tasche und bewegte nur die Lippen.«

»Das muß ja auch ein gewisses Geschick erfordert haben.«

»Nur den Mut, dem Gepfeife und Gejohle standzuhalten, wenn ich einen Song abbrechen mußte, weil die letzten Meldungen kamen oder ein Werbespot für Fischstäbchen. Aber Ihr Cousin hätte nicht freundlicher sein können. Er erklärte sich bereit, mir Gesangs- und Gitarrenunterricht zu geben.«

»Da haben Sie was, das hält Ihre Stimmbänder in Schuß!« Mrs. Mal-loy stellte einen dampfenden Teller vor ihn hin. Der Speck war rosa in der Mitte und goldbraun an den Rändern. Das Spiegelei ähnelte einem kleinen Häubchen, weiß und bauschig, mit einem hübschen Spitzenrand, das geröstete Brot hatte einen goldbraunen Schimmer angenommen, und von der Tomate stiegen kleine rosige Dampfwölk-chen auf. Als mein Teller kam – Mrs. Malloy ist vom altmodischen Schlage, der an *Ladies last* glaubt –, wäre ich versucht gewesen, sie zu engagieren, hätte sie nicht bereits für mich gearbeitet.

»Sie haben das Würstchen vergessen.« Mr. Savage milderte die Kritik durch ein versöhnliches Lächeln ab. »Macht nichts. Ich kann mich an Toast sattessen, wenn Sie so gut wären, welchen zu machen. Und Zitronenmarmelade, wenn ich bitten darf. Meine Mutter hat mich als Kind gezwungen, Orangenmarmelade zu essen, und die habe ich nie gemocht.«

»Sonst noch 'n Wunsch?« Mrs. Ms Stimme landete mit der Wucht einer Bratpfanne auf seinem Kopf.

»Ich denke, wir könnten jetzt Tee trinken, oder, Mrs. Haskell?« So wie er sich anhörte, hätten wir ein altes Ehepaar sein können, das in einer Teestube saß, unsere Speisekarten standen an die Zuckerdose gelehnt und unsere Einkaufstaschen blockierten den Gang.

»Da ist die Kanne.« Mrs. Malloy knallte sie auf den Tisch, mit einem von Mums Häkelwärmern versehen. »Ich lasse Sie selbst einschenken! Ich entspanne mich nämlich jetzt eine halbe Stunde, beim Bad-Schrubben.«

»Sie ist einsame Klasse«, sagte ich und knöpfte geistesabwesend den obersten Knopf an meinem Morgenmantel zu, als die Tür zur Halle mit solchem Karacho zuknallte, daß die Zugluft uns das Tischtuch praktisch ins Gesicht blies.

»So wie Ihr Cousin Freddy.« Mr. Savage kratzte den letzten Fettfleck von seinem Teller und erhob lediglich symbolisch Protest, als ich ihm anbot, ihn gegen meinen vollen Teller zu tauschen.

»Freddy hatte volles Verständnis, als ich ihm erzählte, daß ich es immer gehaßt hatte, Kinder in Arithmetik zu unterrichten, die mich mit Papierkügelchen beschossen und Stinkbomben im Klassenraum hochgehen ließen, und wie ich eines Tages, ganz spontan, beschloß auszusteigen, meine Sachen zu packen und meinen Traum zu leben, ein Rockstar zu werden. Ich hatte vor zu trampen, sah jedoch gleich nach dem ersten höhnischen Hupkonzert ein, daß man einen Anhalterdaumen, ebenso wie einen grünen Daumen, hat oder nicht hat. Deshalb stieg ich in einen Bus, fuhr bis zur Endstation, stieg in einen anderen und landete am Ende ausgerechnet in Chitterton Fells.«

»Haben Sie Familie, Mr. Savage?«

»Meine Mutter.« Er schnitt in meine Tomate und ließ eine rote Fontäne aufspritzen. »Es läßt sich nicht leugnen, daß ich den Weg des Feiglings gewählt habe, indem ich einen Zettel auf dem Kaminsims hinterließ und mich mitten in der Nacht aus dem Haus stahl. Aber dazu müßten Sie Mutter kennen. Sie brachte mich immer noch jeden Morgen zu Fuß zur Schule und holte mich hinterher wieder ab.«

»Ein wenig überbehütend.« Mehr fiel mir dazu nicht ein.

»Ich mußte ihr meinen Gehaltsscheck aushändigen, und sie gab mir gerade genug Taschengeld für die Grundbedürfnisse.«

»Daher konnten Sie nicht viel Geld mitnehmen.«

»Ich dachte, ich wäre auf dem Weg zu Ruhm und Reichtum, aber seit mein Radioschwindel aufgeflogen ist, habe ich nicht mal genügend Kleingeld eingenommen, um neue Saiten für meine Gitarre zu kaufen, geschweige denn genug gegessen, um meinen täglichen Bedarf an Vitaminen und Mineralstoffen zu decken. Deshalb habe ich heute morgen Freddy aufgesucht, und er hat mich freundlicherweise hierhergeschickt. Aber als er Sie beschrieb, hätte ich niemals vermutet, niemals geahnt, daß Sie solch ein Muster an ... Güte sind. Verflixt!« Mr. Savage wurde rot und spülte seinen Mund mit Tee aus. »Ich stottere wie ein Sechzehnjähriger. Aber so ist mir eben manchmal zumute – als ob sich mir ein ganz neues Leben eröffnet. Habe ich Ihnen erzählt, daß Ihr Cousin sich erboten hat, mir Musikstunden zu geben, damit ich weiter auf Tour gehen kann?«

»Für einen lebenslangen Anteil am Gewinn, nehme ich an.«

»Er hat mir erzählt, daß er selbst Musiker ist und in mehreren renommierten Rockgruppen gespielt hat.«

»Hat er auch erwähnt, daß sie alle eingegangen sind?«

»Wie?« Seine Miene erinnerte mich an die von Abbey und Tam, wenn ich das Licht im Kinderzimmer ausschaltete.

»Ich sagte« – ich räusperte mich –, »daß sie sich alle aufgelöst haben. Hat mein Cousin angeboten, Sie im Cottage unterzubringen?«

»Er hat davon gesprochen, wies jedoch sehr freundlich darauf hin, daß ihn mein Üben nachts wachhalten würde. Er deutete an, daß ich es in den Räumen über dem alten Stall vielleicht bequemer hätte.«

Was konnte ich anderes tun, als ihm zu versichern, daß er höchst willkommen war, und zu hoffen, daß Ben mir nicht den Kopf abriß, wenn er nach Hause kam?

Mr. Savages Brille glitzerte. Ich schwöre, in seinen zum Anzug passenden grauen Augen standen Tränen, als er sagte: »Das allererste Lied, das ich selbst komponiere, werde ich Ihnen widmen.«

»Das ist aber nett.« Ben hatte mir einmal ein Suppenrezept gewidmet, was auf seine Art auch hübsch gewesen war.

»Es wird eine Ode auf Ihren Edelmut und Ihr übergroßes Wohlwollen sein.« Mr. Savages Tränen wurden von seinem strahlenden Lächeln getrocknet. Er griff über den Tisch nach meiner Hand und hätte sie wohl an die Lippen geführt, wäre der Tisch nur kürzer oder sein Arm länger gewesen. Meine Finger ließen sich nur bis zu einem gewissen Maß strecken. *Ratsch* machten die Nähte meines Morgenmantels. *Pling* machten zwei Knöpfe, als sie auf dem Fußboden landeten. Die Kälte, die ich spürte, als der Stoff sich in der Mitte öffnete, war unangenehm, doch sie war nichts im Vergleich zu dem eisigen Schauer, der mich überlief, als ich aufblickte und meine Schwiegermutter in der Tür stehen sah.

»Laß dich von mir nicht stören, Ellie.« Sie zwang sich zu einem tapferen Lächeln, noch während sie gegen die Wand sank. »Und sei unbesorgt, ich werde meinem armen Sohn kein Wort über dein Tun und Treiben verraten. Macht er doch schon genug durch, weil sein Vater ihn verlassen hat.«

Was konnte ich anderes darbieten als den Inbegriff lockeren Lebenswandels, als ich Mum mitteilte, daß meine Bekanntschaft mit Mr. Savage kaum eine Stunde alt war, und er diesem unklugen Bekenntnis die Neuigkeit folgen ließ, daß ich ihn aufgefordert hatte, hier einzuziehen? Es war ratsam, den Mann loszuwerden, daher schickte ich ihn zur Besichtigung seiner Räumlichkeiten weg, und kaum hatte sich die Gartentür hinter ihm geschlossen, machte ich mich daran, meine Schwiegermutter aufzuklären.

»Der Mann hat vorher im Busdepot gewohnt.«

»Ich möchte die peinlichen Einzelheiten lieber nicht wissen.« Mum wankte zu einem Stuhl und bedeckte das Gesicht mit den Händen.

»Er bleibt nur so lange, bis er ein erfolgreicher Rockstar ist.«

»Das ist alles meine Schuld! Die Sünden der Mutter werden über das Kind kommen.«

»So darfst nicht reden«, sagte ich beschwichtigend und zog einen

Stuhl heran, um mich neben sie zu setzen. »Ich weiß, im Augenblick sieht alles trostlos aus, aber du und Dad habt achtunddreißig Jahre in eure Beziehung investiert.«

»Erwähne diesen Mann nicht in meiner Gegenwart.«

»Mum, er hat ein Bad genommen...«

»Ein *illegales* Bad.«

»Meinetwegen! Aber er ist nicht mit Tricks ins Bett gegangen.« Ich wollte den Arm um sie legen, doch sie zuckte zurück, als hätte man sie geschlagen. Mit tränenglänzenden Augen sah sie durch mich hindurch, als wäre ich aus Glas.

»Ich hätte auf meine Eltern hören sollen, als sie mich anflehten, Elijah nicht zu heiraten.«

Ich wollte gerade sagen, daß sie ja auf sie gehört hatte, daß sie ihn *nicht* geheiratet hatte und daß das der Kern des ganzen Problems war, schluckte die Worte jedoch hinunter.

»Du kannst die Zeit nicht zurückdrehen.« Ich wagte es, ihre Hand zu berühren, und dachte mit einem Anflug von Bitterkeit, daß sie genau dasselbe in bezug auf ihre Freundschaft mit Tricks gesagt hatte.

»Vielleicht könntest du mit einem Priester über deine Situation sprechen.«

»Dazu schäme ich mich zu sehr. Da der Katholizismus der wahre Glaube ist, muß er seinen Prinzipien treu bleiben. Nein, ich erwarte nicht, daß du mich verstehst« – *schnief* – »da die anglikanische Kirche, wie ich höre, heutzutage fast jeden aufnimmt.«

»Wenn du meinst, daß es hilft« – ich fing an, die Frühstücksteller zusammenzustellen –, »könnte ich dich zu Reverend Eudora Spike mitnehmen. Sie ist sehr nett und kann wunderbar zuhören.«

»Ein weiblicher Priester?« Mum schauderte.

»Im Augenblick ist sie noch Diakonin, doch das wird sich jetzt ja aller Wahrscheinlichkeit nach ändern, wo sich die Politik in der Frage Frauen in Priesterberufen gewandelt hat. Aber es war bloß ein Vorschlag. Ich will dich zu nichts drängen...«

»Ich möchte lieber nicht, aber geh du nur hin und unterhalte dich mit ihr. Es liegt mir völlig fern, dich von deinem Glauben abzuhalten, Ellie.«

»Vielleicht gehe ich gleich kurz mal beim Pfarrhaus vorbei. Ich muß nämlich mit Eudora noch über das Sommerfest von St. Anselm reden.« Das stimmte ja eigentlich auch, und wenn ich zugleich ein wenig geistlichen Rat bekam, um so besser. Aber immer schön der Reihe nach. Ich durchquerte die Küche, um die Zwillinge zum Frühstück nach unten zu holen, da kam Mrs. Malloy schon mit Abbey herein, gefolgt von Jonas, der Tam auf dem Arm hatte. Ach, wenn man die Welt nur mit ihren arglosen blauen Augen sehen könnte!

Die nächsten zehn bis fünfzehn Minuten vergingen wie im Flug mit der herzerfreuenden Aufgabe, meine Lieblinge in ihre Hochstühlchen zu bugsieren und das Frühstück in ihre Münder. Jonas hatte die Stühle mit ihren abnehmbaren Tabletts, die genau bis an die Tischkante reichten, selbst gezimmert. Dieser Mann war so gut zu gebrauchen – es war ein Jammer, daß er nie geheiratet hatte. Erst als ich das Pfötchen meiner Tochter öffnete, um es abzuwischen, damit es nicht wie Leim an allem klebenblieb, was sie anfaßte, erwähnte ich, daß ich Sweetie seit dem gestrigen Abend nicht mehr gesehen hatte.

»Sie hat sich wieder hingelegt«, sagte Mum mit steinerer Miene.

»Vermutlich nur 'ne Magenverstimmung«, tröstete Mrs. Malloy mich. »Ich hab' sie heute morgen in aller Frühe putzmunter unter dem Tisch in der Halle hocken sehen, wie sie auf dieser Figur herumkaute, um die Sie gestern soviel Wirbel gemacht haben.«

Abbey, die empfindsame kleine Seele, stieß einen Entsetzensschrei aus, Tam hingegen spendete der Enthüllung Beifall, indem er mit der Tasse auf sein Metalltablett hämmerte und rief: »Das lustig!« Typisch männliche Mentalität! Das dachte ich jedenfalls ungerechterweise, bis Jonas mich eines Besseren belehrte.

»Ich war nie 'n religiöser Mensch, aber ich fand immer, daß der heilige Franziskus in Ordnung ist, wo er den Palast seines Vaters verlassen und statt dessen in einem Schuppen gelebt und sich um seine Freunde, ob in Fell- oder Federkleid, gekümmert hat.« Er stapfte zur Tür, drehte sich um und sah Mum an, mit freundlichen Augen unter den ungezähmten, eisgrauen Brauen. »Wenn's denn ein Lächeln auf Ihr Gesicht zaubert, geh' ich ihn suchen und bring' ihn dahin zurück, wo er hingehört.«

»Danke.« Mum starrte seinem sich entfernenden Rücken nach.

»Typisch!« Mrs. Malloy handelte Tam seine Tasse gegen ein Stück Toast ab. »Die Männer sind doch alle gleich, wenn eine Dame in Not ist.«

Ich beförderte gerade einen Stapel Geschirr in die Spüle, wobei ich einen zweiten Niagarafall verursachte, und dachte über den Wahrheitsgehalt dieser Bemerkung nach, als das Fenster vor mir einen Spalt aufging und eine Stimme verstohlen sprach.

»Sind Sie da drinnen, Mrs. Haskell? Vorn und hinten, so wie gewohnt?«

»Das wäre nett«, sagte ich, und als ich Mums Blick auffing, fügte ich eilig hinzu: »Es ist Mr. Watkins. Der Fensterputzer.«

»Wenn du es sagst, Ellie.«

Dringend einer Beschäftigungstherapie bedürftig, holte sie ihr Häkelzeug von einem Bord der Anrichte. Aufgrund der Größe konnte ich nur vermuten, daß das im Entstehen begriffene Werk später als Plane für einen Swimmingpool dienen sollte. Mum setzte sich an den Tisch und sagte: »Zieh du dich an, Ellie, und geh zu deinem weiblichen Priester. Wegen der Zwillinge mach dir keine Gedanken, ich gebe schon auf sie acht.« Der Blick, den sie auf Mrs. Malloy abfeuerte, stellte klar, daß sie auf Hilfe von dieser Seite keinen Wert legte. Während sie nach ihrer Häkelnadel griff, fügte sie allerdings noch hinzu, daß sie Jonas zum zweiten Frühstück etwas Heißes zu trinken machen wolle.

Deutete das auf eine Korrektur der in diesem Hause herrschenden Atmosphäre hin? Schon möglich. Die Außenwelt sah nicht so vielsprechend aus, als ich mich eine halbe Stunde später zu Fuß auf den Weg zum Pfarrhaus machte. Die Wolken ballten sich dunkel und bedrohlich am Himmel zusammen. Hin und wieder schlugen ein paar

Regentropfen förmlich auf mich ein, die See ließ ein fernes Brüllen vernehmen wie ein Löwe im Zoo, der das erstbeste Stück Fleisch verschlingt, das ihm unter die Tatzen kommt, und Mr. Watkins auf seiner Leiter wirkte nicht allzu glücklich. Doch ich brauchte nicht blauen Himmel noch Sonnenschein, um das überschwengliche Verlangen zu haben, die Arme ganz weit auszubreiten und mich wie eine Möwe in die Lüfte zu schwingen. Ich war frei! Frei, über die Cliff Road zu laufen und zu phantasieren, wie Dad zur Vernunft kam, wenn er erfuhr, daß Mum einem anderen Mann etwas Heißes zu trinken gemacht hatte. Einem Junggesellen noch dazu!

Ich brauchte nur noch mit Eudora zu sprechen, um wieder ganz die alte zu sein. Unsere Pfarrerin war eine vernünftige Frau. Und das Pfarrhaus war ein ebenso schnörkelloses Haus, ohne Flitter und Firlefanz. Seine Fenster hießen mich mit freundlichem Lächeln willkommen, als ich in den überdachten Eingang zum Kirchhof trat, und die Haustür wurde weit aufgestoßen, als ich den moosigen Pfad überquerte, wie um mich wissen zu lassen, daß ich mit offenen Armen empfangen wurde.

»Sind Sie's, Mr. Watkins?« fragte eine Stimme, als ich die abgetretenen Stufen hochstieg. Auftritt Mrs. Edna Pickle in Pantoffeln und geblümter Schürze. Sie war ohne ihre Lockenwickler, doch ihr Haar sah nicht so aus, als sei es an diesem Morgen gekämmt worden, und ihr Körper wabbelte bequem, als nehme er gerade Urlaub von seinem Korsett. »Sie müssen verzeihen, Mrs. Haskell. Wir hatten den Fensterputzer schon gestern erwartet, und er ist nicht aufgetaucht. Kein Ehrgeiz, das ist sein Problem. Wenn es ihm nicht zu kalt ist, dann ist es ihm zu sonnig.« Sie runzelte kummervoll die Stirn.

»Er ist auf Merlin's Court und macht unsere Fenster.« Ich folgte ihr in die enge Diele mit dem dunkelbraunen Firnis, dem verschossenen Stück Teppich und dem Porträt des Erzbischofs von Canterbury, das von der Bilderschiene herabhing.

»Sie haben Glück, daß er gekommen ist, aber er wird bald wieder Schluß machen, wo es gleich anfängt zu regnen. Es steht zu vermuten, daß dieser Mann irgendwelche Nebeneinkünfte hat.« Mrs. Pickle schüttelte in Zeitlupe den Kopf. »Und dann gibt es Leute wie uns, die, wenn sie wollen, daß auf dieser Welt was passiert, hingehen und es tun.« »Wie wahr.«

Anschließend machte sie sich daran, in etwa der gleichen Zeit, die eine durchschnittliche Person gebraucht hätte, um drei Räume zu saugen und mit dem Bohnern anzufangen, die Tür zu schließen. »Wie hat Ihnen der Löwenzahnwein geschmeckt, Mrs. Haskell?« fragte sie.

»Köstlich. Wir haben ihn gestern abend auf unserer Dinnerparty gereicht, und sogar Mrs. Taffer, die normalerweise keinen Wein trinkt, hat mehrere Gläser genommen.« Meine Lobeshymne ließ ein triumphierendes Funkeln in Mrs. Pickles Augen treten, ich kam jedoch nicht dazu weiterzuschwärmen.

»Ich dachte mir doch, daß ich Stimmen gehört hätte.« Die Wohnzimmertür zu unserer Rechten öffnete sich, und heraus kam Eudora. Sie lächelte, und ich versuchte, es ihr gleichzutun. Aber so gewaltig war mein Schock, daß ich sie nur anstarren konnte. Es war mehrere Wochen her, seit ich meine geistliche Ratgeberin das letzte Mal gesehen hatte, und ihre äußere Erscheinung hatte einen enormen Wandel durchgemacht. Ihre Figur war jetzt hager anstatt kräftig, ihre Brille saß schief, ihr Haar hatte sein Volumen verloren. Einst hatte es sich wie ein Filzhut um ihren Kopf geschmiegt; jetzt hing es ihr in schlaffen Wellen in das verhärmte Gesicht.

»Ellie« – ihre Stimme war ebenso verschossen wie ihre Strickjacke – »hatten wir einen Termin?«

»Nein.«

»Dann bist du wohl wegen des Festes hier.« Sie rieb sich die Stirn, als wollte sie die Blutzufuhr zu ihrem Gehirn anregen. »Lady Kitty Pomeroy hat gestern angerufen ... oder vielleicht auch vorgestern ... um über die Stände zu reden. Und sie sagte, sie wolle sich mit dir in Kontakt setzen.«

»Ich habe bisher nichts von Mylady gehört, und ich wollte strenggenommen auch nicht über das Fest sprechen, obschon es in Ordnung ist, falls du Instruktionen für mich hast.« Ich geriet durcheinander. »Ich habe ein Problem – eine Familienangelegenheit, die ich mit dir erörtern wollte.«

»Ist etwas mit Ben oder den Kindern?«

»Nichts in der Art. Es geht um meine Schwiegereltern. Sie hatten gestern abend auf Merlin's Court einen großen Krach. Und als Konsequenz ist meine Schwiegermutter bei uns eingezogen. Aber wenn es dir gerade nicht paßt, kann ich auch morgen wiederkommen.«

»Unsinn. Ich habe immer Zeit für eine Leidens... ein Mitglied der Kirchengemeinde.«

»Ich geh' dann mal in die Küche und mache Kaffee für die Damen.« Mrs. Pickle ging die Diele hinunter. Ich hatte keinerlei Zweifel, daß die Kaffeebohnen längst ihr Verfallsdatum überschritten haben würden, bis sie die Kaffeemaschine eingeschaltet hatte.

»Sie werden sich die Küche mit Mr. Spike teilen müssen«, rief Eudora ihr nach. »Er ist gerade dabei, einen Biskuitkuchen zu backen, also lassen Sie Vorsicht walten.« Sie drehte sich um und lächelte mich matt an. »Da du mit Ben verheiratet bist, Ellie, weißt du ja nur zu gut, wie die Männer sind, wenn sie kochen. Und für den lieben Gladstone ist es nicht immer leicht. Die Leute neigen dazu, ihn als meinen Schatten zu sehen und... na, lassen wir das, komm rein und setz dich.«

Seit meinem allerersten Besuch im Pfarrhaus liebte ich dieses abgenutzte Wohnzimmer mit seinen großen Polstersesseln, in denen man geradezu Wurzeln schlagen konnte. Von einem Teil der Fenster sah man auf den Kirchhof mit seiner Kompanie müder Grabsteine, von denen einige heldenmütig in Habachtstellung standen und andere im Angesicht ewigen Kanonenfeuers nur mühsam ihr Gleichgewicht hielten. Die rückwärtigen Fenster gingen auf einen Kraut-und-Rüben-Garten hinaus, wo Sträucher und Blumen wuchsen, wie sie gerade lustig waren. Im Zimmer herrschte eine friedliche Stimmung, die selbst von der Tapete auszugehen schien, von deren Muster nur noch die Nähte übrig waren.

Die beiden einzigen schönen Möbelstücke waren der Bibliotheks-
tisch, der als Arbeitstisch fungierte, und der dazu passende Ledersessel. Dieser Sessel stand mit dem Rücken zu uns, als wir eintraten, aber
das machte nichts. Wer konnte es ihm verübeln, daß er den Blick auf
den Garten dem Beichtstuhl vorzog?

Als Eudora einen Stapel Papiere von dem braunen Plüschsofa nahm,
fielen mir zwei Dinge auf: Im Zimmer roch es nach Zigarettenqualm,
und ein Tablett mit Toast, Butter und Marmelade stand auf dem
Couchtisch.

»Also dann« – sie richtete sich auf –, »warum setzt du dich nicht und
erzählst mir, was passiert ist?«

»Danke.« Da ich nicht recht wußte, wo ich anfangen sollte, nahm ich
geistesabwesend ein Stück Toast und bestrich es mit Butter und Marmelade. Waren die körperlichen Veränderungen an Eudora darauf
zurückzuführen, daß sie angefangen hatte zu rauchen? »Köstlich!«
nuschelte ich.

»Was?«

»Diese Marmelade ist die beste, die ich je gegessen habe.«

»Ja, sie ist einfach wunderbar!« Eudora versuchte sich an einem
Lächeln, dann rückte sie ihre Brille gerade, in dem Bestreben, sich auf
den Zweck meines Kommens zu konzentrieren. »Du sagtest, in deiner Familie gäbe es eine Krise.«

»Und ich bin schuld daran«, sagte ich. »Gegen Bens Rat habe ich seine Eltern eingeladen, bei uns ihren achtunddreißigsten Hochzeitstag
zu feiern. Nichts Aufwendiges, verstehst du, nur eine Dinnerparty.
Aber mein erster Fauxpas war, auch eine Freundin von Mum, Beatrix
Taffer, die sie seit vierzig Jahren nicht gesehen hatte, einzuladen. Der
Abend war von Anfang an ein Reinfall. Und es wurde alles noch
schlimmer, als herauskam, daß Mum und Dad nicht rechtskräftig
verheiratet sind.«

»Wir sind alle Sünder vor dem Herrn.« Diese Lehrbuchantwort war
untypisch für Eudora, doch ich kämpfte mich weiter durch meine
Leidensgeschichte.

»Mum und Dad standen zunächst noch dicht davor, einen ehrbaren Mann und eine ehrbare Frau auseinander zu machen, doch dann gerieten sie über das Ausgangsproblem in Streit, nämlich, wer denn nun die Trauung vollziehen solle. Ein Rabbi oder ein Priester? Sie fauchten sich kurz gegenseitig an, dann beorderte sie ihn aus unserem Haus. Und damit nicht genug. Zwei Stunden später stand ein Polizist vor der Tür, mit Dad und Mrs. Taffer im Schlepptau. Er hatte sie erwischt, nachdem sie wie Gott sie schuf ein Bad genommen hatten und...«

»Du solltest dich glücklich schätzen, Ellie.« Eudora schaute sich geistesabwesend im Zimmer um, während sie das sagte.

»Was?«

»Mit langem Haar ist man nie völlig nackt. Männer sind ja nicht gerade berüchtigt für ihr Schamgefühl, dieser armen Frau hingegen gilt meine ganze Sympathie.«

»Und meine Schwiegermutter?«

»Ihr auch.« Zu meiner Überraschung wurde das ohne viel Wärme gesagt. »Ich schlage vor, Ellie, daß Ben mit seinem Vater redet und du mit dieser Mrs. Taffer. Haltet sie beide an, sich für ihr unüberlegtes Verhalten zu entschuldigen. Als Christin muß deine Schwiegermutter ihnen vergeben.«

Bildete ich mir das nur ein, oder wollte Eudora tatsächlich, daß es sich wie eine Bestrafung anhörte? Ihre Miene war grimmig, aber das mochte auch daran liegen, daß sich der Lederstuhl am Schreibtisch zu uns herumdrehte und aus seinen tiefsten Tiefen eine Stimme zu sprechen anhub.

»Ist 'ne traurige Angelegenheit, wenn wir aus Gott einen Buhmann machen, um Kinder und kleine alte Damen zu Tode zu erschrecken.«

»Mutter!« Eudora erhob sich halb, bevor sie wieder zurücksank. »Ich hatte Tabak gerochen, aber ich dachte, du wärst nach draußen in den Garten gegangen.«

»Das wäre ich auch, Kleines, und hätte meine Verbannung getragen wie ein Mann.« Eine halb gerauchte Zigarette wedelte durch die immer dicker werdende Qualmwolke, die die Rednerin vor unseren

Blicken verbarg. »Aber es fing an zu regnen, und deshalb bin ich hier.«

»Und belauschst ein Privatgespräch.«

»Das war sicherlich falsch, aber wie ich immer sage« – ein Rauchring stieg nach oben –, »die Sünde ist ihr eigener Lohn.«

»Ellie, es tut mir so leid.« Eudora wirkte, als wisse sie nicht mehr weiter.

»Nimm es nicht tragisch«, brachte ich heraus.

»Stimmt genau, Eudorie. *Dies ist der Tag, den der Herr geschaffen hat, wir wollen jubeln und uns an ihm freuen.*« Nachdem sie diese biblische Spitze zum besten gegeben hatte, drückte sie die Zigarette aus und stand auf, und die Schatten fielen von ihr ab wie Leichentücher. Sie war Mitte Siebzig, mit einer Hakennase, die von noch kräftigerer Farbe war als ihre Wangen, und mehr Schwarz als Grau im Haar. »Ich bin die Schwiegermutter«, klärte sie mich auf. »*Stief*-Schwiegermutter, um genau zu sein; und das ist auf gar keinen Fall eine Aufgabe für die Kleinmütigen. Mein Name ist Bridget Spike, Schätzchen, aber alle meine Freundinnen nennen mich Bridey.«

»Jetzt fällt's mir wieder ein«, sagte ich, »Mrs. Malloy – meine Putzfrau – hat mir erzählt, Sie seien hier zu Besuch.«

»Ach, hat sie das? Und hat sie Ihnen auch erzählt, daß ich die beste Marmelade der Welt mache?«

»Nein, aber ich glaube es Ihnen«, sagte ich und sah auf die Scheibe Toast in meiner Hand.

»Ah, ich denke, mein Ruhm wird sich schon noch rumsprechen.« Mrs. Spike griff nach ihrer Schachtel Rothmans. »Klatsch ist wirklich eine großartige Sache, und so gewiß, wie es in Irland Kleeblätter gibt, wird sich die Kunde verbreiten, daß ich meine falschen Zähne des Nachts in Gin einweiche und daß der Bischof aus der Unterhose gekippt ist, als ich ihm den Witz über einen Vertreter seines Standes und die Tänzerin erzählt habe.«

Unschlüssig, was ich sagen sollte, fing ich Eudoras Blick auf. In ihren Augen sah ich einen Ausdruck, der besser zu einem Axtmörder als zu einer Geistlichen paßte.

Waren wir mitten in einer Epidemie? Riskierte eine Frau schon, daß ihre Schwiegermutter ihren ständigen Wohnsitz bei ihr nahm, wenn sie an der Bushaltestelle neben einer bereits Infizierten stand? Da ich nicht den Wunsch verspürte, das Leben anderer zu verkomplizieren, war es womöglich ganz gut, daß ich als einzige die Nummer 39 nahm, als der Bus einige Meter vom Tor des Pfarrhauses entfernt hielt.

Ich hatte vor meinem Aufbruch die Adresse der Taffers im Telefonbuch nachgeschlagen und erwartete, daß ich das Haus problemlos finden würde. Als ich am Dorfplatz ausstieg, zerbrach ich mir immer noch den Kopf, was ich zu Tricks sagen sollte, faßte es jedoch als gutes Omen auf, daß die Wolken sich inzwischen verzogen. Der Bus brauste in dem sonnenglänzenden Nieselregen davon, und ich wich der Mütze eines Straßenmusikanten aus, die überquoll von Münzen, die glitzerten wie von Tau benetzt. Als ich mein Scherflein hineinfallen ließ, versuchte ich, keinen Groll aufkommen zu lassen, weil dieser Gassenjunge mittleren Alters singen konnte wie ein Weidenlaubsänger, während der arme Mr. Savage, der das Herz eines Troubadours hatte, nicht eine Note halten konnte und in einer Dachkammer über meinem Stall lebte, ein Sklave seiner Kunst. Als ich an einem Gemüseladen auf der Robert Road vorbeikam, fiel mir ein, daß Dad eine schöne Stimme hatte. Sogleich fing ich an zu phantasieren wie er in einem Anfall von Reue zurückkehrte, sich unter Mums Balkon postierte und ihr ein Ständchen darbrachte.

In entschlossen optimistischer Stimmung bog ich links in den Kitty

Crescent ein. Ob es anmaßend war, Tricks zu sagen, daß sie, falls sie Absichten auf meinen Schwiegervater hatte, diese am besten vergaß? Bestimmt war es doch nicht zuviel verlangt, daß sie etwas Konstruktives tat – ihm gut zuredete, zu Mum zurückzugehen, auf die Knie zu fallen und um Vergebung zu bitten. Und wenn er schon mal kniete – in seinem Alter sollte man nicht unnötig Energie verschwenden –, konnte er auch schnell die gewisse Frage stellen. Oder sollte ich mich strikt an Eudoras Rat halten und Tricks nur darum bitten, sich in eigenem Interesse bei Mum zu entschuldigen?

Solcherlei Überlegungen brachten mich nicht weiter. Ich hatte Nummer 18 verpaßt und mußte jetzt denselben Weg entlang der Reihe von Doppelhäusern, die aussahen wie aus Pappe ausgeschnitten und an einem Nachmittag hochgezogen, zurückgehen. Aha, da war es. Ich entriegelte das Tor, ging den schmalen Weg hoch, wobei ich über ein verrostetes Dreirad sowie Kreidestriche vom Himmel-und-Hölle-Spielen hinwegstieg, und stand dann auf der Stufe unterhalb der verzogenen Veranda. Dort war ich plötzlich so aufgewühlt, daß meine Knie butterweich wurden.

Man konnte kaum erwarten, daß Frizzy Taffer mich mit offenen Armen empfing, nach den schlimmen Folgen, die meine Dinnerparty gezeitigt hatte. Der Türklopfer fiel mit einem vibrierenden dumpfen Knall herunter, und ehe ich meine Nase vom Seitenfenster lösen konnte, flog die Tür auf und eine erschöpfte Stimme fragte: »Was denn noch, du kleine Landplage?«

»Ich . . .«

Ein Arm, der wohl eine halbe Meile lang war, kam herausgeschossen und zog mich über die Schwelle.

»O Mann! Entschuldigen Sie!« Das Ein-Frau-Empfangskomitee trat zurück, schlug die Hand vor den Mund, und in ihren Augen stand Verlegenheit. »Ich dachte, Sie wären Barney, mein Siebenjähriger, der läuft den ganzen Morgen zur einen Tür rein und zur andern wieder raus.« Frizzy »Krissel« Taffer brauchte sich nicht vorzustellen. Ihr rötlichbraunes Haar war breiter als lang und knisterte förmlich vor Statik.

»Ich bin Ellie Haskell«, plapperte ich drauflos. »Aber wenn ich ungelegen komme, kann ich wieder gehen und nicht wiederkommen.«

»Nein.« Sie packte mich wieder, diesmal an der Hand, und ich hatte Angst, sie wegzuziehen, sonst wäre sie noch abgegangen bei dem Griff. »Gehen Sie nicht!« rief sie. »Ich hab’ den ganzen Morgen gehofft, daß Sie anrufen.«

»Das hätte ich auch tun sollen, anstatt hier so reinzuplatzen.«

»Es ist besser so. Es ist so viel leichter, von Angesicht zu Angesicht zu reden.« Sie ließ mich los und schob die Tür zu. »Glauben Sie mir, ich freue mich, daß Sie gekommen sind.«

Die enge Diele sah aus wie bis auf die Unterwäsche entkleidet. Der Farbanstrich war ein verwaschenes Beige, und es gab kein einziges Möbelstück, ob zum Gebrauch oder zur Zierde. Was nur gut war. Es war ohnehin schwierig genug, nur einen Schritt zu tun, ohne auf einen Stapel Malbücher, zerbrochene Buntstifte oder Haufen aus Bauklötzen und Puffpuffzügen zu treten. Spielzeug auf den Stufen, Spielzeug auf der Fensterbank. Und wie um zu zeigen, daß das Leben von Frizzy Taffer nicht ausschließlich aus Spiel und Spaß bestand, war der Staubsauger an seiner Schnur hervorgezerrt worden und thronte auf dem fadenscheinigen Teppichläufer.

»Ich fürchte, ich habe in ein Wespennest gestochen«, sagte ich.

»Sie sind es, die mir leid tut.« Frizzy stopfte die Hände in ihre Rocktaschen und schaute zu der Tür zu unserer Linken, die angelehnt gewesen war und jetzt langsam aufging. Ein Baby von etwa acht Monaten kam *pitsch patsch* auf seinen dicken kleinen Händchen über den Fußboden der Diele gekrabbelt. Ein Baby mit klebrigem Gesicht und einem wilden Schopf aus rotbraunen Locken. Hinter ihm erschien ein Junge von vier oder fünf Jahren mit ungekämmtem Haar, der einen schrillen Schrei ausstieß.

»Mummy! Laura hat mein Puzzle kaputtgemacht.«

»Es war bestimmt ein Versehen, Dustin.« Frizzy nahm das Baby hoch.

»War es nicht!« Der Junge ließ sich aufs Hinterteil fallen und fing an,

mit seinen kleinen Armeestiefeln auf den Fußboden zu trommeln.
»Ich will sie nicht mehr. Wir können sie weggeben.« Er hörte mit dem
Gestrampel auf, und die Sommersprossen auf seiner Nase schienen zu
leuchten, als er mich erblickte.

»Sind Sie die Eisfrau?«

»Mrs. Haskell ist eine Freundin von Mummy.« Mit müden braunen
Augen stützte Frizzy ihren Wonneproppen auf ihre Hüfte. »Sie hat
Zwillinge, kaum älter als Laura. Und du willst ihr doch bestimmt
sagen, wie lieb du deine Schwester hast.«

»Nein, will ich nicht.« Dustin zog sich hoch, stand mit nach innen
gerichteten Füßen da und schaute finster auf den Fußboden. »Und
den Großpapa-Mann, der gestern nacht in meinem Bett geschlafen
hat, mag ich auch nicht.«

Täuschten mich meine Ohren? Wie betäubt sah ich zu, wie Frizzy das
Haar des Babys zurückstrich. »Das reicht, Dustin! Du weißt doch
sicher noch, wie sehr es dir gefallen hat, bei Barney im Hochbett zu
schlafen. Das hat doch Spaß gemacht, oder?«

»Bis ich rausgefallen bin.« Verständlicherweise empört stapfte Dustin
nach oben.

»Hat mein Schwiegervater hier übernachtet?«

»Glauben Sie mir, ich war nicht besonders angetan von der Idee.«

»Er sollte doch ins Dark Horse gehen.«

»Tricks sagte ihm, sie wüßte hundertprozentig, daß es ausgebucht
wäre.«

»Er hat nicht mal nachgefragt?«

»Sie kennen ja meine Schwiegermutter; sie kann ziemlich überzeu-
gend sein. Verstehen Sie mich nicht falsch, zu jeder anderen Gelegenheit hätte ich ihn gern hier gehabt« – Frizzy versuchte, einen Witz zu
machen – »wenn die Kinder erst erwachsen und ausgezogen sind. Ich
bin sicher, Ihr Schwiegervater ist ein ganz liebenswürdiger Mensch.
Aber Tom und ich haben so schon kein Privatleben. Sie brauchen sich
nur hier umzuschauen, dann merken sie, daß die Wände hauchdünn
sind. Wir hören jedes Wort, das die Leute von nebenan sagen. Wir

hören sie sogar atmen. Wir hören, wie die Handtücher auf der Stange in ihrem Bad trocknen.«

»Ich verstehe.« Sie brauchte kein Bild von der Schwiegermutter im gegenüberliegenden Zimmer zu entwerfen. »Und wo«, fragte ich, »ist Dad jetzt?«

»Im Dark Horse. Heute morgen gab es ein wenig böses Blut zwischen Mum und mir, als ich darauf bestand, daß er dort anruft und sich nach einem Zimmer erkundigt. Aber er war ganz vernünftig.«

»Das will ich doch meinen.«

»Und ich hatte gehofft, daß Sie mal mit Tricks sprechen und ihr eventuell klarmachen, daß sie für mindestens eine Woche genug Ärger gestiftet hat. Ich glaube, sie ist in der Küche; sie hat angeboten, einen kleinen Imbiß für Dawn zu machen – das ist meine Älteste. Sie kommt immer gegen halb eins zum Essen nach Hause, weil sie die Schulspeisen nicht mag. Ich glaube« – Frizzy hievte das Baby höher –, »das ist sie.«

Ein Schrei war aus der Küche gedrungen, und ein Mädchen in flaschengrünem Rock und weißer Bluse kam durch die Tür geschossen, ihre rotbraunen Zöpfe schlugen gegen ihre Schultern, und ihre Augen blitzten vor Wut.

»Mummy, tu was! Gran hat gerade einen *Mord* begangen!«

»Es war bestimmt ein Versehen.« Es schien keine unmittelbare Gefahr zu bestehen, daß Frizzy das Baby fallen ließ.

»Sie hat das einzige zerstört, das ich je geliebt habe.«

»Oje – doch nicht Goldilocks!«

»Ich will auch sterben.«

»Ja, Liebes! Aber meinst du nicht, daß du erst noch Mrs. Haskell guten Tag sagen könntest?«

Dawn ignorierte diese Bitte und stand da, das Kinn vorgereckt, die Arme verschränkt, schnaufend wie eine Lokomotive. »Dir ist das egal, oder, Mummy? Es ist ja nicht *dein* Goldfisch, dem aufs entsetzlichste der Garaus gemacht wurde. Sie durfte nicht mal in ihrem eigenen Glas sterben.«

»Ich weiß, das ist hart für dich.« Frizzy wagte sich einen Schritt auf ihre Tochter zu. »Aber ich finde, du solltest nicht zu hart mit Gran ins Gericht gehen, wenn sie das Glas versehentlich hat fallenlassen oder Goldie beim Wasserwechseln in den Abfluß gespült hat.«

»Ich wußte, daß du auf ihrer Seite stehen würdest.« Dawns Stimme ließ die Temperatur um zehn Grad sinken. »Mummy, wann wirst du endlich erwachsen? Gestern abend, als ich Wasser nachgefüllt habe, bin ich mit dem Glas gegen die Spüle gestoßen, und es hat einen Sprung gekriegt, deshalb hab' ich Goldilocks in den Eierkocher getan, und jetzt, kurz bevor ich nach Hause gekommen bin, hat Gran ihn vom Regal runtergeholt, ohne einen Gedanken daran zu verschwenden, warum er voll Wasser war, und hat ohne hinzusehen ein Ei reingetan, und ... Mummy, sie hat Goldy dreieinhalb Minuten totgekocht!«

Frizzy zuckte zusammen. »Es hat ihr doch bestimmt leid getan.«

»Gran ist eine gemeine alte Heuchlerin!« Das Mädchen trat gegen ein Spielzeugauto und sah zu, wie es gegen die Treppenwand knallte. »Sie hackt ständig darauf rum, daß man dies und jenes nicht essen soll, weil auch Äpfel und Apfelsinen das Recht haben, bis ans Ende ihrer Tage in Frieden zu leben.«

»Na, na, Dawn, du hast Gran aber doch lieb.«

»Mummy« – ein Aufstampfen –, »ich hab' an dem Goldfisch unheimlich gehangen.«

Die Küchentür ging auf, und Tricks erschien in Batikmusselin, das Haar stand ihr stachelig vom Kopf ab, ihre Dreifachohrringe glitzerten, und ihr ältliches Schulmädchengesicht wirkte so ausgeglichen wie eh und je. »Ich bin genauso entsetzt wie du, Liebes«, sagte sie zu ihrer Enkelin, »aber wir dürfen nicht vergessen, daß dergleichen Tragödien ein notwendiges Übel auf dem Weg zu spiritueller Erleuchtung sind.«

»Na, vielen Dank!« Dawn platzte beinahe vor Wut.

»Überleg mal, wie nett es wäre, wenn du als Ergebnis dieses kleinen Unfalls eine Kampagne zur Rettung der Hummer starten würdest.

Die Menschen werfen sie immerzu in kochendes Wasser, und niemand ruft den Tierschutzverein!« Da aus ihrer Sicht offenbar genug zu dem Thema gesagt war, wandte Tricks ihre Aufmerksamkeit mir zu. »Ellie, meine Liebe! Oh, Elijah wird es so bedauern, daß er Sie verpaßt hat. Frizzy konnte ihn nicht dazu überreden, länger zu bleiben, aber ich weiß ohne den leisesten Zweifel, daß er seinen Aufenthalt genossen hat. Er und ich haben gleich als erstes heute früh einen Spaziergang zum Gemüsehändler an der Ecke gemacht. Und wissen Sie, ich glaube, er würde sich dort ganz gern ehrenamtlich nützlich machen. Sie hätten hören sollen, was er darüber zu sagen hatte, wie das Obst und das Gemüse im Fenster ausgelegt waren.«

»Ich hoffe doch«, sagte ich, »daß er sich statt dessen zu Hause nützlich macht.«

»Wenn es ihn und Mags glücklich macht!« Tricks strahlte Gutmütigkeit aus. »Aber wie ich schon zu Elijah sagte, wenn es nicht sein soll, dann ist es besser, er findet es jetzt heraus, wo er das Leben noch vor sich hat.«

»Es geht schon wieder los!« Dawn schien drauf und dran, auf ihren Zöpfen herumzukauen. »Mit dem Einmischen. Das kannst du am allerbesten, Gran – dich einmischen und Leben zerstören.«

»Das reicht!« Völlig erschöpft setzte Frizzy Baby Laura zwischen die Puffpuffzüge und Puzzleteile.

»Na los, stell dich wieder auf ihre Seite!« Das Mädchen ging empört zwei Schritte, bevor sie einen durchdringenden Schrei ausstieß. »Nein! Das darf nicht wahr sein!« Sie ging blitzschnell in die Hocke und fuhr mit den Händen über den Fußboden. »Wer hat die Kröten mit *meinen* Barbiepuppen spielen lassen?«

»Schuldig!« Tricks nahm die Hände hoch. »Aber nur die Ruhe, Liebes, die Haare wachsen schon wieder nach.«

»Gran, sprich mich nie wieder, *nie wieder* an!« Dawn ließ die vier Puppen an Ort und Stelle liegen, sprang auf, breitete die Arme aus und rief: »Ist denn nichts mehr heilig?« Dann stampfte sie schluchzend die Treppe hoch.

»Ach, wenn man noch mal jung wäre!« Tricks krümmte eine ihrer Batikschultern.

»Schade um diese Puppen«, sagte Frizzy. »Meine Cousine Alice hat sie extra aus Amerika geschickt.«

»Na, dann kann sie ja bestimmt neue schicken. Inzwischen gehe ich mal wieder in die Küche und mache eine Büchse Sardinen für das Kind auf.«

Ein Schrei brach vom Treppenabsatz über uns herein. Arme Dawn! Wer konnte ihr verdenken, daß sie befürchtete, die verblichene Goldilocks würde auf einer Scheibe Toast wiederauftauchen?

»Wenn ich recht überlege« – Tricks war nach wie vor ein einziges Lächeln –, »gehe ich wohl doch wieder in den Garten und halte ein Schwätzchen mit den Stangenbohnen. Von denen kriege ich nie Widerworte. Es ist mir immer ein Vergnügen, Sie zu sehen, Ellie, umarmen und küssen Sie Mags von mir.«

Weg war sie durch die Küchentür, und ich blieb mit der Erkenntnis zurück, daß ich kein Wort dahingehend zu ihr gesagt hatte, daß sie sich mit Mum in Kontakt setzen und versuchen sollte, ihr Zerwürfnis zu kitten. Auch gut! Dawns Gefühlsausbruch zum Thema Einmischung hatte mir auf beunruhigende Weise vor Augen geführt, daß ich meine Lektion immer noch nicht gelernt hatte. Wieder hatte ich mich nur von den besten Absichten leiten lassen, als ich meine Schwiegereltern unter meine Fittiche nahm, anstatt sie frei fliegen zu lassen.

»Wenn Tom nach Hause kommt, wird er als erstes fragen, was ich den ganzen Tag gemacht habe. Dawn ist ein liebes Mädchen, aber sie kann sehr aufbrausend sein, so wie meine Tante Ethel.« Frizzy zwang sich zu einem Lächeln, als wir die Diele wieder für uns hatten.

»Ich falle Ihnen nicht länger auf den Wecker«, sagte ich.

»Sie brauchen nicht überstürzt aufzubrechen«, protestierte Frizzy formhalber, während sie Baby Laura hochnahm und mich zur Haustür begleitete.

»Danke, aber ich muß allmählich nach Hause.« Kaum hatte ich ausgesprochen, schric Frizzy auf und prallte rückwärts gegen mich. Ein Schatten schob sich im Fenster an der Tür vors Licht, und ich sah ein Gesicht, von einem Kopftuch umrahmt, bevor der Türklopfer mit dumpfem Geräusch aufkam.

»Lady Kitty Pomeroy!« Frizzy drückte die Hand auf den Mund des Babys, bevor sie schwerfällig auf die Knie fiel und mir ein Zeichen gab, ihrem Beispiel zu folgen. Ich gehorchte. »Ich kann's nicht glauben!« zischte sie. »Doch, ich kann's! Ausgerechnet sie mußte ja ausgerechnet heute auftauchen! Schnell!« Diesmal pochte der Türklopfer zweimal. »Wir müssen uns verstecken. Ich kann nicht zulassen, daß diese Frau mich in diesem Chaos erwischt. Diese Siedlung wurde auf einem Grundstück erbaut, das früher Sir Roberts Familie gehörte. Als das erste Haus gebaut wurde, war Mylady zur Stelle, um den symbolischen ersten Spatenstich zu tun. Und seitdem stochert sie immerzu hier herum.«

»Ja, natürlich«, sagte ich, »Robert Road, Kitty Crescent!« Wir drei – Baby Laura hatte die Losung akzeptiert – waren bereits in einem Wettkrabbeln begriffen, das dem Sommerfest von St. Anselm zur Ehre gereicht hätte, wie bei dem Brettspiel – über die Schlangen hinweg und Leitern rauf und um die Arche Noah herum.

»Hier rein!« Frizzy riß die Tür zum Wandschrank unter der Treppe auf und scheuchte ihren Nachwuchs und mich in die Höhle, aus deren Halbdunkel uns Mop und Besen anglotzten. Laura schniefte vor Vergnügen, als ich sie in den Wäschekorb mit Laken und Handtüchern fallen ließ. Und da sage man, daß Hausfrauen ein stumpfsinniges Dasein führen! Frizzy schob sich hinter uns herein und zog gerade die Tür zu, als Tricks für eine herrliche Schrecksekunde sorgte, indem sie im Lichtkeil erschien. Kein Platz mehr im Luftschutzkeller; aber Frizzy hatte die Situation, wenn auch zitternd, unter Kontrolle.

»Hinlegen und totstellen!« befahl sie.

Tricks war beileibe keine Spielverderberin. Sie ließ sich platt auf den Fußboden fallen, die Arme angewinkelt, nur ihre Haare standen noch hoch.

»Ist es der Mann von der Versicherung, Liebes?«

»Lady Kitty.«

»Ah!« In der einen Silbe lag eine Welt von Verstehen.

»Versteht mich nicht falsch.« Frizzy sprach in die Staubwolke hinein, die von ihrem panischen Geatme aufgewirbelt wurde. »Ich halte Lady Kitty nicht für ein Ungeheuer. Sie leistet unermeßlich viel Gutes mit ihrer ganzen Wohltätigkeitsarbeit, und niemand könnte ihr vorwerfen, ein Snob zu sein.«

»Nun, ich wüßte auch nicht, wie sie das sein könnte, Liebes!« meldete Tricks sich von ihrem Schützengraben aus zu Wort. »Jeder weiß, daß ihre Mum Chefköchin und Dienstmädchen auf Pomeroy Manor war und ihr Dad das Faktotum. Typischer Fall von mehr Glück als Verstand, daß die beiden etwa um die Zeit, als Sir Robert den Besitz mitsamt den Schulden erbte, im Lotto gewannen. Man braucht nicht besonders helle zu sein, um zu verstehen, warum er Kitty die Schreckliche geheiratet hat, oder?«

Ich rechnete fest damit, daß Dawns Stimme von oben kreischte: »Mann, pack dir an die eigene Nase!« Aber wir hörten keinen Piep von ihr.

»Haben Sie keine Angst, daß die Kinder uns verraten?« fragte ich in die Schatten.

Frizzy schüttelte den Kopf, was angesichts ihres Haarumfangs einen Orkan in unserem engen Schlupfwinkel verursachte. »Bei der Laune, in der Dawn ist, würde sie selbst dann nicht die Tür öffnen, wenn ihr Leben davon abhinge. Und so schlimm es sich auch anhört, wir haben einen Lady-Kitty-Alarm vereinbart. Falls Barney draußen vor dem Haus ist, wird er abgetaucht sein, und Dustin wird durchs Fenster gespäht haben und hinter einem Stuhl in Deckung gegangen sein. Wie gesagt, sie ist kein schlechter Mensch, aber . . .«

Stille, so dicht, daß sie uns zu ersticken drohte, stieg vom Fußboden auf. Ich brauchte einen Augenblick, um zu kapieren, daß sozusagen Entwarnung gegeben war. Der Türklopfer war nicht noch einmal gefallen. Ich hörte das Baby glucksen, ich hörte Tricks den Kopf vom

Fußboden heben, und ich stieß im Verein mit Frizzy schon erleichtert die Luft aus, als ich plötzlich eine Frauenstimme fragen hörte: »Jemand zu Hause?«

Meine Knie wurden zu Wackelpudding. Und ich war bloß eine unbeteiligte Zuschauerin. Was mußte die Frau des Hauses empfinden? Wir humpelten in die Diele hinaus, Frizzy trat mir auf die Fersen, und wir beide stolperten über Tricks, die nach wie vor bäuchlings auf dem Fußboden lag. Nur Baby Laura entging der Demütigung dieses Augenblicks. Sie blieb schlafend im Wäschekorb liegen, so wie Moses, als er im Schilfrohr ausgesetzt wurde.

»Mylady!« stammelte ich.

»Was für eine Überraschung!« Frizzys Lächeln glitt immer wieder von ihrem Gesicht ab.

»Ich wollte schon eine Nachricht schreiben und sie durch die Tür stecken, da kam ich auf die Idee, den Türknauf zu drehen.« Lady Kitty lachte selbstgefällig. Sie trug einen Pelzmantel, der weder zum Monat Juni paßte noch zu ihrem Kopftuch. Diese Frau war ihr eigenes Gesetz. Ihre scharfen schwarzen Augen hefteten sich auf Tricks, die platt an der Treppe lag. »Ein schlichter Knicks würde reichen, Beatrix.«

Dieser Scherz, wenn es ein solcher war, entlockte Tricks ein koboldhaftes Grinsen. »Ich habe nur meine täglichen Meditationsübungen gemacht.«

»Sie fällt dann in eine Art Trance.« Frizzy half ihrer Schwiegermutter hoch. »Manchmal brauchen wir Stunden... *Tage,* um sie wieder zurückzuholen. Und Mrs. Haskell« – sie stupste mich nach vorn –, »sie und ich haben gerade den Sicherungskasten überprüft. Der Kühlschrank schaltet sich immer wieder selbst aus.«

»Was?« Lady Kittys Tonfall drückte Mißbilligung aus. »Das geht aber nicht! Wir können nicht zulassen, daß Haushaltsgeräte größenwahnsinnig werden. Und Sie, Frizzy, können nicht jedesmal den Kopf in den Wandschrank unter der Treppe stecken, wenn etwas schiefläuft.«

»Nein, Mylady.« Diese Antwort wurde im Tonfall eines jungen Dienstmädchens vorgebracht.

»Der Sicherungskasten hat nichts damit zu tun. Ich schicke Ihnen mal meinen Elektriker vorbei. Und sagen Sie ihm unbedingt, wenn er den Auftrag nicht in Rekordzeit erledigt, dann entferne ich seinen Namen aus dem Hut.«

Als sie unsere verständnislosen Gesichter bemerkte, war Lady Kitty so gütig, sich zu erklären. »Mein Vater hat diese Methode benutzt, wenn er seine Rechnungen bezahlte. Er legte immer die Namen der Leute, denen er Geld schuldete, in den Hut, den er zu Beerdigungen und Hochzeiten trug. Jeden Sonnabend hielt er eine Ziehung ab, wen er in der betreffenden Woche bezahlen würde. Wenn ihn jemand ärgerte, entfernte er den Namen der Person aus dem Hut. Das galt auch für mich und mein Taschengeld in Höhe eines Sixpence.« Ihre Augen leuchteten bei der Erinnerung. »Ich wurde nicht verhätschelt. Und ich habe es mir auch nie leichtgemacht, seit ich durch den Lottogewinn von Vater Herrin von Pomeroy Manor geworden bin. Aber das heißt nicht, daß ich auf diejenigen, die immer irgendwie überfordert zu sein scheinen, herabsehe.«

»Ich muß mich für das Chaos entschuldigen.« Frizzys Haare hatten fast ihren ganzen Schwung eingebüßt.

»Das macht es doch so gemütlich, nicht?« Tricks strahlte.

»Es ist meine Schuld.« Ich sprang in die Bresche. »Ich bin hier hereingeplatzt, als Mrs. Tom Taffer« (das klang wie aus einem Kinderreim) »gerade das Spielzeug ... ich meine, den Flur saugen wollte.«

Lady Kitty beehrte mich mit einem steifen Lächeln. »Ich nehme an, Ellie, Sie sind in Ihrer Eigenschaft als Präsidentin des Sommerfests von St. Anselm hier. Die Zeit bleibt nicht stehen, und es geht doch wohl nicht an, daß wir mit unseren Verpflichtungen in Rückstand geraten, wie? Wieviel Geld haben Sie bislang für die Zelte und die übrige Ausrüstung gesammelt?«

»Fünfzig Pence.« Ich sprach zu ihren Schnürschuhen.

»Wir kommen nicht allzu gut voran, wie?« Sie zog den Knoten an ihrem Kopftuch fester. »Ich denke, Ellie, wenn ich Jahr für Jahr das Anwesen für dieses Ereignis zur Verfügung stellen kann, dann können Sie auch Ihr Bestes geben.«

»Mein Cousin Freddy hat versprochen, mit der Sammelbüchse loszuziehen.«

»Sehr freundlich von ihm. Aber nennen Sie es delegieren, nennen Sie es, wie Sie wollen – es geht nicht an, unsere Pflichten auf andere abzuwälzen. Wenn eine Aufgabe es wert ist, erledigt zu werden, dann ist sie es auch wert, von uns selbst erledigt zu werden.« Lady Kittys Miene wurde milder. »Sie müssen verstehen, meine Liebe, daß Wohltätigkeitsarbeit nichts für die Kleinmütigen ist. Wenn wir diese Welt jemals besser machen wollen, müssen wir lernen, die Schrauben fest anzuziehen. Stichwort Schraube: Wie ich sehe« – sie zeigte mit dem Finger –, »fehlt da eine am Staubsauger.«

»Vielleicht hat das Baby sie gegessen«, sagte Tricks munter.

»Durchaus möglich, aber ich hatte gehofft, auf mein Eigentum würde besser achtgegeben.«

»Ich dachte« – Frizzy wurde dunkelorange –, »ich dachte, Sie hätten mir den Staubsauger geschenkt.«

»*Geliehen*, meine Liebe. Nicht geschenkt.« Eine winzig kleine Falte erschien auf Myladys Stirn. »Ich bin immer bereit, in einer Notlage auszuhelfen, aber wir müssen alle auch ein gewisses Maß an persönlicher Verantwortung übernehmen, oder nicht, meine Liebe?«

»Ja, Madam.«

»So ist's recht. Und als Zeichen, daß ich nicht enttäuscht von Ihnen bin, werde ich meine Mrs. Pickle vorbeischicken, damit sie sich dieses Haus mal gründlich vornimmt.«

»Das ist furchtbar nett von Ihnen, aber . . .«

»Kein Aber, Frizzy, mir ist völlig klar, daß Edna Pickle langsam wie eine Schnecke ist, aber sie ist bereit zu bleiben, bis die Arbeit getan ist, und wie sie Ihnen selbst mit Stolz erzählen wird, kann sie nicht lesen, daher brauchen Sie sich nicht zu sorgen, daß sie herumschnüffelt. Ich bin überzeugt, wenn Sie das Geld ein wenig zusammenhalten, können Sie es sich leisten, sie zwei Tage in der Woche kommen zu lassen, bis das Haus in einem anständigen Zustand ist.«

»Danke schön.«

»Das ist meine Mission! Das Leben anderer wieder in Ordnung zu bringen. Ellie« – die *grande dame* der westlichen Welt wandte sich an mich –, »Sie müssen morgen zum Mittagessen kommen – nein, sagen wir lieber übermorgen. Seien Sie Punkt zwölf auf Pomeroy Manor, dann bringen wir Ihre Angelegenheiten in Ordnung. Wir wollen doch, daß es das beste Fest aller Zeiten wird, oder?«

Was ich wollte, war, nach Hause zu gehen, doch bevor ich mich davonmachen konnte, klopfte jemand an die Haustür. Frizzy öffnete und ließ eine große junge Frau mit krummer Haltung herein, der das Haar wie bei einem Schulmädchen in Rattenschwänzen zu beiden Seiten des Gesichts herunterhing.

»Pamela.« Myladys Pelzmantel sträubte sich, als sie sich zu dem Eindringling umwandte. »Ich dachte, ich hätte dir gesagt, du sollst auf die Räder aufpassen.«

»Ich weiß, Mumsie Kitty.« Die Hände des Mädchens waren unentwirrbar ineinander verschlungen. »Aber als ich auf die Uhr sah, kriegte ich Angst, daß du zu spät zu deinem Arzttermin kommst, und ich wollte nicht, daß dein Blutdruck hochgeht.«

»Ich habe selbst eine Uhr, meine Liebe!«

»Entschuldige! Ich dachte, du hättest sie Mrs. Pickle geschenkt, damit sie ihre Zeit stoppen kann, wenn sie den Herd macht.«

»*Geliehen,* meine Liebe! Nicht geschenkt. Ich bin gutmütiger, als es mir guttut, das ist mein Problem.« Lady Kitty stieß einen Seufzer aus, von dem sich die Enden ihres Kopftuchs kräuselten. »Die Leute nutzen das aus.«

»Sie müssen den Staubsauger wieder mitnehmen«, sagte Frizzy hastig.

»Gewiß, meine Liebe! Pamela kann ihn auf ihre Lenkstange binden. Mein erklärtes Ziel ist es, Leute wie Sie dazu zu ermuntern, an sich zu arbeiten, und nicht die Eigeninitiative zu ersticken. Aber alles schön der Reihe nach. Ich möchte Ihnen meine Schwiegertochter vorstellen, die Ehrenwerte Mrs. Allan Pomeroy. Sie und mein einziger Sohn leben bei mir und Kater Bobsie – wie wir zu Sir Robert sagen. Sie haben ihr eigenes Zimmer und einen Abend die Woche Ausgang. Ist es nicht so, Pamela?«

»Ja, Mumsie Kitty.«

»Es gibt nirgends eine glücklichere Familie. Möge Gott mich tot umfallen lassen, wenn ich lüge«, sagte Lady Kitty zu uns.

Mein Schwiegervater war ein Schandfleck auf dem ehrbaren Namen der Haskells. Die Pflicht gebot, daß ich ihn im Dark Horse aufsuchte und von ihm verlangte, daß er mit mir nach Merlin's Court zurückkehrte und Mums Vergebung für die Taktlosigkeiten der vergangenen Nacht erflehte. Aber noch bevor ich an der Ecke anlangte, wo der Kitty Crescent in die Robert Road mündete, wußte ich, daß ich einer weiteren Aktion als Friedensstifterin nicht gewachsen war. Der Morgen war eine einzige dicke fette Zeitverschwendung gewesen, und ich wollte zu gern meine Kinder wiedersehen, ehe sie erwachsen waren und von zu Hause auszogen.

Ich stand im Nieselregen an der Bushaltestelle und schaute auf meine Uhr, als so dicht über mir ein Donnern ertönte, daß ich befürchtete, der Himmel sei eingestürzt. Ein Hurrikan peitschte mir den Rock zwischen die Beine, und an der Bordsteinkante hielt mein Cousin Freddy. Er hatte seine unverschämt schlanken Beine über dem Motorrad gespreizt, und die Ärmel seiner Lederjacke waren hochgeschoben und stellten Metallarmreifen zur Schau, die aussahen wie Handschellen. Der Gehsteig vibrierte noch, als er den Motor ausstellte und mich liebevoll anlächelte.

»Willst du mitfahren, Cousinchen?«

»Solltest du nicht im Abigail's sein?«

»Mittagspause.« Er schüttelte traurig den Kopf. »Der Fluch der Werktätigen. Komm schon« – er klopfte auf den Sozius – »steig auf.«

Sein Totenkopfohrring im Verein mit dem Pferdeschwanz, der aussah, als hätte man ihn benutzt, um eine Öllache aufzuwischen, ließen nicht auf eine Person schließen, die mit keuschen fünfzig Stundenkilometern bergan und talabwärts zockeln würde. Aber wie ich schon sagte, ich wollte unbedingt nach Hause, auf der Stelle, wenn nicht schon eher. Vielleicht war Mum schon in Schwermut versunken, Jonas drauf und dran, ihr einen Heiratsantrag zu machen, nur um sie aufzuheitern, und die Zwillinge so hungrig, daß sie sich gegenseitig verspeisten.

Wir legten mit einer Explosion los, die an Cape Canaveral gemahnte. Der Wagen vor uns landete im Graben, und ein Lkw setzte rückwärts um die nächste Ecke, um uns die Straße abzutreten. Ein Dutzend Laternenpfähle gingen auf uns los wie ein Trupp Polizisten bei Gilbert & Sullivan. Läden und Häuser starrten uns aus großen Fensteraugen an, doch selbst die Ampeln sahen ein, daß es sinnlos war, uns aufhalten zu wollen. Jede einzelne auf einem Stück von eineinhalb Kilometern sprang bei unserem Herannahen auf Grün, bis die Stadt selbst den Wink verstand und im Dunst verschwand.

»Bequem?« schrie Freddy über die Schulter.

Momentan lag die Constable-Landschaft still hinter ihren Hecken, aber wer konnte wissen, wann eine große plüschige Kuh auftauchen und »Muh!« oder gar »Buh!« machen würde. Wäre Mum hiergewesen, hätte sie sich mit Häkeln ablenken können, ich hingegen konnte nur Konversation machen.

»Ich hab' gefragt«, brüllte ich, »ob du Allan Pomeroy kennst?«

»Wen?«

»Den Sohn von Sir Robert und Lady Kitty.«

»Ach, den!« Freddys feuchter Pferdeschwanz klatschte gegen meine Wange. »Bin ihm einmal im Dark Horse begegnet. Einer von diesen Typen mit hellen Haaren und rosigen Wangen, die aussehen, als sollten sie noch kurze Hosen tragen. Hat stinkvornehm geredet, meistens über seine Mutter.«

»Hängt wohl sehr an ihr.«

»Nee, kuscht vor ihr. Er hat mir und den anderen Typen an der Bar erzählt, wie Mumsie seine Heirat arrangiert hat.«

»Sie hat was?« Ich wurde fast von meinem Sitz geschleudert.

»Heißt das, du hast von deiner sprudelnden Quelle noch nichts darüber erfahren?«

»Mrs. Malloy? Sie muß davon ausgegangen sein, daß ich schon Bescheid weiß.«

»Schätzungsweise! Für seinen Sohn die Frau auszusuchen geht heutzutage ein bißchen weit, meinst du nicht auch? Die Frau muß völlig beknackt sein. Was sagst du dazu, Ellie: Sie hat einen Backwettbewerb veranstaltet und der Siegerin den Bräutigam als Preis zuerkannt.«

»Das muß ein Witz sein!«

»Nee, so wahr ich hier sitze.«

»Und es gab tatsächlich Frauen, die sich an dem Wettbewerb beteiligt haben?«

»In rauhen Mengen. Von überallher. Und wen wundert's? Bei der Ahnentafel seines Vaters und Mumsies Geld muß Allan Pomeroy der begehrteste Junggeselle weit und breit gewesen sein. Ich kann dir sagen, Cousinchen, das erfüllt mich mit Dankbarkeit, daß ich ein ganz gewöhnlicher Trottel bin.«

Ich war sprachlos. Die Straße hob sich vor mir wie eine Zugbrücke, als wir auf den Kamm der Klippe zu fuhren. Meine Hände lösten sich plötzlich von Freddys Taille, ich wurde nach hinten gedrückt, meine Schultern lehnten an einem Kissen aus Luft. Der Himmel war nur wenige Zentimeter von meinem Gesicht entfernt. Als ich schon dachte, ich würde in alle vier Winde zerstreut, rückte die Welt sich plötzlich wieder zurecht, und wir brummten über die gerade Strecke mit Blick auf die St.-Anselm-Kirche.

»Erstaunlich!« sagte ich.

»Was denn?«

»Pamela. Hast du sie mal gesehen, Freddy?«

»Glaub' nicht.«

»Sie ist wie ein verängstigtes Hündchen! Ich kann mir nicht vorstellen, daß sie den Mut hatte, sich an dem Wettbewerb zu beteiligen.«

»Stille Wasser sind tief.«

»Das kannst du laut sagen«, erwiderte ich. Da war Mum, die ewige Ministrantin, die seit achtunddreißig Jahren in Sünde lebte. Dad, der im Adamskostüm badete. Reverend Eudora Spike, die aussah, als wolle sie einen Mord begehen. Die Liste ließ sich fortsetzen ... Doch Merlin's Court war mit Riesenschritten nähergekommen, seine Tore hießen uns mit weit geöffneten Flügeln willkommen. Von Ungeduld verzehrt, war ich schon halb abgestiegen, als Freddy das Motorrad vor seinem Cottage stotternd zum Stehen brachte.

»Das müssen wir irgendwann wiederholen.« Ich umarmte meinen Cousin, um festen Halt zu gewinnen. »Beeil dich lieber, wenn du dir noch ein anständiges Mittagessen machen willst.«

»Was hast du gesagt?« Freddy pflegt Taubheit vorzuschützen, wenn man ihm sagt, er solle selbst für sein Futter sorgen. Er starrte zum Haus hinüber. Und als ich die Hand hob, um den Regenschleier zu teilen wie einen Organzavorhang, sah ich, was seine Aufmerksamkeit auf sich zog. Da stand jemand auf dem Eckbalkon.

»Hilfe! So helft mir doch!« Der Wind wirbelte den Schrei zu uns.

»Halt durch, altes Haus!« schrie Freddy durch die hohlen Hände und lief – wie sein Pferdeschwanz in fliegender Hast – die Einfahrt hinauf.

Leider war es mir noch nie gegeben, zwei Dinge gleichzeitig zu tun, zum Beispiel zu rennen und klar zu sehen. Selbst als ich mich dem Haus näherte, konnte ich der Person auf dem Balkon kein Gesicht zuordnen. Mum? Jonas? Mrs. Malloy? O Gott! Was war passiert?

Ein weiterer Schrei von hoch oben ließ mich mit Freddy zusammenstoßen, der den Miniburggraben übersprungen hatte, um den Hof fünf Schritte vor mir zu erreichen. So groß ist mein Zutrauen zum männlichen Geschlecht, daß ich erwartete, mein Cousin werde sich an der Backsteinwand hochkrallen, ohne auch nur einen Zahnstocher als Hilfsmittel. Statt dessen stemmte der Feigling lediglich die Hände in die Hüften und sang aus voller Kehle: »Rapunzel, Rapunzel! Laß dein Haar hinunter!«

Ein zittriges Lachen wehte nach unten, und als ich aufschaute, sah ich Mr. Watkins. Seine vom Regen nachgedunkelte Baskenmütze hing ihm über ein Auge, seine Wangen waren eingefallen, und er klammerte sich am Balkongeländer fest, als wäre er der Kapitän eines sinkenden Schiffes. Wie blöd von mir! Sein Lieferwagen stand mitten auf dem Hof, und trotzdem hatte ich den Fensterputzer nicht auf meine Liste potentieller Selbstmörder gesetzt. Selbst wenn man von zwei oder drei Mittagspausen ausging, hätte er längst wieder weg sein sollen.

»Was ist denn bloß passiert?« fragte ich mit bebender Stimme.

Mr. Watkins brachte ein tapferes Lächeln zustande, bei dem sich sein dünner Oberlippenbart bis aufs äußerste dehnte. »Ich kann nicht runter. Die Fenster sind verriegelt, und ich komme nicht bis an meine Leiter.«

Freddy und ich fuhren herum, und siehe da, dort stand die Leiter, in eineinhalb Metern Entfernung an die Mauer gelehnt. Für Supermann nur ein kleiner Satz, doch für Mr. Watkins, der sich bekanntlich nicht gern verausgabte, eine unmöglich zu überbrückende Strecke.

»Ist auf Wanderschaft gegangen, wie?« Mein Cousin zeigte sein berüchtigtes hämisches Grinsen.

Der Gefangene breitete mit großer Geste die Arme aus. »Ich bin auf dem Balkon um die Hausecke gegangen, um die Fenster auf der anderen Seite zu machen, und als ich zurückkam, hatte jemand die Leiter verstellt.«

»Kopf hoch, Kumpel«, sagte Freddy. »Ist doch 'ne herrliche Aussicht.«

»Das ja, Sir! Mir liegt es nicht, mich zu beschweren, aber ich bin seit Stunden hier oben.« Mr. Watkins hustete trocken wie ein Schwindsüchtiger. »Ich hab' um Hilfe gerufen, bis mir die Stimme versagte.«

»Dieses Haus ist im Stil einer Festung gebaut. Geräusche prallen an den Wänden ab.« Freddy schlang seinen feuchten Arm um meine Schulter und flüsterte mir kameradschaftlich ins Ohr: »Dieser Kerl

wird vor Gericht den letzten Penny aus dir rausholen, Cousinchen.«

»Quatsch!« Ich schob ihn zur Leiter. »Wir holen Sie in Null Komma
nichts runter, Mr. Watkins.«

»Verbindlichsten Dank!« Er drückte eine zitternde Hand auf seine
Baskenmütze und taumelte gegen das Geländer. »Es gab Augenblik-
ke, da ist mein ganzes Leben vor mir abgelaufen.«

»Freddy holt Sie runter, während ich schon mal reingehe und eine
Kanne Tee mache.« Mit diesen Worten türmte ich zur Hintertür und
begab mich in die Küche.

Kein Anblick hätte wohltuender für die Augen sein können. Der
Herd blitzte, die Kupferschüsseln glänzten, Kater Tobias hielt Siesta
im Schaukelstuhl, und Mum und Jonas saßen am Tisch, sie häkelte
wie um ihr Leben, während er voll Bewunderung zusah.

»Du hast magische Hände, Magdalene.«

»Das hast du lieb gesagt, Jonas.«

Also das hatten sie ausgeheckt, während ich außer Haus war! Standen
auf du und du miteinander, und unterdessen spielte der Fensterputzer
die Balkonszene aus *Romeo und Julia!*

»Unterhaltet ihr beide euch schön?« fragte ich munter.

»Es war Zeit für 'ne kleine Verschnaufpause nach dem Morgen, den
wir durchgemacht haben« – Jonas schob seinen Stuhl zurück und
stand auf – »ist es nicht so, Magdalene?«

»Geht's den Zwillingen gut?« Mein Blick ging von einem ältlichen
Gesicht zum anderen.

»Meinst du, ich würde sie vernachlässigen?« Mum rollte ihr Häkelzeug zusammen. »Sie haben ihr Essen bekommen und machen ihr
Nickerchen.«

»Was war also dann los?«

»Zunächst mal hat Sweetie sich geweigert, ihr Zimmer zu verlassen.
Armes Wurm! Sie kommt sich immer noch fehl am Platz vor. Dann
konnten wir den heiligen Franziskus nicht finden. Zuviel Krims-
krams, wohin man sieht, aber wenn es dich nicht stört, Ellie, und

mein Sohn sich angepaßt hat, liegt es mir fern, Kritik zu üben. Wir haben alle verschiedene Maßstäbe.« Mum holte Luft. »Etwa vor einer halben Stunde hatte ich ein sehr unangenehmes Erlebnis, aber wenn es dir nichts ausmacht, möchte ich jetzt lieber nicht darüber reden; ich bin noch viel zu aufgewühlt.«

Hatte Dad angerufen? Es war schwer, nicht in sie zu dringen; aber ich konzentrierte mich auf das anstehende Problem. »Weiß einer von euch, wie es kommt, daß der Fensterputzer auf einem der Balkone ausgesperrt ist?«

»Wie war das?« Jonas' eisgraue Brauen schnellten in die Höhe.

»Jemand hat seine Leiter verstellt.«

»Er hatte die Leiter ins Blumenbeet gestellt.« Mum rümpfte die Nase. »In diesem Regen! Vielleicht hätten *dich* die häßlichen Löcher, die das gegeben hätte, ja nicht gestört, Ellie, aber Ben habe ich dazu erzogen, eigen zu sein. Es hat mich einige Mühe gekostet, diese schwere Leiter auf den Hof zu schleppen, das kann ich dir sagen. Nicht, daß ich um Mitgefühl buhle. Nein, das muß voll und ganz einem anderen vorbehalten bleiben.«

»Geschieht Watkins ganz recht!« Jonas mußte auch seinen Senf dazugeben. »Der will immer fürs Nichtstun bezahlt werden. Ich freu' mich mächtig, wie er diesmal seinen Willen gekriegt hat.«

Mum belohnte ihn mit einem Zusammenpressen der Lippen. Näher kam sie einem Lächeln nie.

»Als Nichtstuer geboren und 'n Nichtstuer geblieben, das ist er!« wetterte Jonas weiter. »Stolziert hier rum mit dieser doofen Baskenmütze und 'ner Seidenkrawatte, als wär' er gerade mit 'ner Wagenladung Gemüse aus Frankreich gekommen. Ich kann dir sagen, es gibt Leute, die werden für viel weniger weggeschlossen.«

In diesem passenden Augenblick betrat Mr. Watkins die Küche. Und als könne man sich nicht darauf verlassen, daß er die günstige Gelegenheit beim Schopf packte, alles noch schlimmer zu machen, kam Freddy hinter ihm herein.

»Fühlen Sie sich besser?« fragte ich den Halbinvaliden.

»Es steht schlecht um ihn«, sagte Freddy hämisch.

»Ich werde drei Ave Marias und zwei Vaterunser sprechen, da ich die Schuldige bin.« Mum stand auf, mit herabhängenden Armen, bereit und willens, sich von den Pfeilen des Vorwurfs durchbohren zu lassen. Der Blick, den Mr. Watkins ihr zuwarf, war zwar nicht gerade honigsüß, aber einer Kraftprobe war er ganz offensichtlich nicht gewachsen. Er hielt die Hand auf seine Baskenmütze und schwankte in der Brise, die von all dem schweren Atmen im Raum erzeugt wurde.

»Wenn ich mich einen Augenblick hinsetzen dürfte, Mrs. Haskell...«

»Natürlich!« Ich eilte zum Schaukelstuhl hinüber, und als Kater Tobias sich weigerte, das Feld zu räumen, klopfte ich ihn zurecht wie ein Kissen. »Wie wär's hiermit?«

»Herzlichen Dank.«

Freddy, jeder Zoll der verhinderte Schauspieler, half dabei, Mr. Watkins in seinen Stuhl zu setzen. »Hast du kein Fußbänkchen für ihn, Ellie? Der Mann ist auf dem Weg hierher dreimal umgekippt.«

Das Leben hat so seine Momente. Es gelang mir, Jonas loszuwerden, der die Augen verdrehte und unhöfliche Bemerkungen knurrte, indem ich ihn bat, ein Betkissen zu holen. Im Vertrauen darauf, daß er sich nicht gerade abhetzen würde, konzentrierte ich mich auf die nächste anstehende Aufgabe: dem fröhlichen Freddy Beine zu machen. Als er den Wink, daß seine Mittagspause wohl ein für allemal um war, nicht verstand, hielt ich ihm die Gartentür auf und sagte ihm, er solle verduften.

»Aber Ben würde wollen, daß ich bleibe.« Mein Cousin bedachte mich mit seinem einnehmendsten Lächeln. »Mein Boß – alias dein verehrungsvoller Ehemann – hat mich angewiesen, in seinem Heim kurz nach dem Rechten zu sehen.«

Mum hatte Tränen in den Augen, ich schaffte es jedoch, meiner Gemütsbewegung Herrin zu werden. »Dann solltest du lieber schleunigst zurückfahren und ihm Bericht erstatten.« Noch ehe ich bis zehn gezählt hatte, schlenderte Freddy zu meinem Staunen die Stufen hinunter, und als ich mich wieder der Küche zuwandte, machte Mum, ganz Märtyrerin, Mr. Watkins eine Tasse Tee.

»Geht es Ihnen etwas besser?« fragte ich ihn.

»Man sagt ja, die Zeit heile alle Wunden, Mrs. Haskell, aber ich bezweifle, daß ich jemals wieder auf diese Leiter steigen kann.« Er umklammerte die Armlehnen des Schaukelstuhls, als dieser nach hinten schwang, und in seinen Augen stand panische Angst. »Sie sehen ja selbst! Ich fühle mich nicht einmal in dieser Höhe sicher. Was soll jetzt aus mir werden? Diese Frage geht mir unaufhörlich im Kopf herum. In letzter Zeit habe ich mir überlegt, daß es doch schön wäre, verheiratet zu sein. Aber welche Frau, die ihre Sinne beisammen hat, würde einen elenden Invaliden nehmen?«

»Ich glaube, da malen Sie zu schwarz.« Ich konnte Mum nicht ansehen, aus Furcht, daß sie sich bereitmachte, das ultimative Opfer zu bringen. Auf der anderen Seite war genau das vielleicht das nötige Mittel, um Dad wieder zur Vernunft zu bringen.

»Unter uns und der Küchenspüle« – Mr. Watkins grub sich zu Tobias' hörbarem Mißfallen tiefer in den Stuhl –, »meine Hoffnung war immer, daß Roxie Malloy und ich uns zusammentun würden.«

»Das könnte ein Ausweg für sie sein«, sagte Mum.

»Wie meinst du das?« fragte ich arglos. Meine Schwiegermutter wirkte so harmlos, wie sie da am Herd stand. Sie ließ nicht den Kessel fallen, der in ihren Händen die Ausmaße einer Vierzig-Liter-Gießkanne annahm; statt dessen ließ sie die Bombe platzen. »Ich habe diese Frau gefeuert.«

»Ich fasse es nicht!« Trotz der Schrecken der vergangenen vierundzwanzig Stunden war ich immer noch ein Unschuldslamm; ich gab jedoch dem kindischen Impuls, den Fußboden mit meinen Tränen zu überfluten, nicht nach, denn ich hatte keine Ahnung, was Mrs. Malloy mit dem Wischmop gemacht hatte, wenn sie meiner Schwiegermutter nicht eins damit über den Schädel gegeben hatte, bevor sie nach oben marschiert war, um die Zwillinge mit der Hiobsbotschaft zu beglücken, daß sie künftig auf sie würden verzichten müssen.

»Ich werde nie verstehen, Ellie« – Mum reichte Mr. Watkins seine Teetasse, ohne einen einzigen Tropfen zu verschütten –, »warum du dich mit dieser furchtbaren Frau abgibst. Ich habe immer zu Dad gesagt – zu der Zeit, als wir noch miteinander sprachen – man merkt schon von weitem, daß sie *trinkt*.« Mit Lippen schmal wie der Pfad der Tugend fuhr sie fort, in aller Seelenruhe den Herd zu putzen.

»Wir *trinken* doch alle! Die Aufnahme von Flüssigkeit ist Bestandteil des menschlichen Stoffwechsels.« Ich wedelte mit der Hand in die Richtung von Mr. Watkins, der seinen Tee hinunterkippte, als hänge die Wiedererlangung seiner vollen geistigen und körperlichen Gesundheit davon ab.

»Ich spreche von *Gin*.« Mum faltete ihren Spüllappen und legte ihn weg, wohl um ihn bei Gelegenheit zu stopfen.

»Mrs. Malloy trinkt nicht im Dienst!« Ich mußte schwer kämpfen, um die Füße auf dem Boden zu behalten und nicht vor Wut auf und ab zu hopsen, wodurch ich mich nicht nur lächerlich gemacht, sondern auch Mr. Watkins von seinem Stuhl befördert hätte. Es hätte mir gerade noch gefehlt, daß er zu seiner Liste einen Bandscheibenschaden hinzufügte, wenn er uns auf Schadenersatz verklagte. »Glaubst du wirklich, Mum, daß ich die Zwillinge der Obhut von Mrs. Malloy überlassen würde, wenn ich annähme, daß sie mit der Flasche unter dem Sofa liegt? Sie ist ein ganz anderer Mensch geworden, seit sie sich in St. Anselm für Kurse zur Pflege von Messinggrabtafeln eingeschrieben hat.«

»Messing putzen! Ein Jammer, daß sie ihre Kenntnisse hier nicht ein wenig öfter angewendet hat!« Mum ließ ihr Markenzeichen, das Naserümpfen, sehen, war allerdings noch nicht fertig. »Und diese *Haare!*«
Ich war drauf und dran zu sagen, daß Mrs. Malloy wenigstens mit einem vollen Schopf dieses Materials gesegnet war, wenngleich in zwei Farben, biß mir jedoch auf die Zunge. Vor mir stand, so rief ich mir in Erinnerung, die Frau, die der Welt Ben geschenkt hatte.

»Sie sieht aus wie eine Prostituierte.« Mum verzog das Gesicht. »Diese Taftkleider mit dem Ausschnitt bis zu den Knien!«

»Sie haben nicht zufällig eine Tube Einreibemittel griffbereit?« meldete Mr. Watkins sich zu Wort. »Mir tun allmählich sämtliche Gelenke weh.«

Ich hätte ihm mit Freuden eine an den Kopf geworfen. Aber alles hübsch der Reihe nach. Ich durfte kein Wort von dem verpassen, was Mum sagte.

»Ich hätte wohl nicht überrascht sein sollen, als ich sie dabei erwischte . . .« Sie ließ den unbeendeten Satz vor meiner Nase baumeln.

»Als du sie wobei erwischtest?«

»Wie sie dieses dreckige Buch las!«

Ich folgte ihrem Sperlingsblick zu den Lehrbüchern der Kochkunst und dachte betrübt, das ist es also – das einzige, was ich übersehen hatte – die teigbespritzten Seiten von *Der Weg zum Magen eines Mannes* abzuwischen.

»Ich gebe zu, hier und da ist es ein wenig schmutzig . . .«

»Hier und da ein wenig schmutzig!« Mum war voll in Fahrt. Sie marschierte zum Regal hinüber und zog mit spitzen Fingern, als fürchte sie, sich mit einer Geschlechtskrankheit anzustecken, einen Band heraus. »Jede einzelne Seite, jede einzelne Zeile ist voll mit *Schweinereien*. Ich hatte fast einen Herzanfall, als ich es aufschlug, um ein Rezept für Schweinelenden zu suchen. Es war durchaus die Rede von *Lenden* – Lenden, die sich wälzten und pulsierten und sich überhaupt auf die widerlichste Weise gebärdeten.«

Mr. Watkins hockte plötzlich auf der Stuhlkante, und Tobias landete auf dem Fußboden.

»Lieber Himmel!« Ich schlug die Hände an die Wangen. »Da gibt es eine höchst abscheuliche Passage über das Beschicken des Heizkessels.« Mit zuckendem Gesicht starrte Mum mich herausfordernd an. »Denk nur ja nicht, Ellie, daß ich dich kritisiere. Du weißt, das war nie meine Art! Aber wie du es zulassen konntest, daß Mrs. Malloy solch ein Buch in dieses Haus mitbringt – mit *achtundzwanzig* Erwähnungen ›ihrer reifen roten Erdbeeren‹ –, wo du einen für Eindrücke empfänglichen Jungen als Ehemann hast, werde ich nie verstehen.«

»Mir wird heiß und kalt!« Mr. Watkins sah in der Tat fiebrig aus. Aber wer hatte die Zeit, sich um ihn zu kümmern?

»Also wirklich, Mum, du hast alles ganz verdreht.« Ich versuchte mich an einem betretenen Lachen. »*Lady Letitias Liebesbriefe* ist mein Buch.«

»Ich *wußte* es!«

»Na, dann . . .«

»Ich *wußte*, daß du diese Frau in Schutz nehmen würdest. Aber es nützt überhaupt nichts, Ellie. Sie hat es sofort zugegeben, ohne rot zu werden, als ich es ihr zeigte.«

»Natürlich hat sie das!« Ich hatte Tränen in den Augen. »So ist sie eben – treu bis in den Tod.«

Reine Wortverschwendung. Meine Schwiegermutter wartete nicht einmal ab, bis ich mein Plädoyer für Mrs. Malloy beendet hatte. Sie marschierte zum Herd, und noch ehe ich einen Protestschrei ausstoßen konnte, riß sie das Buch in der Mitte durch, nahm mit dem Schürhaken die Abdeckplatte ab und rammte *Lady Letitias Liebesbriefe* in die Glut.

»Wenn es vorher keine heiße Ware war, dann spätestens jetzt«, murmelte Mr. Watkins.

»Es war ein Buch aus der Bücherei!« Ich stürzte durch den Raum. »Mein Buch aus der Bücherei! Man wird mich einsperren. Die Bibliothekare im ganzen Land haben sich verbündet und bei Überschreitung der Leihfrist um mehr als vierzehn Tage die Wiedereinführung der Todesstrafe gefordert.«

Mum zuckte zusammen, als hätte sie die Hand auf die Herdplatte gelegt. »Ich hätte wissen müssen, daß es so steht.« Sie ließ einen winzigen Schluchzer vernehmen. »Eine alleinstehende Frau ist eben Freiwild. Du brauchst mir gar nicht erst zu sagen, daß ich um keinen Deut besser bin als das Weibsbild in diesem Buch, es steht dir nämlich ins Gesicht geschrieben. Aber ich will dir eines sagen, Ellie. In all den Jahren, die Dad und ich zusammen waren, habe ich ihn nicht einmal« – Schaudern – »meine *Lenden* sehen lassen.«

Bevor ich darauf etwas erwidern konnte, ging die Tür zur Halle auf. Hereinstolziert kam Mrs. Malloy in ihrer ganzen Pracht, und Sweetie schnappte nach ihrem Rocksaum.

»Oh, da sind Sie ja!« stammelte ich.

»Na, wenn einem da nicht warm ums Herz wird.« Mrs. M zog langsam und bedächtig ihre dreiviertellangen schwarzen Satinhandschuhe an. Ich spürte jedoch, daß sie längst nicht so gelassen war, wie sie sich gab. Der Schönheitsfleck, den sie gewöhnlich über ihre Lippen malte, saß oben über ihrer linken Augenbraue. Und als ich zu ihr eilte, wehrte sie mich mit zitternder Hand ab.

»Wenn's Ihnen nichts ausmacht, Mrs. H, ich hab' eine letzte Verschnaufpause bei meinen kleinen Schätzchen im Kinderzimmer eingelegt. Die haben ihre alte Roxie immer gemocht, die kleine Abbey und der kleine Tam.«

Mum stand da wie von einem Meisterpräparator ausgestopft; ich hingegen hätte mich gern auf die Knie geworfen, selbst vor den Augen von Mr. Watkins und Sweetie, die Tobias in eine Ecke trieb.

»Mrs. Malloy, lassen Sie uns noch mal darüber reden.«

»Nein danke, Mrs. H; Sie könnten mir Mrs. Mac Ivellis« – ein Zornesfunkeln in Mums Richtung – »Kopf auf einem Silbertablett servieren, es würde nicht die Bohne ändern. Mit morgiger Post kriegen Sie meine Kündigung.«

»Das ist alles so albern. Ich habe Mum erklärt, daß ich es war, die sich *Lady Letitias Liebesbriefe* aus der Bücherei geliehen hat, und ich weiß, es tut ihr ganz furchtbar leid, daß sie so über Sie hergefallen ist ...«

»Ich seh' schon, sie weint bittere Tränen.« Mrs. M drehte sich schwankend auf ihren Stöckelabsätzen herum, nahm ihre Provianttasche von Tams Hochstühlchen und sah Mr. Watkins mit schiefgelegtem schwarz-weißem Kopf an. »Hoch mit Ihnen, mein Junge, Sie dürfen mich in Ihrem Lieferwagen nach Hause bringen.«

Ich spielte auf Zeit. »Er fühlt sich nicht gut.«

»Wenn er den ganzen Tag hier sitzenbleibt, wird er noch gelähmt.«

»Er saß auf einem der Balkone fest.« Ich mußte lauter sprechen, weil

Sweetie fiepte und kläffte, während sie Tobias bedrängte und versuchte, seinen beharrlichen Pfoten etwas zu entreißen, das wie ein Knochen aussah.

»Aha.« Mrs. Ms strenge Schmetterlingslippen verzogen sich zu einem Lächeln. »Mr. Watkins konnte die Leiter mit seinen kleinen Füßchen nicht finden, der arme Junge.«

»Daran war ich schuld.« Mum erwachte verkniffenen Gesichts zum Leben. »Ein weiterer Fall, in dem ich unrecht tat, wo ich recht zu tun glaubte . . .«

»Ich stehe immer noch unter Schock.« Die Baskenmütze des Opfers fiel herunter, als es den Kopfhängen ließ. »Mir tut jeder einzelne Knochen im Leib weh, weil ich so naß geworden bin.«

»Welch ein Jammer.« Mrs. Malloys Lächeln wurde breiter. »Sie kommen mit mir, seien Sie so gut, und dann fahren wir bei der Apotheke vorbei und holen eine Tube schön stinkender Salbe.«

»Ich weiß nicht, ob ich aufstehen kann.« Mr. Watkins blickte hoffnungslos zu mir hoch, seine rechte Hand stand in eigenartigem Winkel ab, aber es dauerte etwas, bis bei mir der Groschen fiel.

»Du liebe Zeit! Ich hab' Sie noch gar nicht bezahlt!« Ich griff nach meiner Handtasche und wollte ihm eine Zwanzigpfundnote geben, sah ihn vor meinen Augen dahinsiechen und brachte rasch einen Fünfziger zum Vorschein. Zweifellos beging ich einen Fehler, indem ich so meine Haftbarkeit eingestand, aber mit Sicherheit war die Sache damit erledigt.

Mr. Watkins steckte das Geld ohne die Spur eines Lächelns ein, stand mühsam auf und sagte mit tödlich entkräfteter Stimme: »Ich muß mit diesen paar Kröten sorgfältig umgehen, denn wer weiß, wann ich wieder arbeiten kann.«

»Kopf hoch, junger Mann!« Mrs. Malloy gab ihm einen Stoß mit der Proviantasche. »Sie und ich werden unseren Rachefeldzug auf der Heimfahrt planen.«

Jemand kreischte auf. Es konnte Mum gewesen sein, aber höchstwahrscheinlich war es Sweetie. Das liebe kleine Hundchen geriet unter die Füße, als meine Ex-Putzfrau den bleichen Mr. Watkins halb in den Alkoven zog, halb trug, wo wir die Gummistiefel aufbewahrten.

»Ist es zuviel verlangt, wenn jemand die Tür öffnet?« fragte Mrs. M in ehrfurchtgebietendem Ton.

»Ich bin schon da!« Mit bleischweren Schritten ging ich aufmachen. Ich war zu verschnupft, um auf Wiedersehen zu sagen, und brachte es auch nicht fertig, die Tür hinter den beiden zu schließen, als sie auf den Lieferwagen zusteuerten. Mit hängenden Schultern starrte ich in eine Zukunft ohne Mrs. M, wie sie mir den Tagesbefehl gab.

»Sag es schon«, ließ sich Mums Stimme hinter mir vernehmen. »Du gibst mir die Schuld an allem. Aber keine Sorge, Ellie, ich habe nie zu den Menschen gehört, die Ärger machen, und ich fange auch im Alter nicht damit an. Ich gehe nach oben und packe meine Sachen.«

So verlockend dieses Angebot auch war, ich konnte es nicht annehmen. Ich würde mir vorkommen wie eine Schurkin, und Ben hatte schon genug am Hals angesichts des Bastardfadens. Ich riß mich von der offenen Tür los, ging zu Mum und wollte sie umarmen. Sie wehrte mich ab, erklärte, sie könne nicht mehr, und Sweetie nutzte begierig die Chance, so zu tun, als griffe ich ihr Frauchen an. Sie sprang einen halben Meter hoch und riß ein Stück Stoff aus meinem Rock. Ich schrie. Mum kreischte, und Tobias, mit einem Maunzer, der Tote aufgeweckt hätte – ganz zu schweigen von den Zwillingen im Kinderzimmer –, warf sich ins Getümmel. Kiefer schnappten. Zähne blitzten. Augen rollten, bis nur noch das Weiße zu sehen war, wie bei gekochten Eiern. Dann, als der Felle genug geflogen waren, spazierten Hündin und Kater zur Tür hinaus.

»Sweetie! Hiergeblieben!« Mum preßte eine Hand auf ihre zuckenden Lippen.

Auf ihr Kommando kam die kleine Hündin wieder in die Küche gehetzt, direkt in die Ecke bei der Anrichte, um den Streitapfel alias Knochen zu holen, um den ihr Kampf mit Tobias entbrannt war. Nur war es kein Knochen, es war der leidgeprüfte heilige Franziskus, und

nichts – weder ein Blitzschlag noch eine himmlische Stimme, die
»Haltet diesen Hund!« donnerte – hätte Sweeties rasende Pfoten aufhalten können, als sie ins große grüne jenseits verschwand.

»Sie kann nicht klar denken, armer kleiner Schatz«, lautete Mums
Urteil. »Wer weiß, was sie noch anstellt, in ihrem Gemütszustand!«

»Den heiligen Franziskus fressen?« fragte ich.

»Nein! Sich das Leben nehmen! Denk nicht, daß ich dir die Schuld
gebe, Ellie, aber ich werde es niemals verwinden, wenn sich mein
Liebling in einem Anfall von Schwermut von der Klippe wirft.«

Ich war versucht, Ben wegen Einbruchs verhaften zu lassen, als er an diesem Abend durch die Tür getänzelt kam. Jeder Dummkopf weiß, daß alles seine Zeit hat, inklusive Ehemänner, und dies war weder der rechte Zeitpunkt noch der rechte Ort. Ich hatte Abbey und Tam ins Bett gesteckt, Jonas eine behelfsmäßige Mahlzeit aus Resten eines Cottage Pie vorgesetzt und zu einem Verdauungsschläfchen in den Salon verfrachtet. Aber ich war nach wie vor ratlos, was ich mit Mum machen sollte. Schon das Gesicht meiner Schwiegermutter, wie sie da gebeugt im Schaukelstuhl saß und Sweetie an ihren Behelfsbusen drückte, reichte, um mich auf die Palme zu bringen. Aber merkte ihr Sonnyboy etwa was davon?

Nein.

»Wie geht's meinen Mädels?« Er zog rasch die Hände hinter dem Rücken hervor und brachte mit der schwungvollen Bewegung eines Zauberkünstlers zwei identische Bartnelkensträuße zum Vorschein. »Kriege ich denn kein Begrüßungsküßchen? Ich lasse euch hiermit wissen, daß in entlegenen Winkeln dieser Erde Frauen für solch eine Gelegenheit Hungers sterben würden.«

Er hatte recht, verdammt! Noch nie hatte er so höllisch attraktiv ausgesehen, der Sprühregen hatte sein dunkles Haar gelockt, und seine Augen waren von nahezu dem gleichen dunklen Blaugrün wie die Rührschüssel auf der Anrichte. Seine natürliche Eleganz offenbarte sich in der Haltung seiner Schultern und dem Schwung seiner Hosenaufschläge. Wenn ich daran dachte, daß ich keine Zeit gehabt hatte, mir die Haare zu waschen und zu stärken! Wirklich, das reichte, um in einer Frau Sehnsucht nach dem Kloster zu wecken. Mum hob den Blick nicht von ihrer Hündin.

»Aus dem Krieg heimgekehrt?« Ich drückte einen kurzen Kuß auf Bens Wange und hätte ihn gern zurückgenommen, als sein Lächeln leicht säuerlich wurde.

»Es war ein harter Tag. Der Tomatenaspik ist nicht fest geworden, und die Trüffel waren nicht ganz einwandfrei, aber was war nach gestern nacht anderes zu erwarten?« Er ging zu Mum, beugte sich herab und küßte sie auf ihren teilnahmslosen Kopf, dann legte er einen der Blumensträuße in ihren Schoß, bevor er mir meinen reichte.

»Ihr seht aus wie zwei Brautjungfern.« Dieser Witz kostete Ben sichtlich Mühe.

»Die sind ja hinreißend.« Mit gesenktem Blick spielte ich an den Blütenblättern herum, während ich auf ein Echo vom Schaukelstuhl wartete. Als nichts kam, setzte ich eine Vase unter Wasser und fing an, die Stiele zu trennen. Die Luft hatte die Konsistenz von Tapetenleim angenommen.

»Was habt ihr den ganzen Tag gemacht?« fragte der Mann der Stunde.

»Das übliche« – ich brach brutal einen Stengel entzwei –, »aus dem Fenster geguckt, was die Nachbarn so machen.«

»Wir haben keine Nachbarn.«

Bei diesen Worten verlor ich die Beherrschung. Ein Fall von verzögerter Wut, nehme ich an. Ich schleuderte die Blumen in die Spüle und fuhr zu ihm herum. »*Danke,* daß du mich davon in Kenntnis setzt.« Ich wollte gerade sagen, daß ich von allem endgültig die Nase voll hatte, als Mum mir zuvorkam.

Sie stand von ihrem Stuhl auf und sagte: »Es tut mir leid, mein Sohn, du hast dir dein Leben so eingerichtet, und wie man sich bettet, so liegt man, aber ich kann so nicht leben und werde Sweetie nicht dieser unablässigen Hysterie aussetzen« – sie drückte die süffisant grinsende Hündin an sich –, »sonst versucht sie es nachher noch mal.« Und mit dieser düsteren Note räumten Frauchen wie Vierbeiner das Feld.

Sobald die Kochtöpfe aufgehört hatten, auf dem Herd auf und ab zu hüpfen, bemächtigte Ben sich des Schaukelstuhls, wobei er die zurückgelassenen Bartnelken platt machte. Mit erschöpft zurückgeworfenem Kopf wandte er sich an die Zimmerdecke. »So können wir nicht weitermachen, Ellie.«

»Sag bloß.«

»Was sollte das eigentlich mit der Hündin?« Er zwängte einen Finger in seinen Kragen, als hielte nicht nur seine Seidenkrawatte, sondern auch ich ihn an der Gurgel.

»Mum zufolge hat Sweetie sich vor einen Bus geworfen, der am Tor vorbeifuhr. Sie sah sich gezwungen, Mund-zu-Mund-Beatmung durchzuführen.«

»Aber der Hündin geht es doch bestens.«

»Darüber läßt sich streiten. Ich habe die letzten sechzig Minuten damit zugebracht, den laut angestellten Überlegungen deiner Mutter zu lauschen, ob sie zu drastischeren Mitteln greifen sollte, falls sich die Notwendigkeit ergibt. Ganz offen gestanden, im Augenblick bin ich es, die lebenserhaltende Maßnahmen braucht.«

»Liebes, du brauchst Ruhe.« Ben erhob sich und marschierte auf und ab. Nach der dritten Kehrtwende, kaum außer Atem, legte er mir sanft die Hand auf die Schulter. »Heute hättest du die Hausarbeit doch ausnahmsweise mal liegenlassen können. Verdammte Routine.« Wer war dieses Ungeheuer, das sich im Körper meines Ehemannes versteckte? Ich blinzelte gegen die Tränen der Wut an und zog vom Leder. »Siehst du das Geschirr da in der Spüle? Siehst du, wie sich die Wäsche der Zwillinge in dem Korb da stapelt? Sieht das so aus, als ob ich mich nicht vom täglichen Trott losreißen könnte?«

»Ich behaupte ja nicht, daß das alles einfach für dich war« – Ben rieb sich die Stirn –, »aber für mich war der Tag auch kein Honigschlecken. Heute nachmittag bin ich zu Dad ins Dark Horse gegangen und habe absolut nichts erreicht. Es wurmt ihn immer noch, daß er mit heruntergelassenen Hosen erwischt wurde, und das einzige Mittel, mit seiner Verlegenheit fertigzuwerden, ist für ihn, Mum die ganze Affäre in die Schuhe zu schieben. Ich habe veranlaßt, daß Freddy meinen Wagen abholt und hierher bringt; das heißt, morgen werde ich deinen nicht noch mal brauchen, aber ansonsten sind wir keinen Schritt weitergekommen.«

»Tja, dein Vater tut mir leid. Sweetie kann mir gestohlen bleiben! Dad ist derjenige, der am Ende noch unter einem Bus landen wird. Jeder macht mal Fehler, und er verzehrt sich bestimmt vor Reue.«

»Ich staune, daß du seine Partei ergreifst.« Ben haute mit solcher Kraft auf die Arbeitsfläche, daß die Tassen und Untertassen in der Spüle vor Schreck klapperten. »Ich habe allmählich den Eindruck, als hätte ich diesen Mann nie gekannt.«

»Weil er mit Beatrix Taffer nackt gebadet hat?«

»Nein! Weil er nicht die Höflichkeit besessen hat, meine Mutter zu heiraten.«

»Sie war eine erwachsene Frau, als sie ihren Hausstand gründeten.«

»Ellie, du bist nicht sehr mitfühlend.«

»Da hast du recht!« Meine Stimme schraubte sich in die Höhe. »Zu deiner Information, deine Mutter hat heute nachmittag Mrs. Malloy gefeuert. Jawohl!« Ich hielt eine zitternde Hand hoch. »Ich kann mir natürlich sagen, daß Mums Reaktion so heftig ausgefallen ist, weil sie die tiefverwurzelte Furcht hat, sie und Lady Letitia könnten im Inneren Schwestern sein, aber ...«

»Lady wer?« Ben sah aus, als blicke er endgültig nicht mehr durch.

»Letitia. Die lüsterne Heldin des Buchs aus der Bücherei, das Mum den Flammen des Kochherds überantwortet hat. Und als wäre es nicht schlimm genug, daß sie sich geweigert hat, sich bei Mrs. Malloy zu entschuldigen, als ich erklärte, daß ich es war, die das Buch ins Haus gebracht hat, überläßt sie auch noch Mr. Watkins, den Fensterputzer, mehrere Stunden auf dem Balkon seinem Schicksal, beschuldigt mich, ihre Hündin in den Selbstmord zu treiben, und ... kritisiert meinen Cottage Pie.«

»Ellie, ich will sie nicht verteidigen, aber ich finde doch, du könntest ein wenig Verständnis aufbringen. Habe ich mich im Laufe der Jahre nicht auch mit verschiedenen Mitgliedern *deiner* irren Familie abgefunden?«

Das war ein Schlag unter die Gürtellinie angesichts meiner Empfindlichkeit bezüglich Freddys Mutter, Tante Lulu, deren Hobby Ladendiebstahl ist; Tante Astrid, die sich für die wiedergeborene Königin Victoria hält; und Onkel Maurice, den man mit keiner Frau, in der noch ein Fünkchen Leben steckt, allein lassen kann.

»Du ... du Bastard!« Das schlimme Wort war heraus, bevor ich etwas dagegen machen konnte.

»Soso!« Ben preßte die Lippen zusammen und zog sich in den hintersten Winkel der Küche zurück. »Ich hätte wissen müssen, daß es nicht lange dauert, bis du mir meine illegitime Geburt vorwirfst.«

»Ach, um Himmels willen!«

»Was ist denn hier los?«

Mum platzte in die Küche, dicht gefolgt von Jonas. Ihre dünnen Haarbüschel standen in alle Richtungen ab, als ob sie die Zeit ohne uns damit zugebracht hätte, sich die Haare zu raufen, und ihre Nase zuckte wie eine Wünschelrute. »Ich hatte Sweetie gerade zugedeckt, als ich einen furchtbaren Tumult hörte. Ich weiß, mein Sohn« – ihr Ton schloß mich unmißverständlich aus – »ich weiß, es geht mich nichts an ...«

»Ganz recht.« Die grausamen Worte schlüpften über meine Lippen. »Es geht dich *absolut* nichts an.«

Entsetztes Schweigen breitete sich aus, aber ich dachte nicht daran, tot umzufallen, auch wenn Mum so klein und verloren aussah wie die Statue des heiligen Franziskus. Diese Situation ließ sich nicht durch das simple Mittel beheben, sie abzustauben und wieder aufs Regal zu stellen. Leider. »Das habe ich kommen sehen«, sagte Mum mit müder und leiser Stimme. »Es war nur eine Frage der Zeit, bis man mich auf die Straße jagt ...«

»Na, na, Mädel« – Jonas legte ihr sanft die Hand auf die Schulter – »kein Grund, das so tragisch zu nehmen. Unsere Ellie ist 'n bißchen impulsiv, so wie die meisten jungen Leute. Sie meint's nicht so.«

»Ach ja?« Ich hielt Bens kaltem Blick unerschrocken stand, bevor ich auf dem Absatz kehrt machte und fast ohne aus dem Takt zu geraten – außer daß ich auf Tams Feuerwehrauto ausrutschte – in die Halle rauschte und die Treppe hochstieg. Kein Geräusch einer Kavallerie in wilder Jagd, angeführt von Rin Tin Tin, drang an mein Ohr. Nicht, daß es mir etwas ausmachte. Eine Minute auf die Sekunde genau später kam ich in Straßenklamotten und mit einem braunen Koffer wieder in die Küche. Leider war ich nicht im Besitz eines Paars langer schwarzer Satinhandschuhe, die ich mit ehrfurchtgebietender Endgültigkeit überstreifen konnte. Aber ich behaupte ja auch nicht, Mrs. Malloys Klasse zu haben.

»Ich habe nach den Zwillingen gesehen, und sie schlafen tief und fest«, teilte ich den versammelten Gesichtern mit. »Im Kühlschrank stehen mittelmäßiger Cottage Pie und Salat, wenn ihr mich also freundlicherweise entschuldigt, ich bin weg.«

Jonas' Augenbrauen gingen in die Höhe und kamen nicht wieder herunter; was Mums Reaktion oder die ihres Sohnes, wie hieß er noch gleich, betraf, so nahm ich mir nicht die Zeit, diesbezügliche Nachforschungen anzustellen.

»Warte!« Ben folgte mir in den grauen Regenschleier hinaus. Wir standen durch zwanzig Schritte Hofpflaster getrennt einander gegenüber wie Gegner in einem Duell, das zwangsläufig damit enden würde, daß einer von uns auf der Bahre weggetragen und der andere in eine Kutsche gepackt und was das Zeug hielt zur Küste gefahren wurde, wo ein Schiff darauf wartete, die Segel gen Frankreich zu setzen. Uns fehlten nur die Sekundanten. Aber zweifellos würden Mum und Jonas gleich erscheinen, sich neben Ben postieren und ihn mit den beiden erforderlichen Pistolen versorgen und außerdem mit der Information, wann er sich ducken mußte.

»Hoffentlich handelt es sich nicht um deine verlegten Manschettenknöpfe oder etwas ähnlich Unbedeutendes.« Kalt starrte ich in die bitterbösen blaugrünen Augen meines Ehemannes und leistete stoisch Widerstand dagegen, mich von der rabenschwarzen Ringellocke ablenken zu lassen, die ihm melancholisch in der feuchten Stirn klebte.

»Ich kann dich nicht so gehen lassen, Ellie.«

Das ließ sich schon eher hören.

»Versuch ja nicht, mich zurückzuhalten!« Mit dem Koffer fest in der Hand ging ich auf das Hofviereck vor dem Stall zu, auf dem sein Auto, der alte Heinz, stand – dank Freddy, *meinem* Cousin. Ein ironisches, bitteres Lächeln huschte in Erwartung von Bens nächstem Zug über meine Lippen. Mit einem gebieterischen Schritt würde er bei mir sein, mich zu sich herumdrehen, und wenn er mich dann an seine Kammgarnwollbrust preßte, würde ich das qualvolle Pochen seines Herzens spüren und seinen heißen Atem auf meinen Augen . . . meinem Gesicht . . . meinem zarten Nacken, bevor seine Lippen meine in einem Kuß trafen, der uns beide in die Knie zwingen würde.

Meine Schritte wurden langsamer. Aber weder erbebte die Erde noch rührte sich mein Ehemann. Seine Stimme holte mich ein, als ich an der Zugbrücke anlangte. »Wie ich gerade sagen wollte, meine Liebe, ich kann dich nicht gehen lassen, ohne daß du in einem bestimmten Punkt meine Neugier stillst.«

»Und der wäre?« Ich wandte ihm weiter den Rücken zu.

»Wer ist der Kerl, der auf dem Heuboden eingezogen ist?«

»Meinst du den, der wie ein Schullehrer aussieht?«

»Ist da mehr als einer?«

»Nach meinem letzten Kenntnisstand nicht.« Ich drehte mich erschöpft zu ihm um. »Bei all dem Trubel heute war es doch nur wieder ein ganz gewöhnlicher Tag. Wie dem auch sei, es ist nicht nötig, daß du dein Rasiermesser versteckst. Mr. Savage ist vollkommen harmlos.«

»Er sagte mir, er sei Rocksänger, als ich auf dem Weg zum Haus mit ihm zusammenstieß.«

»Das wird er auch sein, sobald er gelernt hat, eine Melodie zu halten.«

»Und wo in Gottes Namen hast du ihn aufgelesen?«

»Er ist ein Freund von Freddy.«

Die einstige Liebe meines Lebens fragte nicht, warum mein Cousin, der Philanthrop, Mr. Savage kein Zimmer in seinem Cottage angeboten hatte. Er kannte die Antwort bereits. Statt dessen sagte er: »Ellie, das ist doch Wahnsinn. Wir können unser Heim nicht in ein Hotel verwandeln.«

Wir musterten einander jetzt so gehässig, wie es nur zwei Menschen können, die sich innig lieben.

»Was du nicht sagst!« Ich stand da, eine Hand à la Joan Crawford in die Hüfte gestemmt, und setzte ein falsches Lächeln auf. »Entschuldige, aber ich dachte, genau das hätten wir vor.« Ich war eine Schlange. Und das allerbeste war, ich verspürte keinen Funken Reue. Ich streute sogar noch Salz in die Wunde, indem ich hinzufügte: »Zu Mr. Savages Gunsten muß ich noch anmerken, daß er ja nicht im *Haus* lebt, es auf den Kopf stellt und alle gegen mich aufbringt.« Den Kopf gesenkt, scharrte ich mit den Füßen auf den Steinplatten, und als ich aufblickte, sah ich nur noch, wie sich die Gartentür hinter dem dunklen Schatten des Rückens meines Ehemannes schloß. Wie konnte er mich ohne einen Blick zurück ziehen lassen?

Nachdem ich mich erfolgreich selbst ausmanövriert hatte, wünschte ich sogleich, es gäbe einen anderen Ausweg aus dieser Situation, als mit dem Koffer in der Hand ins Haus zurückzugehen oder aber auf die offene Straße zuzusteuern. Ohne rechte Begeisterung rief ich mir ins Gedächtnis, daß die Verfolgten selig sind, ging einige Schritte auf die Gartentür zu, brachte es jedoch nicht über mich, die Stufen hochzusteigen. Alles in allem hätte ich lieber ein Unkrautvertilgungsmittel getrunken, als die erforderliche Dosis Demut zu schlucken.

Meine Entscheidung, Bens Auto zu nehmen anstelle meines eigenen, war nicht ausschließlich darauf zurückzuführen, daß es passenderweise draußen vor dem Stall stand. Heinz war ein launisches Biest, das vermutlich schon stehenbleiben würde, wenn ein anderes Fahrzeug es auch nur schief anguckte. Mit ein wenig Glück würde ich es nicht mal bis durch unser Tor schaffen, ehe er anfing, Rauchsignale zu geben, um Hilfe zu holen, und auf diese Weise meinen Ehemann zwang, zu unserer Rettung herbeizueilen, wobei ihm aus jeder Pore Reue drang und er betete, daß er bei mir ankam, solange ich noch Augenbrauen hatte.

Geschah ihm ganz recht! Der Regen hatte nachgelassen, das hieß, daß er der Sache keinen Dämpfer aufsetzen würde, und die Brise war noch stark genug, um die künftigen Flammen hübsch anzufachen. Etwas besseren Mutes warf ich den Koffer auf den Rücksitz und kletterte hinters Steuer. Der Wind blies mir durch das offene Fenster ins Gesicht, als ich den Schlüssel im Zündschloß drehte. Die Antwort war ein unheilvolles Ächzen und Knirschen, und als ich das Gaspedal bis zum Anschlag durchtrat, brach unter der Motorhaube die Hölle los – die ganze Palette von *Pengs* und *Krachs* bis hin zu etwas, das sich nach einer hochoffiziellen Explosion anhörte. Kein Rauch bislang, aber man kann nicht alles haben – inklusive, so schien es, einen Ehemann, der sich die Hacken ablief, um sein geliebtes Auto, wenn schon nicht seine Frau, vor der Auslöschung zu bewahren.

Wer hätte das gedacht? Ben war bekannt dafür, in kalten Schweiß gebadet aufzuwachen, wenn er dachte, daß Heinz Gefahr lief, sich eine Erkältung zu holen, weil er im Stall nächtigte und die Tür einen Spaltbreit offen stand. Er rannte nach draußen, um Wolldecken über die verschlissenen Sitze zu breiten, wenn die Temperatur bedenklich sank. Ich hatte sogar den Verdacht, daß er in seinem Testament für den Wagen Vorsorge getroffen hatte. Also wo blieb Sir Galahad? Ich drehte mir fast den Hals um, als ich zum Haus blickte. Nicht ein Vorhang zuckte. Nicht eine Tür ging verstohlen auf. Nichts als das leere Starren der hohen Fenster und Mr. Watkins' Leiter, die an dem Balkon lehnte, auf dem er festgesessen hatte.

Bedauerlicherweise hatte er in seinem erschöpften Zustand nicht über das Stehvermögen verfügt, sie in seinen Lieferwagen zu schaffen, ich jedoch war aus härterem Holz geschnitzt. Es mußte einen Weg geben, mich von heimatlichem Boden hinwegzuheben, auch wenn ich nicht meinen eigenen Wagen nehmen konnte, weil Heinz die Ausfahrt aus dem Stall versperrte...

»Haben Sie Probleme, Mrs. Haskell?« Die freundliche Stimme gab mir fast den Rest. Mr. Savage stand an meinem offenen Fenster, aus dem Nichts aufgetaucht wie ein dienstbarer Geist, der mir partout drei Wünsche erfüllen wollte. Es war mehrere Stunden her, seit wir uns das letztemal begegnet waren, aber die Zeit war ihm wohlgesonnen gewesen. Sein grauer Nadelstreifenanzug hatte keinerlei Knitterfalten gekriegt, sein Haar war ordentlich angeklatscht, und sein Lächeln war das eines wahren Troubadours. Es vertrieb die Schatten, die sich über meine Seele gesenkt hatten, und veranlaßte mich, das Undenkbare zu tun – meine Sorgen einem Mann anzuvertrauen, der mir nichts außer dem Dach über seinem Kopf schuldete.

»Es ist nichts von Bedeutung.« Ich blinzelte, um in geziemender Manier einer Dame in Bedrängnis die Tränen zu unterdrücken. »Ich wollte nur von zu Hause ausreißen, aber der verflixte Wagen will nicht anspringen.«

Seine bebrillten Augen flehten mich an, zu sagen, daß das nicht wahr war; dann erspähten sie den Koffer auf dem Rücksitz, und die Hoffnung flog davon wie eine eigensinnige Taube.

»Hat es Ärger gegeben« – sein Kinn zitterte –, »weil ich hier bin?«

»Natürlich nicht.« Ich lächelte tapfer zu ihm auf.

»Habe ich Sie beim Frühstück um Haus und Hof gegessen?«

»Na, jetzt hören Sie aber auf! Mein Mann« – das mußten Großmut oder Neid ihm lassen – »mein Mann ist kein Erbsenzähler.«

»Dann . . . wenn ich so frei sein darf« – Mr. Savage legte eine Hand an den Mund, um zu vermeiden, daß der Wind seine Worte zum Haus trug –, »ist das Problem Ihre *Schwiegermutter?*«

»Sie steckt in einer schwierigen Phase«, sagte ich ausweichend.

»Das ist keine Entschuldigung dafür, Ihnen das Leben zur Hölle zu machen.« Mr. Savage wurde rot ob dieser lästerlichen Bemerkung. »Solch eine Behandlung haben Sie nicht verdient, Mrs. Haskell. Man braucht Sie nur einige wenige Stunden zu kennen . . . Minuten . . . sogar Sekunden, um zu wissen, daß Sie höchste Anbe . . . Achtung verdienen.«

»So ist das Leben!« Ich beugte den Kopf über das Lenkrad und wünschte, er möge weiter Balsam auf mein wundes Herz träufeln, und er erfüllte mir diesen Wunsch mit dem Eifer eines Pfadfinders.

»Wäre ich mit einer Frau wie Ihnen gesegnet« – seine Hand berührte meine mit der Zurückhaltung eines Gentleman –, »dann würde ich den Mund meiner Mutter mit Seife auswaschen, wenn sie nur ein böses Wort zu Ihnen sagen würde. Für mich sind Sie eine Göttin, Mrs. Haskell.«

»Sie dürfen nicht übertreiben.«

»Sie haben mir Zuflucht vor dem Sturm geboten.«

»So stark hat es auch wieder nicht geregnet.« Ich brachte ein Lächeln zustande.

»Für Sie würde ich einen Drachen töten!«

Eine Schwiegermutter, mit anderen Worten! Meine Laune hob sich zusehends.

»Ich würde Berge für Sie versetzen.« Seine Brille war beschlagen.

»Das ist furchtbar nett«, sagte ich, »aber wenn Sie mir wirklich helfen wollen, dann helfen Sie mir, dieses Auto in Gang zu bringen.«

»Mit dem allergrößten Vergnügen!« Mr. Savage strahlte übers ganze Gesicht, als ich zur Seite rückte, damit er einsteigen konnte. Es ging eindeutig aufwärts. Aus den Augenwinkeln sah ich, wie die Gartentür einen vollen Zentimeter aufging. Gut! Sollte der neugierige Späher ruhig rätseln, was auf dem Vordersitz seines Autos vor sich ging. Mr. Savage kannte sich offenbar mit Kraftfahrzeugen aus. Als Heinz das weiche, kehlige Schnurren einer Miezekatze von sich gab, die von der Fußspitze ihres Besitzers wach gestupst wird, fiel mir nur ein Mittel ein, wie ich meinen Ritter im Nadelstreifenanzug belohnen konnte.

»Mr. Savage?«

»Ja, Mrs. Haskell?«

»Hätten Sie Lust, mich ins Dorf zu chauffieren?«

»Ich ... ich.. bedaure, aber diese Gunst muß ich ausschlagen.« Sein blasses Gesicht rötete sich.

Richtiggehend beleidigt, sagte ich, das könne ich verstehen.

»Nein, können Sie nicht.« Er fing sich gerade noch rechtzeitig, um jede Andeutung eines Tadels zu vermeiden. »Eine Frau von Ihren unvergleichlichen Gaben würde wohl niemals die grausame Wahrheit ahnen.«

»Und die wäre?«

»Daß ich nicht fahren kann. Mutter wollte es mich nie lernen lassen.«

»Welch furchtbare Verschwendung«, sagte ich völlig aufrichtig. »Sie sind doch ein Naturtalent, Mr. Savage.«

»Meinen Sie wirklich?« Mit einem Lächeln wie seinem, wer brauchte da Scheinwerfer?

In so glücklicher Stimmung wie seit Minuten nicht mehr, fragte ich ihn spontan, ob er nicht seine erste Unterrichtsstunde nehmen wolle.

»Das wäre phantastisch.«

»Unter einer kleinen Bedingung.« Ich drohte mit dem Finger. »Wenn Ihnen Ihr Leben lieb ist, drücken Sie bloß nicht auf einen dieser Knöpfe.«

»Wie Sie wünschen.« Er nahm hastig die Hand aus der Gefahrenzone und heftete seinen verwirrten Brillenblick auf mein Gesicht. »Würden die Räder dann abfallen?«

»Diese Tafel, die so harmlos aussieht, ist das Radio, und mein Mann schätzt es nicht, wenn man einen anderen Sender einstellt.«

»Sein unbestreitbares Recht«, erwiderte Mr. Savage lebhaft. »Kein Wort der Kritik wird über meine Lippen kommen.« Er stemmte sich in seinem Sitz hoch, beugte sich aus dem Fenster und verrenkte sich den Hals, als er zuerst nach rechts, dann nach links sah. »Ihre Erwähnung des Radios, Mrs. Haskell, hat mich rechtzeitig daran erinnert, daß ich meinen kleinen Kassettenrecorder bei mir hatte, als ich aus dem Stall kam, und daß ich ihn auf dem Boden abgelegt habe, bevor ich zu Ihnen sprach. Oh, pyramidal! Da ist er ja!« Er kam wieder hoch, um Luft zu holen, und hielt das kleine Plastikgehäuse mit seinen hundertundeins Knöpfen in der Hand, als wäre es gleichsam

149

unsere letzte Hoffnung, um ein Notsignal ans Festland zu übermitteln. »Ich hatte gehofft, daß ich Ihnen begegnen würde« – mit gesenktem Kopf polierte Mr. Savage an Fingerabdrücken, eingebildeten oder anderweitigen, auf der glänzend schwarzen Oberfläche herum –, »ich wollte Ihnen nämlich erzählen, daß ich heute nachmittag meinen ersten Song geschrieben habe.«

»Herzlichen Glückwunsch.«

»Er trägt den Titel ›Die schöne Maid von Chitterton Fells‹.«

»Wie eingängig!« Ich versuchte mir den Anschein zu geben, als hegte ich keinerlei Verdacht, daß ich die Inspirationsquelle für sein kleines Liedchen gewesen sein könnte, strich meine wirren Locken zurück und blickte ihn durch vom Regen verdunkelte Wimpern an. Die Schatten malten Nadelstreifen auf sein Gesicht, passend zu seinem Anzug, als er den Kassettenrecorder an seine eingefallene Brust drückte.

»Es ist eine Ode an die Liebe auf den ersten Blick.«

»Wie reizend!«

Hatte ich eine schwere Fehleinschätzung begangen? Das Prekäre an meiner Lage ging mir schlagartig auf, als Mr. Savage mit einem frohlockenden »Tut! Tut!« den Wagen in Bewegung setzte. Er schlingerte rückwärts, stieß vorwärts, und dann ging's holterdipolter los. Die Eisentore kamen auf uns zugestürzt, als befänden wir uns auf dem hiesigen Reiterfest und sie wären das erste Hindernis, das es zu überwinden galt, bevor unsere Pferde den Wassergraben nahmen.

»Bremsen! Bremsen!« rief ich.

»Kein Problem!« Dieses Ticken war keine Bombe; er hatte versehentlich am Blinkhebel gerissen.

»Treten Sie aufs Pedal!«

»Das rechte?«

»Nein! Das linke!« Als ich die Hände von meinen Augen loseiste, stellte ich fest, daß Mr. Savage Heinz knapp zwei Zentimeter vor dem Rand der Klippe zum Stehen gebracht hatte. Von unten drang der enttäuschte Seufzer der aufgewühlten See herauf.

Er strahlte mich an. »Wie war ich?«

»Wunderbar! Aber setzen Sie sich ja nicht in den Kopf, ins Ziel fahren zu wollen.« Während er halsbrecherisch wendete, klammerte ich mich an die Kante meines Sitzes sowie an die Hoffnung, daß Ben in letzter Minute doch noch erschien.

Er tat nichts dergleichen Ehemännliches, doch der Rest der Fahrt ins Dorf verlief einigermaßen geruhsam. Kein Auto-Sackhüpfen mehr. Lediglich ein kurzer Ausflug die Böschung hoch, und nur einmal bäumten wir uns auf den Hinterrädern auf, um ein Eichhörnchen auf einen Baum zu scheuchen.

»Meinen Sie, ich hab's langsam raus?« Mr. Savages Lächeln drang durch meine geschlossenen Lider wie starke Sonnenstrahlen.

»Sie sollten Berufsfahrer werden.«

»Vielleicht mache ich das, wenn aus meiner Rock-Karriere nichts wird.« Wir fuhren in falscher Richtung durch eine Einbahnstraße. Aber warum eine Spielverderberin sein! Die Laternenpfähle waren so klug, uns auszuweichen, und auch die Barclays Bank und der Uhrturm behielten die Nerven. Außerdem waren wir in riskanter Schwenkweite des Schildes, auf dem die Worte Dark Horse prangten.

»Wir sind da, Mr. Savage.«

»Sie meinen...« Er nahm widerstrebend die Hände vom Lenkrad und starrte auf den Pub mit der alten Eichenholzfassade und den Bleiglasfenstern.

»Wir sind an meinem Ziel angelangt.« Ich mußte lauter sprechen, um das Knirschen von Metall auf Metall zu übertönen, als Heinz mit der Schnauze auf dem Gehsteig landete und mit einer Mülltonne kollidierte, die daraufhin auf ihrem Zementsockel schaukelte. »Wollen Sie warten, während ich reingehe, oder...?« Ich ließ die Frage offen, ebenso wie meine Tür, als ich ausstieg.

»Es wäre mir eine Ehre, Ihnen bei einer Limonade Gesellschaft zu leisten.« Er schaltete den Motor aus, als täte er seit Jahren nichts anderes.

»Das ist furchtbar nett von Ihnen.« Ich schlug seiner Hoffnung, seiner Mutter symbolisch den Stinkefinger zu zeigen, die Autotür vor der Nase zu. »Ich bin allerdings nur hergekommen, um den Koffer auf dem Rücksitz abzugeben. Er gehört meinem Schwiegervater, der hier logiert.«

»Sie reißen also doch nicht von zu Hause aus?« Mit neugierigem Brillenblick folgte Mr. Savage mir auf den Gehsteig.

Ein Seufzer blies mir das Haar aus der Stirn. »Bloß eine halbe Stunde oder so.« Ich wollte schon vorschlagen, daß wir auf der Rückfahrt ja einen Umweg machen könnten, um meiner lieben Familie Angst einzujagen, doch so abgebrüht war ich auch wieder nicht. Der arme, empfängliche Mann durfte nicht länger als nötig der Nähe zu meiner charmanten Wenigkeit ausgesetzt sein. Der Duft nach Scheuerpulver, der meiner Haut entströmte, mochte ihn sonst noch zu einer unbedachten Handlung verleiten, zum Beispiel zu dem Angebot, mir eine Tüte Kartoffelchips zu kaufen. Ich würde den verlorenen Vater aufsuchen, ihm eine kurze Standpauke halten und Mr. Savage dann sagen, daß ich nach Hause wollte.

Was ihm an purer Kraft fehlte, machte er durch Ritterlichkeit mehr als wett, als er zu der Gravurglastür des Dark Horse ging, praktisch auf allen vieren, weil er mit dem Rumpf – ich meine, mit dem Koffer – über den Boden schleifte. Als wir zwei entschieden feuchtfröhlichen Typen den Weg versperrten, die nicht recht zu wissen schienen, ob sie kamen oder gingen, fiel ihm ein, daß er den Kassettenrecorder im Wagen gelassen hatte, wo jeder ihn klauen konnte.

Anstatt mit anzusehen, wie er calibanmäßig zurück zum Bordstein humpelte, gab ich mir diesmal die Ehre. Dann betraten wir ohne weiteren Verzug die Lounge, wo wir von dem Aufgebot glänzender Wärmepfannen aus Kupfer und dekorativen Hufeisen geblendet wurden. Wir bahnten uns den Weg durch das Gedränge der einheimischen Bauernburschen und gingen an dem Gasofen vorbei zum Schanktresen mit seiner fünf Zentimeter dicken Lackschicht und genügend Messinghebeln, um einen Raketenträger zu steuern.

»Heute Ausgang, Madam?« Die Frau am Ruder hielt im Theke wischen inne, sah von mir zu Mr. Savage und wieder zurück.

Ich atmete tief die gerstensaftgeschwängerte Luft ein und drückte den Kassettenrecorder an meine Brust. »Was machen Sie denn hier, Mrs. Malloy?«

»Ich verdiene meinen Lebensunterhalt.« Stolz ließ ihren beträchtlichen Busen anschwellen. »Ich bin die neue Barfrau. Das ist meine Berufung.« Sie nahm ein Glas, hauchte es an, polierte es mit ihrem Lappen und setzte es mit übertriebener Sorgfalt wieder ab. »Traurig, aber wahr, bis heute abend bin ich dem Ruf meines Herzens nicht gefolgt, erst als man mich achtkantig aus Merlin's Court rausgeschmissen hat. Aber wie man so schön sagt, Mrs. H, wenn eine Tür sich schließt, öffnet sich eine andere. Ich hatte ein Pläuschchen mit meiner alten Busenfreundin Edna Pickle, nachdem ich Mr. Watkins nach Hause gebracht hatte. Sie meinte, hier böte sich mir eine gute Aufstiegsmöglichkeit.«

»Wie geht es Mr. Watkins?« fragte ich nervös.

»Liegt im Sterben, wenn man ihn so hört.« Mrs. Malloy scheuchte mit ihrem Lappen meine Hand vom Tresen und wienerte grimmig die häßlichen Fingerabdrücke weg. »Aber wir dürfen nicht vergessen, daß nur die Guten jung sterben.« Ein Seufzer kräuselte ihre violetten Wimpern. »Was auch erklärt, warum Ihre Schwiegermutter noch zu den Lebenden zählt. Was Sie anbelangt, mein Junge« – sie zeigte mit dem Finger, und Peter Savage schrak zusammen – »das mindeste, was Sie hätten tun können, um Ihre Unterbringung abzugelten, wäre gewesen, dem alten Mädchen eine Tasse Tee zu machen und ein paar Löffel Arsen hineinzurühren.«

Mr. Savage, weit davon entfernt, schockiert zu sein, schenkte ihr ein Lächeln, das nicht weniger Glanz verbreitete als die diversen Messingteile. Aber manch eine von uns hatte noch ein Gespür dafür, was in einer zivilisierten Gesellschaft angebracht war und was nicht.

»Sehr bald wird das Leben auf Merlin's Court wieder seinen normalen

Gang gehen«, sagte ich entschieden. »Und Sie kommen dann zu uns zurück, Mrs. M.«

»Verkaufen Sie das Fell des Bären nicht, bevor Sie ihn erlegt haben.«

»In der Zwischenzeit haben Sie ja diesen Job.« Ich hielt mich an dem Kassettenrecorder fest, als wäre er eine Schwimmweste, mit deren Hilfe ich meinen Kopf über Wasser halten konnte. »Es war nett von Mrs. Pickle, Ihnen vorzuschlagen, sich hier zu bewerben.«

»So jemanden wie Edna findet man nicht alle Tage«, gab Mrs. M zurück und vergaß praktischerweise, daß sie mich regelmäßig über die Fehler ihrer Freundin auf dem laufenden gehalten hatte.

»Es geht doch nichts über die Freundschaft zu einer Frau.« Mr. Savage schaute mir träumerisch ins Gesicht.

»Ich werde bei ihr übernachten.« Mrs. M verschränkte die Arme und stemmte ihren Taftbusen bis zu ihrem Kinn hoch. »Wollte kein Nein akzeptieren, unsere Edna. Sie wollte nicht, daß ich alleine bin. Nicht unter diesen Umständen. Es paßt mir zwar nicht, wie ein Pflegefall behandelt zu werden, aber ich hab' meine Mittel und Wege, sie dafür zu entschädigen.« Ein bohrender Blick. »Ich hab' beschlossen, ihr meinen Porzellanpudel zu hinterlassen, das Teil, das ich Ihnen nach meinem Ableben immer versprochen hatte.«

»Das ist nur recht so.« Ich gab mir Mühe, angemessen niedergeschlagen zu klingen.

»Tja, Schluß mit dem Geplauder. Es bringt nichts, zweimal an einem Tag gefeuert zu werden.« Sie streckte die Hand nach einem der Messinghähne aus. »Ein Bier für den Herrn, und was ist mit Ihnen, Mrs. H?«

Meine Antwort kam nie über meine Lippen, weil wir in diesem Moment von einer Horde glasschwenkender Zecher mit heraushängenden Zungen umringt wurden, von denen einer sich einen Größenvorteil verschaffte, indem er auf den Koffer stieg, den Mr. Savage auf dem Fußboden abgestellt hatte. Dieser kurze Aufschub war an Mrs. M, die sich mit schwer beringter Hand an den Hals griff, nicht verschwendet.

»Wo hab' ich bloß meinen Kopf, Mrs. H. Sie sind nicht wegen
'ner Pulle Limo hier; Sie haben Ihre Sachen gepackt und das
gräßliche Loch, das Sie Ihr Heim nennen, verlassen, na, hab' ich
recht?«

»Nein! Ich bin wegen meines Schwiegervaters hier.«

Entweder ging meine Stimme im Gebrüll der Menge unter, oder sie
glaubte mir nicht. Kein Zweifel, ihre Laune hatte sich entschieden
gebessert. »Na, na, Herzchen! Sie wollen doch bestimmt nicht vom
Regen in die Traufe kommen.« Sie schaute auf meinen Begleiter und
spitzte die Pflaumenlippen. »Mr. wie war noch gleich der Name
könnte zwar durchaus ein Prinz sein, das will ich nicht bestreiten, aber
er kriegt Sie nur, weil Sie sich mit ihm trösten wollen.«

»Ich kriege sie?« Mr. Savage verschluckte seinen Adamsapfel.

»Natürlich nicht!« Ich knallte mit Nachdruck den Kassettenrecorder
auf den Tresen.

»Sie können bei mir wohnen«, bot meine Wohltäterin an. »Sie können sogar die Zwillinge mitbringen, wenn Ihr Entschluß unumstöß-
lich feststeht.«

Ein Mann in Tweedmütze und Strickweste bat um ein Glas Süßbier
in einem Ton, der alles andere als süß war, und wurde ohne
Umschweife beschieden, er solle Leine ziehen.

»Das ist furchtbar lieb von Ihnen, Mrs. Malloy«, sagte ich, »aber ich
bin nur gekommen, um Dad seinen Koffer zu bringen. Er wohnt hier,
bis sich alles geklärt hat.«

»Davon hab' ich gehört. Zimmer 4, Treppe hoch, erste Tür rechts.«
Nachdem sie sich die Hände an ihrer Schürze abgewischt hatte,
begann sie in rasantem Tempo Hähne zu betätigen und Gläser mit
Schaum zu füllen. In meinen Augen ging der Tag langsam zur Neige,
doch indem ich einen Fuß vor den anderen setzte, schaffte ich es,
mich mit Mr. Savage im Schlepptau an zwei Wandbänken mit Gobelinbezug vorbei durch einen Türbogen in einen schmalen Durchgang
mit Damen- und Herrentoilette zu unserer Linken und zu unserer
Rechten einer Treppe mit mehr Biegungen und Windungen als in

einem Schauerroman zu begeben. Erst als ich mich der obersten Stufe näherte, merkte ich, daß ich den Kassettenrecorder auf dem Tresen liegenlassen hatte. Zum Glück war Mr. Savage mit jeder Faser seines Wesens davon in Anspruch genommen, den Koffer zu dem kaum taschentuchgroßen Treppenabsatz zu schleppen. Während er eine Verschnaufpause einlegte, klopfte ich an die Tür von Zimmer 4.

Dad ließ sich Zeit mit dem Öffnen. Und selbst dann tauchte nur die Spitze seines weißen Bartes in dem Spalt auf.

»Ich will keine Handtücher mehr. Was glauben Sie, was ich hier oben tue, ein Türkisches Bad betreiben?«

Begreiflicherweise eingeschüchtert von dem Löwengebrüll, beschlug es Mr. Savage die Brillengläser, mir gelang es jedoch, die Ruhe zu bewahren.

»Dad, ich bin's – Ellie!«

»Ein Unglück kommt selten allein!« Widerstrebend zog mein Schwiegervater den Fuß zurück und gewährte mir Zutritt. Hinter ihm auf der Kommode stand ein Fernseher mit ausgeschaltetem Ton, die Bilder liefen jedoch auf Hochtouren.

»Sehr nett«, sagte ich, als ich mich umschaute. Ehrlich gesagt, war der Heizkörper das ansehnlichste Möbelstück im ganzen Zimmer. Der Schrank hatte *keine* besseren Tage gesehen, die Wände waren von langweiligem Beige, der Bettüberwurf krankenhausgrün, und die freiliegenden Rohre am Waschbecken erinnerten unangenehm an jemanden, der es sich mit Königin Elizabeth I. verdorben hatte und daraufhin gehängt, aufs Rad geflochten und geviertelt worden war. Was Dad betraf, war er nicht er selbst. Sein kahler Kopf benötigte eine Politur dringender als seine Schuhe, und sein Versuch, den Raum durch ein kunstvolles Arrangement aus Obst und Gemüse auf der Fensterbank aufzuhellen, tat mir in der Seele weh. Hatte er Sehnsucht nach seinem Laden in Tottenham, oder legte er Vorräte für eine lange Belagerung an?

»Wir haben deinen Koffer mitgebracht.«

»Das sehe ich.« Dad funkelte Mr. Savage an, der das Ledergerippe über die Schwelle schleifte. »Und er wird wohl der Anwalt deiner Schwiegermutter sein.«

»Sei nicht albern.« Ich setzte mich aufs Bett und spürte, wie es bis fast auf den Fußboden durchsackte. »Er ist Rocksänger. Ein Freund von Freddy, der . . .«

»Stimmt das?« Zu meiner Überraschung zeigte sich in Dads braunen Augen Interesse.

»Ich fange gerade erst an. Lokale Gigs, solche Sachen, bis sich mir andere Möglichkeiten eröffnen.« Mr. Savage räusperte sich und ging ein paar Schritte auf die Fensterbank zu. »Hätten Sie etwas dagegen, wenn ich mir eine Apfelsine nehme? Ich bin mit der Zufuhr von Vitamin C im Rückstand.« Er hatte die Zauberformel gesprochen.

»Bedienen Sie sich.« Dad versuchte, schroff zu sprechen, und schaffte es nicht, was mir den Mut gab, zur Sache zu kommen.

»Wir wünschen uns sehr, daß du wieder nach Hause kommst«, sagte ich zu ihm.

»Wer ist wir?« Er fuhr fort, Mr. Savage beim Schälen seiner Apfelsine zu beobachten.

»Ben und ich, und . . . Mum.« Meine Stimme hätte 01 gegen das Quietschen gebrauchen können. »Kein Zweifel, sie vermißt dich schrecklich. Es wäre nur eine klitzekleine Entschuldigung von dir erforderlich« – ich hielt mir hinter dem Rücken die Daumen – »und die geschickt formulierte Zusicherung, daß du keinerlei romantisches Interesse an Tricks Taffer hast. Na los, Dad.« Ich beugte mich vor. »Das ist doch nicht zuviel verlangt, um eine achtunddreißig Jahre lange Beziehung zu retten.«

»Hat Magdalene gesagt, daß sie mich wiederhaben will?«

»Nicht direkt, aber . . .«

»Komm mir bloß nicht mit Abers!« Sein Gesicht lief so rot an, daß ich befürchtete, sein Bart werde in Brand geraten, als er vor dem Bett auf und ab stapfte. »Es war Magdelene, die mich auf die Straße gesetzt hat, und das heißt, wenn hier einer dem anderen hinterherläuft, dann gefälligst sie mir.«

»Denk doch an die schönen Zeiten«, beschwor ich ihn.

»Zum Beispiel?«

»Zum Beispiel, als ihr euch ineinander verliebt habt.«

»Ver . . . was?« Dieser Aufschrei veranlaßte Mr. Savage beinahe, den Apfel zu verschlucken, den er zum Mund geführt hatte, doch als Dad weitersprach, klang seine Stimme eigenartig gedrückt, als wäre alle Luft aus seiner Lunge gewichen. »Stichwort Rock, ich hatte früher auch mal eine ganz anständige Singstimme.«

»Ach ja?« Ich saß reglos da.

»Kannst du dir vorstellen, daß ich ganz am Anfang mal ein Lied für Magdalene geschrieben habe?« Unglaublich, er lächelte, matt zwar, aber er lächelte, und seine Augen blickten an mir vorbei in die Zeit zurück, als er und Mum jung waren und das Leben und die Liebe voller Verheißung schienen. Und plötzlich, noch während ich sah, wie Mr. Savage nach einer Banane griff, kam mir blitzartig eine Idee, die mindestens ebenso sinnvoll war wie die Vorstellung, daß Dad ehrenamtlich für einen hiesigen Gemüsehändler arbeitete.

Die Liebe wächst nicht immer mit der Entfernung. Als ich mich der Tränke – ich meine, der Theke näherte und Mrs. Malloy fragte, ob sie den Kassettenrecorder zur Aufbewahrung unter den Tresen gelegt habe, holte sie ihn mit solcher Heftigkeit hervor, daß es auch bei einer Frau mit stärkeren Eingeweiden als meinen einen Darmvorfall erzeugt hätte.

»Kann ich sonst noch was tun für Euer Majestät?«

Für den Fall, daß sie auf Provisionsbasis arbeitete, bestellte ich einen großen Gin Tonic. Dann, als sie den Preis eintippte, fiel mir, Horror über Horror, ein, daß ich meine Handtasche nicht mitgenommen hatte. Die Autoschlüssel waren zwar in der Tasche meines Regenmantels, aber ganz gleich, wie weit ich das Futter herauszog, ich fand keinen einzigen Penny. Nachdem ich sie gefragt hatte, ob sie freundlicherweise anschreiben würde, schaute ich mich nach einem Tisch um, der ihren Argusaugen entzogen war.

Alle waren besetzt, bis auf einen unmittelbar neben der Bar, also zog ich mich dorthin zurück mit einem Glas, das fast ebenso groß war wie ich und dessen Inhalt ich nicht trinken konnte, weil ich auf dem Heimweg würde fahren müssen. Selbst wenn Mr. Savage seine neue musikalische Zusammenarbeit mit Dad aufgab und noch vor dem Morgengrauen wieder zu mir stieß, wäre mir nicht wohl dabei, ihn im Dunkeln fahren zu lassen.

Unter anderen Umständen hätte ich Mrs. Malloy bitten können, einen Schuldschein von mir anzunehmen. Aber angesichts ihres derzeitigen eingeschnappten Gemütszustands war das Beste, worauf ich hoffen konnte, daß sie mich nach hinten beorderte, um den Abwasch zu erledigen. Eine Zeitlang saß ich bekümmert da und drehte an den Knöpfen des Kassettenrecorders herum, bevor ich ihn auf den Fußboden stellte und hoffte, daß man ihn irrtümlich für eine schwarze Lederhandtasche halten würde. Ich wußte, daß das albern war. Ich brauchte doch nur nach oben zu Zimmer 4 zu gehen und mir etwas Geld von Dad zu leihen. Aber an diesem speziellen Abend scheute ich vor der Vorstellung zurück, wie ein hilfloses weibliches Wesen zu erscheinen. Wenn der Schuh auch paßt, du *mußt* ihn dir nicht anziehen.

Eine Frau war in den Pub gekommen. Eine Frau mit Kopftuch und verstohlener Miene. Ich erkannte sie nicht nur, ich erdreistete mich aufgrund unserer flüchtigen Bekanntschaft auch, aufzustehen und sie zu meinem Tisch zu winken.

»Hallo! Ich bin's, Ellie Haskell.« Das Willkommenslächeln erstarb mir auf den Lippen. Frizzy Taffers Reaktion kündete nicht gerade von ungezügelter Begeisterung. Sie wich sogar zurück und stieß gegen zwei Leute, einen kahlköpfigen Mann in einem grellen karierten Jakkett und eine Frau in schwarzem Leder, bevor sie mit schleppenden Schritten auf mich zukam.

»Welch nette Überraschung.« Ihre Nase hätte länger werden müssen bei dieser offensichtlichen Lüge. Sie war bereits rot und geschwollen, ebenso wie ihre Augen, was entweder auf eine schlimme Erkältung (die sie heute morgen noch nicht gehabt hatte) oder auf einen anhaltenden Weinkrampf hindeutete. Ansonsten war Frizzys Gesicht so grau wie ihr Regenmantel. Da ich nicht wußte, was ich sonst sagen sollte, verkündete ich, daß ich nicht damit gerechnet hätte, sie so bald wiederzusehen.

»Ich komme sonst nie hierher.« Frizzy überprüfte den Knoten an ihrem Kopftuch. Nicht ein Härchen hing ihr in die Stirn, was ihr das Aussehen einer Nonne gab, die, obschon willens, sich der modernen Zeit anzupassen, indem sie Zivil trug, nicht auf ihren Schleier verzichten mochte.

»Ich verkehre gewöhnlich auch nicht hier«, versicherte ich ihr.

»Wirklich?« Ihre roten Augen schweiften kurz zu meinem doppelten Gin Tonic ab.

»Der ist bloß zum Festhalten.« Ich schnippte mit dem Finger *ping* an das Glas, wodurch ich es fast umstieß. »Ich bin hergekommen, um Dad seinen Koffer zu bringen, und ich bin immer noch hier, weil ich es noch nicht über mich bringe, nach Hause zu fahren.«

»Das Gefühl kenne ich.« Frizzy legte ihre Zurückhaltung ab, nicht jedoch ihr Kopftuch, und setzte sich hin, die Ellbogen auf den Tisch und das Kinn in die Hände gestützt, um ihr Zittern zu überspielen.

Ich nahm meinen Platz wieder ein, versuchte, nicht darauf zu achten, daß Mrs. Malloy über dem Tresen hing und die Ohren spitzte, als hinge ihr Job davon ab, daß sie jedes Wort mitbekam, und sagte: »Es war toll von Ihnen, Dad gestern abend in Ihrem Haus übernachten zu lassen. Ich hoffe sehr, daß das alles keinen Anlaß zu Streitigkeiten zwischen Ihnen und Tricks gegeben hat.«

»Sie hätte es gern gesehen, wenn Mr. Haskell bei uns geblieben wäre, bis er die Angelegenheit mit seiner Frau in Ordnung gebracht hat.« Frizzy griff gedankenverloren nach meinem Gin Tonic. »Aber Sie kennen ja Tricks, sie läßt sich nie von etwas unterkriegen.« Dies wurde in erstaunlich giftigem Ton gesagt.

»Wie wär's mit einer schönen Tüte Chips, auf Kosten des Hauses?« fragte Mrs. Malloy überschwenglich.

Ausnahmsweise einmal zeitigte mein Stirnrunzeln die gewünschte Wirkung, und meine ehemalige Putzfrau zog sich wieder hinter die Bar zurück, etwa so, wie das Orakel zu Delphi sich hinter einer Wolke verbarg, um in Vorbereitung auf den nächsten Bittsteller seinen Text noch einmal durchzugehen.

Nachdem Frizzy den Gin Tonic in einem Zug hinuntergekippt hatte, starrte sie auf das Glas, als ob sie nicht recht wüßte, was es war oder woher sie es hatte. »Das kann doch nicht wahr sein«, sagte sie leise. »Ich bin ein guter Mensch.«

»Durch einen einzigen Drink wird man nicht böse.«

»Was?« Sie sah mich an, als wäre ich nicht realer als das nun leere Glas. Dann fing sie an zu weinen, als drehte man ihr Inneres durch die Mangel und presse bei jeder Umdrehung Tränen heraus. Es war schrecklich, so schrecklich, daß ich nicht sprechen, geschweige denn ihr in ihrem Elend eine helfende Hand bieten konnte.

»Ich mußte raus aus dem Haus, sonst hätte ich ihr jedes Haar einzeln ausgerissen. Das wäre eine dem Vergehen angemessene Strafe gewesen.« Frizzy legte eine Hand an ihr Kopftuch. »Wegen der Nachlässigkeit meiner Schwiegermutter«, sagte sie matt, »bin ich jetzt so kahl wie ein Ei.«

Ich traute meinen Ohren nicht.

Frizzy fuhr schluchzend fort. »Tricks hatte die Verschlußkappe zu ihrer Flasche Nackedei verloren . . .«

»Das Zeug, das man für die Beine und unter den Armen benutzt, anstatt sich zu rasieren, Mrs. H«, erklärte Mrs. Malloy, die gern so tut, als wäre ich gerade aus der Arche geklettert. »Mein dritter Ehemann – oder es könnte auch der vierte gewesen sein – pflegte zu sagen, ich hätte die entzückendsten Achselhöhlen von allen Frauen, die er je gekannt hatte, aber lassen Sie sich von mir nicht in Ihrer Geschichte stören, Mrs. T.«

Frizzy zitterte. »Sie goß das Nackedei in eine leere Flasche Glanz-und-Gloria-Edelcremeshampoo. Und sie sagte keinen Ton darüber, was sie gemacht hatte. Ich war völlig arglos, als ich mir heute abend die Haare wusch. Wieso auch nicht? Und ich habe dem schauderhaften Zeug jede Menge Zeit zum Einwirken gelassen, weil ich es mir erst nach einer Viertelstunde vom Kopf spülte. Während ich mir die Kopfhaut massierte – ich wollte das Zeug so richtig zum Schäumen bringen –, fing das Baby an, Theater zu machen, und Dawn lag ihrem Dad mit dem totgekochten Goldfisch in den Ohren. Deshalb wickelte ich mir ein Handtuch um den Kopf, um hinzugehen und mich um alles zu kümmern. Als ich dann später Zeit hatte, kurz den Kopf unter den Wasserhahn zu halten, hing mein ganzes Haar im Handtuch. Ich konnte es nur noch über der Mülltonne ausschütteln.«

»Ihre hinreißenden Locken!« Ich hätte mitheulen können.

»Mein einziger Pluspunkt, so daß ich halbwegs anständig aussah.« Sie weinte.

»Was hat denn Ihr Mann gesagt?«

»Tom hat eine Stinkwut auf seine Mutter. Und ich weiß ja, ich hätte nicht in die Luft gehen dürfen, als er zu mir sagte, es würde nachwachsen. Er hat doch bloß versucht, mich zu trösten.«

»Männer verfügen nicht über unser Feingefühl.« Mrs. Malloy betastete mit ungewohnter Nervosität ihre eigene schwarz-weiße Kreation, als befürchte sie, ihre Haare könnten ihr an den Händen klebenbleiben.

»War Tricks geknickt?« fragte ich meine Tischgefährtin.

»Sie sagte, wir sollten es von der positiven Seite sehen, daß ich mich jetzt nicht mehr über meine Schuppen grämen müßte.« Ein versonnener Ausdruck trat in Frizzys Augen, und es dauerte einen Augenblick, bis mir klarwurde, daß es daran lag, weil sie die Eingangstür im Auge behielt, beziehungsweise die junge Frau, die gerade hereingekommen war. »Da ist Pamela Pomeroy«, sagte sie in kaltem Ton.

»Ja, tatsächlich!« Unter den gegebenen Umständen wußte ich nicht, ob ich aufgeregt winken oder schlechtes Sehvermögen heucheln sollte. Keine Zeit für Widerstreit. Pamela hatte uns entdeckt und kam auf uns zu, ihre Rattenschwänze wippten wie Spaniellohren, und in ihren braunen Augen stand Begeisterung. War das dieselbe Person, die heute morgen bei den Taffers mit hängenden Schultern und Armesündermiene in Lady Kittys Schatten gestanden hatte?

»Gott sei Dank hab' ich Sie beide gefunden!«

»Sie haben uns gesucht?« Angesichts der Tatsache, daß ich ihr nur das eine Mal begegnet war und nicht den Eindruck gewonnen hatte, als ob sie und Frizzy dicke Freundinnen wären, kam ich zwangsläufig zu dem Schluß, daß Pamela ein Mitglied der Suchmannschaft war, die man ausgesandt hatte, um Berg und Tal rund um Chitterton Fells nach den verschwundenen Ehefrauen zu durchkämmen. War ein

Kopfgeld sowohl auf Frizzys armes kahles Haupt als auch auf meines ausgesetzt?

»Nein, ich hatte keine Ahnung, daß Sie hiersein würden.« Pamela gab ein Schulmädchenlachen von sich, als sie sich auf dem dritten der vier Stühle niederließ. »Aber ich hatte darüber nachgedacht, welch lieben, netten Eindruck Sie beide auf mich gemacht haben, daher muß es Schicksal sein! Ich war außer mir vor Verzweiflung, als ich vom Eßtisch aufstand und aus dem Haus rannte. Hätte der Teich nicht so grausig ausgesehen, ich schwöre, ich hätte mich hineingeworfen. Das wäre Mumsie Kitty doch nur recht geschehen, meinen Sie nicht auch?«

Geteiltes Leid ist halbes Leid. Frizzys Stimmung hob sich merklich, und auch ich verlor sogleich das Interesse an meinem eigenen Kummer. »Was ist denn passiert?« fragte ich, bevor Mrs. Malloy vom Tresen herüberhechten konnte.

Pamela biß sich auf die Unterlippe und sah haargenau aus wie eine Viertkläßlerin, die, nachdem sie ihren Hockeyschläger an den falschen Haken gehängt hatte, fürchtete, in das Büro der Direktorin zitiert zu werden. »Mumsie Kitty hatte Reverend Spike und ihren Ehemann, Gladstone, zum Abendessen eingeladen, um über das Sommerfest von St. Anselm zu sprechen. Wir saßen alle am Tisch im Speisezimmer, denn weil es ein besonderer Anlaß war, durften mein Schwiegervater, Kater Bobsie, mein Mann Allan und ich mit den Erwachsenen zusammen essen.« Hicksender Schluchzer. »Und mitten beim Melassepudding fragte Mumsie Kitty mich, ob ich auch nicht vergessen hätte, meine Temperatur zu messen, ob heute der Tag des großen E wäre.«

»Des was?« Frizzys Unterkiefer klappte etwa zwei Zentimeter tiefer herunter als meiner.

»Sie wissen schon.« Pamela verhakte die Finger ineinander. »Mein Eisprung. Ich hatte ihn noch nie sehr regelmäßig, und Mumsie Kitty tut immer so, als wäre das meine Schuld, weil ich nicht besser plane. Aber ich traute meinen Ohren nicht, und Reverend Spike ließ fast das

164

Kännchen mit der Vanillesoße fallen, als Mumsie ein Thermometer zückte und es mir in den Mund steckte.«

»Ich wäre gestorben«, sagte ich.

»Bin ich auch fast! Ich war so verblüfft, daß ich fast an dem Ding erstickt wäre.«

»Mal sehen, ob das hier Ihren Kummer ertränkt!« Mrs. Malloy tauchte mit einem schwer beladenen Tablett auf und hätte sich des freien Stuhls bemächtigt, hätte nicht irgend so ein rücksichtsloser Lümmel sie zum Tresen zurückbeordert, um sich auf der Stelle einen doppelten Martini einschenken zu lassen.

»Das Schlimmste kommt erst noch.« Pamela trank einen kräftigenden Schluck aus ihrem Glas. »Als Mumsie Kitty das Thermometer wieder rauszog, sagte sie, alle Ampeln stünden auf Grün, und es sei keine Zeit zu verlieren, wenn es jemals einen Pomeroy-Erben geben solle. Sie befahl Allan aufzustehen und sagte, er solle schleunigst mit mir ins Schlafzimmer gehen und sich ans Werk machen.«

»Hat Ihr Mann einen Wutanfall gekriegt?« Frizzy hatte ihr Glas fast leergetrunken und beäugte meines.

»Er konnte nicht sprechen. Der arme Liebling leidet an Asthma, und Auseinandersetzungen mit seiner Mutter führen jedesmal zu einem Anfall. Mir ist klar, daß die Spikes sein heftiges Atmen mißdeutet haben müssen. Es war alles so demütigend. Kater Bobsie versuchte, für mich einzutreten. Er ist ein Engel, aber wie immer bekam er keine drei Worte heraus, bevor Mumsie Kitty ihn ebenfalls auf sein Zimmer schickte. Ich glaube nicht, daß es ihm was ausgemacht hat. So konnte er in Ruhe mit seiner Eisenbahn spielen. Aber in mir riß irgendwas. In Gegenwart der Pfarrerin und ihres Mannes sagte ich zu meiner Schwiegermutter, sie sei ein alter Drache.«

»Bravo«, sagte ich und reichte Frizzy mein Glas.

»Ich konnte es einfach nicht ertragen.« Pamelas Augen wurden so groß wie die Bierdeckel auf dem Tisch. »Die Vorstellung, daß Mumsie Kitty da im Speisezimmer saß und darauf lauerte, daß der Kronleuchter wie wild zu schaukeln anfing, brachte das Faß zum Überlaufen. Ich habe Allan ja immer gesagt, daß seine Mutter, wenn sie könnte, bei uns im Schlafzimmer sitzen würde, um ihn aus dem Hintergrund anzufeuern. Aber bis heute abend hatte ich nie den Mut, ihr die Stirn zu bieten. Als ich sagte, ich ginge, nannte sie mich ein nichtsnutziges, undankbares Mädchen. Sie sagte, ich solle mich ja nicht unterstehen, das Fahrrad zu nehmen, das sie mir geliehen hat. Können Sie sich das vorstellen? Das Fahrrad muß an die dreißig Jahre auf dem Buckel haben, und sie hat es mir *geschenkt;* das schwöre ich hoch und heilig. Diese Frau ist ein Ungeheuer!« Pamela sah erst mich, dann Frizzy an. »Sie wissen doch sicher beide, daß ich Allan heiraten durfte, weil ich mit meinem Kuchen im Wettbacken gewonnen hatte, das Mumsie Kitty organisiert hatte, um eine geziemend domestizierte Ehefrau für ihn zu finden.«

Ich wollte ihr gerade sagen, daß ich Ben geheiratet hatte, nachdem ich ihn für ein Familientreffen am Wochenende gemietet hatte, doch Frizzy warf ein: »Es spielt doch keine Rolle, wie man zusammengefunden hat, wenn man einander liebt.«

»Und das tun wir!« Pamela packte die Tischkante. »Wir sind ganz verrückt nacheinander, schon seit wir uns als Teenager auf dem Sommerfest von St. Anselm kennengelernt haben. Es war Glück« – ihr leichtes Erröten ließ sie mehr denn je wie ein Schulmädchen aussehen –, »reines Wahnsinnsglück, daß von siebenundneunzig Frauen ausgerechnet ich den besten Kuchen gebacken und die Hand meines süßen Allan gewonnen habe. Heute abend bin ich ebenso ihm wie mir zuliebe weggegangen – um ihm ein wenig Raum zum Atmen zu verschaffen –, aber so toll er auch ist, es stört mich doch ein wenig, daß er nicht versucht hat, mich zurückzuhalten.«

»Willkommen im Club«, sagte ich bedrückt. »Ben hat seine Mutter ebenfalls nicht rausgeschmissen, als sie mit mir gestritten hat.«

»Und wenn man's genau nimmt, ist Tom auch nicht gerade auf die Knie gefallen, als *ich* zur Tür ging«, steuerte Frizzy bei.

»Demnach sitzen wir drei im selben Boot?« Pamela sah nicht mehr so aus, als hätte man sie aus dem Hockeyteam geworfen.

»Traurig, aber wahr«, teilte ich mir mit.

»Und noch ein Platz vorhanden.« Frizzy prostete dem freien Stuhl zu.

»Gewöhnlich glaube ich nicht an Schicksal und so 'n Zeugs, aber . . .«
Ihre Stimme schwankte und verklang.

Es kroch mir kalt den Rücken hinunter, zweifellos eine Folge des
Umstands, daß die Eingangstür zu wiederholten Malen geöffnet und
geschlossen worden war; wie dem auch sei, ich hörte mich mit recht
nachdrücklicher Stimme sagen, daß man es noch längst nicht als
Schicksal bezeichnen könne, wenn wir drei Flüchtlinge uns hier
zusammengefunden hatten, zumal unser Dorf nur einen Pub hatte.

Mrs. Malloy bemühte sich nach Kräften, aus unserem kollektiven
Kummer ein für das Dark Horse lohnendes Geschäft zu machen,
indem sie auf ihren Stöckelabsätzen mit einer weiteren Runde Gin
Tonic herbeigeflitzt kam. Mir widerstrebte es nach wie vor, mir einen
zu genehmigen, doch ich fühlte mich genötigt, zumindest einen
Trinkspruch auszubringen. »Nieder mit den Schwiegermüttern!«

»Oh, ich fühle mich schon viel besser«, seufzte Pamela, als wir drei
klirrend anstießen, »obwohl ich nicht weiß, wie ich Reverend Spike
jemals wieder in die Augen sehen soll.«

»Tja, wenn man vom Teufel spricht!«

Auf Mrs. Malloys Ausruf drehten wir uns alle um, die eine oder andere eine Spur benommen, und sahen, wie die amtierende Pfarrerin von
St. Anselm durch die ungeweihten Pforten der Lounge trat. Erstaunlich, wie rasch das Lokal sich leerte. Mehrere Damen, die ich vom
Heim-und-Herd-Verein kannte, verschwanden auf flinken Beinen
durch die Hintertür, und ein grauhaariger Gentleman in ländlichem
Tweed, der darum ersucht hatte, beim Abendmahl den Wein durch
Fruchtsaft zu ersetzen, schoß wie ein Pfeil an Mrs. Spike vorbei, mit
der Nase fast auf dem Fußboden.

Um meine Verwirrung noch zu steigern, fing mein Herz an zu
pochen. Nicht weil es mir etwas ausmachte, daß Eudora mich mit
einem Glas in der Hand sah – unser weiblicher Reverend hatte schon
gelegentlich in meinem Hause ein Glas Sherry zu sich genommen –,

sondern weil es nicht länger möglich war, zu leugnen, daß hier etwas vor sich ging, das sich nicht mehr nur dem Zufall zuschreiben ließ. Tief im Herzen wußte ich, daß der heutige Tag mit jeder Sekunde und Minute unaufhaltsam auf den Augenblick zugesteuert war, in dem der Kreis geschlossen sein würde.

Es war ein Wunder, daß die Welt nicht aufhörte, sich zu drehen, und daß Eudora nicht wie angewurzelt stehenblieb, als mir diese umwerfende Offenbarung zuteil wurde. Sie ging zur Bar wie jeder andere normale Gast auch.

»Was darf's sein, ein kleines Gläschen bestes Bitter?« Mrs. Malloy verzog ihre violetten Lippen zu einem süßlichen Lächeln.

»Nichts zu trinken, vielen Dank. Ich wollte nur fragen, ob Sie sich vielleicht an eine ältere Dame erinnern, die ein Päckchen Zigaretten gekauft hat?«

»Hat sie blaues Haar? Weißes Haar?« erwiderte Mrs. Malloy mit dem Argwohn einer Rechtsbrecherin, die einen Undercovercop wittert.

»Dunkel, mit Silbersträhnchen. Fast ein wenig zottelig.« Eudora fuhr sich erregt durch ihre windzerzausten Locken.

»Ach, *die!* Warum haben Sie nicht gleich gesagt, daß Sie von Ihrer Schwiegermama sprechen, statt 'nen ganzen Sermon vom Stapel zu lassen?« Mrs. M kicherte über ihren kleinen Scherz, wandte sich zur Seite, um den Tresen abzuwischen, und zwinkerte Pamela, Frizzy und mir nach dem Motto »noch eine« zu.

»Sie haben sie gesehen?« Eudora umklammerte mit beiden Händen ihre Handtasche.

»Das will ich wohl meinen! In den letzten paar Wochen bin ich nicht ein einziges Mal drüben im Pfarrhaus gewesen, um mit Mrs. Pickle ein Täßchen Tee zu trinken und ihr den einen oder anderen Tip zu geben, wie sie noch vor Weihnachten ihr Arbeitspensum bewältigen kann, ohne daß diese alte Dame in der Küche rumgewühlt und nach ihren Glimmstengeln gesucht hat.« Die Ellbogen auf den Tresen gestützt, beugte Mrs. Malloy sich in der offensichtlichen Hoffnung vor, einen Fünfer für diese Information in die Hand gedrückt zu kriegen.

»Ja, aber haben Sie sie heute abend hier gesehen?«

»Kann ich nicht sagen.« Nachdem Mrs. M sich erlaubt hatte, ärgerlich den Kopf zurückzuwerfen, um sich Luft zu machen, fiel ihr wieder ein, daß sie zur Herde der Pfarrerin gehörte, und fragte den schlaksigen Jungen Mann, der am anderen Ende des Tresens arbeitete, ob er vor kurzem eine ältere Frau mit irischem Dialekt und einer Nase wie ein Papagei bedient habe.

»Ich nicht!« Er fuhr fort, die Messinghähne zu bedienen.

»Trotzdem vielen Dank.« Eudora streckte Mrs. Malloy die Hand hin, die, anstatt sie zu schütteln, annahm, sie solle den Segen empfangen. St. Anselm ist sehr katholisch angehaucht. Ja, es hält sich sogar hartnäckig das häßliche Gerücht, daß in einem der Schlafzimmer im Pfarrhaus ein Foto des Papstes hängt. Mit geschlossenen Augen und gespitzten violetten Lippen senkte Mrs. M demütig ihr empfängliches Haupt.

Eine Vertreterin der Geistlichkeit kennt keine Stechuhr. Nach erfüllter Pflicht wandte Eudora sich zum Gehen, und dabei kam sie direkt an unserem Tisch vorbei. Pamela saß mit dem Rücken zu ihr, und doch wurde Eudora zuerst auf sie aufmerksam.

»Meine Liebe, ich habe mir solche Sorgen um Sie gemacht. Wie geht es Ihnen?«

»Ich habe mich nicht in den Teich geworfen.«

»Wir haben ihr gesagt, daß es bessere Mittel gibt, ihren Kummer zu ertränken.« Frizzy hob mit zitternder Hand ihr Glas.

»Nun, übertreiben Sie es nur nicht.« Eudoras besorgter Blick schloß auch mich ein, und das mit einigem Recht. Aus Gründen, über die ich nicht näher nachdachte, hatte ich beschlossen, Heinz bis auf weiteres draußen vor dem Dark Horse kaltzustellen – die Heimfahrt mit oder ohne Mr. Savage mußte warten –, und war inzwischen bei meinem dritten kräftigen Schluck Gin.

»Ich habe unfreiwillig mit angehört, wie du dich nach deiner Schwiegermutter erkundigt hast«, sagte ich. »Wir sind über dieses spezielle Thema alle ein wenig aufgebracht.«

»Also ist es mit Bens Mutter nicht besser geworden?«

»Noch schlimmer!«

»Und mein häusliches Dasein ist auch nicht gerade eitel Sonnenschein.« Frizzy nagte an ihrer Zitronenscheibe, als lege sie es darauf an, auch den letzten Tropfen Alkohol auszulutschen. »Das paßt gar nicht zu mir, wissen Sie. Jahrelang habe ich nichts Stärkeres als Zitronenlimonade getrunken.«

»Harte Zeiten, harte Bandagen!« Mit wippenden Spanielohr-Rattenschwänzen hob Pamela ihr Glas und rief: »Und weg damit!«

»Kann ich irgendwie helfen?« Inzwischen wirkte Eudora sehr beunruhigt, und zweifellos handelte sie in ihrer Eigenschaft als Seelsorgerin, als sie den vierten Stuhl hervorzog und Platz nahm. Aber wir drei Musketiere brannten darauf, von ihren Schwiegermuttersorgen zu hören, und schon nach der Hälfte ihrer traurigen Geschichte erwies sie sich als Leidensgenossin, die auch keine Patentlösung für ein uraltes Problem wußte.

»Ich habe immer versucht, besonders einfühlsam zu sein, weil Bridget Gladstones Stiefmutter ist. Ich wollte nicht, daß sie denkt, ich hätte seine leibliche Mutter anders behandelt. Das ist der Grund, warum ich wegen ihrer Raucherei kein allzu großes Theater machen wollte, obwohl Gladstone es noch mehr verabscheut als ich. Der Ärmste hat es schnell auf der Brust, und Mrs. Pickle bietet immerzu an, ihm einen ihrer Tränke zu brauen.«

»Verschwenden Sie man bloß nicht Ihr Geld.« Mrs. Malloy steckte wieder die Nase über den Tresen. »Wenn Edna über solche Kräfte verfügen würde, dann hätte sie schon vor Jahren ein Gebräu erfunden, mit dem sie sich ihren Herzenswunsch erfüllen könnte.«

Ob sie von Jonas sprach? fragte ich mich. Hatte Mrs. Pickle es ernstlich auf seine Tugend abgesehen?

»Wenn ich denken würde, daß sie zaubern kann, dann würde ich sie um etwas bitten, das mein Haar nachwachsen läßt, oder besser noch…« Frizzy lief dunkelorange an und sagte schnell: »Ist die Raucherei Ihrer Schwiegermutter der größte Streitpunkt zwischen Ihnen?«

170

»Leider nein.« Eudora schüttelte den Kopf. »Noch schlimmer ist, wie sie über die Bibel redet.« Wir übrigen rückten näher heran, als sie die Stimme senkte. »Sie erzählt *unentwegt*, die Heilige Schrift wäre sogar noch pikanter als *Lady Chatterley*. Aber genug davon, ich sollte nicht so über Bridget herziehen, zumal sie nicht hier ist und sich verteidigen kann.«

»Ach, kommen Sie, Herzchen!« Mrs. Malloy stellte eine weitere Runde Drinks auf den Tisch, bevor sie das Leergut einsammelte. »Nehmen Sie einen Gin. Wer Sie sieht, wird es für Weihwasser halten.«

»Vielen Dank.« Vielleicht um der Versuchung zu widerstehen, nach dem Glas zu greifen, spielte Eudora mit dem Armband an ihrem Handgelenk, als wäre es ein Rosenkranz. »Gestern hat der Bischof mich besucht, um Kirchenangelegenheiten zu erörtern, und ich konnte Mutter nicht dazu bewegen, das Zimmer zu verlassen. Binnen fünf Minuten zog sie gegen den heiligen Paulus vom Leder, er sei ein frustrierter alter Junggeselle gewesen, der sich lieber damit hätte beschäftigen sollen, sein Golfspiel zu verbessern, anstatt seine Nase in das Eheleben anderer Leute zu stecken.«

»Ich an Ihrer Stelle«, sagte Pamela zur Rückenstärkung, »wäre in die Kirche gelaufen und hätte mich im Taufstein ertränkt.«

Eudora lächelte sie matt an. Die Pfarrerin hatte Gewicht verloren, selbst an der Nase, und ihre Brille rutschte immerzu herunter. »Ich wußte nicht, wo ich hingucken sollte, als sie anschließend über den heiligen Petrus herfiel und sagte, er hätte an seine ehelichen Pflichten denken sollen – wie zum Beispiel den Abfall wegzubringen und den Kleinen bei den Hausaufgaben zu helfen –, statt auszuziehen, um ein Heiliger zu werden. Aber der Gipfel« – Eudora konnte nur mit Mühe fortfahren – »war die Sache mit der Beschneidung. Mutter sagte, das sei die lustigste Stelle in der ganzen Bibel, wie könne bloß jemand ernst bleiben bei der Vorstellung, daß Abraham alle Männer herbeirief und zu ihnen sagte, Gott habe zu ihm gesprochen, wenn sie also bitteschön brav die Hosen herunterlassen wollten, dann wolle er umgehend sein Messer zücken und mit der Beschneidung beginnen.

Sie fragte den Bischof doch tatsächlich, ob er dafür stillgehalten hätte oder aber wie der Teufel gerannt wäre.«

»Hattest du Streit mit ihr, nachdem er gegangen war?« fragte ich.

»Ich sagte ihr, ich sei sehr ungehalten.« Eudora trank unwillentlich einen Schluck Gin und schob das Glas sogleich wieder weg. »Die ganze Sache hat Gladstone äußerst mitgenommen. Er hatte gerade einen Biskuitkuchen im Ofen, als ich ihm berichtete, was sich zugetragen hatte – er hofft so sehr, daß er in diesem Jahr auf dem Fest einen Preis gewinnt –, und als ihm einfiel, daß er den Kuchen herausnehmen mußte, war er schon verkohlt. Und apropos Öl ins Feuer gießen« – sie holte zittrig Luft –, »als wir heute abend aus der Gemeindehalle zurückkamen, mußten wir entdecken, daß es in meinem Arbeitszimmer einen Brand gegeben hatte.«

»Nein!« Frizzys Hände fingen an zu zittern. Sie griff nach einem neuen Glas.

»Nur einen kleinen, Gott sei Dank! Mein Schreibtisch war kaum beschädigt, aber die Predigt für kommenden Sonntag war in Rauch aufgegangen. Es passieren immer mal Unfälle, ich weiß; was mich jedoch erschütterte, war Mutters Gelassenheit, als sie verkündete, sie habe geraucht und das Zimmer verlassen, um sich eine Tasse Tee zu machen. Sie hatte nicht mal einen Aschenbecher benutzt – ließ die Zigarette einfach auf dem Briefbeschwerer liegen, den Gladstone in unserer letzten Gemeinde für seine Blumenarrangements gewonnen hat. Ich verlor die Beherrschung, und als ich mich wieder abgeregt hatte, war Mutter nirgends zu finden.«

»Hat dein Mann ihr denn den Marsch geblasen?« fragte ich.

»Gladstone fehlten die Worte. Er legte sich mit Migräne ins Bett. Und ich habe vermutlich überreagiert, indem ich mit dem Auto losfuhr, um sie zu suchen. Bei ein, zwei anderen Gelegenheiten ist Mutter per Anhalter ins Dorf gefahren, um sich Zigaretten zu kaufen. Da die Läden geschlossen sind, schien es logisch, hier im Pub nach ihr zu fragen.«

»Ich vermute, sie ist inzwischen daheim und steckt den Rest des Hauses in Brand.« Pamela hatte Mühe, ihre großen braunen Augen auf Eudoras bleiches Gesicht zu richten. Ihr Glas war leer, so wie das von Frizzy, und als mir klar wurde, daß ich ernsthaft im Rückstand war, trank ich einen großen Schluck aus meinem. Entweder war der Gin an die Oberfläche gestiegen, oder bislang war mir entgangen, wie knapp bemessen der Anteil des Tonic war.

»Dawn hat ihrem Dad gesagt, sie wollte einen Killer auf ihre Gran ansetzen, weil sie den Goldfisch durch den Eierkocher gejagt hat, und ich sagte, ich sei dafür« – Frizzy zog sich das Kopftuch bis über die Ohren –, »aber Tom hat ein Machtwort gesprochen.«

»Der alte Spielverderber!« Pamela kicherte.

»Ich muß gestehen, mir ist heute auch ein paarmal der Gedanke an Mord gekommen«, sagte ich.

»Wir haben alle solche Augenblicke.« Eudora schob ihre Brille hoch. »Aber wir müssen sie vergessen und uns der Aufgabe widmen, die Harmonie in unserem Leben wiederherzustellen.«

»Wieso?« Frizzy knallte ihr Glas auf den Tisch, so daß die kupferne Wärmepfanne an der nahen Wand hin- und herschwang wie das Pendel einer Uhr, die verlorene Zeit einholen will. »Wieso können wir unsere Schwiegermütter nicht kaltmachen und glücklich und zufrieden bis an unser Ende leben?«

»Manchmal zahlt es sich wirklich aus, gegen die Regeln zu verstoßen.« Pamela sah aus, als wollte sie noch mehr sagen, tat es jedoch nicht.

»Das Problem dabei ist«, sagte ich mit völlig ernstem Gesicht, »wie man damit davonkommt.«

»Nun denn, meine Damen« – Eudora schaute sich nervös im Pub um, bevor sie ihre Handtasche nahm und ihren Stuhl zurückschob –, »ich schlage vor, wir machen für heute abend Schluß.«

»Ach, kommen Sie! Seien Sie kein Engel, Reverend«, sagte Mrs. Malloy.

»Ja, seien Sie keine Spielverderberin, Mrs. Spike«, drängte Pamela sie beschwipst.

»Bleiben Sie doch noch!« rief Frizzy und griff nach einem neuen Glas.

»Uns zu überlegen, wie wir sie alle ermorden wollen, hätte eine ausgesprochen therapeutische Wirkung.« Der Gin gab mir die Worte ein.

»Ich glaube wirklich nicht…« Eudora zögerte auf der Kante ihres Stuhls.

»Manchmal muß doch bestimmt auch eine Geistliche aus sich herausgehen«, sagte Frizzy mit schwerer Zunge.

»Und es ist ja auch bloß ein harmloser Spaß.« Pamela nickte sich fast um ihren Kopf.

»Jedes Ding hat seinen Platz unter dem Himmel!« Mrs. Malloy faltete fromm die Hände und beugte sich über den Tresen, als halte sie ihn irrtümlich für die Kanzel von St. Anselm.

»Ich hoffe sehr, ich gebe mich nicht so, als wäre ich nicht von dieser Welt.« Eudora lehnte sich in ihrem Stuhl zurück. Ihre Augen hinter den dicken Gläsern waren voller Gefühl.

»Wie stellen wir es also an?« wollte Pamela wissen.

»Stoßen wir sie die Treppe runter, oder ist das zu blöd?«

»Bei meiner Tante Ethel hat es geklappt.« Frizzy tauchte den Finger in ihr Glas und leckte ihn nachdenklich ab. »Sicher, sie beharrte darauf, Herbert – ihr Tyrann von einem Ehemann – sei über die Katze gestolpert, aber niemand aus der Familie glaubte ihr Tante Ethel hat sich selbst verraten, denn sie ließ einen wahnsinnig großen Grabstein aufstellen mit der Inschrift MEIN WOHL IST DEIN WEHE. Keine Angst, Mrs. Spike – sie ist kein Mitglied Ihrer Gemeinde. Sie geht in die Methodistenkirche bei mir um die Ecke.«

Als Frizzy an diesem Morgen das Temperament ihrer Tante erwähnt hatte, war ich natürlich davon ausgegangen, daß die Wutanfälle dieser Frau von der gesellschaftlich akzeptablen Spielart waren, zum Beispiel Luft anhalten, bis sie ohnmächtig wurde. Unter anderen Umständen hätte ich mit wohlerzogener Bestürzung auf die Enthüllung von Tantchens undamenhaften Exzessen reagiert, doch so verspürte ich nur den Wunsch, das Spiel fortzuführen.

»Vielleicht Pistolen?« schlug ich vor.

»Ich kenne mich mit Schußwaffen nicht aus.« Eudora unternahm den löblichen Versuch, sich der allgemeinen Stimmung anzuschließen.

»Ich denke« – Pamelas Gesicht glänzte schadenfroh –, »wir sollten eine Art poetische Gerechtigkeit walten lassen.«

»Was meinen Sie denn damit?« Ich gab mir Mühe, nicht dämlich auszusehen.

»Die Methode des Mordes sollte unmittelbar damit zusammenhängen, womit uns unsere jeweilige Schwiegermutter auf die Palme bringt.«

»So wie die Raucherei von Mutter?« Eudora schüttelte den Kopf. »Wollen Sie sagen, daß ich ein Freudenfeuer aus ihren Zigarettenkippen machen und Mutter obendrauf festbinden soll?« Das Absurde dieser Vorstellung ließ die Pfarrerin in ihr altes herzliches Lachen ausbrechen. »Damit würde ich nie durchkommen.«

»Lassen Sie mir ein wenig Zeit, dann fällt mir schon was Schlaues ein.« Pamela war keineswegs entmutigt.

Wir saßen alle da und starrten einander an, bis Frizzy sagte: »Bei Ihnen klingt es kinderleicht... als ob wir die Schwiegermutter von Reverend Spike einfach auf einer Eisscholle aussetzen könnten.«

»Ich hab's!« Ich richtete mich so steif auf wie ein Brett. »Eudora, du sagst ihr, nach dem Inferno von heute abend müßtest du darauf bestehen, daß sie draußen raucht, ob bei Tag oder bei Nacht, ob's stürmt oder schneit. Danach machst du die Geduld zu deiner Komplizin. Eines Nachts, wenn sich der Schnee eisig und unbarmherzig über die Erde breitet...«

»Und wenn wir wieder einen milden Winter haben?« Einer von Eudoras wenigen Fehlern ist vielleicht die Unfähigkeit, mit ihrer Skepsis hinter dem Berg zu halten.

»Dann mußt du dich eben mit einem Waschküchennebel begnügen«, sagte ich fest. »Die Versuchsanordnung ist die gleiche. Wenn sie sich ihre Fluppen schnappt und nach draußen in die Nacht geht, läufst du durchs Haus und sperrst sämtliche Türen und Fenster zu, bevor du deinen Mann ins Bett steckst und das Radio voll aufdrehst, damit er nicht hört, wie seine Stiefmutter Krach schlägt, um eingelassen zu werden.«

»Und dann?« Mit gesenktem Kopf drehte Eudora an ihrem Trauring.

»Meine Liebe, ich lasse deine Seifenblase nur ungern zerplatzen, aber Mutter ist beileibe kein Mensch, der vor Angst stirbt.«

»Das wäre so oder so viel zu zahm.« Pamela sprach, als lese sie aus einer Abenteuergeschichte für Schulmädchen vor. »Stellen Sie sich vor, wieviel origineller es wäre, wenn Mrs. Spike wieder und wieder außen ums Haus herumirrt und immer benommener und verwirrter wird, und der Nebel wird auch immer dichter. Arme kleine alte Dame! Sie denkt, daß sie sich noch im Garten befindet, tappt jedoch auf die Straße und kullert holterdipolter über den Rand der Klippe.«

»Huchchen!« überspielte Frizzy einen Hickser.

Pamela lächelte voller Stolz. »Das Urteil würde Tod durch Unglücksfall lauten.«

»Das wäre noch die Frage.« Mrs. Malloy brach ihren Schweigemarathon, um von ihrer hohen Warte aus zu dozieren. »Auf der anderen Seite, wie ich auch immer wieder zu Edna Pickle gesagt habe, muß man im Leben gewisse Risiken eingehen, um da anzukommen, wo man hinwill. Natürlich geht's in Ednas Fall gewöhnlich um ein neues Messingpoliermittel, wozu man keine Nerven aus Stahl braucht, aber . . .« Leider beanspruchte ein Kunde ihre Aufmerksamkeit.

»Jetzt bin ich dran!« Pamela preßte die Hände wie bei der Fürbitte aneinander. »Sagt mir bitte, wie Mumsie Kitty um die Ecke gebracht werden kann.«

»Wie wär's, wenn Sie das Thermometer zerhacken und die Glassplitter in ihr Essen mengen?« Frizzy bestellte per Handzeichen noch einen Gin.

»Das würde nicht klappen.« Pamelas Rattenschwänze hingen schlaff auf ihre Schultern herunter. »Diese Frau hat Eingeweide aus Stahl.«

»Und das Fahrrad, das Sie heute abend nicht nehmen durften, weil es nur eine Leihgabe wäre?« Das kam von Eudora, die sich wacker selbst überwand, um dazuzugehören. »Sie könnten die Bremsen manipulieren und den Rest von einem steilen Hang besorgen lassen.«

»O welch ein Freudentag!« Pamela fand zu ihrem Schwung zurück. »Welch eine tolle Rache für die vielen Male, wenn Mumsie Kitty mit der einen Hand gegeben und mit der anderen genommen hat. Ich würde ihr neues Fahrrad verstecken müssen, um sicherzugehen, daß sie die alte Krücke nimmt, wenn sie sich zu einem ihrer hochherrschaftlichen Besuche aufmacht... Aber was bedeutet schon ein bißchen Mehrarbeit für solch einen guten Zweck? Ich werde ihr sogar das Nachthemd zurückgeben, das sie mir geschenkt hat, damit sie was Hübsches zum Anziehen hat, wenn man sie aufbahrt.«

»Wenn sie von einer Dampfwalze plattgemacht würde, könnte man sie auch zusammenfalten und in eine Tüte stecken und damit basta.« Mrs. Malloy tupfte sich die Augen, dann brachte sie uns großzügigerweise eine weitere Runde. »Dieses Gespräch bringt mich zum Heulen, aber ich war ja immer schon so zart besaitet.«

»Jetzt ich!« Frizzy, benommen vom Alkohol oder der Gelegenheit, ihre Wut loszuwerden, rief die Versammlung wieder zur Ordnung, indem sie in Ermangelung eines Hämmerchens ihr Glas auf den Tisch knallte. »Jemand soll mir bitte sagen, wie ich Tricks umbringen kann.«

»Ist doch ganz einfach.« Ich brannte förmlich darauf, diesen Fall zu übernehmen. »Sie hat sich ihr eigenes Grab geschaufelt, als sie das Nackedei in die Shampooflasche füllte. Sie sind ein wandelndes Zeugnis für ihr Talent, kapitale Fehler zu begehen. Das heißt, niemand würde Sie verdächtigen, Frizzy, wenn Sie Gift in ihr Essen oder Trinken mischen.«

»Welche Art Gift?« Frizzy schien nicht von meiner Brillanz überwältigt. »Ich glaube nicht, daß den Apothekern dieser Tage daran gelegen ist, einem ein halbes Pfund Arsen zu verkaufen.«

»Sie könnten ein Unkrautvertilgungsmittel benutzen«, schlug Eudora vor. »Ich erinnere mich, daß ich vor einiger Zeit von einer Frau gelesen habe, die, ihrem Ehemann zufolge, an einer versehentlichen Überdosis von dem Zeug starb.«

»Ein Herbizid, das über Leichen geht.« Pamela hielt sich den Mund zu, um ein Kichern zu unterdrücken.

»Ich will ja keine Miesmacherin sein«, sagte Frizzy, »aber würde das nicht widerlich schmecken?«

»Kein Problem«, erwiderte ich. »Tricks erwähnte gestern abend beim Essen, daß sie ihre Diät durch Gesundheitswasser ergänzt. Sie brauchen ihr bloß zu sagen, daß Sie ein besseres ausfindig gemacht haben, und sie solle sich nicht von dem Geschmack abschrecken lassen, weil die Firma garantiert, daß es einen binnen zwanzig Minuten um zwanzig Jahre jünger macht.«

»Darauf würde sie sich sofort stürzen, stimmt!« Ein Lächeln breitete sich auf Frizzys Gesicht aus, aber bevor sie mir vor Dankbarkeit um den Hals fallen konnte, mischte Mrs. Malloy sich ein.

»Das ist ja alles schön und gut! Aber ich kann nicht den ganzen Tag hier stehen und meine Kunden wie begossene Pudel wieder abziehen lassen, weil ich darauf warte, daß Sie endlich zur Hauptsache kommen.«

»Sie meint *meine* Schwiegermutter«, übersetzte ich.

»Na, denken Sie man bloß nicht, daß Sie sich meinetwegen groß ins Zeug legen müssen, Mrs. H«, lautete die großherzige Erwiderung.

»Daß diese Frau mich gefeuert hat, kaum daß Sie ihr den Rücken kehren, heißt noch lange nicht, daß ich ihr einen langsamen, qualvollen Tod wünsche. Was Kurzes, Schmerzloses würde mir vollkommen genügen. Nichts mit zuviel Blut, wenn's Ihnen recht ist. Ich will nicht bis in alle Ewigkeit Böden schrubben, wenn ich meinen alten Job wieder antrete.«

»Wären Sie vielleicht so gütig, ein geeignetes Mittel zu ihrem Ableben vorzuschlagen?« fragte ich süßlich, wenn auch ein wenig undeutlich. Vom Alkohol drehte sich mir der Kopf.

»Na, wenn einem da nicht warm ums Herz wird.« Mrs. Malloy kniff ihre violetten Lippen zusammen und setzte eine nachdenkliche Miene auf. »Wir können sie nicht von dem Balkon stoßen, auf dem sie Bill Watkins den ganzen Nachmittag ausgesperrt hat; das wär zuviel des Guten nach ihrer knappen Rettung gestern abend auf der Treppe. Und wir können ihr auch keine giftigen Pilze vorsetzen – das würde ein zu schlechtes Licht auf Sie werfen, Mrs. H, nach dieser Geschichte mit der Schokolade in dem Pudding, die gar keine richtige Schokolade war.«

Eudora, Frizzy und Pamela schauten mich leicht erschrocken an.

»Jammerschade, aber so ist es nun mal.« Ein bedauerndes Kopfschütteln von Mrs. Malloy. »Sie haben keine gute Figur gemacht, Mrs. H, deshalb müssen Sie doppelt verschlagen sein, wenn Sie's schaffen wollen, mit heiler Haut davonzukommen.«

»Um Himmels willen«, fauchte ich. »Das hier ist doch bloß ein Spiel.«

»Natürlich«, sagte sie beschwichtigend, »und ich glaube, ich hab' die Antwort, Herzchen! Denken Sie mal nach, Mrs. H – von dem Augenblick an, als Sie Ihre Schwiegereltern eingeladen haben, waren Sie total in Panik, haben Staub gewischt und Fußböden gewienert und die Handtücher alphabetisch nach Farben in den Wäscheschrank sortiert, alles aus Angst, *sie* würde überall herumschnüffeln, Spinnweben und dergleichen wittern. Deshalb würde ich sagen . . .«

»Sie hat recht«, teilte ich den anderen mit. »Ich würde es Mum durchaus zutrauen, aufs Dach raufzuklettern und unter den Ziegeln nach Staub zu suchen. Sie hat mir vorgeworfen, ich sähe erschöpft aus, als sie und Dad eintrafen. Und sie hatte recht. Jedesmal, wenn sie kommt, ist es das gleiche Lied. Ich schrecke nachts in eiskaltem Schweiß gebadet im Bett hoch, weil mir etwas einfällt, das ich übersehen habe.«

»Was für ein Streß«, sagte Eudora mitfühlend.

»O nein!« Ich schlug die Hand vor den Mund. »Der große Schrank in ihrem Zimmer! Ich bin nie dazu gekommen, ihn abzustauben. Sie, Mrs. Malloy?«

»Hat keinen Zweck, mich mit solchen Kinderaugen anzugucken, Mrs. H! Ich hab Ihnen einmal, ach was, ein dutzendmal gesagt, daß ich diesen Turm zu Babel nicht mal mit 'ner Kneifzange, geschweige denn mit meinem Staubwedel anrühren würde. Den braucht nur einer böse anzugucken, dann kippt er schon um; und das bringt mich wieder darauf zurück, was ich sagen wollte, bevor Sie mich unterbrochen haben. Sie brauchen nur die unteren Schubladen auszuleeren und die ganz oben vollzustopfen, damit er schön kopflastig wird, und fertig ist die Lauge. Wenn Ihre Schwiegermama keine Trittleiter nach oben schleppen will, kann sie nur richtig oben auf diesen Schrank gucken, wenn sie von einem Stuhl aus auf das mittlere Bord steigt. Was schon im Normalfall nicht besonders sicher ist. Na, meine Damen, was halten Sie davon?«

»Super«, schwärmte Pamela.

Eudora wirkte tief in Gedanken versunken. »Das erinnert mich an den Brauch, daß man während der Reformation religiöse Abweichler zerquetscht hat.«

Frizzy – ob als Folge dieses Informationshäppchens oder des Alkohols, der sie eingeholt hatte – schaukelte stumm auf ihrem Stuhl hin und her.

»Da haben Sie's.« Mrs. Malloys Taftbusen war stolzgeschwellt. »Was den Geschichtsbüchern recht ist, ist unseresgleichen mehr als billig, Mrs. H; sehen Sie es mal von dieser Seite – Ihre Schwiegermama möchte nichts lieber als eine echte Märtyrerin sein.«

»Das hat was für sich«, sagte ich eine Spur lustlos. Ich war ein wenig müde, was es, wie ich oft festgestellt habe, schwierig macht, so richtig wütend oder ärgerlich zu bleiben. Ich konnte mich nicht mehr messerscharf jeden Wortes, Blickes oder jeder Geste entsinnen, die Mum benutzt hatte, um mich wahnsinnig zu machen. Oh, ich hatte nicht vergessen, daß sie Mrs. Malloy gefeuert, mein Buch aus der Bücherei verbrannt, mich beschuldigt hatte, ihren Hund zum Selbstmordversuch zu treiben, Jonas auf ihre Seite gezogen und all diesen Vergehen die Krone aufgesetzt hatte, indem sie Streit zwischen mir und meinem einzigen Ehemann säte. Aber ich durfte auch nicht vergessen, daß sie übermäßigem Streß ausgesetzt war.

Wie dem auch sei, die Vorstellung, daß Mum mit hervorquellenden Augen unter dem Schrank lag und darauf wartete, mit einem Spachtel vom Fußboden gekratzt und gewendet zu werden wie ein Pfannkuchen, reichte, um mir Gin Tonic für den Rest meines Lebens zu vergällen, von Mord ganz zu schweigen. Nachdem ich mir das klargemacht hatte, verspürte ich den Wunsch, daß meine Freundinnen mich mochten und mich nicht für eine Spielverderberin hielten. Ich pappte ein munteres Lächeln auf mein Gesicht und sagte: »Wir haben ganz klar ein neues Kapitel von ›Leben und Verbrechen in Chitterton Fells‹ geschrieben.«

»Ja, das haben wir wohl.« Frizzy schaffte es, sich gerade hinzusetzen, indem sie sich am Tisch festhielt. »Aber wenn wir nicht bloß so getan hätten, sondern uns wirklich und wahrhaftig damit befassen müßten, unsere Schwiegermütter zu ermorden, würden wir wohl alle bibbern vor Angst.«

»Das hab' ich auch gerade gedacht.« Pamela starrte auf die Bierdeckel, die sie zu einem kleinen Hügel aufschichtete. »Also wäre es vielleicht angebracht, daß wir den Weg des Feiglings wählen und einen Killer engagieren.«

»Und wo sollten wir so jemanden auftreiben? Ich glaube nicht, daß die im Arbeitsamt Schlange stehen.« Eudoras Gesicht schien voller zu werden, als sie lächelte, so daß sie wieder wie früher aussah. Ihr hatte die Mordtherapie offenbar gutgetan.

»Wie der Zufall es so will . . .« Ich war wieder im Spiel und mimte mit Leib und Seele die Verschwörerin. »Wer anders wohnt just in den Räumen über dem Stall auf Merlin's Court als Mr. Peter Savage, eigenen Angaben zufolge Landstreicher, der gerade erst heute abend seiner Dankbarkeit ob meiner Gastfreundschaft Ausdruck verliehen hat, indem er schwor, er würde mit Freuden einen Mord für mich begehen.« Hinzuzufügen, daß besagte Person von der Erlegung eines Drachen, nicht von einem Menschen gesprochen hatte, hätte die Wirkung geschmälert. Ebenso das Auftauchen besagten Gentlemans auf der Bildfläche. Doch zum Glück für mich zog sich seine Rocksession mit Dad in die Länge.

»Mr. Savage!« Pamela warf in ihrer Erregung ihren Bierdeckelturm um. »Ich kann ihn deutlich vor mir sehen! Er hat lange Haare, einen schmuddeligen Bart, womöglich eine Tätowierung, und auf jeden Fall einen Ohrring – einen silbernen in Form eines Totenkopfes.«

Erstaunlich! Wir hatten jemanden gesucht, der auf dem Rummel von St. Anselm aus dem Teesatz las, und es hatte den Anschein, als hätten wir sie gefunden. Was machte es schon, daß sie Mr. Savage weit verfehlt hatte? Pamela hatte bis aufs I-Tüpfelchen meinen Cousin Freddy beschrieben, und das wollte ich ihr auch gerade sagen, als die Tür zur Lounge aufsprang wie von dem gespornten Stiefel eines bis an die Zähne bewaffneten Bösewichts aus einem B-Western eingetreten und mit großen Schritten mein höchsteigener Schurke mit den schwarzen Brauen hereinkam.

»Ellie!« brüllte Ben mit einer Stimme, die ihn – Bastardfaden hin oder her – immerdar als den Sohn seines Vaters auswies. Sein Blick schweifte über die geduckten Anwesenden, bevor er sich auf mein schneeweißes Gesicht heftete. Mit zwei gewaltigen Schritten war er bei mir, und noch bevor ich »Wag es ja nicht!« schreien konnte, riß mich der Spitzbube in seine stählernen Arme und trug mich zur Tür.

Die einzige, die Protest erhob, war Mrs. Malloy. Ihre Stimme traf uns wie ein Schuß aus dem Hinterhalt. »Ich mache Sie darauf aufmerksam, Mr. H, daß dies ein *anständiges* Lokal ist, aber wenn Sie sich schon mit einer wehrlosen Frau davonmachen müssen, dann nehmen Sie *mich!*«

Stichwort böses Erwachen! Im trüben Licht der frühen Morgen-
dämmerung, als die Fasane auf der Tapete noch die Köpfe unter
die Flügel steckten und die Uhr auf dem Kaminsims noch gnädig verschwommen war, öffnete ich mühsam die Augen und sah, daß Ben
sich auf einen Ellbogen stützte und sein attraktives Gesicht über mir
schwebte.

»Ich bete dich an, Liebes«, flüsterte er heiser.

»Das ist nett.« Ich wollte mich umdrehen, aber man hätte diesem
Mann eine ganze Matratze in die Kehle rammen müssen, um ihn zum
Schweigen zu bringen.

»Ich empfinde es als meine Pflicht, dir zu zeigen, wie sehr ich dich liebe und wie leid es mir tut, daß ich dir bei deinen Problemen mit Mum
keine größere Stütze war.«

»Dein Seidenschlafanzug sagt mehr als alle Worte.« Mit schläfriger
Hand tätschelte ich sein Gesicht.

»Bist du sicher, daß ich dir nicht irgendwas bringen soll?« Sein Atem
umschwirrte mich wie eine lästige Fliege. »Wie wär's mit einer Tasse
Tee oder Eiern Benedikt?«

»Nein, danke.« Ich tauchte unter der Bettdecke ab. »Wenn ich Diät
halte, solange ich schlafe, kann ich am Tag so ziemlich alles essen, was
ich will.«

»Wie du meinst, mein Liebling.« Er nahm meine Hand auf, wodurch
er verhinderte, daß ich ihm damit eine knallte, und arbeitete sich vom
kleinen Finger bis zum Daumen vor, indem er eine Spur aus winzigen
Küssen hinterließ. Zur Raserei getrieben, setzte ich mich in einem

Gestöber von Bettüchern auf. Doch anstatt vor dem vernichtenden Blick meiner glühenden Augen zurückzuweichen, sagte Ben mit einem süßen, traurigen Lächeln: »Möchtest du, daß ich dir ein Gedicht vorlese?«

Als er nach dem Oxford-Führer Lyrik auf dem Nachtschrank greifen wollte, hielt ich ihn mit beiden Händen davon ab. »Tu mir einen Gefallen, Ben, geh ins Bad, schließ die Tür, und rezitiere dort nach Herzenslust die ›Ode an einen Porzellannachttopf‹. Ich schlafe weiter!«

Ich warf mich wieder hin, schloß die Augen und schwelgte kurze Zeit in herrlicher Stille. Dann schlich sich die gemeine Wahrheit unter meine Lider. Ben hatte den Sandmann verscheucht, und kein noch so ausgiebiges Hin- und Herwälzen würde ihn zurückholen. Ich war groggy, weil unausgeschlafen, gereizt vor Erschöpfung, aber unbestreitbar wach.

Ich setzte mich wieder auf. »Bist du jetzt zufrieden? Heute werde ich die Windeln um die Köpfe der Zwillinge binden und den Umschlag mit der Gasrechnung in den Toaster stecken.«

»Du bist immer noch sauer auf mich wegen meines Verhaltens.« Ben fuhr sich mit den Fingern durch sein ebenholzschwarzes Haar, lehnte sich ins Kissen zurück und studierte die Zimmerdecke, als suche er dort nach Lösungen, wie er mich zurückerobern könnte.

»Ich bin nicht sauer«, sagte ich säuerlich. »Habe ich nicht bewiesen, erschöpfend bewiesen, als wir gestern nacht nach Hause kamen, daß alles vergeben und vergessen ist?«

»Mein Liebling, du hast alles getan, was eine Frau tun kann.«

»Denk gut nach. Habe ich ein Wort darüber verloren, daß du mich aus dem Dark Horse gekidnappt hast? Habe ich eine Staatsaffäre daraus gemacht, daß du den armen Mr. Savage seinem Schicksal überlassen hast? Sicher, wir haben Heinz direkt draußen vor der Tür stehenlassen, aber die Schlüssel stecken in der Tasche meines Regenmantels.«

»Ellie.« Ben schloß mich in seine Arme, sein Lachen kitzelte meine

Wange. »Zerbrich dir seinetwegen nicht den Kopf, Dad hat ihn bestimmt bei sich übernachten lassen.«

»Da hast du wohl recht«, gab ich widerstrebend zu. »Und wir können immerhin hoffen, daß die Erfahrung, ein Einzelbett mit einem Vertreter des Geschlechts der behaarten Knie zu teilen, deinen Vater zur Vernunft bringen wird.«

»Hoffentlich.« Nachdem er mich sanft losgelassen hatte, ließ Ben sich zurückfallen und preßte die Hand auf die Augen, als wollte er noch etwas anderes abwehren als das Licht, das Tupfen auf Möbel und Zimmerdecke malte. »Aber bis er wieder bei Mum angekrochen kommt, könnte es zu spät sein.«

»Sei nicht so pessimistisch.« Aller Ärger war verflogen, ich schmiegte mich eng an ihn.

Ben seufzte. »Es gibt etwas, das ich dir nicht erzählt habe, Ellie.«

»Ach?«

»Nachdem du gestern abend gegangen warst, haben Jonas und Mum sich ins Wohnzimmer verzogen, und als sie wieder rauskamen...«

»Weiter.« Mein Herz schlug plötzlich wie eine Trommel.

»...hat Mum mich beiseite genommen. Sie sagte mir, Jonas hätte ihr einen Heiratsantrag gemacht.«

»Nein!« Ich krachte fast durchs Bett.

»Ellie, ich konnte nicht glauben, daß ich richtig gehört hatte, als sie sagte, sie denke daran, seinen Antrag anzunehmen.«

»Warum, in Gottes Namen?«

»Sie sind beide alleinstehend, und sie meint, daß sie noch etwas aus ihm machen kann.«

»Er ist über siebzig! Glaubt sie wirklich, daß sie ihn dazu bringen kann, zum Militär zu gehen oder die Abendschule zu besuchen, um Börsenmakler zu werden, oder gar« – ich kaute an einem Finger – »in die katholische Kirche einzutreten?«

Ben schüttelte sich. »Sie nimmt ihn bloß, um sich über Dad hinwegzutrösten. Und wenn ich als Sohn irgendwas taugen würde, dann würde ich ihm mit der Reitpeitsche Bescheid geben.«

»Schsch!« Ich brachte ihn mit einem Kuß zum Schweigen. »Das sieht doch ein Blinder, daß Jonas sich diesen Trick ausgedacht hat, um deine Eltern wieder zusammenzubringen. Und Mum kannst du es nicht verdenken, daß sie Dad eifersüchtig machen will.«

»Da hast du recht.« Ben hörte sich an, als könnte er sich einen Tritt geben, weil er so dumm gewesen war. »Ich weiß nicht, warum du so lieb zu mir bist, Ellie.«

»Liebsein kann gefährlich werden«, sagte ich. »Ein liebes Wort führt zum nächsten, und es wird zu einem wahren Teufelskreis.«

»Ich hätte dich gestern abend nicht weggehen lassen dürfen.«

»Meine Abwesenheit hat uns beiden Zeit gegeben, uns abzuregen. Und Dad brauchte doch seinen Koffer.«

»Ich bin froh, daß du deine Freundinnen getroffen hast.« Ben küßte erst meine eine, dann meine andere Augenbraue. »Habt ihr euch gut unterhalten?«

»Ach, das übliche.«

»Worüber denn, Strickmuster und so was?« Mein Liebster sprach mit wachsender Zärtlichkeit und deutete das Pochen meines Herzens hoffentlich als pflichtschuldige Reaktion einer Ehefrau. Es war dumm, sich aufgrund des Vorgefallenen schuldig zu fühlen, und doch kam ich mir vor wie Judas, als ich einen Kuß auf Bens Lippen drückte. »Hat deine Mutter irgendwas zu meinem überstürzten Abgang gesagt?«

»Sie hatte keine Gelegenheit dazu. Ich habe die ganze Zeit geredet, Ellie, und ich glaube, sie hat kapiert, daß dies dein Haus ist und sie aufhören muß, alles an sich zu reißen und das Personal zu feuern.«

»Wir haben nur noch Jonas, und wenn wir wollen, daß seine Bemühungen sich auszahlen, schlage ich vor, du gehst zu deinem Vater, säst den Keim der Eifersucht und tust dein Bestes, daß er Triebe bekommt.«

»Kein Problem, Liebes! Ich werde einfließen lassen, daß Jonas angefangen hat, Gewichte zu stemmen, und mit dem Gedanken spielt, sich die Haare färben zu lassen.«

»Stimmt das?« Ich wurde von irrationalem Entsetzen gepackt.

»Natürlich nicht!« Ben veränderte in atemloser Hast seine Lage, so daß seine Augen – die sich in meine brannten – zu einem Kaleidoskop aus oszillierenden Blau- und Grüntönen wurden. Der erdichtete Sir Edward hatte meinem Ehemann nichts voraus, wenn es um große Leidenschaft ging, und ich merkte bald, ohne es allzusehr zu bedauern, daß wir das Thema seiner Eltern seinem natürlichen Abschluß zugeführt hatten.

»Liebling«, hörte ich mich selbst sagen, »wenn du einen Harem hättest, wäre ich dann deine Lieblingsfrau?«

Das Danach nahm sich soviel Zeit, wie es wollte, aber schließlich blendete sich das Zimmer wieder ein, und wir lagen Hand in Hand da, bis Ben einschlief und ich an Mum dachte, die allein in ihrem Turmzimmer lag. Wundersamerweise beschäftigte ich mich nicht damit, ob sie aus dem Schlummer gerissen worden war, sondern mit der Möglichkeit, daß der Hochschrank umkrachte, wenn sie sich entschloß, das schmale Bord zu erklettern, um oben nach Staub zu sehen. Klarer Fall, mein schlechtes Gewissen siegte über meinen gesunden Menschenverstand; doch als ich mein Kissen zurechtklopfte und mich umdrehte, fragte ich mich, ob es Eudora, Frizzy und Pamela wohl auch peinlich war, was wir im Dark Horse besprochen hatten. Ach, um Himmels willen! Ich verkroch mich tiefer unter der Bettdecke. Unser Benehmen mochte unreif gewesen sein, aber welcher Schaden konnte daraus entstehen, solange unsere Schwiegermütter keinen Wind davon bekamen?

Das Tageslicht vertrieb jeden Rest von Beklommenheit. Bis ich mein Bad genommen, ein mädchenhaft bedrucktes Kleid angezogen und meine Kleinen aus der Gefangenschaft in ihren Bettchen errettet hatte, brannte ich darauf, mit Mum einen neuen Anfang zu machen. Nachdem Ben seine morgendliche Verschönerungsaktion abgeschlossen hatte, traf er mich im Flur und nahm mir Tam ab, der einen Matrosenanzug trug. Vater und Sohn machten sich auf, die Küche zu erobern, wo Abbey und ich bald darauf zu ihnen stießen.

Die Stühle standen in Reih und Glied um den Tisch; die Teller und Schüsseln standen in Habachtstellung auf der Anrichte. Vom Fenster aus konnte ich Jonas im Garten arbeiten sehen. Alles war an seinem Platz... außer Mum. Ich war überrascht, daß sie nicht an der Spüle stand und die Wasserhähne auseinandernahm, um die Dichtungsringe zu wienern.

»Ben« – ich wandte mich von Abbey ab, die ich in ihr Hochstühlchen gesetzt hatte –, »hast du deine Mutter gesehen?«

»Nein.« Er goß eine Kostprobe des frisch aufgebrühten Kaffees in eine Tasse und hielt die Nase darüber, um das Bukett zu genießen, bevor er versuchsweise einen Schluck nahm, der, nachdem er ihn sich ausgiebig auf der Zunge hatte zergehen lassen, als von angemessenem Jahrgang befunden und dementsprechend hinuntergeschluckt wurde. »Vermutlich ist sie noch im Bett.«

Blödsinn! Wir wußten beide, daß es nur einen Grund gab, aus dem Mum freiwillig länger liegenbleiben würde, und das war, wenn der Sargdeckel sich schloß. Was konnte passiert sein? In meinen Angstvisionen dräute überlebensgroß ein gewisses Möbelstück aus dem Schlafzimmer, obschon es Wahnsinn war, sie sich zerquetscht vorzustellen, so wie die selige (oder war es die heilige?) Margaret Clitherow. Ben und ich hätten es auf jeden Fall gehört, wenn der Schrank umgekippt wäre, es sei denn... das Blut gefror mir in den Adern... es war passiert, als wir uns geliebt und die Posaunen und Klarinetten den Gipfelpunkt erreicht hatten.

Ich ließ die Zwillinge unter dem wachsamen Blick von Daddy, der versprach, sie nicht mit Eiern Benedikt zu füttern, in ihren Hochstühlchen zurück, rannte nach oben und klopfte an Mums Tür.

»Hallo, ich bin's, Ellie!«

Keine Antwort.

Ich klopfte noch einmal. Diesmal hörte ich zu meiner Erleichterung eine leise Aufforderung, hereinzukommen.

Als ich zaghaft gehorchte, fand ich Mum im Bett ausgestreckt vor, die Decke bis ans Kinn hochgezogen, wodurch sie aussah, als warte sie nur noch darauf, daß ein Wohlmeinender ihr die Augen schloß und zwei Pennys auf ihre Alabasterlider legte.

»Mach dir keine Gedanken, weil du mich gestört hast.« Sie drehte nicht einmal den Kopf in meine Richtung. »Wie mein armer Junge gestern abend ausdrücklich gesagt hat, ist dies dein Haus, nicht meines.«

»Fühlst du dich nicht wohl?« Ich drückte mich am Bett herum, während der Wolkenkratzer-Schrank mich von der Wand aus verhöhnte.

»Mir geht's so gut, wie man unter den Umständen erwarten kann.« Die gespenstischen Worte wurden ohne den geringsten Ausdruck oder auch nur ein Wimpernzucken gesagt.

»Gut!« Ich sah mich nach jemandem um, der mir zu Hilfe kommen konnte, aber die griechischen Nymphen auf dem Kaminsims hatten alle Hände voll damit zu tun, ihre bronzenen Röcke zu raffen. »Ben hat gerade Kaffee gemacht, ich könnte dir eine Tasse raufbringen, oder wenn du lieber nach unten kommen möchtest...«

»Das ist sehr freundlich von dir, Ellie.« Ich hörte einen Seufzer, so matt, daß davon nicht mal ein an ihre Lippen gehaltener Spiegel beschlagen wäre. »Aber wenn es dir recht ist, bleibe ich hier, um nicht im Weg zu sein. Auf diese Weise kann man mir nicht vorwerfen, Ärger zu machen, und du kannst ungehindert tun, was auch immer du den ganzen Tag über tust. Mir liegt einzig das Glück meines Sohnes am Herzen.«

»Er wird nicht sehr erbaut sein, wenn du dich für den Rest deines Lebens im Bett verkriechst.« Ich versuchte, diesen Worten die Schärfe zu nehmen, doch mir ging die Geduld aus wie Mum das Haar, das ihr in trostlosen Büscheln vom Kopf abstand.

»Du brauchst nicht sarkastisch zu werden, Ellie; letztendlich wirst du mich wohl ohnehin nicht mehr lange auf dem Hals haben.« Es war reiner Zufall, daß ihr Blick sich auf den Schrank heftete, der in meinen nervösen Augen kurz vor dem Umkippen schien, mit oder ohne Hilfe von außen.

»Bitte, Mum.« Ich setzte mich behutsam aufs Bett und sagte mit der ganzen Festigkeit, die ich aufbringen konnte: »Du darfst nicht vom Sterben sprechen.«

Einen Augenblick lang machte sie ein verständnisloses Gesicht, dann begriff sie. »Ich meinte, du brauchst dich nicht mehr mit mir abzugeben, wenn ich mich entschließe, Jonas zu heiraten; er hat gestern abend davon gesprochen, daß er ein kleines Cottage mit Strohdach und Kletterrosen rings um die Tür kaufen will.«

»Und nebenan wohnt dann wohl Miss Marple?« Zu meiner Schande muß ich gestehen, daß ich mich von meinem Ärger hinreißen ließ.

»Wer?«

»Die Dorfschnüfflerin. Versteh mich nicht falsch«, fügte ich schnell hinzu, »das alles hört sich äußerst romantisch an, und Dad wird bestimmt krank vor Eifersucht. Obwohl es dich natürlich nicht die Bohne interessiert, was er denkt.«

Mums Naserümpfen war ein wenig zweideutig.

»Jonas ist ein lieber, wunderbarer Mann« – ich fältelte den Zipfel ihrer Decke –, »und ich bin sicher, du würdest dich rasch daran gewöhnen, daß er in seinen Gärtnerstiefeln schläft.«

Diese gemeine Flunkerei fiel nicht auf fruchtbaren Boden. Mum straffte ihre vogelartigen Schultern und brachte ein tapferes Lächeln zustande. »Nach fast vierzig Jahren mit Eli werde ich so ziemlich mit allem fertig.«

»Ja, bestimmt«, sagte ich beschwichtigend, »allerdings weiß ich nicht, ob du es schaffen kannst, Jonas der anglikanischen Kirche zu entwöhnen. Er ist eine wahre Stütze unserer kleinen Gemeinde.« Das zumindest war kein komplettes Märchen. Ich wußte von zwei Anlässen, zu denen Jonas St. Anselm mit seiner Anwesenheit beehrt hatte – meiner Hochzeit und der Taufe der Zwillinge.

Endlich! Ich hatte ins Schwarze getroffen. Mum blinzelte betroffen und murmelte: »Ich muß gehört haben, was ich hören wollte. So wie ich es verstanden habe, ist er nur dem Namen nach Anglikaner. Willst du damit sagen« – sie wich in die Kissen zurück – »daß er den Klingelkorb herumreicht?«

»Und er steckt die Nummern der Kirchenlieder an die Tafel«, versicherte ich ihr, ohne rot zu werden. »Du wußtest doch, daß er ein Gemeindeältester ist?« Mit ungefähr siebzig konnte doch sicherlich niemand Jonas diese Auszeichnung verwehren. »Ach, na ja, Vielfalt ist die Würze des Lebens. Ihr werdet es schon schaffen, einen gemeinsamen Nenner zu finden – vielleicht einen Sonntag in seiner Kirche, den nächsten dann in deiner. Immerhin seid du und Dad all diese Jahre auch mit eurer Verschiedenheit klargekommen...«

»Das ist nicht dasselbe!« Mum schnellte hoch wie ein Schachtelteufel. »Es waren nicht die Juden, die unsere Klöster zerstört und sich unsere heiligen Reliquien gegrapscht haben!«

»Von den Hinterteilen der Nonnen ganz zu schweigen«, pflichtete ich ihr bei und schüttelte bedauernd den Kopf.

»Was meine Eltern einfach nicht einsehen wollten, als ich ihnen sagte, daß ich Eli heiraten wolle« – in Mums Sperlingsaugen glitzerten Tränen – »ist, daß Katholiken und Juden *eine Menge* gemeinsam haben.«

»Natürlich haben sie das«, stimmte ich ein. »Da ist das Alte Testament und...«

»Und noch wichtiger ist« – *schnief* –, »daß ich mit der lateinischen Messe aufgewachsen bin, während Eli Gottesdienste in Hebräisch besuchte, so daß keiner von uns auch nur ein Wort von dem verstanden hat, was gesagt wurde.«

»Das hat ein festes Band zwischen euch geknüpft.«

Mum blickte mich mit einer Verwunderung an, die an Schock grenzte. »Willst du damit sagen, Ellie, daß du verstehst, warum ich getan habe, was ich getan habe?«

»Vollkommen. Da du Dads religiöse Überzeugungen respektiertest, konntest du nicht darauf bestehen, daß er dich in einer Kirche heiratete, ebensowenig wie er hätte verlangen können, daß die Trauung in einer Synagoge stattfindet, und keiner von euch hätte ein heidnisches Standesamt akzeptieren können.«

»Also ordnest du mich nicht in dieselbe Kategorie ein wie andere gefallene Frauen... zum Beispiel Tricks?«

»Natürlich nicht«, sagte ich fest. »Du bist viel hübscher.«

»Ja?« Ein Lächeln flackerte auf ihren Lippen, und ich fragte mich mit einem Anflug von Gewissensbissen, ob dies das erste Kompliment persönlicher Natur war, das ich ihr je gemacht hatte.

»Du stellst Tricks in jeder Beziehung in den Schatten.« Ich legte meine Hand auf ihre. »Was nicht heißt, daß du nicht noch etwas tun könntest. Hast du schon mal daran gedacht« – ich wurde geradezu waghalsig –, »dein Haar tönen zu lassen und einen Hauch Lidschatten zu benutzen, um den Glanz deiner Augen zu betonen?«

Sie lag so still in ihren Kissen, daß ich im ersten Augenblick dachte, ich wäre zu weit gegangen, doch dann sagte sie leise: »Das hat mir im Leben immer gefehlt – eine Tochter, die mir hilft, mich schick zu machen.«

»Wir könnten gleich heute eine Schönheitsberatung machen.« Ich drückte ihre Hand. »Heute morgen habe ich mein Haar unter die Lupe genommen und gedacht, die Spitzen müßten fünf Zentimeter gekürzt werden.«

»Du willst, daß ich dir das Haar schneide?«

»Wenn es dir nichts ausmacht.«

»Na ja, wenn du sicher bist, daß du eine anständige Schere hast...«

Mum setzte sich auf, schlug die Bettdecke zurück und griff nach ihrem Morgenmantel am Fußende des Bettes. »Ich muß sagen, Ellie, in der Regel gefällt es mir nicht, wenn eine Frau in deinem Alter ihr Haar so lang trägt, aber an dir sieht es besser aus als an den meisten anderen.«

»Vielen Dank.« Während ich ihre Hausschuhe nahm und sie ihr reichte, dachte ich, liegt etwa hier mein Fehler? War mein Versäumnis, sie nie um ihre Hilfe oder ihren Rat gebeten zu haben, weil meine eigene Unsicherheit verlangte, daß ich mich als ideale Ehefrau und Mutter präsentierte, sobald ich mich in Gesellschaft der Frau befand, deren Sohn ich mir angeeignet hatte? Während Mum ihren Morgenmantel zuknöpfte, begab ich mich wie beiläufig zu dem Schrank, der in meinem müßigen kleinen Mordkomplott gegen sie eine Rolle gespielt hatte, und als ich ihn handgreiflich inspizierte, stellte ich fest, daß das Schuldbewußtsein meinen Verstand vernebelt hatte. Dieses Möbelstück war so unverrückbar wie der Felsen von Gibraltar.

»Geh du nur schon nach unten, Ellie« – Mum schüttelte die Kissen auf und zog die Bettdecke glatt –, »ich brauche noch etwas Zeit, um meine Gedanken zu ordnen.«

»Laß dir soviel Zeit, wie du brauchst.« Ich ging zur Tür. »Übrigens, wo ist denn Sweetie?«

»Unter dem Bett.«

»Und wir haben keinen Mucks von ihr gehört.« Die Hoffnung hob ihr freches Haupt, daß das gute Hundchen sich bis nach China durchbuddeln und die *dortigen* Orientteppiche zerkauen würde.

»Sie hat eine schlimme Nacht hinter sich. Das ist natürlich nicht deine Schuld, Ellie.«

Die Hand schon auf dem Türknauf, sagte ich: »Vielleicht hätte sie gern eine Zeitschrift.« Bei ihrem letzten Besuch hatte Sweetie mehrere Ausgaben von *Woman's Own* verzehrt.

»Ist schon gut, sie hat eines meiner Häkelmuster mit unters Bett genommen.« Zu meiner Freude lächelte Mum, als sei es ihr ernst, und ich hörte mich fragen, ob es ihr etwas ausmachen würde, mir irgendwann mal beim Bügeln zu helfen.

»Ich weiß genau, daß es Ben fehlt, wie du seine Hemden gebügelt hast.«

»Wo du es selbst ansprichst, Ellie, ich habe wohl schon gemerkt, daß du die Bügelfalten rein- statt rausbügelst, aber man kann eben nicht alles können. Du könntest mir bestimmt auch das eine oder andere beibringen.« Sie zermarterte sich offensichtlich das Hirn. »Ich hab's, du könntest mir zeigen, wie man Tiefkühlgerichte auftaut.«

»Abgemacht«, sagte ich, und auf dem Weg nach unten war ich ohne den geringsten Zweifel davon überzeugt, daß bald eitel Sonnenschein herrschen würde.

Als ich in der Küche ankam, fand ich dort Ben vor, der mit einem

Auge auf der Uhr eine Tasse Kaffee hinunterkippte. »Wie geht's ihr?«

»Prima. Wir haben uns versöhnt.« Ich scheuchte ihn zur Gartentür. »Mir ist aufgegangen, so unglaublich es klingen mag, daß ich an den Problemen vielleicht mitschuldig war. Aber ich will dich nicht aufhalten und es noch mal durchhecheln. Was willst du in Sachen Auto machen – meins nehmen und deins später abholen?«

»Ich muß mich beeilen«, sagte er, während er seine Jacke überzog, »wenn ich noch mein wichtiges Gespräch mit Dad führen will, bevor ich mich auf den Weg ins Abigail's mache.«

Während die Zwillinge in ihren Hochstühlchen Theater machten, holte ich seine Autoschlüssel aus meinem Regenmantel, drückte sie ihm liebevoll in die Hand und wartete, bis seine beiden gutbeschuhten Füße von der Stufe gestiegen waren, bevor ich fest die Tür hinter ihm schloß.

»Daddy tschüssi-tschüssi«, trällerte ich meinem ungeduldigen Pärchen zu, aber ehe wir uns über dieses Thema eine ernsthafte Sprücheschlacht in Kindersprache liefern konnten – es war der fünfte Tag des Turniers –, ging krachend die Tür auf, und Jonas kam mit einem Riesenstrauß Dahlien in die Küche gestapft.

Er drückte sie mir in die Hand. »Da, nimm, Ellie, mein Mädel. Ich dachte mir, daß du an einem so trüben Tag vielleicht gerne 'nen Farbfleck hättest.«

»Du bist ein Schatz!« Ich gab ihm einen Kuß auf die ergraute Wange und erhielt im Gegenzug ein Grunzen. Das Fenster ließ den viereckigen Ausschnitt eines Morgens mit wäßrigen Augen sehen, der einen Tag mit nervösem Regen und jammerndem Wind verhieß. Aber Jonas sprach, soweit ich es verstand, von der Atmosphäre im Haus. Seine Augen unter den zotteligen Brauen waren besorgt, und sein Schnurrbart hing noch schlaffer herab als gewöhnlich, als er sagte: »Büchst du jetzt nicht mehr aus, Mädel?«

»Ich bin wieder vernünftig«, versprach ich. Ich wich Abbey aus, die nach den Dahlien griff, und ging zur Anrichte, um eine Vase herunterzuholen. Und als Jonas weitersprach, spürte ich, wie froh er war, daß ich ihm den Rücken zuwandte.

»Hast du schon gehört, Mädel, daß ich Magdalene 'nen Heiratsantrag gemacht hab'?«

»Ja, das ist schon durchgesickert.« Ich wollte gerade sagen, ich hätte sein kleines Spiel durchschaut und fände, es könne durchaus klappen, was Mum und Dad anbelangte, als es an der Gartentür klopfte. Ich stopfte die Blumen in die Vase und öffnete, wobei ich fest damit rechnete, daß Freddy auf der Türschwelle stand, in der Hand eine leere Porridgeschüssel und auf den Lippen ein hoffnungsvolles Lächeln.

»Mr. Savage«, rief ich. »Also sind Sie heil und unversehrt zurückgekommen!«

»Ich mußte Sie sehen.« Seine Brille funkelte, sein Lächeln brach durch den Nebel und vertrieb den drohenden Regen. »Ich mußte kommen und Ihnen für gestern nacht danken.«

»Wie liebenswürdig!« Ohne mich umzudrehen, wußte ich, daß Jonas' Augenbrauen in der Mitte seiner Stirn hingen und daß die Rosenmündchen von Abbey und Tam weit offenstanden.

»Es war die schönste Nacht meines Lebens, und die Gewißheit, daß meine Mutter entsetzt gewesen wäre, hat nur zu meinem Vergnügen beigetragen. Wichtig ist nur, daß ich an einem Abend mehr gelernt habe...«

»Gut.«

»Ich konnte es nicht fassen, als Sie mir erlaubt haben, Ihren Motor auf Touren zu bringen!«

»Und hinterher« – ich lenkte schnell ab, bevor Jonas zum Telefon stürzen und Reverend Spike um einen dringenden Hausbesuch bitten konnte – »hatten Sie eine produktive Sitzung mit meinem Schwiegervater?«

»Zusammen haben wir vier neue Songs komponiert und eine neue Strophe zu ›Die schöne Maid von Chitterton Fells‹ geschrieben.«

»Das ist ja wunderbar.« Ich freute mich aufrichtig für ihn und bedauerte es, ihm die Hiobsbotschaft verkünden zu müssen, daß ich seinen Kassettenrecorder im Dark Horse vergessen hatte.

»Machen Sie sich darüber keine Gedanken!« Er strahlte mich an. »Ich habe ihn auf dem Tresen gefunden, als Elijah mich zum Frühstück mit nach unten nahm. Und jetzt muß ich noch meine Gitarre holen, bevor ich mich wieder mit ihm treffe. Wir wollen zum Bahnhof...«

»Sie fahren weg? Beide?« Ich war mir nicht schlüssig, was ich dabei empfand, daß Dad in diesem Stadium von Jonas' cleverer Partie nach Tottenham zurückfuhr.

Mr. Savage lachte fröhlich. »Keine Angst; wir gehen Ihnen nicht verloren. Wir wollen unser Revier als Straßenmusikanten abstecken und den Ort im Sturm erobern. Wir haben unsere Zusammenarbeit schon voll durchgeplant – ich klimpere auf der Gitarre und steuere die Tralalas bei, und Elijah singt den Text.«

Hinter mir fiel einer der Frühstückslöffel der Zwillinge klappernd auf das Tablett am Hochstühlchen und von dort *pingeling* auf den Fußboden. Aber ich vermochte nicht einmal den Kopf zu drehen. Ich hatte einen Schock! Dad mußte den Verstand verloren haben, es sei denn... ach, natürlich – wie dumm von mir! Dies war *seine* Strategie, Mum in die Knie zu zwingen. Sie würde ihn anflehen müssen, zu ihr zurückzukommen, wenn sie erfuhr, daß er wegen ihrer Trennung durchgedreht war.

»Hoffentlich fassen Sie es nicht so auf, als ob ich *Sie* verlasse, indem ich aus meinen Stallräumen ausziehe.« Mr. Savage wischte mit dem Handrücken den Nebel von seiner Brille. »Elijah ist der Überzeugung, daß wir jeden Moment, ob schlafend oder wachend, zusammen verbringen sollten, wenn es mit unserer Karriere vorangehen soll. Und so hilfsbereit Freddy auch war, ich bin zu der Einsicht gelangt, daß er doch nicht der ideale musikalische Partner für mich ist. Sie werden mich doch bei ihm entschuldigen, Mrs. Haskell – Ellie –, und bitte vergessen Sie nie, daß Sie die Quelle meiner Inspiration sind.« Seine Stimme versagte. »Es gibt kein Lied, das ich nicht für Sie singen würde, keine Planke, über die ich nicht mit verbundenen Augen gehen würde...«

»Das ist sehr freundlich von Ihnen.« Mein Erröten verwandelte sich bereits in eine Verbrennung zweiten Grades, als er kehrtmachte und die Stufen hinunterstolperte wie ein Mensch, dessen Sicht durch Regen oder Tränen beeinträchtigt ist.

»Der ist ja wohl durchgeknallt, wie!« Jonas bückte sich, um den heruntergefallenen Löffel aufzuheben, und wedelte damit vor mir herum.

»Mr. Savage ist Musiker«, sagte ich tadelnd, während ich die Tür schloß.

»Teufel noch mal, das merkt man.«

»Kann ich was dafür, wenn ich eine Frau bin, für die es sich zu sterben lohnt?« Ich stolzierte an ihm vorbei und machte mich daran, Abbey zu erretten, die lange genug auf ihrem Stuhl Däumchen gedreht hatte. Und nachdem ich sie mit ihren Bauklötzen auf den Fußboden gesetzt hatte, wandte ich mich ihrem Bruder zu, dessen Gesicht gewaschen werden mußte. »Ich weiß sehr zu schätzen, Jonas, daß du pikante Siebzigerinnen vorziehst, aber es gibt auch Männer, die bereit sind, sich mit einer Frau meines dürftigen Alters zu begnügen.«

Nachdem ich ihn so in seine Schranken gewiesen hatte, fragte ich, ob er Mum Kaffee nach oben bringen wolle.

»Hältst du das für klug?«

»Ich weiß, Jonas, ich kann mich darauf verlassen, daß du ihn unter der Tür durchschiebst.«

»Wenn ich reingehen muß, mach' ich fest die Augen zu.«

Und weg war er, eilig schlurfend, nachdem er eine einzelne Dahlie neben das Milchkännchen auf sein kleines Tablett gelegt hatte. Kein Zweifel, dachte ich liebevoll, der alte Knabe ging mit Leib und Seele in seiner Amorrolle auf. Und er tat es für mich, damit ich nie wieder von zu Hause ausreißen mußte. Gott segne ihn! Und Gott segne Dad, weil er den armen Mr. Savage unter seine Fittiche nahm. Ich hatte es gut gemeint, als ich mich bereit erklärte, ihm vorübergehend ein Dach über dem Kopf zu geben, aber vielleicht war es nicht der klügste Schachzug gewesen.

Nachdem ich Abbey geholfen hatte, ihre Bauklötze aufzuschichten, und zugesehen, wie Tam sie mit seinem Feuerwehrauto wieder umstieß, war es höchste Zeit, mich daran zu erinnern, daß die Arbeit einer Frau keinen Anfang und kein Ende kennt. Ich nahm gerade einen Stapel Kleidung aus dem Trockner und sinnierte traurig, daß es zu den Tatsachen des Lebens gehört, daß Socken nicht ein Leben lang zusammenbleiben, als es, man höre und staune, wieder an meine Tür klopfte. Wenn man sich vorstellte, daß ich es jahrelang ohne so viele Unterbrechungen ausgehalten hatte!

»Komme schon!« Ich warf die Hände in die Luft und schleuderte die Socken in alle Richtungen, dann ging ich öffnen, wieder einmal.

»Nanu, Mrs. Pickle!« Ich konnte mir beim besten Willen nicht denken, was sie hierherführte, es sei denn... mein Herzschlag setzte aus... war Mrs. Malloy etwas zugestoßen? Hatte meine treue Putzfrau in einem Anfall von Depression, weil sie gefeuert worden war, beschlossen, allem ein Ende zu machen?

»Kommen Sie doch rein!« Ich wich aufgescheucht zurück.

»Ich will ja nicht stören.« Ihr rundliches Gesicht war genauso trist wie ihr zerdrückter Filzhut und ihr beigefarbener Mantel, aber das hatte nichts zu sagen. Mrs. Pickle sah stets so aus, als hätte sie gerade ihre beste Freundin aufgebahrt.

»Bitte« – ich nahm Abbey zum Zwecke moralischer Unterstützung auf den Arm – »versuchen Sie nicht, es mir schonend beizubringen, ich kann ertragen, was immer Sie mir zu sagen haben.«

»Sie sind eine wahre Dame, Mrs. Haskell, das hab' ich immer schon gesagt.« Mit diesen Worten trat sie quälend langsam in die Küche.

»Aber es ist nicht so sehr was, das ich sagen muß – eher fragen, wenn Sie mich verstehen.« Das war schlimmer als jede Art von Folter, die man im Tower von London praktiziert hatte, ausgenommen das Zerquetschen. Zum Glück hielt mich Abbey davon ab zu schreien, indem sie, angefeuert von ihrem Bruder, meine Lippen zu fassen bekam und zu einem Knoten drehte. Meine hervorquellenden Augen müssen Bände gesprochen haben, denn Mrs. Pickle legte eine Spur Tempo zu. »Ich bin auf gut Glück hergekommen – und Sie können es mir ruhig sagen, wenn ich gehen soll –, um zu fragen, ob Sie nicht möchten, daß ich ein paarmal die Woche vormittags bei Ihnen saubermache.«

»Das ist alles?«

Mrs. Pickles Gesicht war ausdruckslos, eine Miene, die sie eindeutig schon seit Jahren beherrschte.

»Entschuldigen Sie« – ich setzte Abbey zu ihrem Bruder auf den Vorleger –, »es ist nur wieder einer dieser Tage, und ich habe mir große Sorgen um Mrs. Malloy gemacht.«

»Ja, das kann ich mir denken.« Mrs. Pickle nickte bedächtig. »Und wie man hört, haben Sie so Ihre Probleme mit Bill Watkins. Ich hatte nie viel für ihn übrig, aber er wohnt nur zwei Türen weiter von mir, und er hat mir gerade heute morgen erzählt, als er vorbeikam, um sich etwas Milch zu borgen, wie es kam, daß er stundenlang auf diesem Balkon festsaß.«

»Hoffentlich geht es ihm schon besser.«

»Das hängt davon ab, von welcher Seite man es betrachtet«, sagte sie kummervoll. »Manch einer würde wohl sagen, es geht aufwärts mit ihm im Vergleich zu gestern, und manch anderer würde sagen, es geht ihm nicht so gut wie am Tag davor. Sie verstehen, worauf ich hinaus will, Mrs. Haskell?«

»Ganz und gar. Und wenn Sie ihn das nächstemal sehen, richten Sie Mr. Watkins bitte Grüße von mir aus, und sagen Sie ihm, ich hoffe, daß er wieder Fenster putzen kann.«

»Ich will Ihnen keine falschen Hoffnungen machen, daß das bald ist.« Mrs. Pickle stand da, die Handtasche in den Händen und die Füße in den altmodischen Schuhen züchtig zusammen. »Andererseits hab' ich gesehen, daß Bill seine Leiter hier am Haus stehenlassen hat, deshalb könnte es sein, daß er vorhat, eher noch dieses Jahr wiederzukommen als nächstes. Roxie fand nicht, daß er sehr schlimm aussieht, als ich ihm die Milch gegeben hab', zusammen mit einer Tasse Zucker.«

»Stimmt ja« – ich erinnerte mich –, »Mrs. Malloy hat bei Ihnen übernachtet. Wie geht es ihr?«

»Das ist schwer zu sagen, nicht?« Mrs. Pickle schenkte den Zwillingen, die sich um den Besitz einer Rassel in Form eines Lollis balgten, ein bedächtiges Lächeln. »Roxie ist ziemlich mitgenommen von dem Streit mit Ihrer Schwiegermutter. Nun, kein Wunder, oder? Sie hat Sie gern, hatte sie schon immer. Aber sie war doch munter genug, um ein bißchen mit Bill Watkins zu plaudern. Und hinterher sagte sie, eine Veränderung täte doch genauso gut wie eine Ruhepause, und wenn ich hier einspringen wollte, bis Ihre Schwiegermutter wieder fährt, wäre sie mir enorm dankbar.«

»Das wäre vielleicht eine sehr gute Lösung.« Ich befreite die Rassel aus dem vereinten Griff der Zwillinge und legte sie auf ein Regal außerhalb der Sprungweite von Sweetie, die sie irrtümlich für einen Knochen halten mochte, so wie den heiligen Franziskus. Ja, ich konnte die Strategie hinter Mrs. Malloys Großmut erkennen. Nach ein, zwei Wochen, in denen ich mir alle Mühe gegeben hatte, mich an Mrs. Pickles Schneckentempo zu gewöhnen, würde ich mit Tränen in den Augen meiner früheren Angestellten gedenken und die Sekunden, von Minuten ganz zu schweigen, bis zu ihrer Rückkehr zählen.

Auf mein Drängen öffnete Mrs. Pickle ihren Mantel, langsam, Knopf für Knopf, und legte ihn ab; dann nahm sie umständlich ihren Hut ab, mit dem sie geschickt ihre Lockenwickler verdeckt hatte, ihre – so blitzblank sahen sie jedenfalls aus – besten Lockenwickler. Als ich Mantel und Hut in den Alkoven an der Tür gehängt hatte und mich zu ihr umdrehte, war sie dabei, ihre Handtasche zu öffnen. In angemessenem Tempo brachte sie zum Vorschein, was sie ihre »Lebenszusammenfassung« nannte.

»Oh, das ist doch nicht nötig!« Ich klaubte die Socken vom Tisch, warf sie wieder in den Trockner und zog einen Stuhl für Mrs. Pickle hervor. »Nehmen Sie doch Platz, dann mache ich uns eine Tasse Tee, bevor ich Sie im Haus herumführe.«

»Sehen Sie sich lieber meine Papiere an, Mrs. Haskell, und ich setze in der Zwischenzeit den Kessel auf. Es dürfte eigentlich nicht mehr als fünf Minuten dauern, bis ich den Herd gefunden hab'.«

»Das ist sehr beeindruckend.« Ich setzte mich mit ihrem Lebenslauf in der Hand hin und überflog die Liste ihrer derzeitigen Klientinnen. Lady Kitty Pomeroy, Mrs. Eudora Spike und zwei weitere Namen, die ich kannte. »Sind Sie sicher, daß Sie mich noch dazunehmen können?«

»Ich kann Sie einschieben.« Mrs. Pickle füllte umständlich den Kessel, wobei sie Wasser an alle vier Wände spritzte, als schöpfe sie es aus einem Brunnen. »Roxie sagt, Sie wären zufrieden, wenn ich ab und an morgens komme, und das paßt mir alles in allem am besten, wo Lady Kitty mich doch gebeten hat, der jungen Frizzy Taffer ein, zwei Wochen ein bißchen zur Hand zu gehen, aber so wie's aussieht, nimmt sie mich, wann sie mich kriegen kann.«

»Ausgezeichnet«, sagte ich und fragte mich zugleich, was Frizzy wohl davon hielt, daß sie eine Haushaltshilfe am Hals hatte.

Mrs. Pickle brachte meinen überschwappenden Tee an den Tisch. »Was Sie der Fairneß halber noch wissen sollten, Mrs. Haskell, im Gegensatz zu Roxie, die eine große Karriere als Putzfrau machen will, betrachte ich es bloß als einen Job.«

»Das ist doch keine Schande«, versicherte ich ihr.

»Meine Berufung ist es, Wein zu machen, und dazu muß man wissen, woher ich komme.« Mrs. Pickle kam tatsächlich – mit der Zuckerdose auf mich zu. »Jeder Penny, den ich in die Finger kriege, auf die eine oder andere Art, geht in die Modernisierung meiner Ausrüstung. Manch einer würde mich vielleicht als eine Frau mit einer Mission bezeichnen – daß ich meine Etiketten im ganzen Land an Flaschen sehen will. Dann gibt es wieder welche, die es ganz anders ausdrücken würden – daß ich die Ehre meiner Ururgroßmutter wiederherstellen will, die man als Hexe in den Stock geschlossen hat, und zwar nur weil sie ihre Katze mitnahm, als sie ohne Kleider durchs Dorf spazierte.«

»Die Menschen können sehr engstirnig sein«, sagte ich. »Sie haben nie ein wahreres Wort gesprochen.« Mrs. Pickle stolperte mit dem Milchkännchen zum Tisch, als erreiche sie nach einem Rennen quer durchs ganze Land die Ziellinie. »So mancher will meinen Rharbarberwein nicht anrühren, und ich will Ihnen ganz offen gestehen, Mrs. Haskell, daß man den Geschmack dafür erst entwickelt. Roxie sagt, eher würde sie Gift trinken – Sie kennen sie ja, aber gerade das Eisen macht es genau zum richtigen Mittel, wenn man kaputt ist oder mit den Nerven runter.«

»Der Umstand, daß Ihre Weine auf dem Sommerfest von St. Anselm stets einen Preis gewinnen, spricht doch für sich.« Ich schluckte gerade einen Mundvoll eiskalten Tee hinunter, als Jonas in die Küche gestapft kam. Sein Blick begegnete dem von Mrs. Pickle, und ich merkte, wie ihr Gesicht an Rundlichkeit einzubüßen schien und ihre Knie nachgaben. O Hilfe, dachte ich. Mit Mum im Haus hatten wir sämtliche Voraussetzungen für ein Dreiecksverhältnis. Gab es denn keinen Frieden für die boshafte Ellie Haskell?

H atte ich das Richtige getan, als ich kein Veto gegen Mrs. Pickles Vorschlag einlegte, daß Jonas ihr das Haus zeigte? Während die Zwillinge auf dem Fußboden hockten und sich mit der Ritterrüstung unterhielten, die wir Rustus nennen, wirbelte ich mit einem simulierten Staubtuch durch die Halle, jederzeit bereit, auf nur einen Schrei von Jonas hin nach oben zu stürzen. Zum Glück läutete das Telefon und brachte mich auf andere Gedanken.

»Hallo, Ellie!« Die Stimme gehörte Frizzy Taffer, und ich war erfreut, daß sie so quirlig klang. »Ich wollte Ihnen nur sagen, daß meine Haare zu attraktiven Stoppeln nachgewachsen sind. Tom sagt, es gefällt ihm so und daß ich einen neuen Trend einläute. Aber in einem Ort wie Chitterton Fells wird es natürlich drei Jahre dauern, bis es sich bei den anderen Frauen durchgesetzt hat, und bis dahin hab ich meinen alten Wuschelkopf wieder.«

»Tom ist eine Wucht, und Sie ebenso«, sagte ich zu ihr. »Sind Sie gestern abend gut nach Hause gekommen?«

»Eudora Spike hat mich und Pamela mitgenommen. Zum Glück waren alle im Bett, als ich ankam, weil ich nicht die geringste Lust hatte, Tricks über den Weg zu laufen, nachdem wir den Abend damit zugebracht hatten, Pläne zu schmieden, wie wir sie unter die Erde bringen.«

»Wir waren wirklich gemein!« Ein leises Tapsen veranlaßte mich, über meine Schulter zu spähen, doch es war nur Kater Tobias, der die Treppe hinunterkam.

»Ja, nicht wahr?« Frizzy lachte fröhlich. »Und ich wollte Ihnen sagen, daß es mir unheimlich gut getan hat, so ausnehmend gut, daß ich heute morgen beim Aufstehen entschlossen war, zu versuchen, mit Tricks besser auszukommen. Mir ist sogar eine Idee gekommen, die uns meiner Meinung nach allen helfen könnte – Ihnen, mir, Pamela und Eudora. Was halten Sie davon, wenn wir die Schwiegermütter dazu ermutigen, sich miteinander anzufreunden? Wir könnten sie nachmittags mal alle zum Tee einladen, und mit ein wenig Glück stellen sie dann fest, daß sie gemeinsame Interessen haben, und fangen an, sich ein-, zweimal die Woche aus eigenem Antrieb im Dorf auf einen Kaffee zu treffen. Wer weiß, vielleicht machen sie irgendwann sogar Tagesausflüge zusammen. Und wir hätten so ein wenig Freiraum.«

»Das ist eine wunderbare Idee!« Ich stand da und drehte die Telefonschnur um meinen Finger, während ich die Zwillinge im Auge behielt, die nach wie vor mit dem Blechmann sprachen. »Da ist nur ein kleines Problem ...«

»Ich weiß«, sagte Frizzy, »Ihre Schwiegermutter und meine haben den Kontakt abgebrochen. Aber meinen Sie nicht auch, es wäre das beste für sie, wenn sie sich wieder zusammenraufen?«

»Mum ist sehr verbittert«, sagte ich, »aber ich könnte schon versuchen, sie zu überreden, es mir zuliebe zu tun, als ganz großen Gefallen. Ich werde ihr sagen, daß ich in ständiger Furcht lebe, meinen Pflichten als Präsidentin des Sommerfests von St. Anselm nicht gerecht zu werden, weil die Anzahl der Teilnehmerinnen an den Haushaltsdisziplinen gegenüber dem letzten Jahr stark zurückgegangen ist, und dann bitte ich sie um ihre Hilfe, für Interessentinnen ein Treffen zu organisieren.«

»Das könnte klappen.« Ich spürte Frizzys herzliches Lächeln sogar durchs Telefon.

»Als Tricks zum Abendessen hier war, erwähnte sie, daß sie am Wettbewerb im Kürbisziehen teilnehmen will«, fuhr ich fort, »daher kann ich Mum mit ein wenig Geschick wohl begreiflich machen, daß es unmöglich wäre, ihre Exfreundin von der Einladung auszunehmen.«

»Ellie, das ist wunderbar. Und wäre es nicht noch besser, wenn eine oder mehrere der Frauen von dem Fest im nächsten Monat mit ein, zwei Preisen nach Hause kämen? Etwas in der Art würde ihr Selbstvertrauen stärken und sie wieder an ein eigenes Leben denken lassen.«

»Da haben Sie recht.« Ich beobachtete, wie Tam zur Standuhr kroch und nach Tobias grapschte, der sich dahinter versteckte. »Tricks hat ihre Kürbisse, meine Schwiegermutter häkelt einen Kilometer in der Minute, Bridget Spike macht eine ausgezeichnete Marmelade, und Lady Kitty ist berühmt für ihren Apfelkuchen. Mrs. Malloy sagt, nach nur einem Stück würde man mit Freuden sterben.«

»Das Problem mit Mylady ist«, sagte Frizzy, »daß sie es gewöhnt ist, die Gastgeberin des Festes zu sein, nicht eine Mitwirkende.«

»Dann liegt es an Pamela, sie davon zu überzeugen, daß sie all die Jahre ihre Untertanen enttäuscht hat, indem sie es verabsäumte, den Maßstab für richtig krosses Gebäck zu setzen, dem jede normalsterbliche Frau nacheifern sollte. Was halten Sie davon, wenn ich das Eisen schmiede, solange es heiß ist, und noch heute nachmittag die erste Teeparty gebe?«

»Muß ich kommen und helfen?«

»Natürlich nicht, es ist Ihr freier Nachmittag.«

»Wann wollen Sie Tricks dahaben?«

»Um drei Uhr.«

»Soll ich ihr einen Schlafanzug einpacken, falls eine Übernachtungsparty daraus wird?«

»Schlau ausgedacht, Frizzy!«

Ich konnte mir ihr schiefes Lächeln vorstellen. »Ich mache jetzt mal lieber Schluß, bevor Mrs. Smith, unsere Nachbarin, die Polizei anruft. Seit Dawn ihr neues Radio hat, darf man hier nur noch flüstern, damit diese Frau nicht an die Wand hämmert.«

»Gott verhüte, daß Sie meinetwegen eingesperrt werden«, sagte ich, und nachdem ich aufgelegt hatte, rief ich gleich Eudora an, die, wenn auch nicht hellauf begeistert, so doch zumindest einverstanden war mit dem Plan, die Schwiegermütter zusammenzubringen. Pamela zu erreichen versprach ein wenig heikler zu werden. Ich hatte meine Zweifel, ob Lady Kitty erlauben würde, daß außer ihr jemand die Verantwortung wahrnahm, das Telefon zu bedienen; aber Pamela nahm ab, kaum daß ich gewählt hatte.

»Allan« – ihre Worte überschlugen sich atemlos –, »hast du eine Möglichkeit gefunden, das Geld aufzutreiben?«

Ich spürte, wie ich für uns beide rot wurde. »Entschuldigen Sie, Pamela. Ich bin's, Ellie Haskell.«

»Oh, super!« Sie versuchte tapfer, einen erfreuten Tonfall anzuschlagen. »Es scheint *ewig* her zu sein, seit ich Sie gestern gesehen habe. Nicht, daß sich hier etwas geändert hätte. Mumsie Kitty ist so biestig wie immer, Kater Bobsie spricht davon, in den hohlen Baum unten am Fahrweg einzuziehen, und ich stehe dicht vor einer Verzweiflungstat – zum Beispiel zu Marks & Spencer durchzubrennen und mir einen Schwung neuer BHs zu kaufen. Das ist der Grund, warum ich von Geld angefangen habe, als ich dachte, Sie wären Allan.« Ihre Stimme wurde immer leiser, dann entstand eine peinliche Pause, die ich mit einem Bild ihrer traurigen braunen Augen und schlaff herabhängenden Rattenschwänze füllte.

»Ich rufe eigentlich an, um zu fragen, ob Lady Kitty wohl heute nachmittag um drei Uhr zum Tee kommen würde.«

»Allein?«

»Das hat einen bestimmten Grund«, sagte ich und ging dazu über, ihr sämtliche wohldurchdachten Einzelheiten der Schwiegermutter-Kampagne zu schildern.

»Sind Sie sicher, daß es nicht einfacher wäre, unsere ursprünglichen Pläne durchzuziehen?«

»Pamela, das gestern abend war eine großartige Therapie, aber ...«

»Ich weiß.« Ihr Lachen war so hohl wie der Baum, in dem ihr Schwiegervater eventuell seinen Wohnsitz zu nehmen gedachte. »Sie haben mich bloß in ziemlich mörderischer Stimmung erwischt.«

»Keine Angst«, sagte ich beschwichtigend. »Es wird sich schon alles richten, glauben Sie mir, und inzwischen haben Sie einen Nachmittag Ruhe, wenn Sie Lady Kitty überreden können, sich zum Tee in meinem Haus einzufinden. Sagen Sie ihr, ohne sie wäre es kein Fait accompli.«

»Sollte sie sich tatsächlich entschließen, am Kuchenwettbewerb teilzunehmen, müßte sie eigentlich gewinnen.« Pamela schien zusehends deprimierter zu werden. »Man hat geradezu den Eindruck, daß ihr Gebäck nicht von Menschenhand gemacht ist, deshalb hatte ich ja auch solche Angst, als Allan mir von ihrem Entschluß erzählte, mittels eines Wettbackens eine Frau für ihn auszuwählen . . .«

»Aber es ist ja gut ausgegangen«, rief ich ihr in Erinnerung.

»Um welchen Preis.«

Ich suchte nach etwas, das ich sagen konnte, als Tam in rasendem Wackelschritt durch die Halle kam und Zentimeter vor meinen Füßen auf den Hintern fiel. Nachdem ich mich rasch entschuldigt hatte, legte ich den Hörer auf die Gabel und wollte meinen Sohn gerade aufheben, als ich Mrs. Pickle die Treppe herunterzockeln sah.

»Hat Jonas einen schönen Rundgang mit Ihnen gemacht?«

»Wir haben uns irgendwo im dritten Stock verloren.« Sie keuchte schwer, als sie um Abbey herumging, die auf dem Rücken lag und Teppichläufer spielte. »Es ist ein großes Haus, und ich merke schon, daß ich meinen Besen mehr als Krückstock brauchen werde als zum Saubermachen. Aber dazu bin ich da, alles in allem.« Sie ließ sich auf eine Bank mit Gobelinbezug fallen, streckte ihre Beine in den dicken Baumwollstrümpfen aus und schloß die Augen. »Sie haben eine Menge Staubfänger, Mrs. Haskell, aber alle sind entzückend.«

»Vielen Dank.« Ich hievte Tam höher auf meinen Arm und streichelte sein glänzendes Kupferhaar.

»Irgendwelche besonderen Putzwünsche?«

»Nun« – ich lastete ihr nur äußerst ungern Arbeit auf –, »wenn es nicht allzuviel Mühe ist, könnten Sie vielleicht im Salon Staub wischen. Ich erwarte einige Gäste zum Tee.«

»Jemanden, den ich kenne?« Mrs. Pickle öffnete ein Auge.

»Lady Kitty Pomeroy, Beatrix Taffer und Bridget, die Schwiegermutter von Reverend Spike.« Schuldbewußt im Angesicht ihrer Erschöpfung fügte ich noch schnell hinzu: »Es ist kein rein geselliges Beisammensein; wir besprechen ihre Teilnahme an den Haushaltswettbewerben auf dem Sommerfest.«

»Das gilt auch für Ihre Schwiegermutter?« Mrs. P hatte jetzt beide Augen geöffnet.

»Sie macht wunderschöne Häkelarbeiten.« Mit meiner freien Hand wies ich auf die hundertundeins Zierdeckchen, die die Halle schmückten.

»Hört sich so an, als ob sie einige Zeit hierbleiben wird.«

»Das ist durchaus möglich.« Ich war weiterhin entschlossen, den Tatsachen ins Auge zu sehen.

Arme Mrs. Pickle! Ihr Gesicht schien an Rundlichkeit einzubüßen und nahm eine blaßbeige Färbung an. Dieser herzlose Jonas! Er mußte ihr erzählt haben, daß er Mum einen Antrag gemacht hatte und mit einer positiven Antwort rechnete. Männer! Ich war versucht, ihm den mageren Hals umzudrehen, als ich ihm einige Minuten später oben auf der Galerie begegnete, doch es gelang ihm, mir zu entkommen, indem er mir anbot, die Zwillinge auf eine Partie Kuckuck mit in sein Zimmer zu nehmen, während ich mit Mum redete.

Sie trug ein braunes Kleid, das bei mir nicht mal für einen Ärmel gereicht hätte, und mir war klar, daß unser neues Verhältnis zueinander einen Rückschlag erlitten hatte, da sie über die Störung nur mäßig erfreut wirkte. Wie aufs Stichwort streckte Sweetie ihr Fellgesicht unter dem Bett hervor und warf mir einen bösen Blick zu. Mrs. Pickle konnte von dieser Hündin noch etwas lernen.

»Ich habe beschlossen, doch hier oben zu bleiben, um nicht im Weg zu sein, als ich merkte, daß du Besuch hast.« Mum fuhr unbeirrt fort, Bürste und Kamm auf dem Frisiertisch zurechtzurücken.

»Das war Mrs. Malloys Vertretung.« Nervös, wie ich war, hätte ich um ein Haar den unverzeihlichen Fehler begangen, den Schirm der Leselampe zu richten. »Sie ist uneingeladen vorbeigekommen, und ich hatte einfach nicht die Kraft, sie abzuweisen, wo ich halb verrückt bin vor Sorge.«

»Wenn das eine Spitze gegen mich ist, Ellie« – Mum richtete sich auf, so daß sie fast so hoch reichte wie der Bettpfosten – »kann ich auf der Stelle Jonas heiraten, dann bist du mich los. Schließlich« – ihre Augen verschleierten sich – »braucht mein Hund ja einen Vater.«

Vor der Geräuschkulisse von Sweeties zustimmenden oder auch abschlägigen Wuffs stammelte ich: »Es liegt n-nicht an d-dir, Mum: *Ich* bin das Problem. Warum habe ich mich nur jemals bereit erklärt, Präsidentin des Sommerfestes zu sein, wo ich doch ganz und gar unfähig bin, anständige Arbeit zu leisten?« Ich sank auf ihr Bett und barg das Gesicht in den Händen. »Chitterton Fells ist nicht London. Wie ein Lauffeuer wird sich das Gerücht verbreiten, daß ich alles hoffnungslos vermasselt habe, und Ben – dein einziger Sohn – wird in der *scheußlichen* Lage sein, mich verteidigen zu müssen. Das Geschäft im Abigail's wird vielleicht sogar darunter leiden, und was wird dann aus uns?«

Ich verkniff es mir hinzuzufügen: *Landen wir auf der Straße, als Straßenmusikanten wie Dad* ?, weil ich beschlossen hatte, vorerst Stillschweigen über das derzeitige Geschäftsunternehmen meines Schwiegervaters zu bewahren. Schön eine Hürde nach der anderen.

»Es liegt mir fern, mich über deine Probleme lustig zu machen, Ellie.« Mums Stimme war munter geworden, so wie ich gehofft hatte. »Und niemand kann mir nachsagen, daß ich eine Prahlerin bin, aber wenn du wissen möchtest, was wahrer Streß ist, dann solltest du mal die Bingo-Bücher für deine Gemeinde führen, so wie ich es all die Jahre für die Kirche zur Heiligen Mutter Maria gemacht habe. Du glaubst es mir sicher nicht« – ihr Schniefen klang ein wenig gespielt –, »aber wenn Father O'Grady jetzt hier vor uns stünde, würde er dir klipp und klar sagen, daß mir am Jahresende nicht ein Mal auch nur ein Penny gefehlt hat.«

»Ich weiß nicht, wie du das geschafft hast, neben der Legion Mariens, dem Altarverein und all deinen anderen Verpflichtungen.« Ich rappelte mich tapfer vom Bett auf. »Danke, daß du dir meine Sorgen angehört hast, Mum. Bitte sprich ein Gebet, daß ich mich irgendwie durchmogeln kann und die Teegesellschaft heute nachmittag nicht völlig in den Sand setze.«

»Die was?«

»Eine Teegesellschaft für Frauen, die Interesse haben, an den Haushaltswettbewerben des Festes teilzunehmen – Stricken, Häkeln, Gärtnern, Backen und dergleichen.«

»Häkeln?« Mum spitzte die Ohren.

»Eine unserer angesehensten Kategorien.« Ich zögerte, die Hand schon auf dem Türknauf. »Das klingt bestimmt furchtbar unverschämt, aber wärst du bereit, für heute nachmittag ein paar von deinen Rosinenbrötchen zu machen? Meine werden immer wie Steine und...«

»Wir können nicht in allem gut sein, Ellie.«

»So kann man es auch ausdrücken«, sagte ich bescheiden.

»Du mußt dich auf deine Stärken konzentrieren.« Mum folgte mir aus dem Schlafzimmer. »Ich wollte es bisher nie erwähnen, aus Furcht, daß du denkst, ich wollte dir nur schmeicheln, aber ich muß sagen, du machst guten Tee.«

Für eine Engländerin gibt es kein höheres Lob. Weit mehr ermutigt, als mir zustand, sagte ich: »Wenn du mir helfen könntest, diesen Nachmittag zu einem Erfolg zu machen, wäre ich dir auf ewig dankbar. Aber da gibt es noch ein Problem, ich hatte bisher Angst, es anzusprechen...«

»Du hast keine Milch für die Rosinenbrötchen?«

»Viel schlimmer.« Ich holte tief Luft. »Beatrix Taffer kommt vermutlich und...«

»Ich verstehe, Ellie.« Mum blieb wie angewurzelt stehen und setzte ihre Märtyrerinnen-Miene auf. »Es ist eine offizielle Veranstaltung, und Bea hat jedes Recht, daran teilzunehmen. Und niemand soll mir nachsagen, daß ich von dir erwartet habe, ihr den Zutritt zu verwehren. Ich achte darauf, daß ich nicht im Weg bin, wenn deine Gäste eintreffen.«

»Aber ich will dich bei dem Tee dabeihaben. Ich *brauche* dich dort.«

»Dann« – ihre Sperlingsaugen leuchteten, und ihre eingefallenen Wangen färbten sich rosarot – »werde ich auch dasein.«

Sie sagte nicht *und gnade Gott Beatrix Taffer,* doch die Worte hingen zitternd in der Luft. Ich konnte nicht anders, als sie zu umarmen, und sagte: »Soll ich dein Haar aufdrehen und dir einen Hauch Lidschatten auftragen? Es kann schließlich nichts schaden, wenn du dich von deiner besten Seite zeigst und Tricks in den Schatten stellst.«

Mum, die im Wandspiegel einen Blick auf sich erhaschte, stand Bauch rein, Brust raus ... soweit das ging. Ich konnte sehen, wie die Rädchen in ihrem Kopf sich drehten. Ob es eine unmoralische Handlung war, Watte in ihren BH zu stopfen? Ihr Blick begegnete meinem, doch sie sagte nur: »Ich fange mal lieber mit den Brötchen an.«

Nur gut, daß eine von uns Sinn für die anstehenden Aufgaben hatte. Die Zeit fliegt stets nur so dahin, wenn nicht genug davon da ist. Während Mum in Richtung Küche davonging, stöberte ich Mrs. Pickle im Salon auf und war beruhigt, als ich sah, daß sie den Staubsauger nicht in vorschriftswidrigem Tempo über den Teppich zog. Dann ging es wieder nach oben, um die Zwillinge bei Jonas abzuholen, der, als er erfuhr, daß die Frauen scharenweise ins Haus einfallen würden, versprach, sich mit seinem Nachttopf und einem guten Buch einzuschließen. Und wer war ich, ihn Feigling zu nennen, wo bereits Mum und Mrs. Pickle ihm sein Junggesellenleben schwermachten? Mir fehlte bloß noch, daß Tricks ihm schöne Augen machte und Mum den Entschluß faßte, mit ihm nach Gretna Green durchzubrennen. Schließlich stand Mr. Watkins' Leiter noch griffbereit am Haus.

Abbey, der Schatz, aß ihr Mittagessen wie eine vollendete Lady und unternahm keinen Versuch, Mum von der Zubereitung ihrer Brötchen abzulenken, indem sie Karotten und Wurstzipfel nach ihr warf. Mit Tam war es eine andere Geschichte. Mein Sohn strampelte und

wand sich, klatschte sein Essen auf das Tablett an seinem Hochstühlchen, und um mir zu zeigen, daß er wahrhaft kampfbereit war, setzte
er sich seinen Blechhut, auch bekannt als Napf, auf den Kopf. Na
großartig! Jetzt mußte ich ihm noch die Haare waschen, bevor ich ihn
zu seinem Nickerchen ins Bett brachte. Wonach Abbey, begreiflicherweise, besondere Aufmerksamkeit einforderte, als sie in ihr Bettchen gesteckt wurde.

Bong machte die Standuhr, als ich wieder nach unten ging. Viertel
nach zwei? So wenig Zeit, so viele Unwägbarkeiten! Kater Tobias fraß
ein Insekt, das sich nicht fressen lassen wollte, und wurde ins Maul
gestochen. Ich ließ die Vase fallen, die Jonas' Dahlien enthielt, und
brachte fünf Minuten damit zu, Glasscherben aufzuheben und die
meisten in die Knie zu kriegen. Und da war noch Mrs. Pickle. Ich hatte angenommen, daß sie allerspätestens um eins gehen würde, doch
als sie klarstellte, daß sie bleiben wollte, bis auch das letzte Stuhlbein
abgestaubt war – was, wie man sie kannte, am Ausgang des Jahrhunderts sein konnte –, fühlte ich mich verpflichtet, ihr einen kleinen
Imbiß zu machen, ein Schinkensandwich ohne jeden Schinken, aber
mit Unmengen von Senf.

Die einzige Stärkung, der *ich* teilhaftig wurde, war der belebende
Duft von Mums erstem Blech goldbrauner Rosinenbrötchen, aber
zweifellos reichte das schon, um mich zwei Pfund zulegen zu lassen.
Es bedurfte einiger Überzeugungskraft, sie zu einer raschen Verschö-
nerungsaktion ins untere Bad zu lotsen, doch das Ergebnis lohnte die
Mühe. Ein paar Umdrehungen mit dem Lockenstab, zwei Striche
Lidschatten, ein Tupfer Rouge auf beide Wangen, und sie war hübsch
genug, um es mit Beatrix Taffer aufzunehmen.

Stichwort Rivalin! Kaum hatte ich den Lockenstab ausgestöpselt, da
ging die Türglocke.

»Besser früh als nie, sage ich immer!« Übersprudelnd vor Schalkhaf-
tigkeit hüpfte Tricks über die Schwelle, indische Stoffe flossen von
ihren Schultern wie ein Dutzend oder mehr bedruckte Tücher, ihre
molligen Hände flatterten. Heute hatte sie ihr Haar derart mit Gel

getränkt, daß es so eng am Kopf anlag wie eine Badekappe. Ansonsten war sie die alte Tricks. Kaum schloß sich die Haustür hinter ihr, fiel ihr ein, daß sie die Tasche mit Gemüse, die sie zu Demonstrationszwecken mitgebracht hatte, im Taxi vergessen hatte. Ein verzweifeltes Läuten der Glocke, und zum Vorschein kam der Fahrer, der wenige lange Tage zuvor meine Schwiegereltern bei mir abgeliefert hatte.

»Da!« Er drückte mir eine Tasche in die Hand. Sie war prall gefüllt mit ballonartigen Tomaten, die man allem Anschein nach zwangsernährt hatte, damit sie in kürzestmöglicher Zeit ein Maximum an Fettleibigkeit erreichten.

Nachdem ich die Tür hinter seinem empörten Rücken geschlossen hatte, stellte ich fest, daß Mum erfolgreich das Weite gesucht hatte. Wer konnte ihr das verdenken angesichts einer Rivalin, der offensichtlich jede Reue abging?

»Was für ein niedliches Kätzchen!« Tricks hatte Tobias erspäht, der auf dem Tisch saß und sich die Schnurrbarthaare leckte. »Ich bin verrückt nach Tieren! Deshalb kann ich sie auch nicht essen. Leben und leben lassen, sage ich immer.«

»Das ist eine schöne Einstellung«, erwiderte ich, während ich an Goldilocks denken mußte, die irrtümlich pochiert worden war.

Als habe sie meine Gedanken gelesen, gab Tricks sich alle Mühe, zerknirscht auszusehen, als sie sagte: »Die kleine Dawn ist immer noch schrecklich böse mit ihrer alten Gran wegen dieser Panne gestern mit dem Eierkocher. Sie hat mir gesagt, in Zukunft sollte ich lieber immer mit einem offenen Auge schlafen. Diese Teenager! Ich mußte so über sie lachen! Das Kind wird noch schnell genug lernen, daß das Leben zu kurz ist für Zank und Streit. Und ich wollte, die liebe alte Mags würde das auch endlich einsehen.« Tricks sah zu, wie ich mich abmühte, die Tasche mit den Tomaten nicht fallen zu lassen. »Apropos meine beste Freundin, war sie nicht eben noch hier?«

»Sie kommt gleich wieder.«

»Ojemine! Hoffentlich hat sie sich nicht in ihren Schmollwinkel verzogen. Man sagt ja, Schmollen ist schlimmer als Rauchen, was die Faltenbildung anbetrifft. Ein lächelndes Gesicht erspart dir den Arztbesuch, das war immer mein Motto.«

»Das muß ich mir merken.« Ich wollte gerade vorschlagen, wir sollten in den Salon gehen und nachsehen, ob Mum Hofdame spielte, als – wie auf die magische Erwähnung von Zigaretten hin – Bridget Spike in der Glasscheibe neben der Haustür erschien und auf die Klingel drückte. Sie kam hereingeweht wie ein Hauch irischen Frühlings, trug ihre Falten unverfroren zur Schau, ihre Papageiennase beherrschte ihr Gesicht, und ihr zotteliges Haar heischte nicht um Entschuldigung, weil es den Kamm verschmäht hatte.

»Fabelhaft, wie taufrisch Sie aussehen, Mrs. Haskell!« Der Dunstschleier, der vom Moor aufsteigt, lag in ihrer Stimme, und das Marmeladenglas, das sie auf den Tisch stellte, war willkommener als ein Topf voll Gold.

»Wie lieb von Ihnen! Und bitte nennen Sie mich doch Ellie!«

»Und wer ist das« – sie schob die Handtasche an ihrem Arm hoch, als sie sich an Tricks wandte –, »ist es Lady Kitty Pomeroy oder Beatrix Taffer, die kennenzulernen ich das Vergnügen habe?«

Nachdem ich die nötige Vorstellungszeremonie absolviert hatte, ging ich voran zum Salon. Dort fanden wir Mum. Die gute Nachricht war, daß sie sich nicht hinter den Vorhängen verkrochen hatte, die schlechte Nachricht war, daß sie sich mit so vielen Perlenketten und Perlenarmbändern herausgeputzt hatte, daß sie an einen Flüchtling gemahnte, der mit all seinen weltlichen Gütern zu entkommen suchte. Wenn ich sie das nächstemal für ein gesellschaftliches Ereignis zurechtmachte, mußte ich daran denken, ihre Taschen zu kontrollieren.

»Steh nicht auf, Mags, meine Liebe.« Tricks durchquerte eilends den Raum und drückte einen Kuß auf die versteinerte Wange. »Du bleibst schön brav da sitzen, und wir übrigen sind so ungezogen wie immer.«

Bevor Mum anfangen konnte, auf ihren Perlen herumzukauen und sie dann auszuspucken, ging Bridget zu ihr. »Wenn das keine seltene Freude ist, Sie kennenzulernen, Mrs. Haskell, werde ich nie wieder irischen Boden betreten. Sind Sie's nicht, die meine Schwiegertochter Eudora mir als solch ein Genie mit der Häkelnadel geschildert hat?«

Während Mum sichtlich auftaute, stellte ich meine Last selbstgezogenen Gemüses auf dem Tisch vor dem Fenster ab, wo es die Sonne genießen und weiterwachsen konnte. Mrs. Pickle, die sich geweigert hatte, mich im Stich zu lassen, hatte den Staubsauger auf dem Kaminvorleger stehenlassen und ein Staubtuch über einen Lampenschirm drapiert, aber was machte das schon? Eudora und Frizzy hatten den Nachmittag für sich und machten hoffentlich das Beste aus jedem märchenhaften Moment.

»Also wirklich, Ellie«, schwärmte Bridget, »nette Sache, daß Sie mich zu Ihrer kleinen Teeparty eingeladen haben.«

»So klein wird die gar nicht.« Mum reagierte sogleich auf die Andeutung, daß an unserer Gesellschaft irgend etwas knauserig sein könnte. »Wir erwarten noch mehr Gäste.«

»Das stimmt; Lady Kitty hat sich angesagt, und wer weiß, wer sonst noch so auftaucht?« Angesichts der Unberechenbarkeit des Lebens hatte ich nicht das Gefühl, dreist zu lügen.

»Und ist es nicht aufregend, daß wir alle uns treffen, um über unsere Ausstellungsstücke fürs Sommerfest zu reden!« Tricks plumpste auf einen Stuhl, und ihre Beine flogen fast bis über ihren Kopf, in einem Wirbel indischen Musselins, der ein verlockendes Stück Schenkel mit Grübchen sehen ließ. »Nachts liege ich wach und träume davon, daß einer meiner Kürbisse den ersten Preis gewinnt. Ich, Beatrix Taffer, noch auf meine alten Tage berühmt.«

»Ich würde sagen, du hast dir bereits einen ziemlichen Namen gemacht.« Mum zog sich zu dem Stuhl zurück, der am weitesten von ihrer Freundin entfernt war, während sich Bridget, der scheinbar jeder gehässige Unterton entging, friedfertig auf eines der elfenbeinfarbenen Sofas setzte, die sich vor dem Kamin gegenüberstanden.

»Haben Sie vielleicht irgendwo einen Aschenbecher, Ellie?« Bridget
griff in ihre Handtasche, während sie sprach. »Wir hatten gestern
abend im Pfarrhaus 'nen klitzekleinen Brand, und Eudorie – die ganz
bestimmt ein patentes Mädel ist – sitzt mir im Nacken, ich soll in
ihrem Haus nicht rauchen. Das heißt, ich soll ins Freie verbannt werden, also wär's doch herrlich, wenn ich mir hier eine anstecken und
den guten alten Dreck in meine Lunge saugen könnte.«

Man zögert, einer Besucherin etwas abzuschlagen, die man in seinen
Salon gelockt hat, doch Mum war zum Glück nicht mit meiner Feigheit gesegnet.

»Mein Sohn Bentley« – Magdalene machte die Autorität seines vollen
Namens geltend – »gestattet es nicht, daß in seinem Haus geraucht
wird.«

»Ah, welch ein Segen – ja, wirklich, wir können nicht alle die gleiche
Meinung haben.« Kaum hatte Bridget diese gleichmütige Antwort
gegeben, als die Türglocke mich ruckartig in Aktion treten ließ. In der
Halle traf ich auf Mrs. Pickle, die so langsam, wie ihre Beine sie trugen, öffnen ging. Ich schickte sie fort, das Teetablett und die Brötchen
holen, und gab mir selbst die Ehre.

»Lady Kitty!« Ich ließ sie herein.

»Sie müssen Ihre Türglocke auswechseln, meine Liebe.« Mylady
fixierte mich mit einem gequälten Lächeln. »Sie paßt ganz und gar
nicht zum Haus. Macht ein sehr proletarisches Geräusch.«

»Ich werde mich darum kümmern«, stammelte ich, vom Anblick ihres
perfekten Pelzmantels und von ihrer Stimme, die klang, als hätte sie
Plumpudding im Mund, augenblicklich auf Linie gebracht. Was
mich wieder munterer machte, war, daß die mit einem Tuch zugedeckte Schüssel, die sie in der Hand hielt, anscheinend, wenn auch
keinen Pudding, so doch einen Kuchen enthielt. Sobald es um Dinge
mit Zucker und Zimt ging, war ich stets von demütiger Dankbarkeit.

»Die Halle haben Sie nicht schlecht hinbekommen.« Lady Kitty ließ
ihren Adlerblick über die geschwungenen Geländer und die Standuhr

schweifen. »Sicher, wenn ich bestimmen könnte, dann würde ich diese Steinfliesen entfernen und einen schönen strapazierfähigen Linoleumboden legen lassen. Und ich würde auch diese Ritterrüstungen rausschaffen; diese Dinger gelten heutzutage als *nouveau riche*.« Sie schritt die Halle ab, um ihre Inspektion fortzusetzen, dann wirbelte sie plötzlich zu mir herum. »Ich gebe Ihnen gern diese Hinweise, Ellie, weil Sie ein Mädchen sind, das sich anstrengt.«

»Vielen Dank.«

»Bei meiner Schwiegertochter Pamela sieht das ganz anders aus. Können Sie sich vorstellen, daß sie mir Ihren Vorschlag, einige meiner Kuchen beim diesjährigen Sommerfest auszustellen, ausreden wollte?« Lady Kitty klopfte energisch mit dem Finger gegen die zugedeckte Schüssel. »Mein Leben ist nicht leicht, Ellie, aber dank Ihnen sehe ich jetzt ein, daß es ein Fehler von mir war, nicht schon vor Jahren die Maßstäbe für die Gemeinde der Kuchenbackenden zu setzen.«

Sie fuhr fort, ehe ich etwas erwidern konnte. »Glauben Sie nicht, daß ich nicht gern hier stehe und Ihrem Geplauder zuhöre, meine Liebe, aber ich fürchte, das müssen wir uns für ein andermal aufheben. Wenn ich eines gelernt habe, dann dies: daß man nicht die Geschicke eines Dorfes lenken kann, indem man dasteht und Däumchen dreht. Also, Ellie, warum bringen Sie diesen köstlichen Apfelkuchen nicht in die Küche und schneiden ihn in hübsch gleichmäßige Stücke, während ich schon mal reingehe und die Sitzung eröffne?«

So entlassen, zog ich mich in die Küche zurück, wo Mrs. Pickle dabei war, in Zeitlupe Teetassen und Unterteller auf ein Tablett zu stapeln, das eigentlich höchstens für einen Eierbecher ausgelegt war.

»War das Lady Kitty?« Mrs. P hob Zentimeter für Zentimeter den Kopf, um mich anzusehen.

»Ja, und schauen Sie, was sie mitgebracht hat!« Ich stellte die Kuchenschüssel auf den Tisch und hob das Tuch, unter dem ein vollendet geformtes goldbraunes Wunderwerk sichtbar wurde. »Wenn das nur halb so gut schmeckt, wie es aussieht und riecht, dann müßte sie auf dem Fest mit links den ersten Platz in ihrer Kategorie belegen.«

»Sehr wahrscheinlich, Mrs. Haskell.«

»Ach, Mist!« rief ich aus. »Da geht das Telefon.«

»Das ist das Problem mit diesen Dingern, machen mehr Arbeit, als sie wert sind, doch.« Mrs. Pickle wischte sich umständlich die Hände an ihrer Schürze ab, während sie zur Tür schlurfte. »Deshalb hab' ich bei mir auch nie eins legen lassen, da kann Roxie Malloy mir noch so oft sagen, daß ich nicht mit der Zeit gehe.«

»Sie halten hier die Stellung, ich gehe nachsehen, wer es ist.« Mein Herz hielt nicht Schritt mit meinen Füßen, als ich zum Telefon eilte, auch wenn ich die Vorahnung hatte, daß es Ben war. Der Anlaß wäre bestimmt nicht, daß er das unwiderstehliche Verlangen verspürte, mir süße Nichtigkeiten ins Ohr zu flüstern. Er rief sicherlich an, um mir von seinem Gespräch mit Dad zu berichten.

»Hallo«, sagte ich.

»Ist da Mrs. Ellie Haskell?«

»Sehr witzig, Ben«, sagte ich als Reaktion auf die albern erstickte Stimme, »aber leider habe ich keine Zeit für solche Späße.«

»Die Zeit sollten Sie sich lieber nehmen, Mrs. Haskell.«

»Wer ist da?« Ich dachte immer noch, daß jemand, wenn auch nicht Ben, mich auf den Arm nahm.

»Jemand, der Ihnen gewogen ist und Ihnen Unannehmlichkeiten ersparen will.«

»Zum Beispiel?« Ein kalter Schauer kroch mir den Rücken hinunter.

»Oh, wir verstehen es, uns dumm zu stellen, wie?« Der Anrufer ließ ein hohles Kichern vernehmen. »Ich spreche von Ihrem Geplauder im Dark Horse und wie Sie den Abend damit verbracht haben, Pläne zur Ermordung Ihrer Schwiegermutter zu schmieden.«

»Das war ein Scherz!«

»Machen Sie das mal der Polizei begreiflich, Mrs. Haskell.«

»Sie jagen mir keine Angst ein.« Inzwischen hielt ich mich mit beiden Händen am Hörer fest, um zu verhindern, daß er mir entglitt.

»Nein, wie tapfer wir sind! Und es macht Ihnen wohl auch nichts aus, wenn Ihr Ehemann erfährt, was Sie für sein liebes altes Muttchen vorgesehen haben. Man könnte sagen, daß ich ein geborener Pessimist bin, Mrs. Haskell, aber mir scheint, er wird das gar nicht lustig finden. Könnte doch sein, daß er Sie mit anderen Augen betrachtet, aus den Augenwinkeln sozusagen, wenn Sie verstehen, was ich meine.«

»Was wollen Sie eigentlich?« fragte ich schrill.

»Nichts, was eine Lady, die in einem so protzigen Haus wie Ihrem lebt, sich nicht leisten kann. Warum sagen wir nicht zweihundert Pfund? Das ist doch ein Tropfen auf den heißen Stein.« Wieder dieses gemeine Kichern. »Sie werden das Geld im Laufe des morgigen Tages in dem hohlen Baum am Ende des Fahrwegs hinterlegen, der nach Pomeroy Hall führt. Hab' ich mich klar ausgedrückt?«

»Vollkommen«, sagte ich wie betäubt und hörte, wie die Verbindung unterbrochen wurde.

Das konnte doch nicht wahr sein! Ich mußte den Verstand verloren haben, auch nur zu erwägen, mich auf eine Erpressung einzulassen. Das einzig Vernünftige – Sichere –, was ich tun konnte, war, meine Sünden zu gestehen und die Konsequenzen zu tragen. Wie schlimm konnte es schon werden? Meine Knie gaben unter mir nach, und als ich fest die Augen gegen die Sonnenstrahlen schloß, die durch die Fenster einfielen und mit ihren Goldfingern vorwurfsvoll auf mich zeigten, stieg Mums tiefgekränktes Gesicht vor mir auf. Jede Hoffnung, ein besseres Verhältnis zu meiner Schwiegermutter aufzubauen, wäre dahin, wenn sie es erfuhr. Sie würde denken, daß ich sie haßte. Und sie war bereits in solch angegriffenem Zustand. Armer kleiner Sperling.

Zweihundert Pfund würden mich nicht ruinieren. Aber was war mit Frizzy, Eudora und Pamela? Würde es ihnen schwerfallen, die Forderungen des Erpressers zu erfüllen, wenn er fair war und ihnen ebenfalls die Daumenschrauben anlegte? Plötzlich fiel mir das Telefongespräch mit Pamela von heute morgen ein. Was hatte sie noch mal gesagt, als sie dachte, sie spreche mit ihrem Mann Allan? *Hast du das*

Geld aufgetrieben? Ihre hastige Erklärung, daß sie einen Einkaufs-
bummel machen wollte, hatte nicht glaubwürdig geklungen.

Und jetzt schlich sich ein richtig häßlicher Verdacht in meinen Kopf.
Und wenn Pamela selbst – weil sie unbedingt Geld brauchte, aus welchem Grund auch immer – die Erpresserin war? Die verstellte Stimme meines Anrufers konnte männlich wie weiblich gewesen sein.
Und war es reiner Zufall, daß Pamela den hohlen Baum in Verbindung mit ihrem Schwiegervater, Kater Bobsie, erwähnt hatte? Nein,
ich konnte – *wollte* – es nicht glauben. Es mußte jemand anders sein,
eine finstere, gequälte Seele, die man in jenes unkluge Gespräch im
Dark Horse eingeweiht hatte.

Mein Herz blieb stehen, dann fing es mit einem Purzelbaum wieder
an zu schlagen. Der Himmel steh mir bei! Ich erinnerte mich, wie ich
an Peter Savages Kassettenrecorder herumgespielt hatte, bevor ich
ihn neben unserem Tisch auf den Fußboden stellte. Heute morgen
hatte man ihm das Ding zurückgegeben – und vielleicht hatte er, als er
ihn einschaltete, etwas zu hören gekriegt, das ihm einen leichteren
Weg verhieß, seinen Lebensunterhalt zu verdienen, als auf der Straße
für ein paar Münzen zu musizieren. Ach, das war doch lächerlich. Der
Mann war ein Sklave seiner Kunst. Außerdem hatte er aufs heftigste
seiner tiefen Verehrung für mich Ausdruck verliehen. *Aha!* höhnte
eine kleine Stimme in meinem Kopf. *Brauchst du wirklich noch mehr
Beweise dafür, daß er ein gefährlicher Irrer ist?*

»Mrs. Haskell!«

»Ja, Mrs. Pickle?« Ich landete mit einem dumpfen Geräusch auf der
Erde, nachdem ich einen Meter hoch in die Luft gesprungen war.

»Ich hab' überlegt« – sie spähte um die Küchentür –, »ob mir Jonas
nicht helfen könnte, den Tee reinzubringen. Ich hab' nämlich gesehen, daß mehr Brötchen da sind, als ich in drei Gängen tragen
kann.«

»Er ruht sich aus«, sagte ich, »also könnten Sie versuchen, es allein zu
schaffen?« Das boshafte Leben, das ich führte, machte mich hart,
dachte ich traurig, als ich in den Salon ging. Mum und Tricks spra-

chen miteinander im Schutz einer Schmährede von Lady Kitty über die Fertigkuchen, die in den Tiefkühlabteilungen von Supermärkten zu finden waren. Nur Bridget schenkte meiner Rückkehr Beachtung.

»Wenn sie's nicht höchstpersönlich ist, die zu unserer kleinen Gesellschaft stößt! Also wirklich, ich hab' Sie mir schon wie die arme Martha in der Bibel vorgestellt – stand den ganzen Tag am Herd, während ihre Schwester Maria dasaß und Jesus schön tat...«

Das Keuchen kam von Mrs. Pickle. Sie hatte mir die Tür ins Kreuz geknallt und ließ, schneller, als ich sie sich je hatte bewegen sehen, das Tablett mit den Brötchen fallen. Zugegeben, sie hätte mehr Aufsehen erregt, wenn sie Teekanne und Tassen hereingebracht hätte, doch die Aufmerksamkeit einer der Anwesenden errang sie auf jeden Fall. Lady Kitty stieg nicht vom Kaminpodest herab, das ihr Rednerpult darstellte. Doch sie verstummte – so daß man hören konnte, was Tricks gerade zu Mum sagte.

»Na, na, Mags, meine Liebe, du hast keinerlei Grund, dich so aufzuregen. Elijah und mich verbindet nichts als eine starke körperliche Anziehungskraft. Glaub mir, du bist es, die er für all die wichtigen Dinge braucht – so wie sein Essen zu kochen und seine Socken zu waschen.«

»Herzlichen Dank«, lautete die wutschäumende Antwort.

»Und, in aller Freundschaft, ich würde keinen großen Aufstand machen, weil er das Gemüsegeschäft aufgibt.«

Mums Antwort war Schweigen.

»Wußtest du es nicht?« Unbeeindruckt davon, daß Bridget und Lady Kitty sie unverhohlen anstarrten, klatschte Tricks in ihre molligen Hände und lächelte breit. »Elijah ist Straßenmusikant geworden. Ich habe ihn heute morgen auf dem Dorfplatz gesehen, und...«

»Die Nachbarn!« Es war ein Schrei, der einer Schwiegertochter das Herz brechen konnte. »Was werden die Nachbarn sagen?«

»Keine Angst, Mum.« Ich sprach vom Fußboden aus, wo ich Brötchen aufsammelte. »Hier in der Gegend kennt ihn niemand.«

»Das wird sich bald ändern!« Tricks federte vor Begeisterung auf ihrem Stuhl. »Du kannst dich darauf verlassen, Elijah und sein Partner werden noch berühmt. Sie haben einen selbstkomponierten Song vorgetragen – ›Die schöne Maid von Chitterton Fells‹. Und ich brauche dir wohl nicht erst zu sagen, daß die Frau, die sie inspiriert hat, hier unter uns sitzt.«

»Nein, so was!« Mum mobilisierte irgendeine innere Kraft und brachte ein dünnes Glückwunschlächeln zustande. »Und dabei hatte ich gedacht, du hättest dir schon als Frau einen Namen gemacht, die, wenn ein Mann den Hut zieht, gleich mit ihrem Schlüpfer antwortet.«

Wenn je ein Augenblick nach sofortiger Unterbrechung verlangt hatte, dann dieser. Lady Kitty sah ostentativ auf ihre Uhr, und Bridget fummelte an ihrer Handtasche herum, in der ihre Zigaretten steckten, doch unsere Rettung war, als sich eines der Fenster öffnete und ein Bein erschien, das sich über die Fensterbank streckte!

»Bin ich noch pünktlich?« erkundigte sich mein Cousin Freddy, als er ins Zimmer sprang, mit einem Grinsen, das ebenso anrüchig war wie sein mickriger Bart und sein ungekämmter Pferdeschwanz. »Ein kleines Vögelchen hat mir gezwitschert, daß dieses Treffen für jene bestimmt ist, die für das Teesatzlesen auf dem Sommerfest vorsprechen wollen. Und du kennst mich ja, Ellie!« Er machte einen Kratzfuß, begleitet von einer weit ausholenden Handbewegung. »Hab’ ich ein Zelt, geht’s los!«

»Er ist das letzte«, teilte ich der versammelten Gesellschaft mit, inklusive Mrs. Pickle, die immer noch Brötchen aufsammelte und zweifellos dachte, daß als rechtmäßige Nachfahrin einer Vollbluthexe sie diejenige mit dem Zweiten Gesicht war.

»Vorsprechen?« Lady Kitty sah ziemlich ungehalten aus. »Aber Sie wissen doch bestimmt, Ellie, daß Frizzy Taffers Tante Ethel immer aus dem Teesatz liest. Sie hat eine echte Gabe. Sie befindet sich in ständigem Kontakt mit ihrem Mann Herbert, seit er auf die andere Seite hinübergegangen ist.«

»Ich staune«, erwiderte ich, »daß er ihre Anrufe entgegennimmt.«

»Was war das?« Eine von Lady Kittys Brauen ging in die Höhe und kam nicht wieder herunter.

»Bloß ein Scherz«, sagte ich, da mir nicht daran lag, Frizzys trauriges Eingeständnis wiederzugeben, daß die Lieben von Tante Ethel glaubten, sie habe Onkel Herbert die Treppe hinunter in den Tod gestoßen.

»Über das Okkulte sollte man nicht scherzen.« Freddy lächelte matt in meine Richtung, während er durchs Zimmer ging, die Arme ausgestreckt und die Augen halb geschlossen. Er hatte uns genau da, wo er uns haben wollte. Lady Kitty auf ihrem Rednerpult. Bridget in ihrem Sessel. Mum und Tricks auf ihren gegenüberstehenden Sofas. Mrs. Pickle noch auf den Knien. Und meine Wenigkeit wußte nicht, ob sie gerade kam oder ging.

»Jene unter uns, die über die Unmittelbarkeit des Augenblicks hinaussehen, tragen eine schwere Bürde.« Mit diesen Worten ging er unverzüglich zu dem Tisch vor dem Fenster hinüber und nahm eine von Tricks aufgeblasenen roten Tomaten aus der braunen Papiertüte.

»Aber lassen Sie sich von mir keine angst machen.« Er biß nachdenklich in das saftige rote Fleisch. »Ich sehe Ruhm und Reichtum, einen attraktiven Mann von edler Abstammung und eine Reise über den Ozean für jemanden in diesem Zimmer.«

»Sonst noch was?« Ich Dummkopf mußte ihn auch noch anstacheln.

»Zum Beispiel plötzlichen Tod?« Mum sah Tricks an.

»So wie ein Mord?« Freddys Grinsen wirkte noch gruseliger durch den blutroten Saft, der ihm übers Kinn rann. »Das ist auf jeden Fall ein Mittel, um unser Schicksal wieder in die eigenen Hände zu nehmen.«

D er Morgen kann ausnehmend nett und sympathisch sein, wenn ihm danach ist. Als ich am nächsten Tag aufwachte, nach einem Alptraum, der länger war als *Vom Winde verweht,* und das ohne die Hoffnung auf eine Fortsetzung mit einem Happy-End, schämte ich mich so richtig, daß ich mir die Nachtruhe durch etwas so Triviales wie Erpressung hatte ruinieren lassen. Als erfolgreiche Frau mußte ich solche gelegentlichen Unannehmlichkeiten einkalkulieren und mein Leben weiterleben.

Ben hatte die Zwillinge bereits in ihre Hochstühle gesetzt und hielt eine Tasse Kaffee für mich bereit, als ich die Küche betrat. Was konnte eine Frau mehr verlangen, außer vielleicht das Recht, ihre Sünden für sich zu behalten?

»Du hast diesen gewissen Blick«, sagte er ohne aufzusehen, während er Tam das Frühstück vom Gesicht wischte.

»Welchen Blick?«

»Der sagt, daß du etwas zu verbergen hast.«

»Und das wäre?« Ich lachte leichthin.

»Etwas sehr Ernstes.«

»Zum Beispiel?«

»Du hast vergessen, Toilettenpapier zu besorgen, oder eines meiner Hemden versengt.« Er sah mich jetzt an, eher kummervoll als ärgerlich. »So was kommt vor, Schatz, und du mußt lernen, dir zu verzeihen. Was mich stört, ist nur, daß du manchmal vergißt, daß es in der Ehe um Kommunikation geht.«

»Hört, hört!« Wenn das Eheglück mich eines gelehrt hatte, dann wie man den Spieß umdreht. »Gestern abend hab' ich kaum zwei Worte aus dir herausgekriegt über das Treffen mit deinem Vater.«

»Da hast du recht.« Er stand auf und spülte den Waschlappen über der Spüle aus. »Aber es gab nicht viel zu erzählen. Dad kam gerade aus dem Dark Horse, als ich auf dem Weg zur Arbeit zu ihm gehen wollte. Und später, als ich ihn auf dem Dorfplatz aufstöberte, konnte ich kaum in seine Nähe gelangen wegen der Menschenmenge, die er und sein Partner angelockt hatten.«

»Hast du wenigstens herausbekommen, ob er weiter im Dark Horse bleibt oder ob er vorhat, unter seinem Regenschirm zu kampieren?« Ich nahm Abbey aus ihrem Stühlchen und setzte sie auf den Fußboden.

»Es gab keine Möglichkeit zu einem Gespräch mit ihm. Jedesmal, wenn ich es versuchte, wurde ich von jemandem abgedrängt, der Münzen in die Sammelbüchse warf, als wäre sie eine Art Glücksbrunnen. Und überhaupt konnte ich kaum einen klaren Gedanken fassen bei dem Geklimper der Gitarrenbegleitung und Dads dröhnendem Bariton.«

»Was sollen wir tun?« Ich setzte Tam auf den Fußboden, wo er sich mit seiner Schwester kabbeln konnte. »Er und Mum entfremden sich mit jedem Tag mehr.«

»Eltern sind eine Plage.« Ben zog seine tabakfarbene Tweedjacke an, trank einen Schluck Kaffee und gab mir einen symbolischen Kuß auf die Wange. »Zwei reichen mir, Ellie, ich glaube wirklich nicht, daß ich noch welche will.«

»Sagt ›tschüs, Daddy‹«, forderte ich die Zwillinge auf und wurde zum Dank für meine Mühe ignoriert. Wer konnte es ihnen vernünftigerweise verdenken, daß sie ein wenig Zeit für sich wollten? Eine Zeitlang genoß ich ebenfalls die Ruhe, doch noch ehe ich die Titelseite der Zeitung umgeschlagen hatte, merkte ich, daß meine Ohren auf eine Wiederholung des gestrigen Tages gefaßt waren, als die Leute nicht aufgehört hatten, an die Tür zu klopfen.

Ich goß mir gerade eine zweite Tasse Kaffee ein, da erklang ein so drängendes *Rap-tap-tap*, daß ich mich verpflichtet sah aufzumachen. Doch bevor ich einen Schritt in Richtung Tür tun konnte, kam Freddy in die Küche gezockelt. Welch ein Anblick für müde Augen! Er hatte seinen Bart bis auf die Stoppeln eines Zuchthäuslers abrasiert. Sein Pferdeschwanz sah aus, als hätte er ihn als Kehrbesen benutzt, und sein T-Shirt hatte einen Riß, der eine Brustwarze freiließ.

»Du haßt mich, nicht wahr, Ellie?« Er stieg geschickt über die Zwillinge hinweg und lehnte sich dann seelenvoll-lässig gegen die Anrichte.

»Nie im Leben!« rief ich. »Meine kleine Teeparty wäre sterbenslangweilig geworden, wenn du nicht durchs Fenster eingestiegen wärst und allen Anwesenden einen Schreck eingejagt hättest.«

»Was hast du dann für eine Entschuldigung dafür«, fragte er mitleidheischend, »daß du mich nicht mit einem heißen Teller Schinken und Eier willkommen heißt? Du hast doch wohl nicht vergessen, Ellie, daß heute mein freier Tag ist?« Nachdem er ausgesprochen hatte, was sein Herz in seiner halbentblößten Brust bedrückte, zog Freddy einen Stuhl hervor, drehte ihn herum und setzte sich rittlings darauf. »Wenn du mir ein Geldstück in die Hand drückst, Cousinchen, lese ich aus deiner Teetasse.«

»Danke, Gypsy Rose Lee. Aber ich glaube, gestern hast du dein Talent erschöpft.«

»Die Damen waren *begeistert* von mir.«

»Das sagst du immer.« Ich bückte mich und gab Abbey das Bauklötzchen, das sie brauchte, um ihren schwankenden Turm zu vollenden. »Aber wenn es dir nichts ausmacht, ich habe wichtigere Dinge im Kopf als deine Eskapaden.«

»Schwiegermuttersorgen?« Da er kein völliger Schuft war, nahm Freddys Gesicht einen Ausdruck familiären Mitgefühls an.

»Kurz gesagt, ja.«

»Ist sie schwierig?«

»Eher müßte man wohl sagen, sie macht eine schwierige Phase durch.« Ich öffnete einen Schrank und holte eine Bratpfanne heraus.

»Aber Gott verhüte, daß das zwischen dir und einem herzhaften Frühstück stehen sollte.«

»Du bist zu gut zu mir.« Freddy tupfte sich die Augen, dann wirbelte er den Stuhl herum, so daß er über den Fußboden schlitterte und mit den Beinen ordentlich unter dem Tisch stehenblieb. »Was hältst du davon, wenn ich dich zu einem billigen, fettigen Mittagessen einlade?«

»Danke« – ich klatschte Speckstreifen in die Pfanne –, »aber ich esse schon auf Pomeroy Manor bei Lady Kitty zu Mittag.«

»Du wirst ja richtig vornehm.«

»Wir treffen uns, um über das Fest zu sprechen.«

»Ich dachte, das hättet ihr gestern schon gemacht.«

»Heute erörtern wir, wo wir die kleinen Bunsenbrenner für die gebackenen Kartoffeln mieten sollen und wie viele Liter Limonade wir brauchen werden. Dabei fällt mir ein« – ich schlug ein zusätzliches Ei in die Pfanne –, »wann hast du vor, das Geld für das Essen zu sammeln?«

»Morgen, Pfadfinderehrenwort!« Freddy näherte sich mit der Nase dem Herd und büßte dabei fast ein, was von seinem Bart noch übrig war. »Ich würde ja heute noch losziehen, aber ich glaube, der Pflicht ist besser gedient, wenn ich hierbleibe und mich an das alte Mädchen heranmache, während du auf die Piste gehst.«

Ich zwängte mich an ihm vorbei zum Tisch. »Versprich mir, daß du anständig aussiehst, wenn du mit deiner kleinen Blechbüchse von Haus zu Haus ziehst.«

Bevor er mehr tun konnte, als mir einen gekränkten Blick zuzuwerfen, ging die Tür auf und Mum kam herein. Sie trug einen Morgenmantel, der aussah wie ein Erbstück von einer älteren Schwester, in das sie erst noch hineinwachsen mußte.

»Dachte ich mir doch, daß du etwas kochst, Ellie, ich hab's gerochen, aber mach dir nicht die Mühe, ein Gedeck für mich aufzulegen. Ich kehre gleich wieder um und gehe in mein Zimmer zurück, damit du schön ungestört mit deinem Cousin plauschen kannst, wie es dir zusteht.«

»Mann! Du siehst aber entzückend aus heute morgen!« Freddy ließ sich auf einen Stuhl fallen und zog die Beine an, so daß die Fersen seiner lädierten Freizeitschuhe auf der Tischkante ruhten. »Frag mich nicht, woran es liegt, aber irgendwas an dir ist anders. Irgendwie flott.«

»Ellie hat mir gestern das Haar aufgedreht . . .«

»Mannomann! So was hat sie für mich noch nie gemacht.«

»Sie ist doch bestimmt sehr gut zu Ihnen . . . auf ihre Art.« Mum vollendete ihr Kompliment, indem sie sich an den Tisch setzte. Und mit gerötetem Gesicht, weniger wegen der Kochdünste als vielmehr wegen der Einsicht, daß sie und ich gestern tatsächlich Fortschritte gemacht hatten, stellte ich einen Teller mit Schinken und Eiern vor sie hin.

»Das sieht ganz nett aus, wenn das Ei auch ein wenig zerlaufen ist.« Sie stocherte mit ihrer Gabel darin herum. »Aber eine Scheibe Toast hätte es auch getan.« Ihre Worte hingen noch in der Luft, als die Tür zur Halle aufgestupst wurde und Sweetie ihren großen Auftritt hatte. Einen grauenhaften Augenblick lang dachte ich, Mum würde ihren Frühstücksteller auf den Fußboden stellen. Statt dessen neigte sie den Kopf und sprach das Tischgebet, dann griff sie zu Messer und Gabel. Man hatte den Eindruck, als müsse sie ein Beispiel geben, wenn sie vermeiden wollte, daß ihre kleine Hündin eine wählerische Esserin wurde.

Sweetie zeigte gerade ihren Ärger, indem sie es nicht zuließ, daß die Zwillinge sich ihres Schwanzes bemächtigten, als Jonas murrend und knurrend hereinkam.

»Hast du den Frühstücksgong nicht gehört?« Freddy kippte seinen Stuhl auf die Hinterbeine zurück und ließ mit dem Schwung eines Schwertschluckers ein Stück Speck in seinem Rachen verschwinden.

»Er kann von mir abhaben«, sagte Mum rasch. Und an der Art, wie sie Jonas anschließend Salz und Pfeffer reichte, war etwas, das mir Sorge bereitete. Jede Frau hat etwas von einer Versucherin, und ich hatte keinerlei Zweifel, daß Mum ihr letztes Kräftemessen mit Tricks nachging. Eine Komplikation, die niemand anders zu verantworten hatte als meine Wenigkeit.

»Macht euch meinetwegen keine Umstände, ich kann ja nächsten Dienstag wiederkommen.« Jonas stützte die Ellbogen auf den Tisch und streckte seinen Schnurrbart vor. Im Gegensatz zu mir war er ein ausgesprochener Morgenmensch und hob sich seine Brummigkeit gewöhnlich als eine Art Belohnung auf – um sie später am Tag richtig auszukosten. Sofort machte ich mir Sorgen, daß er sich nicht wohl fühlte. Konnte es sein, daß sein Hexenschuß sich wieder meldete? Oder war das Problem ernsterer Natur? Als ich ihm eine Tasse Kaffee einschenkte, verdrängte ich den Gedanken, daß Liebeskummer, so wie Mumps, vielleicht um so schlimmer zuschlug, je älter man war. Unsinn, sagte ich mir, dieser Mann hatte keine ernsten Absichten auf Mum. Sein Heiratsantrag diente lediglich dazu, ihr in schwerer Zeit Auftrieb zu geben.

Vielleicht mußte ich unbedingt mal zum Mittagessen aus dem Haus. Aber eines nach dem anderen. Abbey und Tam wurden allmählich unruhig, deshalb überließ ich meinem Küchenpersonal den Abwasch und brachte sie zu einem kleinen Spaziergang in den Garten und hinterher ins Kinderzimmer, um ihnen aus einem unserer Lieblings-bilderbücher vorzulesen. Dann hatte ich Betten zu machen, Wäsche zu waschen und auf die Leine zu hängen und noch diese und jene anfallende Arbeit zu erledigen, so daß mir die Zeit entwisch-te und ich mich hätte sputen müssen, um die Zwillinge noch zu füt-tern, wenn Mum sich nicht erboten hätte, das für mich zu überneh-men.

»Ich weiß nicht, wie ich ohne dich klargekommen bin«, sagte ich in meinem neuen Geist der Dankbarkeit, nachdem ich mich für meinen Ausflug umgezogen hatte. Sie hatte den Abwasch erledigt, Abbey und Tam zu ihrem Mittagsschlaf ins Bett gebracht und saß am Küchentisch, wo sie in einem Tempo häkelte, das in mir die Befürch-tung weckte, ihre Finger könnten davonfliegen.

»Geh du nur und amüsier dich, Ellie!« Ihr Blick folgte mir zur Tür. »Denk nicht daran, daß ich hier allein sitze.«

»Jonas ist im Garten«, sagte ich zum Trost.

»Ich weiß, aber ich will etwas Distanz wahren, bis ich eine Entscheidung gefällt habe, ob ich ihn heirate.«

»Und die Versöhnung mit Dad?« Ich gab mir Mühe, meine Panik zu verbergen.

»Die wird nicht stattfinden.« Mums Nase zuckte im Rhythmus ihrer Häkelnadel. »Wenn Beatrix ihn glücklich machen kann, welches Recht habe ich dann, ihm im Weg zu stehen? Soll sie ihn doch haben. Die Ehe mit einem Straßenmusikanten ist nichts für mich, herzlichen Dank. Meine Eltern würden sich im Grabe umdrehen.«

Was für Spielverderber!

Während ich den Wagen im Rückwärtsgang aus dem Stall setzte, spielte ich mit dem Gedanken, kurz zum Dorfplatz zu düsen und Dad gehörig die Meinung zu sagen. Mein Zutrauen in mein Talent zur Einmischung war ungebrochen, aber ein Blick auf meine Uhr ließ es mir doch klüger erscheinen, auf direktem Weg nach Pomeroy Manor zu fahren. Sobald ich die Eisentore passiert hatte und die Coast Road entlangfuhr, brachte ich auch meine Gedanken auf eine gerade Linie, ließ sie nicht nach links oder rechts ausscheren. Der Morgen war klar gewesen, wenn auch nicht gerade hell und frisch. Jetzt stieg langsam Dunst in länglichen Fetzen vom Boden auf – bisher noch nicht größer als Rauchwolken von einer Zigarette, jedoch mit der Verheißung zuzunehmen. Ich überlegte gerade, als ich in die Market Street einbog, daß wir schon eine ganze Zeit keinen richtig tüchtigen Nebel mehr gehabt hatten, und wen sah ich dann an der nächsten Ecke stehen – Frizzy Taffer, samt Kopftuch. In den Händen hatte sie lauter Einkaufstaschen, so daß es ungehörig schien, mit einem Hupen und Winken vorbeizufahren. Was konnte Lady Pomeroy mir schon tun, wenn ich zehn Minuten zu spät auf Pomeroy Manor eintraf? Befehlen, daß ich in den Stock geschlossen wurde? Außerdem war es vielleicht keine schlechte Idee, Frizzy zu fragen, ob sie ebenfalls von dem

Erpresser gehört hatte. Wobei mir einfiel – ich griff nach der Handtasche neben mir –, daß ich auf dem Weg zum Herrenhaus an dem hohlen Baum anhalten und meine Einlage hinterlegen mußte.

Ich hielt an der Bordsteinkante, kurbelte das Fenster herunter und fragte: »Soll ich Sie mitnehmen?«

»Macht Ihnen das auch bestimmt keine Umstände?« Lag es nur an ihren Einkäufen, daß Frizzy aussah, als laste das Gewicht der ganzen Welt auf ihr?

»Steigen Sie ein!«

»Das ist nett von Ihnen, Ellie.« Als der Wagen anfuhr, lehnte sie sich in ihrem Sitz zurück, ihre Taschen fest in den Armen. »Tricks sagt, sie hätte sich gestern bei Ihnen wunderbar unterhalten. Nonstop-Spaß, so hat sie es ausgedrückt.«

»Wir hatten unsere lustigen Momente.« Ich kramte in meinem Gedächtnis, welche.

»Ich habe gehört, ihr Cousin Freddy ist zum Schreien komisch.« Frizzy rutschte auf mich zu, als wir um eine Kurve fuhren, und ich sah deutlich ihr Gesicht.

»Was ist los?« fragte ich. »Und sagen Sie ja nicht nichts, weil es Ihnen im Gesicht geschrieben steht. Hat Tricks noch einen Goldfisch pochiert oder...?«

»Ach, Ellie, es geht um meine Tante Ethel. Sie ist wirklich eine nette Person, und die Kinder haben sie unheimlich gern, wirklich – sogar Dawn, auch wenn sie Ethel manchmal als dumme alte Kuh bezeichnet. Tantchen hatte fast einen Anfall, als Tricks ausplauderte, daß Ihr Cousin auf dem Sommerfest aus dem Teesatz lesen will.«

»Er hat bloß geblufft.« Ich schaltete gegen den Nebel die Scheibenwischer ein.

»Den Eindruck hatte ich auch, aber Tantchen hatte bereits einen ihrer Wutanfälle wegen meiner Haare. Tom hatte richtige Angst, daß sie Tricks k.o. schlägt, und« – Frizzy hielt eine Hand an ihr Kopftuch – »wer hat so was schon gern vor den Kindern? Ich hab' gestern abend eine gute Stunde gebraucht, um Tantchen zu beruhigen, und hinterher ... tja, es ist mir zu peinlich; sie hat beschlossen, bei uns einzuziehen, bis Tricks auszieht.«

»Ein Unglück kommt eben selten allein«, sagte ich und schaute zu dem schnell dunkler werdenden Himmel hinauf.

»Wirklich, Ellie, unter normalen Umständen würde ich mich über ihren Besuch freuen. Tantchen hat mich praktisch aufgezogen, deshalb hab' ich gelernt, Verständnis zu haben, wenn sie einen Koller kriegt und herumbrüllt, aber wegen der Kinder, und wo die Nachbarn so schwierig sind, und dann die Aufregung um Mrs. Pickle ...«

»Worum ging es?« Ich bog in die Robert Road ein.

»Es war Dawns Schuld, dieses freche Gör. Stellen Sie sich vor, sie hat aufgestampft und gekreischt – genauso wie Tantchen – und Mrs. Pickle beschuldigt, ihre Barbiepuppen zu klauen. Als hätte die Verwendung dafür! Also ehrlich, ich wußte nicht, wohin ich gucken sollte. Mein Gesicht muß so rot gewesen sein wie meine Haare ... was davon übrig ist.«

»War Mrs. Pickle gekränkt?«

»Sie nahm sich Zeit – so wie bei allem anderen, aber als Dawn vorschlug, wir sollten ihre Tasche durchsuchen, ging sie dann doch in die Luft. Und wen wundert's? Ich dachte schon, ich würde nie wieder aufhören, mich zu entschuldigen. Und die Ärmste tat mir so leid, wo ich doch wußte, daß sie von uns direkt ins Pfarrhaus zur Arbeit mußte.«

»Und Sie haben nicht in ihre Tasche gesehen?«

»Natürlich nicht!«

»Mrs. Pickle hat nicht darauf bestanden?«

»Wenn sie das getan hätte, dann wäre ich auf der Stelle tot umgefallen.« Wir waren inzwischen auf dem Kitty Crescent. Als wir auf Frizzys Haus zufuhren, rief sie aus: »Sehen Sie, da steht Tante Ethel schon am Gartentor und wartet auf mich. Tricks behandelt mich wenigstens nicht wie ein Kleinkind. Ja, meistens komme ich mir sogar um Jahre älter vor als sie.«

Ich fuhr an die Bordsteinkante. »Es tut mir leid, daß Sie eine so schwierige Zeit durchmachen.«

»Ich hab' die Strafe gewissermaßen verdient, weil ich neulich im Dark Horse so ein böses Mädchen war.«

Hier war mein Stichwort, um mit ihr über den Erpresser zu sprechen. Aber wenn der Gauner Frizzy die Daumenschrauben angelegt hatte, dann hätte das doch ganz oben auf ihrer Liste der Probleme des heutigen Tages gestanden. Und was hatte es für einen Sinn, sie zu erschrecken, auf die vage Aussicht hin, daß er – oder sie – vielleicht anrief? Möglicherweise wußte er, wer auch immer es sein mochte, nicht einmal, daß Frizzy an dem Schwiegermutter-Komplott beteiligt gewesen war. Oder der Bösewicht mochte sich überlegt haben, daß der Versuch, Geld aus jemandem herauszuholen, der es nicht hatte und der sich in seiner Verzweiflung vielleicht stehenden Fußes an die Polizei wenden würde, die Kosten eines Telefongesprächs nicht lohnte.

Wie auch immer, es war zu spät, um etwas zu sagen. Tante Ethel hatte die Autotür geöffnet, die Arme hereingestreckt und raffte Einkaufstaschen an sich. »Da bist du ja, Frizzy!« Ihre Stimme war durchdringend. »Ich war derart besorgt, du kannst es dir nicht vorstellen. Ich war überall in der Nachbarschaft, hab' jeden gefragt, ob er mein kleines Mädchen gesehen hat.«

»Du hättest dir keine Sorgen machen sollen.« Frizzy stieg aus. »Meine Freundin Ellie Haskell hat mich vom Einkaufen nach Hause gefahren.«

»Nein, wie nett!« Tante Ethel mußte sich fast bis zu den Füßen bükken, um zur Tür hineinzuschauen. Ihr Gesicht sah aus, als ob es sechzehn Runden im Boxring hinter sich hätte. Ihr rechtes Augenlid ging nicht richtig auf, und ihre Nase wirkte, als wäre sie so oft gebrochen worden, daß sie es aufgegeben hatte, sie richten zu lassen. Die vollgepackten Einkaufstaschen hielt sie, als wären sie mit Zuckerwatte gefüllt.

»Guten Tag«, stammelte ich.

»Freundinnen von meiner Kleinen sind auch meine Freundinnen.« Tantchen schenkte mir ein Lächeln, das mehrere Zahnlücken sehen ließ. »Sie macht eine schlimme Zeit durch, wie sie Ihnen vermutlich erzählt hat, und ich habe geschäumt vor Wut, als ich das mit ihrem hübschen Haar erfuhr! Aber keine Angst, wenn ich Beatrix Taffer nicht beide Augen blau schlagen kann, dann finde ich ein anderes Mittel, um es ihr heimzuzahlen. Und wenn ich mit ihr fertig bin, dann bringe ich die kleine Dawn auf Zack, das sage ich Ihnen! Wenn ich eines nicht hinnehme, dann wenn irgendwer mein kleines Mädchen tyrannisiert. Sie war nie das, was man stark nennen könnte, unsere Frizzy.«

»Es war nett, Sie kennenzulernen.«

Tante Ethel mußte mich liebgewonnen haben, denn sie rammte mir mein Lächeln nicht in den Hals, doch als sie die Tür mit einem Schwung zuschlug, der das Auto über die halbe Straße beförderte, war ich erleichtert, losfahren zu können. Frizzy und ihre Tante winkten noch, als ich um die Ecke bog. Ich legte an Tempo zu trotz des Nebels, der jetzt aufwallte wie Dampf aus einem Hexenkessel. Das weckte eine Assoziation. Arme Mrs. Pickle, dachte ich. Das Leben einer Putzfrau ist wahrlich nicht so, wie man landläufig behauptet.

Obschon ich wußte, daß Lady Kitty stinksauer auf mich sein würde, weil ich mich verspätete, suchte ich trotzdem den hohlen Baum, als ich von der Straße auf den Waldweg einbog, der sich unordentlich um das von Mauern eingefaßte Gelände von Pomeroy Manor herumschlängelte. Ja, da war er – eine hohe Eiche, um die sich eine Gruppe von Sträuchern duckte, wie Höflinge, die auf die Befehle Seiner Majestät warteten.

Das mußte ich dem Erpresser lassen, er oder sie hätte keinen besseren Platz für die Hinterlegung wählen können. In kürzerer Zeit, als ich gebraucht hätte, um Geld auf der Bank einzuzahlen, hatte ich mich auf den moosigen Erdboden gekniet und den Umschlag, der vier Fünfzig-Pfund-Noten enthielt, in die winzig kleine Öffnung am Fuß des Stammes geschoben. Was Zeit erforderte, war das Abklopfen meines Rockes; ich machte es sehr ausgiebig, um das Gefühl loszuwerden, daß ich von einer bösen Macht verseucht war, die in jedem losen Grashalm steckte. Als ich wieder in den Wagen stieg, war ich froh, daß ich den Motor hatte laufen lassen, weil ich niemals den Zündschlüssel hätte festhalten, geschweige denn drehen können.

Als ich weiter den Weg entlangfuhr und zwischen den Backsteinsäulen hindurch auf die Zufahrt einbog, die durch eine Ehrengarde aus Bäumen eine gute halbe Meile nach oben zum Haus führte, sagte ich mir immer wieder, daß ich nichts mehr zu befürchten hatte ... bis zum nächsten Telefonanruf. Dann würde ich allerdings mit dem Erpresser Tacheles reden, ihm erklären, daß er mich beim ersten Mal überrumpelt hatte, aber nun sei Schluß damit. Sollte er mit seinen Tratschgeschichten ruhig zur Polizei gehen und sich dort auslachen lassen. Mum war gesund und munter, und es waren auch noch keine anderen Leichen von Schwiegermüttern aufgetaucht.

Pomeroy Manor erhob sich vor einer grünen Kulisse, wie sie Heinrich VIII. bei einem seiner Stelldicheins mit Anne Boleyn empfangen haben mochte. Das Haus war ein stolzer, jedoch freundlicher Veteran mit rötlichem Backsteingesicht und blitzenden Fensteraugen. Aber die Gärten waren auf den zweiten Blick eine Enttäuschung. Jedem Baum und Strauch hatte man einen Militärhaarschnitt verpaßt, und was an Blumen da war, stand fröstelnd im grauen Nebel, als hätten sie Angst, ein Blütenblatt zu rühren. Nachdem ich den Wagen auf einem Asphaltstreifen geparkt hatte, der den durchschnittlichen Eßtisch beschämt hätte, ging ich die gebleichten weißen Stufen hoch und drückte auf die glänzende Klingel.

Ehe ich mein windzerzaustes Haar glattstreichen konnte, öffnete Lady Kitty die Tür. Sie führte mich in die stockfleckige Halle, die manch fürstliches Fest gesehen haben mußte.

»Da sind Sie ja, Ellie, endlich.«

»Verzeihen Sie die Verspätung«, murmelte ich, »aber auf der Fahrt hierher habe ich eine Bekannte gesehen und sie erst noch nach Hause gebracht.«

»Wenn Sie mit dem Rad fahren würden, meine Liebe« – Lady Kitty schlug die Tür zu –, »dann würde man Sie nicht bitten, den Chauffeur zu spielen. Wir müssen uns gut überlegen, welche Prioritäten wir setzen ... und die Konsequenzen tragen.«

»Wie wahr.«

»Dann kommen Sie mal.« Sie scheuchte mich in einem Tempo durch die Halle, das mir keine Zeit ließ, mich umzusehen. »Es war nichts anderes da, deshalb hoffe ich, Sie mögen Blutwurst. Heben Sie die Füße, so ist es brav.« Sie schob eine Tür auf und sagte: »Dies ist das Speisezimmer, und wie Sie sehen, warten Kater Bobsie und Pamela schon darauf, ihre Lätzchen umbinden zu können. Wenn Sie dann Platz nehmen wollen, Ellie, teile ich aus.«

»Hallo. Schön, Sie wiederzusehen.« Pamelas Lächeln gab keinerlei Hinweis darauf, daß wir mehr als flüchtig bekannt waren. Unser angesäuselter Abend im Dark Horse und unser gestriges Telefongespräch hatten nie stattgefunden. Heute trug Pamela ihr Haar offen mit einem Stirnband. Sie sah entwaffnend jung aus, als sie sich ihrem Schwiegervater zuwandte. »Kater Bobsie, das ist Ellie Haskell von Merlin's Court.«

»Tatsächlich?«

»Es freut mich, Sie kennenzulernen, Sir Robert.«

»Gleichfalls, meine Liebe!«

Er war ein großer, breiter, rotgesichtiger Herr mit Kahlkopf und einem Tick am linken Auge, der schneller wurde, als Lady Kitty, mit einem riesigen Löffel bewaffnet, ein großes Stück Blutwurstpastete auf seinen Teller warf, zusammen mit einer stattlichen Portion Gemüse. Sie verhielt sich nach Art der Frauen, die Vater immer zuerst bedienten, damit er wieder zu seinem Pflug eilen konnte, sobald er sich den Mund am Ärmel abgewischt hatte. Es war unwichtig, daß Sir Robert aussah, als sei er zu keiner anstrengenderen Tätigkeit geeignet, als seine Duellpistolen zu reinigen.

Mit einem dumpfen Geräusch landeten eine Portion Pastete und Gemüse auf meinem Teller. Und nachdem sie sich und Pamela ausgeteilt hatte, nahm Lady Kitty ihren Platz am Kopf der Tafel ein.

»Langt zu!« befahl sie.

Ich öffnete schon den Mund, um tapfer zu lügen, ich liebe Blut-wurstpastete, aber alle hielten die Köpfe gesenkt, während Messer und Gabeln sich fast bis zur Tischplatte durcharbeiteten. Verliefen die Mahlzeiten auf Pomeroy Manor immer nach diesem Muster? Sir Robert schien mir der stille Typ zu sein, der es, zumindest in Gegen-wart seiner Frau, selten wagte, mehr einzuwenden als ein »Was denn! Was denn!« Lady Kitty hingegen hörte sich eindeutig gern reden. Und auch Pamela konnte eine ziemliche Quasselstrippe sein. War ich der Grund für diese Zurückhaltung? Oder hatte die Familie ein Schweigegelübde bei Tisch abgelegt, das nur im äußersten Notfall, etwa wenn man um Salz und Pfeffer bat, gebrochen werden durf-te?

Ich stocherte in meinem Essen herum und nahm das Speisezimmer unter die Lupe. Früher einmal mußte es sehr schön gewesen sein mit seinen Kirchenfenstern und der hohen Fachwerkdecke, doch irgend-ein Namenloser hatte es geschafft, die phantastische Illusion der Schachtelgröße einer Sozialwohnung zu erzeugen, deren Mobiliar eher aus Erwägungen der Sparsamkeit als des Geschmacks ausge-wählt worden war, auf Pump gekauft.

»Möchte jemand Nachschlag?« Lady Kitty hielt ihren Servierlöffel in die Höhe, und als Sir Robert und Pamela den Kopf schüttelten, faßte ich Mut, es ihnen gleichzutun.

»Sie können jetzt sprechen, Ellie.« Das Lächeln von Mylady hätte auch ein Stirnrunzeln sein können – das war bei ihr stets austauschbar. »Während der Mahlzeiten gestatte ich keine Unterhaltung, weil das den Verdauungsprozeß behindert, doch sobald sie ihren Teller leerge-gessen haben, können sie frei von der Leber weg plaudern, ist es nicht so, Kater Bobsie?«

»Ja, meine Liebe.«

»Und ich gestatte auch keine Comic-Hefte bei Tisch, oder?«

»Nein, meine Liebe.«

»Unser Gespräch über das Fest heben wir uns noch auf, Ellie, bis wir unsere Apfelcharlotte gegessen haben.« Lady Kitty erhob sich und begann die Teller zusammenzustellen. »Wer möchte eine schöne große Portion?«

»Ich bin voll«, sagte Pamela.

»Das ist doch keine Entschuldigung, oder, meine Liebe? Du weißt doch, du mußt bei Kräften bleiben, falls jemals der Tag kommen sollte, an dem du mit unserem kleinen Erben in anderen Umständen bist.«

»Ja, Mumsie Kitty.«

»Schon besser.«

Lady Kitty brachte das benutzte Geschirr hinaus und kam mit der Apfelcharlotte und einem Kännchen Vanillesoße zurück. Beides schmeckte köstlich, aber es war uns nicht vergönnt, uns bequem zurückzulehnen und in der Erinnerung zu schwelgen. Kaum hatten wir unsere Löffel hingelegt, war Lady Kitty wieder auf den Beinen und goß Milch in große Bechergläser, die ohne Wenn und Aber vor einen jeden von uns hingestellt wurden.

»Ich gestatte keinen Tee oder Kaffee nach den Mahlzeiten, oder, Kater Bobsie?«

»Nein, meine Liebe!«

»Zu aggressiv für den Magen.« Lady Kitty tätschelte den ihren liebevoll, bevor sie sich wieder setzte, ein Blatt Papier unter ihrem Platzdeckchen hervorzog und an mich weiterreichte. »Hier ist die Liste der Ausrüstung, die wir für das Fest benötigen, und der geschätzten Kosten für Kauf oder Miete. Sie werden feststellen, daß der teuerste Posten der Stand für das Ringwerfen ist, aber wir können nicht umhin, uns dieses Jahr einen neuen anzuschaffen. Wir wollen uns doch nicht vor Kater Bobsies Cousin – dem Ehrenwerten George Clydesdale – blamieren, wenn er die Martha verleiht. Georgie ist ein bemerkenswerter Mensch.« Lady Kitty hielt inne, um Atem zu schöpfen. »Er hat nicht nur hervorragende Arbeit mit seinen Weinbergen in Frankreich geleistet, er hat es auch geschafft, sein ganzes Haar zu behalten.«

»Phantastisch!« Ich vermied es, auf Sir Roberts nackten Schädel zu schauen.

Pamela hob den Kopf. »Ich dachte, du hättest gesagt, Mumsie Kitty, daß Onkel George, wenn er auch nur einen Funken Patriotismus hätte, seine Weinberge nach England verlegen würde?«

»Das war, bevor er und ich unsere kleine Unterredung hatten und er versprach, eine Abfüllfabrik in diesem Land zu errichten.« Mylady ließ ihrer unbotmäßigen Schwiegertochter einen vernichtenden Blick zuteil werden, dann reichte sie mir einen Füllfederhalter. »Also, Ellie, wenn Sie dann eben das Blatt abzeichnen, meine Liebe, hätten wir alles geklärt.«

»Sonst brauchen wir nichts mehr zu besprechen?«

»Überhaupt nichts.« Sie sah zu, wie ich einen Klecks in einen übergroßen Punkt zu verwandeln suchte. »Wie gewöhnlich habe ich alles unter Kontrolle. Und wenn du, Kater Bobsie, jetzt mit Pamela in den Salon gehen und ein Schwätzchen halten möchtest, verziehe ich mich in die Küche und beginne mit dem Abwasch.«

»Kann ich helfen?« fragte ich in der Hoffnung, aus dem Besuch noch etwas Sinnvolles zu machen.

»Ich komme besser allein zurecht, meine Liebe, vor allem weil ich den Herd noch gründlich saubermachen möchte. Jeder Tag hat seine festgelegten Aufgaben und ...« Sie brach ab, möglicherweise ein Ergebnis meiner überraschten Miene, wahrscheinlicher jedoch, weil Sir Robert diesen Moment wählte, um nach vorn auf den Tisch zu sinken. Seine ausgestreckten Arme stießen das Salzfäßchen zusammen mit seinem randvollen Glas Milch um.

Pamela stieß einen Schrei aus. Als das auch nicht half, ihn wieder zu sich zu bringen, stand ich von meinem Stuhl auf, entschlossen, schleunigst Mund-zu-Mund-Beatmung durchzuführen (Mum zufolge hatte es bei Sweetie funktioniert). Lady Kitty zuckte mit keiner Wimper.

»Ermutigen Sie ihn nicht noch, Ellie.« Mit Händen so ruhig wie ein Fels sammelte sie die Puddingteller ein. »Mit diesem Trick versucht der alte Trottel nur, Aufmerksamkeit zu schinden. Ich bin hier diejenige mit dem hohen Blutdruck. Aber so ist das Leben, nicht wahr?

Und es muß weitergehen. Deshalb mache ich mich an den Abwasch, derweil ihr Mädchen dafür sorgt, daß er keine Dummheiten macht, wie zum Beispiel seine Zunge zu verschlucken.«

Um zu zeigen, daß sie nicht allzu sauer war, tätschelte Lady Kitty im Vorbeigehen den Kahlkopf ihres Mannes und verschwand dann durch die Tür. Sogleich öffnete Sir Robert ein entschieden boshaftes Auge und krächzte: »Gott schütze mich vor dieser Frau. Was denn! Was denn!«

»Oh, Kater Bobsie, du hast nur Spaß gemacht!« Pamela fiel ihm um den Hals, als er sich aufrichtete.

»Ich dachte, meine Liebe, es könnte nichts schaden, deiner Freundin Mrs. Haskell zu zeigen, daß deine Schwiegermutter ein herzloses Ungeheuer ist. Wir haben nicht oft einen Zeugen. Und sapperlot, wenn ich kein frisches junges Mädel brauche, das ein gutes Wort für mich einlegt, wenn ich auf der Anklagebank in Old Bailey sitze, um mich dafür zu verantworten, daß ich die Alte zu Tode geprügelt hab'! Was denn! Was denn!«

»Du bist wirklich ungezogen!« Pamela lächelte zu ihm auf und zeigte ihre Grübchen; ich stand sprachlos daneben.

»Da hast du recht, meine Liebe; und jetzt geh' ich gleich nach oben und verkrieche mich in meinem Zimmer.« Irgendwo draußen in der Küche klapperte eine Pfanne, und mit voll wiederhergestelltem Augenzucken entbot Sir Robert mir ein hastiges Adieu und verließ den Raum.

»Er versucht tapfer zu sein, der arme Liebling! Aber man merkt, daß er eine gequälte Seele ist.« Pamela teilte offensichtlich Sir Roberts Vorliebe für Comic-Hefte. »Falls er stirbt – oder besser gesagt, wenn, da es uns allen nicht erspart bleibt –, werde ich den ganzen Tag mit Mumsie Kitty allein sein.«

»Könnten Sie sich nicht eine eigene Wohnung suchen?«

»Wir haben nicht das Geld. Sie nimmt Allans Gehaltsscheck an sich und gibt ihm nur genug für die laufenden Ausgaben. Und darüber muß ich mit Ihnen reden, Ellie.« Pamela schlich zur Tür und preßte das Ohr dagegen, bevor sie wieder zurückkam und mich an der Hand zum Tisch führte.

»Was ist denn los?« fragte ich, als wir uns setzten.

In ihren großen braunen Augen glänzten Tränen. »Ich muß mir etwas Geld leihen. Ich stecke in einer ganz scheußlichen Klemme. Ich wußte nicht, an wen ich mich wenden sollte.«

»Werden Sie erpreßt?«

»Ellie! Wie haben Sie das nur erraten?«

»Ganz einfach! Gestern habe ich einen Anruf erhalten, in dem eine Zahlung von zweihundert Pfund von mir verlangt wurde, zum Ausgleich dafür, daß er – oder sie – Stillschweigen darüber bewahrt, was er im Dark Horse mitgehört hat.«

»Als wir über die Ermordung unserer Schwiegermütter sprachen?«

»Was denn sonst?« Ich starrte sie an.

»Aber das ist nicht der Grund, warum ich erpreßt werde. Bei mir geht das schon so, seit Allan und ich geheiratet haben. Sie wissen ja Bescheid über das Ehewettbacken« – sie schob sich mit zitternder Hand das Haar aus der Stirn –, »aber was nur Allan und ich und ein anderer Mensch wissen, ist, daß ich den Kuchen, durch den ich mir meinen Traumprinzen errungen habe, *nicht* gebacken hatte.«

»Nein?« Meine Stimme war ein schrilles Quietschen; sofort schlug ich die Hand vor den Mund.

»Ich bin eine miserable Köchin. Ich wußte nicht mehr ein noch aus bei dem Gedanken, Allan zu verlieren, bis mir meine Tante Gert einfiel. Sie arbeitet als Bäckerin in Norwich. Ihre Tiefkühlkuchen verkauft sie an eine Reihe von Supermärkten, und als sie erfuhr, in welcher Lage ich mich befand, erbot sie sich, den so überaus wichtigen Apfelkuchen für mich zu backen. Am Tag des Wettbackens brachte sie ihn, gut in ihrer Reisetasche verborgen, zu mir nach Hause. Und während wir uns im Wohnzimmer unterhielten ... merkte ich, daß jemand draußen vor dem offenen Fenster war. Aber ich hätte nie mit Erpressung gerechnet. Und selbst als es mit den Anrufen losging, war ich nicht allzu besorgt. Anfangs waren die Forderungen nicht so schlimm – bloß hin und wieder ein paar Pfund. Aber allmählich sind sie immer höher geworden, und der kleine Notgroschen, den ich vor meiner Heirat zurückgelegt hatte, ist verbraucht. Ich hab' keinen Schmuck mehr, den ich verkaufen kann, und jedesmal, wenn ich davon spreche, mir einen Job zu suchen, kriegt Mumsie Kitty einen Anfall. Der Platz ihrer Schwiegertochter ist zu Hause, unter ihrer Fuchtel.«

»Wieviel will unser Freund diesmal haben?« fragte ich. »Zweihundert Pfund.«

»Zumindest behandelt er oder sie alle gleich.«

»Ellie, können Sie mir das Geld leihen?«

»Die Erpressung wird ewig so weitergehen.«

»Nein, das wird sie nicht!« Pamelas Augen wurden schmal, und ihre Grübchen verschwanden gänzlich. »Ich *muß* einen Ausweg finden, weil ich so nicht weitermachen kann. Helfen Sie mir nur dieses eine Mal, Ellie, bitte!«

Ich holte mein Scheckbuch aus meiner Handtasche, trug den gewünschten Betrag ein und reichte ihr den Scheck. »Die Schwiegermutteraffäre wurde Ihnen gegenüber nicht erwähnt?«

»Noch nicht.«

»Dann drücken Sie die Daumen.« Ich schraubte meinen Füller zu, steckte ihn weg und stand auf. »Wir bleiben in Verbindung«, sagte ich, während ich zur Tür ging.

»Müssen Sie schon gehen?« Sie folgte mir in die Halle, und es gefiel mir ganz und gar nicht, sie in diesem Haus zurückzulassen, das eigentlich gemütlich und wunderschön hätte sein sollen, auch wenn man die Familienporträts abgehängt und durch Woolworth-Drucke ersetzt hatte.

»Ja, ich muß.« Ich umarmte sie, bevor ich nach draußen in den wirbelnden Nebel trat. »Bitte erklären Sie Lady Kitty, daß ich nach Hause mußte und sie nicht beim Saubermachen des Herdes stören wollte. Ach, übrigens« – ich drehte mich noch einmal um, als ich auf dem Pfad war, der sich zwischen den Blumenbeeten und dem Rasen hindurchwand –, »wie ist es Ihnen gelungen, weiter den Anschein zu erwecken, als ob Sie eine tolle Köchin wären?«

»Kein Problem«, sagte Pamela. »Seit ich Allan geheiratet habe, hat Mumsie Kitty mich nie wieder eine Rührschüssel anrühren lassen.«

»Wie typisch!«

Es verstand sich ebenso von selbst, daß ich im Kreis herumirrte, wie ich es immer auf Parkplätzen tat, bevor ich auf meinen Wagen stieß. Die Bäume zu beiden Seiten der Zufahrt verhinderten, daß ich auf die schiefe Bahn geriet, doch als ich den Fahrweg erreichte, war ich froh, daß ich das Geld bereits auf der Hinfahrt in der hohlen Eiche deponiert hatte. Mit jeder Umdrehung der Räder wurde der Nebel dichter, und ich konnte es kaum erwarten, wieder wohlbehalten in meinen eigenen vier Wänden zu sein. Die Fahrt durchs Dorf stellte mich kaum vor Probleme. Ich zockelte einfach einem freundlichen kleinen Auto hinterher, bis sich unsere Wege schließlich am Fuß der Cliff Road trennten. Jetzt befand ich mich auf der Zielgeraden und hätte eigentlich voller Zuversicht sein müssen, da ich mich bekanntlich rühmte, diese Strecke mit verbundenen Augen fahren zu können. Wir sagen solche Dummheiten und rechnen nie damit, daß wir einmal dafür gestraft werden.

Einerseits wollte ich mich beeilen, so wie wenn man denkt, daß einem das Benzin ausgeht, aber die Vorsicht gebot, daß ich jede Windung der Straße äußerst behutsam nahm. Ein jeder Fels, der sich am Straßenrand zeigte, war so willkommen wie ein Leuchtfeuer. Die Bushaltestelle tauchte vor mir auf, sie wirkte einsam und verloren. Die Sicht belief sich auf nur fünf Zentimeter, und ich hatte den Wagen in Verdacht, daß er die Scheinwerfer zukniff, als wir uns dem Kamm des Hügels näherten. Auf jeden Fall gab er nervöse Laute von sich. Das war der Grund, warum ich, als ich mich dem Pfarrhaus näherte, dachte, der Schrei sei mechanisch erzeugt.

Aber als er noch einmal ertönte, hoch und klagend, wußte ich, daß da jemand draußen im Nebel war. Jemand, der es mit einem größeren Problem als einem verlorengegangenen Picknickkorb zu tun hatte.

Ich brachte den Wagen ruckend zum Stehen und stieß die Tür auf. Der Erdboden sah nicht nur aufgeweicht und verschwommen aus, er fühlte sich auch so an, als ich blind der Stimme nach stolperte, die in äußerster Hilflosigkeit weiter schrie.

»Ich komme!« rief ich.

»Hier drüben!«

»Nicht bewegen!« Ich hätte gut daran getan, diesen Rat selbst zu befolgen, denn in diesem Augenblick stürzte ich um ein Haar von der Klippe, was überaus schmerzlich für die schattenhafte Gestalt gewesen wäre, die mir aus gut drei Meter Tiefe von einem schmalen Sims entgegenblickte.

»Na, wenn das nicht eine Freude ist, Sie zu sehen, Mrs. Haskell«, sagte Bridget Spike. »Haben Sie zufällig eine Zigarette dabei, damit ich meine Nerven beruhigen kann?«

S ie hätte sterben können!« stellte Ben am nächsten Morgen erneut fest. Er merkte aber auch alles. Ein besorgter Ausdruck vermenschlichte sein Hochglanzmagazin-Gesicht, als er sich in seinem schwarzen Seidenmorgenmantel auf dem Bett ausstreckte, die Hände hinter dem Kopf verschränkt, wobei er haargenau so aussah, als posiere er für den Modeteil eines ultraluxuriösen Herrenmagazins.

»Ja, Schatz.«

»Welch ein Wunder, daß du gerade vorbeikamst.«

»Genau.«

»Und du sagst, sie wollte eine rauchen, verlor die Orientierung und spazierte einfach über die Klippe?«

»Ja, Liebes.«

»Gott sei Dank, daß sie auf diesem Vorsprung landete.«

»Wie wahr.«

»Ein verhängnisvoller Ausrutscher, und es wäre zu Ende gewesen.« Ben sprach zu seinen elegant gekreuzten Knöcheln, während ich merkte, daß das Hinterteil meiner Hose vorn war und meine Bluse auf links gedreht.

»Die Ärmste!« Sein Seufzer brachte mich so durcheinander, daß ich meinen Reißverschluß weder dazu bringen konnte, nach oben noch nach unten zu gehen. Soviel zu dem ganzen Gefasel, daß Männer es allmählich lernen, mit ihren Ehefrauen zu kommunizieren. Dieses eine Mal wollte ich ein Thema nicht totreden, und es war unmöglich, ihn zum Schweigen zu bringen, es sei denn, ich drückte ihm ein Kissen aufs Gesicht. Gott bewahre! Ich hatte meinen mörderischen Neigungen ein für allemal die Zügel angelegt.

Als ich dachte »die Ärmste!«, dachte ich an Eudora. Man hatte ihrem erschrockenen Gesicht deutlich angesehen, daß sie meinte, der Zorn Gottes sei über sie gekommen, als ich mit der alarmierenden Nachricht vor der Tür des Pfarrhauses stand, das Leben ihrer Schwiegermutter hinge nur noch an ihren Fingerspitzen. Wir sprachen nicht über die gespenstische Tatsache, daß der Unfall sich mit den Plänen deckte, die wir im Dark Horse zum Spaß gegen Bridget geschmiedet hatten. Doch die Erinnerung dräute über unseren Köpfen, dunkler als jede derzeitige Wolke am Himmel, als wir mit einem Stück Wäscheleine zu der gefährlichen Klippe zurückhasteten, um die leidgeprüfte Frau wieder in sichere Höhe zu befördern. Wegen des Nebels erwies es sich als unmöglich, Eudoras Miene richtig zu deuten, aber ich konnte mir vorstellen, wie ihr zumute war, als Bridget – trotz all ihrer Beteuerungen, sie sei kaum verletzt – zusammenzuckte, als ihre Schwiegertochter ihren Arm nahm, um sie auf dem Weg zum Pfarrhaus zu stützen.

Eudora, der pragmatische Typ, würde mit der Zeit zweifellos zu der Einsicht gelangen, daß sie in keinem Fall die Verantwortung für das Mißgeschick trug. Dennoch war ich im Laufe der gestrigen Nacht mehrmals versucht gewesen, sie anzurufen und sie mit dem Hinweis zu trösten, daß ja ich, mit Unterstützung Pamelas, das Phantasieszenario entworfen hatte, das zufällig in die Wirklichkeit umgesetzt worden war. Doch bei näherer Überlegung hatte ich entschieden, daß man die Angelegenheit am besten eines natürlichen Todes sterben ließ. Ein Schicksal, das Bridget Spike wieder frohen Mutes anstreben konnte.

»Ellie« – Ben glitt vom Bett und legte liebevoll den Arm um meine Schultern –, »ich habe eine ganz tolle Überraschung für dich.«

»Ach ja?« Während ich auf meine Bluse sah, die ich gerade zu Ende zugeknöpft hatte, fragte ich mich, ob ich wohl meine Zeit verschwendet hatte.

»Ich habe beschlossen, mir den Morgen freizunehmen. Du brauchst meine männliche Unterstützung nach deinem verstörenden Erlebnis. Und daher, mein Liebling, werde ich ein einmaliges Frühstück für dich zubereiten – einen goldbraunen, knusprigen Kartoffelkuchen mit leckerer Sahne und Räucherlachs. Und hinterher machen wir einen geruhsamen Spaziergang im Garten.« Während er das sagte, führte er mich zum Fenster hinüber, und von dort schauten wir auf eine sonnenbeschienene Szenerie aus sanft abfallenden Rasenflächen, bunten Blumenbeeten und rustikalen Bänken, die es sich im sattgrünen Schatten der Bäume bequem machten.

»Der Garten ist bereits besetzt.« Ich zeigte zu der Stelle drüben bei der Rotbuche, wo Mum und Jonas aufgetaucht waren, flankiert von Abbey und Tam.

»Das wird allmählich zu einem ganz anheimelnden Bild«, sagte Ben.

»Sie sind ein hübsches Paar«, stimmte ich zu. »Jeder würde sie für Bilderbuch-Großeltern halten, die das Zusammensein mit den Kleinen genießen.«

»Und miteinander.«

»Aber sie gehören nicht zusammen.« Ich widerstand der Versuchung, mit dem Fuß aufzustampfen.

»Du meinst, es ist bloß eine jugendliche Schwärmerei?«

»Ich meine, wir müssen dem auf der Stelle einen Riegel vorschieben.«

»Willst du, daß ich Dad noch mal einen Floh ins Ohr setze?« Bens Stimme folgte mir durchs Zimmer zum Kleiderschrank, wo ich nach einer Strickjacke kramte.

»Laß mich nur machen.« Ich hatte bereits die Tür geöffnet und war halb auf der Galerie. »Wir erreichen vielleicht mehr, wenn ich meine weiblichen Schliche anwende. Dir wäre es peinlich, auf offener Straße in Tränen auszubrechen. Wie wär's, wenn du statt dessen hierbleibst und den heimischen Herd hütest?«

»Lieber gehe ich zur Arbeit.« Im Gehen löste er den Gürtel seines

Morgenmantels, während ich ihm eine Kußhand zuwarf und die Flucht antrat. Was ich ihm nicht gesagt hatte, war, daß ich das zwingende Bedürfnis verspürte, unseren Hausstand in Ordnung zu bringen, bevor mein Leben noch ganz aus den Fugen geriet. Daß meine Freundinnen im selben Boot saßen, war auch kein Trost. Ich hatte großes Mitgefühl mit Frizzy, die es neben Tricks jetzt auch noch mit der jähzornigen Tante Ethel zu tun hatte, und mit Eudora, die – während ich hier zur Haustür hinausging – vermutlich all ihre Rauchenverboten-Schilder abnahm. Pamela war zugegebenermaßen eine ziemliche Niete, die mehr hätte tun können, um ihre Situation zu verbessern, indem sie sich Lady Kitty gegenüber behauptete und sich einen Job suchte. Aber da ich mich selbst jahrelang von Gewichtsproblemen und einem jämmerlichen Selbstbild hatte unterkriegen lassen, wußte ich nur zu gut, wie es war, in der Falle der eigenen Ohnmacht zu sitzen.

Mum, Jonas und die Zwillinge mußten ins Haus zurückgegangen sein, da ich sie nirgends im Garten entdecken konnte, als ich auf dem Weg zum Auto den Hof überquerte. Es war völlig verantwortungslos von mir, wegzufahren, ohne meinen kleinen Lieblingen auf Wiedersehen zu sagen, aber ich war froh, daß ich es umgehen konnte, Mum mein Ziel enthüllen zu müssen. Sie mußte glauben, daß Dad, wenn er zu ihr zurückkehrte, nicht auf irgendwelchen äußeren Druck reagierte. Ben würde erklären, daß ich dringend weggemußt hatte, und es geschickt vermeiden, ins Detail zu gehen.

Es war ein Ding der Unmöglichkeit, sich an solch einem schönen Morgen nicht optimistisch zu fühlen. Der Himmel war so blau wie die Augen meiner Kinder, und der Duft des Grases war fünfzig Pfund die Unze wert, als er mit einer linden, warmen Brise durch das offene Wagenfenster hereingeweht kam. Als ich die Stelle erreichte, wo Bridget von der Klippe gestürzt war, rutschte ich beklommen auf meinem Sitz hin und her. Doch das war nichts im Vergleich zu meiner Reaktion, als ich sie an der Bushaltestelle stehen sah, eine Viertelmeile hügelabwärts vom Pfarrhaus. Wenn sie auch behauptet hatte, sie sei bei ihrem beinahe tödlichen Sturz unverletzt geblieben, hatte ich mir doch vorgestellt, daß sie auf dicken Kissen und straffgezogenen Laken im Bett lag. Bestimmt war es doch noch zu früh, um sie allein nach draußen zu lassen!

Ich hielt zwei Zentimeter vor ihren Füßen an, streckte den Kopf heraus, um ihr das Angebot zu machen, sie mitzunehmen, und bekam es mit dem kalten Grausen, wie Mrs. Malloy sagen würde. Das Ding in Bridgets Hand war ein Koffer. Der Anblick hätte mir nicht mehr Entsetzen einflößen können, wenn sie eine gesuchte Terroristin gewesen wäre.

»Also wirklich, das ist ein nettes Angebot, aber ich will Ihnen keine Umstände machen«, sagte sie. »Sie haben doch wahrhaftig schon genug für mich getan.«

»Der nächste Bus kommt erst in einer halben Stunde«, klärte ich sie auf, während ich rasch ausstieg und den Koffer auf dem Rücksitz verstaute. »Steigen Sie ein, und machen Sie es sich bequem.«

»Sie sind ein patentes Mädel« – sie nahm Platz –, »aber ich möchte auf keinen Fall Unfrieden zwischen Ihnen und Eudorie stiften. Sie machte gerade ein kleines Nickerchen, als ich ging, und Gladstone war beim Metzger, deshalb konnte ich mich nicht verabschieden.«

»Werden sie sich denn keine Sorgen machen?« Meine Hand auf dem Schalthebel zögerte.

»Natürlich werden sie das! Gestern abend hat Eudorie mir in den Ohren gelegen, ich sollte für immer bei ihnen bleiben und so weiter, aber ich habe doch Heimweh nach meinen eigenen zwei Zimmern, wo ich rauchen kann, ohne gleich eine mittlere Katastrophe auszulösen.«

»Sind Sie sicher? Ich könnte Sie schnell zurückfahren.«

»Das lassen Sie schön bleiben!« Bridget packte den Türgriff. »Wo Sie doch selbst schon Ärger genug haben. Außerdem habe ich ja eine Nachricht hinterlassen, mit Lobgesängen, die Engel zu Tränen rühren würden.«

»Ich kann Sie nicht umstimmen?«

»Nicht in einem Monat voller Sonntage.« Ihr Lächeln war hauchdünn, und ihre eingefallenen Wangen ließen ihre Nase mehr denn je wie einen Schnabel aussehen. Nur ein Dummkopf konnte ihrem Bedürfnis, sich in ihrer eigenen Wohnung zu verkriechen, in telefonischer Reichweite zu ihrem Hausarzt, sein Verständnis versagen. Aber aus der Art, wie sie immer wieder nervös über die Schulter blickte, als wir den Hügel hinunterfuhren, schloß ich, daß Bridget doch gewisse Bedenken hatte, hinter Eudoras Rücken das Weite zu suchen.

»Wär's ein großer Umweg für Sie, mich am Busdepot abzusetzen?« fragte sie, als wir im Dorf ankamen.

»Überhaupt nicht«, versicherte ich ihr und sollte bald darauf erfahren, daß ich nie ein wahreres Wort gesprochen hatte.

Als ich den Wagen außerhalb des mit roten und grünen Doppeldeckern bevölkerten Bereichs parkte, entdeckte ich den Mann, den ich suchte, in der Tür eines Blumengeschäfts an der Ecke gegenüber.

»Kommen Sie nicht mit rein.« Bridget griff in ihre Handtasche und holte ein Marmeladenglas hervor. »Hier haben Sie 'ne Kleinigkeit für Ihre Freundlichkeit, und damit bin ich weg, zurück in mein altes boshaftes und sündiges Leben.«

Ungeachtet ihres Protests trug ich ihr den Koffer in den Bahnhof, bis zu dem kleinen Schalter, wo sie ihren Fahrschein erstehen mußte, und mit einer Umarmung und dem Gefühl, daß keineswegs alles in Ordnung war, ließ ich sie allein. Wegzugehen war das eine, aber daß sie ihre Marmelade genommen hatte und nach Hause fuhr, weckte in mir doch die Frage, ob Bridget sich bei ihrem Sturz nicht eine Kopfverletzung zugezogen hatte. Die ganze Sache war äußerst merkwürdig, und als ich die Straße überquerte, überlegte ich, wie ich Eudora bei unserer nächsten Begegnung erklären sollte, daß ich Beihilfe geleistet hatte.

Zum Glück hatte ich noch andere Sorgen. Mein Schwiegervater stand vor dem Blumengeschäft. Er hatte einen Strauß Bananen unter dem Arm und mampfte geruhsam eine, die er in der Hand hielt. Von Mr. Savage war keine Spur zu sehen, aber zu ihm würden wir später noch kommen.

»Erwischt!« Ich fuchtelte wie wild mit dem Finger vor Dads Nase herum. Der Wind hob sein weißes Haar von der kahlen Stelle und zerraufte ihm den Bart. *Windig* war das richtige Wort für ihn. Wirklich, es ging zu weit.

»Ich steh' dir nicht im Weg, Ellie«, brüllte er, auf daß die ganze Straße es hörte, und hatte die Befriedigung zu sehen, wie ein paar der Fußgänger vor Schreck aus der Regenhaut fuhren. Denn, man soll's nicht glauben, es hatte angefangen zu nieseln, aber nur halbherzig, so wie ein Kind, das zu weinen vorgibt, um die Aufmerksamkeit auf sich zu ziehen.

»Ich will nicht ins Geschäft«, teilte ich ihm streng mit.

»Wie war das?« Er zog einen Schmollmund, höchst unvorteilhaft bei einem Mann seines Alters. »Wolltest du nicht schnell rein und einen Blumenstrauß kaufen?«

»Wofür denn?« Ich starrte auf die Töpfe mit Teerosen und Bartnelken, die auf dem Gehsteig standen, und fragte mich, was Jonas wohl sagen würde, wenn ich gutes Geld für ein in grünes Seidenpapier eingeschlagenes Biedermeiersträußchen ausgab, während unsere Blumenbeete auf Merlin's Court förmlich überquollen.

»Du brauchst mir nicht gleich an die Kehle zu springen.« Seine braunen Augen glänzten so unschuldig wie die von Sweetie, wenn sie besonders tückisch war. »Sentimentaler alter Dummkopf, der ich bin, dachte ich, Magdalene hätte dich geschickt, um einen hübschen kleinen Strauß auszuwählen, der dann zusammen mit ihrer Entschuldigung überreicht würde, weil sie sich benommen hat wie eine . . .« Er spitzte seine borstigen Lippen.

»Wie eine Frau?«

»Genau.« Dad trat zurück, um ein glückliches älteres Paar vorbeitappen zu lassen, deren Gesichter ein Netz aus Falten waren und deren Gehstöcke in völliger Harmonie klapperten. »Ihr seid alle gleich, ihr Frauen. Heult und zetert ohne Sinn und Verstand. Aber eines muß ich deiner Schwiegermutter lassen, Ellie, sie weiß, wann es Zeit ist, wieder zur Vernunft zu kommen. Schön, bittet sie also nicht mit Blumen um Verzeihung. Um so besser. Hätte sie ja vom Haushaltsgeld abzwacken müssen, und ich wäre eine Woche lang auf Brot und Wasser gesetzt worden. Was zählt, ist doch, daß sie dich geschickt hat, um mir zu sagen, daß sie sich total lächerlich gemacht hat und mich wiederhaben will.«

»Sie hat nichts dergleichen getan.«

Wenn er mich gehört hatte, so ließ Dad es sich nicht anmerken. Er war voller Energie, die Welt lag ihm zu Füßen, und er trug die reichen Gaben der Natur unter dem Arm. »Es liegt mir nicht, Ellie, den strengen Ehemann zu spielen. Man kann weiß Gott keinen sanfteren Mann finden als mich. Und es war ein Unglückstag, als ich auf die Straße gesetzt wurde und ein Bad im Meer nahm, zusammen mit einer respektablen weiblichen Gefährtin.«

»Um Mitternacht! Splitterfasernackt!«

Ich hätte ebensogut zu dem Laternenpfahl sprechen können. Die Bananen reiften, während wir so dastanden, und ich empfand die quälende Furcht, daß die Zwillinge Teenager wären und Ben meine Betthälfte in ein nationales Denkmal verwandelt hätte, bis dieses Gespräch beendet war.

»Mum hat mich nicht geschickt«, sagte ich, »aber ich bin hier, um dich zu bitten, wieder nach Hause zu kommen und eine ehrbare Frau aus ihr zu machen.«

»Sie hat mir den Laufpaß gegeben.«

»Das tut doch nichts zur Sache.«

»Nach fast vierzig Jahren!«

»Läßt es dich kalt, daß Mum denkt, Tricks hätte sie ausgetrickst?«

Regentropfen, oder möglicherweise auch Tränen der Enttäuschung, benetzten mein Gesicht.

»Blödsinn!« Dad plusterte sich zu doppelter Größe auf. Eine junge Frau, die in den Bannkreis seiner finsteren Miene geriet, beschrieb mit ihrem Säugling im Kinderwagen einen weiten Bogen um uns. »Aber ich sag' dir was, Ellie, falls ich in den Armen einer anderen Frau gelandet wäre, dann deswegen, weil ich *hineingetrieben* wurde.«

Das war er, der Augenblick, um den Trumpf aus meinem Ärmel zu ziehen. Was dem Gänserich recht war, war der Gans billig.

»Ich will dir keine angst machen, Dad«, log ich. »Aber die traurige Wahrheit sieht so aus, Mum fühlt sich verschmäht, und Jonas ist zur Stelle – ein rauher Naturbursche in der Blüte seines Herbstes, der bereit und willens ist, ihr einen Ring an den Finger zu stecken.«

»Er kennt die Frau doch gar nicht!«

»So was gibt's. Und ich befürchte von Minute zu Minute mehr, daß sie seinen Antrag annimmt.«

»Sie muß in der zweiten Pubertät sein!« Dads Gesicht war so rot angelaufen wie eine Ampel. Risse bildeten sich im Asphalt bei seinem Gebrüll, aber ich hielt die Stellung.

»Sie spricht davon, sich das Haar färben zu lassen.«

»Magdalene?«

»Gestern trug sie Lidschatten.«

»Und du läßt das alles zu?« brüllte er.

»Ich kann nicht viel machen, selbst wenn sie sich entschließt, sich mit Jonas zu verloben. Sie ist einsam, und sie sind beide alleinstehend.« Ich ließ diese Worte erst einmal wirken. »Es mag deinem Gedächtnis entfallen sein, aber Mum ist eine sehr anziehende Frau. Und in den letzten paar Tagen ist sie förmlich aufgeblüht.«

»Magdalene hat ihre Momente«, gab Dad barsch zu. »Zum Beispiel, wenn sie ihre Fleischpastete mit zwei Gemüsebeilagen auf den Tisch bringt. Warum fährst du nicht wieder nach Hause, Ellie, und sagst ihr, daß ich bereit bin, die Vergangenheit ruhen zu lassen, wenn sie zugibt, daß sie im Unrecht war, und mich bittet, zurückzukommen.«

»Ich werde nichts dergleichen tun«, sagte ich wütend zu ihm. »Hier ist nur eines angesagt, und zwar, daß du deinen Stolz runterschluckst und zu ihr zurückgehst, mit dem Hut in der Hand. Zu deinem Glück scheint heute nicht einer deiner besonders hektischen Tage als Straßenmusikant zu sein. Keine grölende Menge, keine kleine Blechbüchse, kein Mr. Savage.«

»Peter hat sich freigenommen, er liegt im Bett.«

»Geht's ihm nicht gut?«

»Wunde Finger, vom Gitarrezupfen.«

»Mir scheint, er täte gut daran, seinen auserwählten Beruf noch mal zu überdenken«, sagte ich kalt, »und du solltest dir ernsthaft Gedanken über die Fährnisse eines Lebens als einsamer alter Junggeselle machen.«

Ich überließ ihn der zweifelhaften Gesellschaft seiner Bananen und ging zu meinem Wagen, ohne auf einen Polizisten zu warten, der mich sicher über die Fahrbahn geleitete. Ich fuhr in einem Zustand blinder Wut nach Hause. Dieser Mann war so störrisch wie ein Maulesel, und es war absolut nicht angebracht, Mitleid mit ihm zu haben. Es kostete mich einige Kraft, ein Lächeln auf mein Gesicht zu pappen, bevor ich die Küche betrat, aber ich machte mir die Mühe, weil ich auf Mum vorbereitet war, wie sie eifrig häkelte. Aber wie sich herausstellte, war das einzige Zeichen von Leben Mrs. Pickle. Sie stand am Herd, wo sie sich über den Kessel beugte, der zischte wie eine Dampfmaschine.

»Ach, Sie sind's, Mrs. Haskell!« Standen da Schweißperlen auf ihren Metallwicklern, als sie ihre Schürze mit den Händen glättete und sich den Anschein zu geben suchte, als arbeite sie schwer? »Ich hab' gerade den Kessel von innen saubergemacht.«

»Wie nett«, sagte ich und wandte den Blick von der auf dem Tisch stehenden Teetasse mit dem Ingwerplätzchen auf dem Unterteller ab. »Ich hatte völlig vergessen, daß Sie kommen.«

»Ich weiß nicht, ob ich gesagt hab', an welchen Tagen ich komme.« Mrs. Pickle griff nach einem Lappen und machte sich damit, Wisch für Wisch, über die Arbeitsfläche her. »Aber keine Bange, Ihre Schwiegermutter hat mir gesagt, was ich tun soll und was nicht. Sie ist vor einer Weile mit den Kleinen, diesen Engelchen, nach oben gegangen.«

»Dann gehe ich auch nach oben und spreche mit ihnen.« Gerade hatte ich meine Handtasche auf den Tisch gelegt, als Jonas seinen Schnurrbart durch die Tür zur Halle streckte.

»Da bist du ja, Mädel!« brummte er. »Man könnte meinen, das Telefon kriegt noch 'nen Herzanfall, so wie's schon den ganzen Morgen läutet.«

»Ich war doch bloß eine Stunde weg.«

»Diese Mrs. Spike hat alle fünf Minuten angerufen.«

»Was sie will, brauchst du mir nicht zu sagen!« Mit bebendem Herzen und bleischweren Schritten drückte ich mich an ihm vorbei und wählte die Nummer des Pfarrhauses. Würde ich zu hören bekommen, daß der Arzt den Verdacht hatte, ein hinterhältiger kleiner Blutpfropf lauere in Bridgets Venen und bereite sich darauf vor, jeden Augenblick ihr Herz zu stürmen? Und daß ich, indem ich ihr zur Flucht verhalf, ihren Totenschein unterschrieben hatte?

»Eudora?«

»Ja, Ellie, lieb von dir, daß du zurückrufst.«

»Ich kann mir denken, daß du krank vor Sorge bist.«

»Dann hast du es schon gehört?«

»Ich hab' deine Schwiegermutter an der Bushaltestelle gesehen und sie zum Bahnhof mitgenommen. Sie sagte mir, sie hätte Gladstone und dir eine Nachricht hinterlassen, aber ich kann verstehen, daß du erschüttert bist.«

»Es geht nicht um Bridget, obwohl wir dazu später noch kommen. Ellie, was ich dir erzählen will, wird ein furchtbarer Schock für dich sein.«

»Ja?« Ich heftete den Blick auf Jonas, der sich in der Nähe herumdrückte.

»Lady Kitty Pomeroy ist heute früh gestorben.«

»Ach, du meine Güte!« Ich mußte mich auf Leben und Tod am Hörer festklammern.

»Als Sir Robert anrief, um die Andacht zu arrangieren, sagte er mir, daß die Todesursache anscheinend ein schwerer Schlaganfall war.«

»Sie ist im Schlaf gestorben?«

»Nein, Ellie! Sie ist auf dem *Rad* gestorben. Sie wollte Eier von einer nahegelegenen Farm holen. Sir Robert stand zufällig am Fenster und sah, wie sie die Kontrolle über das Rad verlor, als sie den steilen Pfad nahm, der eine Abkürzung zur Straße ist. Er sagte, Lady Kitty fiel über die Lenkstange in den Teich, und als er und Pamela bei ihr anlangten und sie herauszogen, war sie tot.«

»Ich kann es nicht glauben!«

»Wir müssen uns zusammensetzen und reden«, sagte Eudora. »Wie wär's, wenn ich heute nachmittag bei dir vorbeikomme?«

»Jederzeit«, sagte ich und legte den Hörer auf. Bridget war doch nicht mehr zum Gesprächsthema geworden.

»Was ist passiert, Mädel? Du bist so weiß wie ein Laken.« Jonas' buschige Brauen hingen bis auf seine Nase, ein sicheres Zeichen, daß er besorgt war.

»Es geht schon wieder.« Ich lehnte einen tröstlichen Moment lang den Kopf an seine Schulter. »Du brauchst dir keine Sorgen zu machen. Eines von Eudoras Gemeindemitgliedern ist unerwartet verschieden.«

»Jemand, den du kanntest?«

»Lady Kitty.«

»Die neulich zum Tee hier war?«

»Und gestern noch habe ich sie auf Pomeroy Manor besucht. Deshalb ist es ein Schock, auch wenn ich sie nicht gut gekannt habe.«

»Du hast ein zu weiches Herz, das ist dein Problem, Mädel.«

»Das sagst ausgerechnet du«, erwiderte ich. »Warum gehst du nicht nach draußen in den Garten und freust dich an deinen Blumen, während ich mich hier hinsetze und ein wenig nachdenke?«

»Wie wär's, wenn ich dir eine schöne Tasse Ovomaltine bringe?«

»Später vielleicht.«

Ich gab ihm ein Lächeln mit auf den Weg aus dem Haus, aber sobald Jonas weg war, sank ich auf die Gobelinbank, um meine verstreuten Gedanken einzusammeln. Was Bridget Spike zugestoßen war, gehörte zu den entsetzlichen Zufällen des Lebens. Eudora hätte ich ebensowenig verdächtigt, ihre Schwiegermutter in Erfüllung der im Dark Horse gemachten Prophezeiung von der Klippe zu stoßen, wie ich mich selbst einer so abscheulichen Tat für fähig hielt. Aber bei Pamela sah es anders aus.

Sie hatte Lady Kitty gehaßt, und als Mensch war sie ihr am Sie wissen schon vorbeigegangen. Und sie befand sich in den Fängen eines Erpressers, durch dessen Enthüllungen ihr Leben noch unerträglicher geworden wäre, als es schon war. Gestern noch hatte sie mir gesagt, sie sei entschlossen, einen Ausweg aus ihren Schwierigkeiten zu finden. Jetzt schien es, als hätte sie genau das getan. Dummes Ding, bestimmt war ihr doch nicht entgangen, daß, wenn ein Erpresser mir wegen der Sache im Dark Horse die Daumenschrauben anlegte, er ebensogut auf sie verfallen könnte. Die Verzögerung konnte auch mit etwas so Simplem zusammenhängen wie daß unser Mann oder unsere Frau pathologisch faul war.

Was sollten Eudora und ich tun? War *Mord* ein zu starkes Wort für das, was Pamela getan hatte, indem sie die Bremsen des Rades manipulierte und sich auf einen steilen Straßenabschnitt und Lady Kittys hohen Blutdruck verließ, um ein tödliches Ergebnis herbeizuführen? Ein Fall von Wunschdenken im schlimmsten Sinne, zweifellos, aber hatte das Mädchen mit den großen braunen Augen und den traurigen Rattenschwänzen es verdient, ein Leben lang für Mord an der Schwiegermutter eingesperrt zu werden? In tiefer Niedergeschlagenheit erklomm ich die Stufen. Ich suchte Mum und die Zwillinge zunächst im Kinderzimmer, fand die drei aber in Mums Turmzimmer. Abbey und Tam waren dabei, fröhlich Grandmas Schuhe auf dem Bett aufzureihen, eine Beschäftigung, gegen die sie aus hygienischen Gründen eigentlich ihr Veto hätte einlegen müssen. Wie es aussah, hatte Mum allerdings andere Dinge im Kopf. Und kaum erblickte sie mich, da ließ sie mich auch schon wissen, was.

»Ich kann meine Mantille nicht finden.«

»Dieses schwarze Spitzending, das du zum Gottesdienst trägst?«

»Ich werfe dir nichts vor, Ellie.« Sie fuhr unbeirrt fort, Kerzenhalter hochzuheben und unter Zierdeckchen zu spähen. »Ich weiß bloß, daß sie in meinem Koffer war, als ich hier ankam, und jetzt ist sie weg.«

»Wer kann sie denn genommen haben?« fragte ich, als Tam mit ausgestreckten Armen und einem breiten Lächeln auf mich zugetaumelt kam. »Die Kinder waren bestimmt nicht allein hier oben.«

»Ich habe den Verdacht, deine Katze hat sich damit aus dem Staub gemacht.« Mum gab sich geschlagen, sie stellte den Pudertopf wieder an seinen Platz auf dem Frisiertisch. »Sweetie ist zu klug, um solch einen Schabernack zu treiben.«

Sprachen wir von derselben Hündin, die vor wenigen Tagen mit dem armen heiligen Franziskus zwischen ihren diebischen Fängen ins große Draußen geflüchtet war? Egal, ich hegte keinerlei Zweifel, daß die Mantille heil und unversehrt in einer Schublade auftauchen und Tobias' guter Ruf wiederhergestellt würde. Mein Kater hatte seine Schwächen, Damenoberbekleidung gehörte nicht dazu.

»Hast du dich gut amüsiert beim Einkaufen?« fragte Mum mit einem lediglich symbolischen Naserümpfen, als sie Abbey den Schuh abnahm, den diese sich auf den Kopf gesetzt hatte.

»Ich hatte ein paar Besorgungen zu machen, nichts Aufregendes. Und jetzt bin ich reif für eine Tasse Tee. Hättest du auch gern eine?«

»Nicht jetzt, wenn es dir nichts ausmacht.« Magdalene straffte ihre mageren Schultern und hob das Kinn. »Ich hab' hier oben noch tausend Dinge zu erledigen, bevor ich eine Ruhepause einlegen kann. Aber laß dich von mir nicht abhalten, es dir gutgehen zu lassen.«

»Dann schaff' ich dir erst mal die Zwillinge vom Hals.« Ich nahm Tams Hand und griff nach Abbey. »Wir sind unten.«

»Gut zu wissen.« Mum gab sich richtige Mühe mit ihrem Lächeln. »Und denk nicht, daß ich dich kritisiere, Ellie, wenn ich sage, daß es langsam Zeit wird, daß du etwas wegen der Leiter unternimmst, die der Fensterputzer am Haus stehenlassen hat. Man kann sie ja nicht gerade als Schmuck bezeichnen, und sie steht direkt neben meinem Fenster.«

»Ich rufe Mr. Watkins an.«

»Noch etwas, Ellie.« Sie hatte den Kleiderschrank geöffnet und verstaute ihre Schuhe. »Wenn diese zwei heute nachmittag ihr Nickerchen machen, könnten du und ich vielleicht etwas Schönes zusammen unternehmen.«

»Was immer du magst.«

»Ich könnte dir zeigen, wie man Marmeladentörtchen macht« – sie nahm das nächste Paar Schuhe –, »und zwar richtig.«

»Das wäre nett.«

Wenn das Leben nur so sein könnte, wie es sich anhört, dachte ich traurig, als ich mit Tam und Abbey in die Küche mit ihren glänzenden Kupferpfannen und dem in anheimelnder Manier an den Herd gezogenen Schaukelstuhl zurückging. Aber in Kürze würde Eudora vor der Tür stehen, und es würde kein Entrinnen vor der grausamen Wahrheit mehr geben, daß Pamela etwas getan hatte, das man nicht als lediglich ungezogen abtun konnte. Es würde mir nicht mehr enorm wichtig vorkommen, daß Mum etwas Rouge auf ihre Wangen aufgetragen und eine recht beachtliche Wirkung mit grünem Lidschatten erzielt hatte. In diesem Zusammenhang würde nicht zählen, daß Tobias und Sweetie anscheinend Waffenstillstand geschlossen hatten und jetzt drüben bei der Anrichte behaglich aufeinanderlagen.

Es hatte keinen Zweck, sich zu wünschen, daß es Pamela und Lady Kitty gelungen wäre, ein gewisses Einvernehmen herzustellen. Ebenso vergeblich war der Wunsch, ich wäre niemals ins Dark Horse gegangen und hätte mit drei anderen elenden, frustrierten Frauen in angesäuseltem Zustand eine Menge dummes Zeug geredet. Was geschehen war, war geschehen, und keine Tränen und Gewissensbisse konnten daran etwas ändern. Ich setzte mir gerade mit deutlichen Worten selbst den Kopf zurecht – zur großen Sorge der Zwillinge –, als ich merkte, daß mein Schniefen und meine brennenden Augen von etwas verstärkt wurden, das Mrs. Pickle in dem verbeulten alten Kochtopf ziehen ließ.

Was mochte sie da kochen, daß mir war, als hätte ich eine Überdosis Riechsalz genommen? Was es auch sein mochte, es war zu einer vertrockneten, über und über rissigen weißen Paste verkocht. Gerade nahm ich den Kochtopf behutsam von der heißen Platte, da kam Mrs. Pickle in einem Tempo in die Küche, das für ihre Verhältnisse Rennen war.

»Ich war im Vorderzimmer und staubte rund um die Zierdeckchen ab, da fiel mir ein, daß das Zeug noch auf dem Herd blubbert.« Sie trat dicht an mich heran und spähte mit scheinbar geübtem Auge auf die Gipsmasse.

»Was ist das?« fragte ich.

»Natron aus Soda und Ammoniak.« Mrs. Pickle sprach mit schlecht verhohlenem Stolz. »Wirkt wahre Wunder, um Angebranntes von Topfböden abzukriegen.«

»Sie stecken voller schlauer Ideen!« Was für ein Dummkopf war ich, auch nur einen Augenblick zu denken, daß diese Putzfrau des zwanzigsten Jahrhunderts mit ihren eng gedrehten Lockenwicklern und ihrer verblichenen Blümchenschürze Hexerei in meiner Küche betrieb. Und das alles nur, weil sie von einer Frau abstammte, die man des bösen Blicks beschuldigt hatte, zu einer Zeit, als solche Bigotterie politisch korrekt war.

Ich war im Begriff, Mrs. Pickle zu fragen, ob sie uns nicht eine Tasse Tee machen wollte, während ich Abbey und Tamje ein Glas Milch gab, als von irgendwo über uns ein schepperndes Krachen ertönte, gefolgt von einem durchdringenden Schrei von Mum.

»Sie bleiben bei den Kindern«, sagte ich zu Mrs. Pickle, dann eilte ich aus der Küche. Angst hielt mein Herz umklammert, und meine Beine schienen Wasser zu treten, so daß es mir wie eine Ewigkeit vorkam, bis ich erst ein Stockwerk, dann das nächste erklommen hatte. Mit jedem quälenden Atemzug wuchs meine Gewißheit, was ich bei meiner Ankunft in Mums Zimmer vorfinden würde. Dieser monströse deckenhohe Schrank würde auf dem Boden ausgestreckt liegen, und sie wäre unter ihm eingeklemmt, so daß man nur noch ihre Fingerspitzen sah. Ich hätte ihn aus dem Zimmer entfernen, ihn in tausend Stücke zerhacken lassen sollen, wenn das nötig gewesen wäre, um ihn durch die Tür zu kriegen. Statt dessen hatte ich mich auf meine eigene

Versicherung verlassen, daß er sicher und stabil war und ebensowenig umkippen würde wie der Mount Everest.

Meine Hände waren so glitschig, daß ich den Türknauf erst drehen konnte, nachdem ich das Vorderteil meiner Bluse als Trockentuch benutzt hatte, aber endlich stand ich im Zimmer. Was ich sah, ließ mich fast auf die Knie fallen. Der Killerschrank hatte sich nicht von der Wand weggerührt, und Mum stand heil – wenn auch gefühlsmäßig nicht unversehrt – neben einem umgekippten Stuhl und den zersplitterten Überresten des Spiegels von der Frisierkommode.

»Ist dir was passiert?« fragte ich, während ich auf Zehenspitzen zu ihr ging.

»Ich habe einen furchtbaren Schrecken gekriegt«, wimmerte sie. Tränen perlten aus ihren Augenwinkeln.

»Ich weiß! Ich weiß!« Meine Arme schlossen sich um sie, und sie schmiegte sich eng an mich, so wie Abbey und Tam es nach einem schlimmen Schreck tun würden. »Komm mit zum Bett und setz dich.«

»Ich glaube nicht, daß ich mich bewegen kann!«

»Dann bleiben wir eben eine Weile hier stehen.«

»Denk bloß nicht, daß es deine Schuld ist, Ellie, aber ich habe einen Staubrand oben auf dem Kleiderschrank gesehen. Und als ich einen Stuhl heranzog und hinaufkletterte, um gründlich sauberzumachen, fand ich . . .« Sie fing an zu zittern.

»Was hast du gefunden?«

»Dieses furchtbare Ding – drüben am Kamin. Ich hab's fallen lassen, zusammen mit dem Staubtuch, als ich vom Stuhl fiel und gegen den Frisiertisch stieß, und dabei ging der Spiegel zu Bruch.«

»Laß mich mal sehen«, sagte ich und ging zum Kamin hinüber.

»Faß es nicht an, Ellie!« Mum rang die Hände. »Ich will nicht, daß du dich ansteckst. In meinem Alter spielt das keine Rolle mehr. Aber du mußt an Ben und die Kinder denken.«

Durch meinen Kopf wirbelten die verschiedensten Möglichkeiten, was ich finden würde. Ganz oben auf meiner Liste der Schrecken stand eine tote Maus, doch als ich langsam das Tuch wegzog und sah, was darunter lag, hätte ich selbst für viel Geld nicht schockierter sein können.

»Es ist eine Puppe.« Ich hob sie auf. »Eine Barbiepuppe.«

»Sieh mal, was sie anhat!«

»Ein Kleid aus deiner schwarzen Spitzenmantille«, flüsterte ich.

»Und eine kleine Baskenmütze haargenau wie die, die ich bei meiner Ankunft getragen habe.«

»Schrecklich!« Ich streckte vorsichtig den Finger aus, um das Haar zu berühren, das zu dünnen Strähnen zerschnippelt und mausgrau gefärbt war; was mich jedoch erstarren ließ, war der metallene Fleischspieß, mit dem der Plastikbusen der Puppe durchbohrt war.

»Das bin ich!«

»Die Ähnlichkeit ist rein oberflächlich.« Ich konnte das wahrheitsgemäß sagen, da ich sah, daß Mum die weit kompaktere Figur von beiden hatte. Mir lag es auch auf der Zunge, sie zum Trost daran zu erinnern, daß Voodoo keine exakte Wissenschaft ist, doch sie stellte die Frage, um deren Beantwortung wir nicht herumkamen.

»Wer kann das getan haben?«

»Mrs. Pickle.« Noch während ich das sagte, hoffte ich, daß diese Beschuldigung ebenso falsch war wie mein Verdacht hinsichtlich des Gebräus in dem Kochtopf vor einigen Minuten; doch die Indizien waren überwältigend. Gestern waren die Barbiepuppen von Dawn Taffer verschwunden, und sie hatte eine gewisse Person beschuldigt, sie genommen zu haben. Mir fiel auch wieder ein, daß Mrs. Pickle unmittelbar nach der Ankunft meiner Schwiegereltern, als Mum die Baskenmütze getragen hatte, mit ihrem Löwenzahnwein auf der Türschwelle erschienen war.

»Das ist doch absurd, Ellie!« Der Schreck hatte sich in Empörung verwandelt. »Diese Frau kennt mich kaum, und es ist ja nicht so, als hätte ich mich mit ihr gestritten, so wie mit dieser Mrs. Malloy.«

»Vielleicht ist das die Lösung.«

»Was?«

»Daß Mrs. Pickle Rache für ihre Freundin nehmen will. Aber anstatt hier herumzustehen und zu spekulieren, laß uns nach unten gehen und die Hexe zur Rede stellen.«

»Ehe wir gehen« – Mum versuchte tapfer, einen beiläufigen Ton anzuschlagen –, »würdest du bitte diesen Spieß herausziehen? Die Macht des Bösen ist furchtbar, wie du wüßtest, Ellie, wenn du in der katholischen Kirche wärst. Reg dich nicht auf, aber ich habe so komisches Herzflimmern gekriegt.«

So wie Mrs. Pickle hoffentlich, wenn sie mit ihrem Werk konfrontiert wurde. Doch als wir sie in der Küche stellten, war ich es, die in Panik ausbrach. Ich konnte die Zwillinge nicht entdecken.

Sie las erstaunlich schnell in meinem Gesicht. »Machen Sie sich man keine Sorgen, Mrs. Haskell. Jonas ist gekommen und hat die Kleinen mit nach draußen genommen.«

»Damit wäre ein Rätsel gelöst; und jetzt erklären Sie uns vielleicht, was das hier zu bedeuten hat!« Während Mum über meine Fersen stolperte, hob ich die verschandelte Puppe hoch.

»Sie sollten sie nicht finden.« Mrs. Pickle sank auf einen Stuhl und begann, den Saum ihrer Schürze zu kneten. »Ich hab' sie so weit oben hingelegt, wie ich konnte.«

»Aus welchem Grund?«

»Es war wegen Jonas.« Sie hielt den Kopf gesenkt. »Ich hab' mir schon so lange Hoffnungen gemacht, daß es zwischen ihm und mir funkt. Und als ich erfuhr, daß er vorhat, sich mit einem Glamourgirl aus London zusammenzutun, bin ich wohl 'n bißchen ausgeflippt, sozusagen.«

»Sie waren eifersüchtig auf *mich?*« Mum hörte sich an wie betäubt, verständlicherweise.

»Jonas hat nicht mal bemerkt, daß ich meine neuen Lockenwickler anhabe.«

»Das ist eine schwache Entschuldigung für das, was Sie getan haben. Und außerdem wüßte ich gern« – ich verschränkte die Arme –,

»warum Sie mehr als eine von Dawn Taffers Barbiepuppen genommen haben.«

»Das war ich nicht.« Mrs. Pickle schaute mit einem ersten Anflug von Trotz zu mir hoch. »Dieses Mädchen ist eine gemeine kleine Lügnerin, so was hab' ich noch nie gesehen. Ein richtig freches Biest. Sie sollten mal hören, was für Widerworte sie ihrer Gran gibt.«

Ehe ich antworten konnte, berührte Mum mich am Arm. Mit so sanfter Stimme, wie ich es noch nie von ihr gehört hatte, sagte sie: »Versteh mich nicht falsch, Ellie, aber ich glaube, du bist zu hart zu Mrs. Pickle. Eifersucht ist etwas Furchtbares. Sie packt dich an der Kehle und läßt dich nicht mehr los. Sie stellt alles auf den Kopf. Man führt sich auf wie eine Verrückte.«

War es möglich, dachte ich, als ich auf die kleine Voodoo-Puppe hinuntersah, daß der Schuß dieser schwarzen Magie nach hinten losgegangen war und wir statt dessen ein Wunder erlebten?

Glücklich jene, die den Pfad der Rechtschaffenheit zur wöchentlichen Bibelstunde wandeln – bis auf den gelegentlichen freien Abend wegen guter Führung oder weil man eine Fernsehsendung nicht verpassen darf. Glauben Sie mir, ich nahm meine Belohnung nicht auf die leichte Schulter. Aber so weit, daß ich Pamela Pomeroys Rolle beim Ableben von Lady Kitty als einen bloßen gesellschaftlichen Fauxpas ansah, ließ ich mich auch wieder nicht von meiner Aufregung über die Aussicht, daß Mum und Dad sich wieder vereinten, hinreißen. Und ich hatte auch durchaus Mitgefühl mit der liebeskranken Mrs. Pickle, als sie unehrenhaft ihren Abschied von uns nahm. Das ist das Problem mit dem Leben. Es ist so selten aus einem Guß. Manchmal kann man bloß die Rosinen herauspicken – sie genießen, ganz gleich, wie wenige es sind, und vergessen, daß das Brötchen altbacken ist.

Ich wollte Mum gerade vorschlagen, daß mein neues durchsichtiges Negligé genau das richtige für sie sei, um ein freches Wochenende mit Dad im Dark Horse zu verbringen, als Jonas mit den Zwillingen aus dem Garten hereinkam. Nach ihrem Aussehen zu schließen, hatten alle drei mit den bloßen Händen in den Blumenbeeten gegraben. »Wir haben nach dieser Statue vom heiligen Franziskus gesucht« – Jonas besiegelte den Ruin seiner Toilette, indem er seine Stirnlocke berührte –, »aber der is' nirgends zu finden.«

»Gott urteilt nicht nach den Ergebnissen«, sagte Mum zu ihm, und ich fragte mich, ob er wohl an dem traurigen Zug ihres Lächelns erkannte, daß er sie verloren hatte und es keine Morgenspaziergänge mehr durch das taubenetzte Gras geben würde. Um die Spannung aufzulösen, machte ich eine große Schau daraus, erst Abbey, dann Tam auf die Arbeitsfläche neben der Spüle zu heben. Durch das Protestgeschrei beim Erscheinen des gefürchteten Waschlappens hörte ich Jonas sagen, daß er wieder hinausgehen wolle, um sich mit seinen Vergißmeinnicht zu unterhalten. Auf immer treu, auf immer rein, die kleinen blauen Blümelein.

»Es war unrecht von mir, ihm Hoffnungen zu machen.« Mum sprach im Ton einer weltmüden Frau, die es leid ist, den von vornherein verlorenen Kampf gegen ihre verheerende Wirkung auf das gesamte männliche Geschlecht zu führen.

»Ihm bleibt die Erinnerung«, tröstete ich sie.

»Du glaubst doch nicht, daß er sich in sein Schneckenhaus zurückzieht und nie wieder einer anderen Frau über den Weg traut, solange er lebt?«

»Jonas ist kein Mann, der sein Herz leichtfertig vergibt«, sagte ich ausweichend. »Aber du mußt tun, was du für das Richtige hältst.«

»Im Gegensatz zu manch anderen Menschen, Ellie, habe ich nie zuerst an mich gedacht.«

»Na, vielleicht ist es höchste Zeit, daß du damit anfängst.« Ich schrubbte Tam fast die Nase von seinem kleinen Gesicht, so sehr lag mir daran, mich verständlich zu machen. »Wenn es dir schlechtgeht, geht es uns allen schlecht. Und das schließt auch deine Enkel ein, die zu klein sind, um für sich selbst zu sprechen.«

»Ich hübsch!« Meine Tochter wählte natürlich ausgerechnet diesen Augenblick, um zwei Worte zusammenzufügen. Anders als ihr Bruder – der starke, schweigsame Typ –, der ein finsteres Gesicht machte, freute Abbey sich darüber, daß ihr Gesicht abgetrocknet und ihre Kandiszuckerlocken zurechtgezupft wurden.

»Bitte Gott darum« – Mum bekreuzigte sich – »daß es mit ihr nicht so weit kommt, daß sie jedem Mann, der ihr über den Weg läuft, das Herz bricht. Aber was können wir schon anderes erwarten bei einer Großmutter wie mir?«

»Ich warte erst mal ab, bis Abbey und ihr Kumpan hier den Windeln entwachsen sind«, sagte ich, »bevor ich mir den Kopf darüber zerbreche, was die Zukunft für unsere kleine Abenteurerin bereithält. Eines weiß ich jedoch, daß Kinder die Märchen mit Happy-End lieben. Und selbst für Erwachsene hat die Geschichte zweier vom Schicksal verfolgter Liebender, die einander am Schluß entgegen allen Erwartungen in die Arme fallen, etwas unendlich Reizvolles.«

Jetzt war der Augenblick gekommen, dachte ich, in dem Mum mir in schlichten Worten verkünden würde, daß sie die Absicht hatte, die Tricks-Taffer-Episode hinter sich zu lassen und Dad zurückzunehmen. Soviel zu reinem Wunschdenken. Sie nahm den Kessel, sagte, sie werde uns eine Tasse Tee machen, und überließ es mir, meine Glückwünsche hinunterzuschlucken. Ein Jammer, aber bitte sehr! Sie würde sprechen, wenn ihre Zeit gekommen war. Und ich hegte nach wie vor den Traum, die Hochzeit auf Merlin's Court auszurichten. Inzwischen blickte die Uhr mit finsterem Zifferblatt auf mich hinunter. Es war fast Mittag, die Zwillinge mußten gefüttert werden.

Nachdem ich einen Schnellimbiß aus Fischstäbchen, einem Rest Kartoffelpüree und Erbsen zusammengestellt hatte, setzte ich sie in ihre Hochstühlchen, band ihnen die Lätzchen um und reichte ihnen ihr Peter-Rabbit-Besteck. Während ich zusah, um sicherzugehen, daß sie mehr aßen, als auf den Fußboden flog, trank ich meinen Tee und überließ Mum, die im Schaukelstuhl saß und in die Ferne starrte, sich selbst. Sie hatte es sich doch nicht etwa schon wieder anders überlegt?

Ich zerquetschte diesen pessimistischen Gedanken zusammen mit einigen Erbsen, die vor meinen Füßen landeten, und reichte erst Abbey, dann Tam einen Becher Milch, und gerade stellte ich die hochfliegende Überlegung an, ihr Feinschmeckermahl mit etwas Apfelmus und Vanillesoße zu krönen, als jemand an die Gartentür klopfte.

»Das wird Eudora Spike sein«, sagte ich zu Mum mit einer Stimme, die ich wegen meines hämmernden Herzschlags nur mit Mühe hören konnte. »Sie hat vorhin angerufen, um zu sagen, daß sie kurz zum Plaudern vorbeikommt.«

»Dann laß sie meinetwegen bloß nicht an der Tür warten, Ellie. Niemand soll mir nachsagen, daß ich mich dir und deinen Freundinnen in den Weg stelle.« Die Ausdrucksweise war typisch bis hin zu dem Punkt, als sie hinzufügte: »Du hast dir hin und wieder deinen Spaß verdient.«

Spaß war es eigentlich nicht, was mir vorschwebte, als ich die Gartentür öffnete; und als ich Pamela neben Eudora auf der Stufe stehen sah, fragte ich mich, was wohl jetzt auf mich zukam.

»Kommt rein«, sagte ich zur Begleitung der Geräusche, die Mum machte, als sie die Zwillinge aus ihren Stühlen hob und sie mit einem Höchstmaß an Takt und Geschwindigkeit aus dem Zimmer brachte.

»Ich hoffe, wir haben sie nicht vertrieben . . .« Eudora trat mit schwerfälligem Schritt über die Schwelle.

»Abbey und Tam waren schon für ihren Mittagsschlaf fällig«, stieß ich hervor, während meine Gedanken in alle Richtungen zugleich davonstoben.

»Eudora und ich sind uns begegnet, als sie aus dem Pfarrhaus kam.« Pamela schloß die Tür, und einen entsetzlichen Moment lang fragte ich mich, ob sie den Schlüssel wohl im Schloß drehen und dann in die Tasche an ihrem Kleid gleiten lassen würde. Welch blühende Phantasie! Das Mädchen unternahm nichts Bedrohlicheres als den Versuch, ihre zitternden Lippen unter Kontrolle zu bringen, als sie mich flehend ansah.

»Ihr müßt das Durcheinander entschuldigen.« Ich fing an, die Hochstühle der Zwillinge in einladenderem Winkel zu arrangieren, und gab meinen Gästen durch ein Zeichen zu verstehen, sie sollten sich doch setzen, ehe es mir gelang, mich zu fangen. Schreiben Sie es meinem öden Terminkalender zu, aber offen gestanden war ich mehr daran gewöhnt, mit meinen Freundinnen Tips über Kinderpflege auszutauschen, als darauf zu warten, daß eine von ihnen sich irgendwelcher Handlungen schuldig bekannte, die das Ende jeglicher Hoffnung auf die Mitgliedschaft im Heim-und-Herd-Verein von St. Anselm bedeutete.

»Ellie, ich muß mit Ihnen reden.«

»Vielleicht sollte ich euch beide allein lassen«, bot Eudora an. Nach ihrem verhärmten Aussehen zu urteilen, hatte die Pfarrerin dringend ein Nickerchen nötig, so wie Tobias es derzeit unter dem Schaukelstuhl hielt, mit Sweetie als Kissen.

»Nein, geh nicht!« sagte ich schnell. »Es ist bestimmt das beste für alle Betroffenen, wenn du bleibst.«

»Wollen Sie das auch wirklich?« Pamelas sanfte braune Augen weiteten sich, als sie die Hände nach mir ausstreckte. »Oh, Ellie« – ein Schluchzen stieg in ihrer Kehle auf –, »das letzte, was ich will, ist, Ihnen Ärger zu machen.«

»*Mir?*«

»Ich weiß, Sie wollten mir nur helfen. Und ich verspreche Ihnen, daß ich Sie jeden Monat besuche, solange Sie im Gefängnis schmachten, trotzdem wünschte ich, Sie hätten mich aus der Sache rausgehalten.«

»Wovon um alles in der Welt sprechen Sie?«

»Pamela hat sich irgendwie in den Kopf gesetzt, daß du beim Tod von Lady Kitty die Hand im Spiel hattest.« Eudoras Brille sprang ihr nervös von der Nase, und ich sah verwirrt zu, wie meine Hand sich in Zeitlupe ausstreckte, um sie aufzufangen und ihr zurückzugeben.

»Ich glaub's nicht!«

»Ich wollte glauben, daß Mumsie Kitty eines natürlichen Todes gestorben ist« – Pamelas Rattenschwänze hingen tief herab –, »doch als wir ihr Rad aus dem Teich holten, war mir klar, daß jemand die Bremsen manipuliert hatte.«

»Das überrascht mich nicht.«

»Ganz plötzlich mußte ich an diese Frau denken, die uns im Dark Horse unsere Getränke gebracht hat.«

»Mrs. Malloy?«

»Genau. Ich muß immer daran denken, Ellie, wie sie erwähnte, daß

Ihre Schwiegermutter an dem Abend, als sie bei Ihnen ankam, einen Sturz auf der Treppe gedreht hat.«

»Ältere Leute haben häufig Unfälle.« Eudora übernahm die Verteidigung.

»Ich weiß, aber da war auch noch die Sache mit der potentiell gefährlichen Schokolade, die in die Mousse geraten war.« Pamela hob den Kopf und sah mich mehr mitleidig als verdammend an. »Und vorgestern sagten Sie am Telefon zu mir, Sie würden versuchen, mir zu helfen. Ganz ehrlich, ich hasse mich selbst, weil ich solche furchtbaren Dinge denke, wo Sie sich so freundlich meine Probleme angehört und mir mit dem Erpressungsgeld ausgeholfen haben...«

»Dem *was* ?« Eudora setzte sich mit einem Plumps auf den Schaukelstuhl, woraufhin Sweetie und Tobias sich eiligst eine geeignetere Deckung suchten.

»Darauf kommen wir später zurück«, sagte ich.

»Ellie, ich verstehe ja, daß Sie eine Freundin im wahrsten Sinne des Wortes sein wollten.« Pamela kam mir nachgetrottet, als ich zurückwich. »Ich müßte lügen, wenn ich behaupten wollte, daß es mir leid tut, daß Mumsie Kitty tot ist, aber – und das hört sich vielleicht schrecklich undankbar an – warum konnten Sie es nicht wenigstens selbst erledigen, anstatt diesen Mr. Savage als Killer zu engagieren und dann mir die Rechnung zu präsentieren?«

»Jetzt kapier' ich überhaupt nichts mehr.« Ich wehrte sie mit einem ausgestreckten Arm ab.

»Zum Glück war mein armer Schwiegervater nicht in der Nähe der Haustür, als dieser unheimliche Mensch wenige Stunden nach dem morgendlichen Hauptereignis auftauchte!« Pamela zitterte jetzt so heftig, daß das Geschirr der Zwillinge auf den Tabletts an ihren Eßstühlchen klapperte. »Wenn Kater Bobsie dabeigewesen wäre, dann hätte er angenommen, daß ich bis zum Hals in der Sache mit drinstecke, als Mr. Savage mich so grauenhaft sanft anlächelte und mit einer Stimme, die mir durch Mark und Bein ging, sagte: ›Madam, ich komme kassieren.‹«

»Sind Sie ganz sicher?« Eudora sprach wie zu einem Kind, das nicht gerade für seine Wahrheitsliebe bekannt war.

»Sagte er, sein Name sei Savage?« wollte ich wissen.

»Das brauchte er nicht!« Pamela blinzelte gegen die Tränen in ihren Augen an. »Er sah schon so aus – wie ein Wilder, meine ich, und er sagte – da bin ich hundertprozentig sicher –, ›Ellie Haskell hat mich geschickt‹.«

»Sonst noch was?«

»Weiß ich nicht mehr.« Ein empörter Unterton hatte sich in ihre Stimme geschlichen. »Die Wände fingen an, sich um mich zu drehen, und meine letzte Erinnerung, bevor alles schwarz wurde, ist, daß ich das Haus zusammenschrie.«

»Sie sehen aus, als würden Sie gleich wieder ohnmächtig«, sagte ich mit neugewonnener Gelassenheit, als ich sie beim Arm nahm. »Wie wär's, wenn wir drei uns irgendwo bequem hinsetzen, und wenn Sie sich erst besser fühlen, versuchen wir, das alles zu entschlüsseln.«

»Ich habe mehreren Leuten erzählt, darunter auch meinem Anwalt, daß ich hierherkomme.« Pamela warf über die Schulter einen abschätzenden Blick auf Eudora, die uns durch die Halle in den Salon gefolgt war. »Der Busfahrer wird sich daran erinnern, daß ich ihn gebeten habe, mich an der nächsten Haltestelle zu Merlin's Court abzusetzen, und ...« Sie brach ab und stieß einen Schrei aus, der fast das Glas der Verandatür zerspringen ließ, die auf den vom Burggraben umschlossenen Hof hinausführte. »O Mann! Das ist er! Da draußen, er späht zu uns herein! Wer könnte je dieses mörderische Gesicht vergessen und auch nur eine Minute daran zweifeln, daß er, ganz gleich, was für romantische Gefühle er für Sie hegt, Ellie, uns beiden die Kehle durchschneidet, wenn wir nicht bezahlen, was wir ihm schuldig sind!«

»Aber das ist doch« – Eudora trat weiter in den Salon – »niemand anders als ...«

Bevor sie den Satz beenden konnte, sprang die Tür auf, prallte gegen das Bücherregal aus Eiche, und herein schlenderte, mit dem Gefühl für den richtigen Zeitpunkt, für das er weithin berühmt war, der Schurke des Stückes. »Pamela«, sagte ich, als sie sich hinter mir verschanzte, »ich möchte Ihnen meinen Cousin Frederick Flatts vorstellen.«

»Wen?« krächzte sie.

»Mein Gott! Sie ist es!« Freddy schlug die Hand vor die Stirn. »Die Frau, die Zeter und Mordio geschrien hat, als ich auf ihrem Landsitz erschien, um für das Fest von St. Anselm zu sammeln.«

»Und glauben Sie nicht, daß Ihre Bemühungen keine Anerkennung finden.« Eudora schenkte ihm ein Lächeln, das alle Insignien eines Segens hatte.

»Es tut mir so leid!« wimmerte Pamela. »Da ist meine Phantasie wohl mit mir durchgegangen.«

»Kein Wunder«, sagte ich zu ihr. »Sie haben einen Schock erlitten, als Freddy an Ihrer Tür auftauchte.«

»Sie sind nicht böse auf mich?«

»Wie könnte ich, wo ich ebenso voreilige Schlüsse gezogen habe? Bevor Sie kamen, hatte ich Sie bereits des Mordes an Lady Kitty für schuldig befunden. Jetzt kann ich nur sagen, Sie müßten eine bessere Schauspielerin sein, als ich Ihnen zutraue, um solch eine Schau abzuziehen.«

»Oh, Ellie, das erleichtert mich ungeheuer.« Pamela sank gegen mich, während Freddy da stand und wie das Bild ungekämmter Verwirrung aussah.

»Will mich jemand darüber aufklären, was ich verpaßt habe?« fragte er den Raum insgesamt. »Spart es euch, es mir schonend beizubringen; ich habe mein Riechfläschchen in der Gesäßtasche, falls die Einzelheiten nicht für die zarten Ohren eines Mannes geschaffen sein sollten.«

»Wie praktisch«, sagte ich. »Aber es handelt sich um eine vertrauliche Angelegenheit.«

»Du schmeißt mich raus?«

»Du sagst es, Freddy-Schatz.«

»Wie kannst du nur so herzlos sein!« Er trocknete sich mit dem Ende seines Pferdeschwanzes eine gespielte Träne. »Ich wollte dir berichten, wieviel Geld ich gesammelt habe.«

»Später.«

»Und ich wollte dir anbieten, deine Schwiegermutter zu einer Nachmittagsspritztour zu entführen.«

»Na, in dem Fall –« es war unmöglich, nicht zu kapitulieren, als Eudora ihn durch beschlagene Brillengläser ansah – »geh doch nach oben und sprich mit Mum. Aber wenn du sie nicht im Kinderzimmer findest, würde ich es lassen, Freddy. Du willst sie doch sicher nicht stören, wenn sie sich in ihrem Zimmer ausruht.«

»Was für ein netter Mensch«, sagte Pamela zittrig, als die Tür sich hinter ihm schloß.

»Das Salz der Erde«, stimmte ich ihr zu.

»Und wie schade« – Eudora ging über den Perserteppich und setzte sich in einen der Sessel –, »daß Lady Kittys Tod uns vor Augen führt, daß wir hier unter uns in Chitterton Fells einen Menschen ohne starke moralische Grundsätze haben.«

»Sie sind überzeugt, daß Sie sich hinsichtlich der Bremsen nicht geirrt haben könnten?« fragte ich Pamela, als wir Seite an Seite auf einem der Zwillingssofas Platz nahmen.

»Keine Chance.« Sie schüttelte den Kopf, was die Rattenschwänze gegen ihre Wangen klatschen ließ. »Mumsie Kitty fuhr mit dem alten Rad, das ich ewig benutzt hatte. Und das können Sie mir glauben – ich wußte, wie jeder einzelne Draht mit dem anderen verbunden sein mußte.«

»Ich muß euch auch etwas mitteilen.« Eudora schaute uns offen an. »Gestern abend, nachdem du Mutter ins Pfarrhaus gebracht hattest, Ellie, erzählte sie mir und Gladstone, daß sie jemanden hinter sich hörte, als sie umherirrte und die Orientierung verloren hatte. Sie *fühlte*, wie dieser Unbekannte sie von der Klippe stieß.«

»Es war neblig.« Ich klammerte mich immer noch an Strohhalme. »Man kann unter solchen Umständen schnell jemanden anrempeln, mit unseligen Folgen.«

»Wenn es so war« – Eudora biß sich auf die Unterlippe –, »warum reagierte die Person dann nicht auf Mutters Hilferufe, anstatt davonzulaufen?«

»Und du meinst, das ist der Grund, weshalb deine Schwiegermutter heute morgen so überstürzt abgereist ist?« fragte ich. Das verängstigte Gesicht der alten Frau stand mir noch scharf und klar vor Augen.

»Noch schlimmer.« Eudora blickte von mir zu Pamela. »Ich merkte sogleich, als sie es erzählte, daß Mutter mich als Attentäterin in Verdacht hatte. Und wer kann es ihr verdenken? Sie wußte, daß ich ärgerlich war über den Brand, den sie in meinem Arbeitszimmer verursacht hatte. Sie dachte allen Ernstes, ich wäre durchgedreht, als ich darauf bestand, sie solle draußen rauchen. Was in meinem Alter, in den Augen von Mutter, keineswegs so ungewöhnlich ist. Wie viele Menschen ihrer Generation steckt sie voller Horrorgeschichten über Frauen, die während der Wechseljahre übergeschnappt sind.«

»Ich glaub's nicht«, sagte Pamela und meinte das genaue Gegenteil. »Wir stecken mitten in einem ausgewachsenen Massaker an Schwiegermüttern!« Sie stieß einen Jammerschrei aus, der die Balken des Hauses erbeben ließ. »Und es war nicht mein Ernst, wirklich nicht, als ich sagte, ich sei froh, daß Mumsie Kitty tot ist. Ich konnte diese Frau nie ausstehen, aber sie war Allans Mutter, und ich bin ja kein völlig gefühlloses Ungeheuer.«

»Natürlich nicht!« Ich legte den Arm um sie.

»Und Sie meinen nicht, daß Frizzy Taffer vielleicht von sich ablenken will, während sie die Vorbereitungen dazu trifft, den Stachel in ihrem Fleisch loszuwerden?«

»Nein.« Ich sprach mit mehr Entschlossenheit als Überzeugung. »Frizzy macht auf mich den Eindruck einer durch und durch anständigen Frau, die nie zu solch einem gemeinen Mittel greifen würde.«

»Hoffentlich hast du recht, Ellie.« Eudora rieb sich die Schulter, als versuche sie, einen tiefsitzenden Schmerz zu lindern. »Aber wenn das, womit wir es hier zu tun haben, die Umsetzung unseres entschieden dummen Geschwätzes im Dark Horse ist, befürchte ich, daß wir diesen Alptraum erst zur Hälfte hinter uns haben.«

Pamela nickte. »Zwei geschafft und noch zwei übrig.«

»Bridget ist nicht geschafft, aber sie ist von... der Bildfläche verschwunden«, sagte ich in dem verzweifelten Bemühen, mich an Einzelheiten festzuhalten und nicht loszulassen. »Ich weiß mit Bestimmtheit, daß unser dummes Komplott durchgesickert ist, auf die eine oder andere Art« – dies richtete sich an Eudora –, »weil ich einen Anruf von jemandem erhalten habe, der sich bereit erklärte, für den Preis von zweihundert Pfund den Mund zu halten.«

»Ellie, wie furchtbar!«

»Er oder sie hat sich bei euch nicht gemeldet?«

Eudora schüttelte den Kopf, und Pamela beichtete, daß sie in einer nicht damit zusammenhängenden Sache erpreßt wurde.

»Mir scheint, es zeugt nicht von Geschäftssinn, wenn diese Person unser Mörder ist«, sagte ich. »Aber wer weiß schon, mit was für einem Irren wir es zu tun haben?«

»Ich kann nur spekulieren, daß es sich um jemanden handelt, der gegen eine der Schwiegermütter einen Groll hegt und seine Spuren verwischen will, indem er alle vier unserem Plan entsprechend aus dem Weg räumt« – Eudora setzte sich gerade hin –, »damit die Schuld voll auf die Sündenböcke fällt.«

»Die Medien werden uns die Tödlichen Schwiegertöchter taufen. Wir haben uns praktisch als Zielscheibe angeboten, oder?« Pamela wand einen ihrer Rattenschwänze um ihren Finger. »Mumsie Kitty hat sich mehr Feinde gemacht als Apfelkuchen gebacken. Aber mir fällt niemand im besonderen ein, bis auf Mr. Watkins, der Fensterputzer, der kürzlich ziemlichen Stunk gemacht hat, als sie sich weigerte, ihn für eine schlecht ausgeführte Arbeit zu bezahlen...« Ihre Stimme wurde immer leiser.

»Mum hatte auch Krach mit ihm«, sagte ich, während ich Mut sammelte, um den Namen zu erwähnen, vor dem Pamela sich garantiert fürchtete. »Und Sir Robert? Ich weiß, Sie haben ihn gern, Pamela, aber Sie und ich haben ihn gestern beide sagen hören, nach seinem Zusammenbruch beim Mittagessen, daß er eines Tages noch soweit wäre, Lady Kitty zu ermorden.«

»Ich gestehe es!« Sie ließ den Kopf in ihre Hände sinken. »Ich habe Kater Bobsie von unserem Gespräch im Dark Horse erzählt. Er hat herzlich gelacht, aber der alte Knabe hat bloß eine große Klappe. Er kann keiner Fliege was zuleide tun.«

Eudora brach das allmählich peinlich werdende Schweigen mit der Bemerkung, daß sich Bridget ihres Wissens keine Feinde in Chitterton Fells gemacht habe.

»Zugegeben, sie hat den Bischof ganz schön aus der Fassung gebracht mit ihrem Kommentar zur Bibel, aber über dergleichen reden wir hier ja wohl kaum, oder?«

»Abgesehen von Mr. Watkins« – ich zählte an den Fingern ab – »hat Mum sich sowohl bei Mrs. Malloy als auch bei Mrs. Pickle unbeliebt gemacht – bei der ersteren, weil sie sie gefeuert hat, bei der letzteren, weil sie ihr Jonas weggeschnappt hat. Es mag euch beide nicht überzeugen, aber ich lege jederzeit die Hand dafür ins Feuer, daß Mrs. M nicht die Mörderin ist. Was ich, wie ich sie kenne, schon glaube, ist, daß sie vor ihrer Freundin Edna Pickle ausgeplaudert haben könnte, was sie im Pub mit angehört hat. Stichwort Edna Pickle, heute gab es eine ziemlich unerfreuliche Szene hier bei uns.«

Während Eudora meinem knappen Bericht über die Sache mit der Voodoo-Puppe lauschte, wirkte sie schockiert darüber, daß es so etwas im zwanzigsten Jahrhundert, ganz zu schweigen von ihrer Gemeinde, noch gab. Doch als ich fertig war, sagte sie: »So unerfreulich all das auch ist, Mrs. Pickle hat insofern ein anderes Mittel gefunden, um ihrer aufgestauten Feindseligkeit Luft zu machen, als Mord.«

»Mir ist noch etwas eingefallen.« Ich schob eine Haarlocke zurück, die mir in die Augen fiel und mir meinen ansonsten guten Durchblick nahm. »Mrs. Pickle hat unter Umständen ein Motiv, alle vier Schwiegermütter loswerden zu wollen. Mrs. Malloy zufolge hat die Dame den glühenden Ehrgeiz, die Martha zu gewinnen.«

»So wie mein Ehemann.« Eudora lächelte wehmütig-belustigt. »Er hat sich darauf verlegt, in der Schürze zu schlafen, und brabbelt im Schlaf Rezepte vor sich hin.«

Pamela beugte sich vor. »Reden wir hier von der Trophäe, die auf dem Fest für den besten Beitrag der Sieger in den Haushaltskategorien verliehen wird?«

»Die nämliche.«

»Und du glaubst, Mrs. Pickle könnte die vielfältigen Talente der Schwiegermütter als ernsthafte Bedrohung ihres rasenden Ehrgeizes betrachtet haben?« Eudora schaute mich ungläubig an. »Ellie, diese Trophäe wird jedes Jahr verliehen. Wenn sie ihr diesmal vor der Nase weggeschnappt würde, gäbe es noch viele andere Gelegenheiten.«

»Du hast recht«, gab ich zu. »Mir ist nur im Gedächtnis haftengeblieben, daß Mrs. Malloy sagte, sie wäre nicht überrascht, wenn Mrs. Pickle sich mittels dieser oder jener unfairen Mittel früherer hochrangiger Konkurrentinnen entledigt hätte.«

»Aber ich dachte, die beiden Frauen wären die dicksten Freundinnen.« Pamela schien endgültig die Übersicht zu verlieren, wer denn jetzt auf wessen Seite stand.

»Das sind sie auch, deshalb habe ich Mrs. Malloy ja auch nicht ernst genommen. Ich dachte, es wären bloß Sticheleien unter Freundinnen, wenn ihr versteht, was ich meme.«

»Wir reden so oft schlechter von unseren Freunden als von unseren Feinden«, sagte Eudora traurig.

Ich entschied, daß ich genug über eine Frau gesagt hatte, deren Motive mir häufig schleierhaft waren, und ging dazu über, meine Liste der Verdächtigen am heimatlichen Herd abzuspulen.

»Mr. Peter Savage ist als Fremder in dieser Gegend wie geschaffen für die Rolle des großen Unbekannten. Er befindet sich in einer Phase der Rebellion seiner Mutter gegenüber. Und durch seinen derzeitigen Lebensstil ist er schon so was wie ein komischer Vogel. Hinzu kommt, daß er wirklich eine Menge Unsinn geredet hat ... der darauf hindeutete, er könnte in mich verknallt sein ...« Ich gab mir Mühe, bescheiden zu wirken. »Und falls – und ich befürchte, daß es so war – dieses unkluge Gespräch im Dark Horse versehentlich auf seinem Kassettenrecorder verewigt wurde – der, was wir mir zu verdanken haben, unter dem Tisch den Lauscher spielte – na ja, wer weiß?«

»Und wer hat deiner Meinung nach ausreichende Gründe, die Welt von Beatrix Taffer zu befreien?« Eudora warf rasch einen Blick auf ihre Uhr.

Ein Name fiel mir ein, aber ich hatte nicht vor, ihn in den Ring zu werfen. Und es gab zum Glück noch eine andere Möglichkeit.

»Frizzy hat vielleicht mit ihrer Tante Ethel über das gesprochen, was im Dark Horse Thema war, und glaubt mir, diese Frau – die ihren verstorbenen Ehemann von der Treppe in den Tod gestoßen hat oder auch nicht – macht den Eindruck, als wäre sie durchaus zu einem Mord fähig. Besonders, wenn es um Tricks geht.«

Eine drückende Stille senkte sich über den Salon, von der Art wie manchmal vor einem besonders schlimmen Unwetter. Der Himmel draußen war von ungetrübtem Blau und in seiner Unschuld bar jeder Wolke. Aber ich traute dem Tag nicht mehr, als ich mir und den beiden anderen Frauen zutraute, die Identität der Person herauszufinden, die die Schwiegermütter bedrohte, bevor die nächste Tragödie sich ereignete.

»Ich denke, wir sollten zur Polizei gehen«, sagte ich.

»Dasselbe habe ich auch gedacht«, stimmte Eudora zu.

»Und wenn das Polizeirevier freitags früher schließt?« Pamela hätte von einer Bäckerei sprechen können, die von zwei altjüngferlichen Damen geführt wurde.

»Wir gehen jetzt gleich hin.« Ich stand vom Sofa auf und war abmarschbereit.

Eudora warf wieder einen Blick auf ihre Uhr. »Ellie, ich kann nicht. Sir Robert wird in zehn Minuten im Pfarrhaus sein, wir wollen über die Kirchenlieder für Lady Kittys Beerdigung sprechen.«

»Und ich muß dabeisein.« Pamela sprang auf und fing an, ihre Rattenschwänze glattzustreichen. »Würde es Ihnen sehr viel ausmachen, allein hinzugehen, Ellie, und genau zu erklären, was uns alle solch einen Mordsschrecken versetzt hat?«

»Ich könnte auf euch beide warten«, bot ich an.

»Ja, aber wenn wir drei ohne Frizzy hingehen, könnten wir sie eventuell in ein falsches Licht setzen. Das wollen wir doch nicht, oder?« Eudora hatte fast ihre alte Energie wieder. »Und wenn wir warten, bis wir alles mit ihr durchgesprochen haben, verschwenden wir kostbare Zeit. Wir hatten bereits innerhalb kürzester Zeitspanne einen Unfall mit beinahe tödlichem Ausgang und einen Todesfall.«

»Wir müssen Frizzy vorwarnen«, sagte ich, »daß Tricks in Gefahr sein könnte. Sie muß auf der Stelle die Flasche Gesundheitswasser ihrer Schwiegermutter konfiszieren.«

»Ich rufe Frizzy gleich an, wenn ich zu Hause bin«, versprach Eudora, als sie in die Halle hinaus ging. »Denk du jetzt nur daran, zum Polizeirevier zu gehen.« Sie und Pamela waren schon auf dem Weg nach draußen, als die jüngere der beiden mich am Ärmel zupfte.

»Um eines brauche ich mich jetzt nicht mehr zu sorgen – unseren Erpresser«, sagte Pamela fröhlich. »Ich weiß, es ist scheußlich von mir, mich momentan überhaupt über irgendwas zu freuen, aber es ist herrlich, von diesem Blutsauger befreit zu sein und zu wissen, daß mich nichts mehr davon abhalten kann…« Der Rest ihrer Worte wurde vom Wind verweht, als sie hinter Eudora die Eingangsstufen unseres Hauses hinuntereilte. Als ich die Tür mit einem letzten Blick auf ihre sich entfernenden Rücken schloß, freute ich mich flüchtig für Pamela. Sie hatte recht. Jetzt konnte sie nichts mehr davon abhalten, Sir Robert zu erzählen, daß sie gemogelt hatte, indem sie bei dem Ehewettbacken einen Kuchen von ihrer Tante Gertrud eingereicht hatte. Ihrem Schwiegervater würde es piepegal sein.

Ich lehnte mich gegen die Haustür und dachte, daß da doch noch etwas war – oder jemand –, das meinen Mitdetektivinnen gegenüber zu erwähnen ich vergessen hatte und das für die begangene Niedertracht von Belang sein konnte, da kamen Mum und Freddy aus der Küche.

»Da bist du ja, Ellie!« Magdalenes Augen funkelten richtig. »Ich habe für deinen Cousin Mittagessen gemacht, und wir haben uns ja so nett unterhalten. Er will, daß ich ihm das Häkeln beibringe.«

»Aber vorher mach' ich noch eine kurze nachmittägliche Ausfahrt mit ihr, stimmt's, Tantchen Mags?« Freddy tätschelte ihr liebevoll den Kopf, der ihm gerade etwa bis zur Taille reichte.

»Ich hab' noch nie in meinem Leben auf einem Motorrad gesessen.« Mum machte diese sensationelle Enthüllung in einem Tonfall, der voller Staunen über so viele, viele verpaßte einmalige Gelegenheiten war.

»Haltet ihr das wirklich für klug?« fragte ich sie beide. »Und wenn es anfängt zu regnen?«

»Das Leben ist eine riskante Angelegenheit, Ellie«, sagte Mum mit einem gelassenen Lächeln, das mehr aus ihr machte als jeder Lidschatten, »und wie ich gerade schon Frederick erklärt habe, der so viel Verständnis hat, ist eine Fahrt in frischer Luft genau das, was ich brauche, um wieder einen klaren Kopf zu bekommen.«

»Na, dann kann ich nur hoffen, daß du, wenn sie vom Motorrad geblasen wird, wenigstens anhältst, um sie aufzusammeln und ihr den Staub abzuklopfen«, sagte ich streng zu Freddy.

»Es ist nicht meine Art, an mich zu denken«, erinnerte mich Mum, »und wenn du mich für egoistisch hältst, dann sag es ruhig. Es liegt mir nichts ferner, als Ärger mit dir zu kriegen, wo wir doch jetzt allem Anschein nach besser miteinander auskommen, als ich je zu hoffen gewagt habe.«

»Ab mit euch und viel Spaß!« rief ich. Schließlich war jede Gefahr, die sie auf offener Straße erwartete, minimal im Vergleich zu dem, was im Haus lauern mochte, in Gestalt eines Kleiderschranks, präpariert, jederzeit umzufallen und sie unter seinem massiven Gewicht zu zerquetschen. »Vielleicht muß ich auch noch kurz weg, aber Jonas ist ja da, er kann sich um die Zwillinge kümmern.«

»Wenn du sicher bist . . .« Mum zögerte pflichtbewußt.

»Ellie will, daß wir glücklich sind, ist es nicht so, Cousinchen?«

Freddy gab mir einen kratzigen Kuß auf die Wange, der in mir den Wunsch weckte, er möge sich entweder die Stoppeln abrasieren oder sich wieder einen Vollbart wachsen lassen. Aber in der Hauptsache war ich hochzufrieden mit ihm, als er Mum durch die Haustür geleitete und mir nichts weiter zu tun übrigließ, als mich für den Abstecher ins Polizeirevier fertigzumachen.

Na, vielleicht noch ein kleiner Happen zu essen, bevor ich mich auf den Weg machte. Meiner Erfahrung nach verträgt sich eine mutige Tat nicht mit einem leeren Magen, deshalb ging ich rasch in die Küche, wo ich einen mit einem Geschirrtuch zugedeckten Teller mit Schinkensandwiches auf der Arbeitsfläche fand – Mums Werk. Es ließ sich nicht leugnen, daß sich unser Verhältnis zueinander sogar so weit verbessert hatte, daß sie mir fehlen würde, wenn sie nach Tottenham zurückfuhr – hoffentlich zusammen mit Dad –, aber sie mußte fahren, und zwar noch heute abend, wenn ich für ihre Sicherheit garantieren wollte.

Ich saß länger in der Küche als beabsichtigt und ließ meine Gedanken schweifen, bis sie plötzlich eingeholt wurden wie eine Barkasse. Nicht das entfernte *Bong* der Standuhr ließ mich von meinem Stuhl aufspringen, sondern ein weit unheilvolleres Geräusch. Jemand – ein erwachsener Jemand, nach den schweren Schritten zu urteilen – ging im Kinderzimmer umher. Wir hatten dort ein Babyphon, das uns verständigte, wenn die Zwillinge morgens oder nachmittags aufwachten. Und dieser Lautsprecher gab mir jetzt deutlich zu verstehen, daß ich einen Eindringling im Haus hatte.

Ich und meine überdrehte Phantasie! Ich sagte mir, daß der Übeltäter Jonas sein müsse und daß ich seinen Kopf fordern würde, weil er laut genug herumtrampelte, um Abbey und Tam aufzuwecken, wenn nicht gar die Toten, als ich einen Blick durchs Fenster warf und Jonas in aller Unschuld eines der Blumenbeete wässern sah.

Die Dringlichkeit der Situation verbot es mir, einen Umweg über den Salon zu machen und mich mit dem Feuerhaken zu bewaffnen. Ich begnügte mich mit dem größten Holzlöffel, den ich mir aus der

Schublade schnappen konnte. Ein Tranchiermesser wäre weitaus sinnvoller gewesen, hätte ich nicht befürchtet, mir selbst körperlichen Schaden zuzufügen und die Zwillinge lebenslang emotional zu beeinträchtigen.

Immer zehn Stufen auf einmal nehmend, rannte ich nach oben und die Galerie entlang. Dort stieß ich mit Mr. Unbekannt zusammen, als er eben aus dem Kinderzimmer trat.

Ich keuchte. »*Dad!* Was machst du denn hier?«

»Ich bin mit einem Strauß Blumen für Magdalene gekommen!« Er entfernte sich vorsichtig aus der Reichweite des Holzlöffels.

»Und wie bist du reingekommen? Durch den Kamin?«

»Nein!« Verlegen sah er an seiner roten Strickjacke hinunter. »Ich wollte vorschriftsmäßig an die Tür klopfen, Ellie, aber als ich die Zufahrt hochkam, sah ich die Leiter, die am Haus lehnte, und ich dachte – er räusperte sich –, »daß ich, falls Jonas noch nicht dazu gekommen wäre, den Riegel am Fenster zu reparieren, in ihr Zimmer gelangen könnte, ohne daß Magdalene mich sieht, und die Blumen und eine Nachricht auf ihr Bett legen könnte, um erst mal vorzutasten, bevor...«

»...bevor du ihr gegenübertreten mußt?« half ich nach. »Deine Schwiegermutter ist ein ziemlich zäher Brocken.« In seiner Stimme schwang Stolz. »Ich zweifle nicht daran, daß es mich weitere vierzig Jahre kosten wird, sie weichzuklopfen.«

»Wenn sie so lange lebt.« Und ich brach in Tränen aus.

»Wenn Du so weitermachst«, bellte Dad ungewöhnlich sanft, »müssen wir noch die Scheibenwischer *im* Wagen einschalten.«

»Was soll ich denn dagegen tun?« schluchzte ich. »Zur Polizei zu gehen war reine Zeitverschwendung. Sergeant Briggs hat fast ununterbrochen entweder die Augen verdreht oder aus dem Fenster gestarrt. Er ist nur einmal aufgetaut, und zwar als ich ihm von der Erpressung erzählte.«

»Sein Verhalten hast du mir zu verdanken, Ellie! Es war zuviel verlangt, daß dieser Mann uns ernst nehmen würde, nachdem er mich neulich abends im Adamskostüm erwischt hat. Er hat offenbar die ganze Familie Haskell als einen Haufen Irrer abgeschrieben.«

»Du warst wunderbar«, sagte ich zu ihm, »dir meine Geschichte bis zum Ende anzuhören, ohne ein Wort der Kritik wegen der Rolle, die ich in diesem traurigen Stück gespielt habe.« Die Tränen bildeten eine Pfütze auf meinem Kleid, das zufällig nur chemisch gereinigt werden durfte.

»Achte auf die Straße, sei ein braves Mädchen.«

»Welche Straße? Ich komme mir vor, als ob ich ein U-Boot fahre.«

Der Regen kam schneller herunter, als die Scheibenwischer mithalten konnten, und der Himmel war schwarz wie die Nacht und hing so tief über dem Boden, daß ich befürchtete, ich würde frontal in ihn reinkrachen. Und apropos tiefe Wasser, wir kamen im Augenblick am Chitterton Fells Freizeitcenter vorbei, dessen Swimmingpool imstande gewesen wäre, die *Titanic* zu überfluten. Der Pool war im vergangenen Jahr von Lady Kitty eröffnet worden, mit dem gebührenden Pomp und Prunk, als sie das Band zwischen dem flachen und dem tiefen Ende durchschnitt. Jetzt war ihr in der Blüte ihrer Jahre der Lebensfaden durchschnitten worden. Die Erinnerung reichte, um mich wieder unter Wasser zu setzen.

»Ellie«, sagte Dad zum fünften Mal, »du kannst nichts dafür, daß jemand eine Bresche in die hiesige Schwiegermütter-Population schlägt. Herrgott noch mal! Wenn wir uns über jedes einzelne Gespräch Sorgen machen müßten, das wir unter Freunden führen, hätten wir keinen Augenblick Ruhe.«

»Oder wir würden kein unfreundliches Wort mehr über andere sagen.«

»Und das wär ja 'n feiner Zustand.«

»Ich bin so erleichtert, daß du mir meine unglaubliche Geschichte glaubst.«

Er tätschelte meine Hand. »Man sieht eine Menge übler Kundschaft im Gemüsegeschäft.«

»Was sollen wir jetzt tun?« jammerte ich.

»Du setzt mich erst mal am Dark Horse ab, Ellie, damit ich meine Koffer packen und die Rechnung begleichen kann. Dann komme ich nach Merlin's Court, klemme mir Magdalene unter den Arm, und weg sind wir nach Tottenham.«

»Wenn sie noch reisefähig ist, nachdem sie mit Freddy in diesem Wetter mit dem Motorrad unterwegs war.« Ich beugte mich vor, wischte eine Stelle am Fenster mit meinem Ärmel klar und sah das Schild des Pubs hin- und herschaukeln wie einen Kaminvorleger, der zu unpassender Zeit zum Lüften auf der Wäscheleine hing. »Soll ich hier draußen auf dich warten?«

»Nein, du fährst nach Hause.« Dad hatte die Wagentür geöffnet, noch bevor ich richtig geparkt hatte. »Nach allem, was du mir erzählt hast, ist mir nicht wohl bei dem Gedanken, daß Magdalene eine Minute länger unbewacht bleibt als nötig. Es gibt Augenblicke im Leben eines Mannes, in denen ihm die Kosten für ein Taxi egal sind.«

Er winkte, daß ich mich davonmachen sollte. Und ich fuhr weiter die Cliff Road hinauf, wobei mein Blick an dem Guckloch hing, das in Windeseile wieder beschlug; die Rädchen in meinem Kopf drehten sich schneller als die Räder des Wagens. Falls Mum schon zurück war und Dads Strauß gefunden hatte, bedurfte es vielleicht gar nicht mehr meiner Überredungskünste, damit sie einsah, daß auf Merlin's Court die nötige Intimität für die Art der Wiedervereinigung fehlte, die er im Sinn hatte. Zum Optimismus entschlossen, hielt ich vor dem Stall, wischte mir die Augen, schaltete die Zündung aus und sauste über den aufgeweichten Hof zur Gartentür.

Kaum lag meine Hand auf dem Türknauf, da packte mich ein Anfall von Panik, der mich ebenso blind machte wie der Regen. Was nützten meine Pläne, Mum rauszuschmeißen, wenn der Mörder unter uns sie in meiner Abwesenheit beseitigt hatte? Meine Knie wurden weich, als ich die Küche betrat. Mist! Ich keuchte, als der Wind mir die Tür aus der Hand riß und hinter mir zuknallte.

O welch ein Segen war der Alltag! Mum saß am Tisch, mit Sweetie und Tobias auf dem Schoß.

»Was für ein Bild ihr abgebt!« Ich war versucht, einen Riesensatz zu ihnen hinüber zu machen.

»Ein gewisses Hündchen hat Angst vor Unwetter.« Ihre Lippen verzogen sich zu einem Lächeln. »Tobias war ihr eine ziemliche Stütze, ja, so sehr, daß ich daran gedacht habe, Sweetie zum Geburtstag ein Kätzchen zu schenken.«

»Hinreißende Idee.«

»Und jetzt, Ellie, zu den schlechten Nachrichten...«

»Was ist passiert?« stammelte ich.

Ihre Miene wurde grimmig. »Es wird ein ziemlicher Schock für dich sein.«

»Sagst du's mir?«

»Elijah war hier.« Mum sprach mit der strikt neutralen Stimme einer Fernsehkommentatorin, die von angeblichen Erscheinungen des großen Propheten berichtete. »Nach den matschigen Fußabdrücken zu urteilen, die vom Fenster zum Bett verlaufen, muß er über die Leiter eingestiegen sein, die dein Fensterputzer dagelassen hat. Wie dem auch sei, er hat Blumen und einen Brief für mich hinterlassen und . . . kurzum, Ellie, ich habe mich entschlossen, zu ihm zurückzugehen.«

»Das ist ja wunderbar!« rief ich aus.

»Du hältst mich sicher für sehr schwach.«

»Nein«, versicherte ich ihr fest, »ich finde, du handelst sehr christlich.«

»Das hat nicht das mindeste mit« – Mum schloß die Augen – »Sex zu tun.«

»Natürlich nicht.«

»Elijah muß seinen Laden wieder aufmachen, und ich werde mit dem Staubwischen weit im Rückstand sein, wenn ich wieder zu Hause bin, deshalb denke ich, wenn er demnächst hier auftaucht, sollten wir noch heute abend die Heimfahrt antreten.«

Es hätte nicht besser klappen können – dachte ich zumindest die ganzen nächsten zehn Sekunden lang. Mum hatte gerade Hund und Katze auf dem Fußboden abgesetzt und war im Begriff aufzustehen, als sich die Tür öffnete und Jonas in die Küche gestapft kam.

»Also bist du doch wieder da, Ellie, mein Mädel.« Seine zotteligen Brauen waren finster über der Nase zusammengezogen. »Ich komm' gerade vom Telefon, hab' mit der Enkelin von dieser Beatrix Taffer geredet. Scheint so, als ob die alte Dame was gegessen oder getrunken hat, was ihr nicht bekommen ist, und es geht ihr miserabel.«

»Nein!« rief ich, während Mum ohne einen Laut von sich zu geben den Mund öffnete und wieder schloß.

»Sie fragt die ganze Zeit nach Magdalene«, sagte Jonas. »Wo ist sie? Zu Hause oder im Krankenhaus?«

»Noch zu Hause.«

»Beatrix hat sich immer vor Krankenhäusern gefürchtet.« Mum zog immer engere Kreise, bis sie mit sich selbst zusammenzustoßen drohte. »Ich werde Sweetie mitnehmen müssen; das arme Wurm steht

Todesängste durch, wenn es mitten in einem Unwetter allein gelassen wird.«

»Hältst du das für eine gute Idee?« Ich schnappte mir einen Regenmantel von dem Haken im Alkoven an der Gartentür und warf ihn ihr über die Schultern.

»Sweetie wird keinen Ärger machen. Sie bellt nur, wenn sie gefragt wird.«

Jonas folgte uns die Stufen hinunter in den Hof. »Da is' noch was, was ich dir sagen muß, Ellie. Ein Polizist hat kurz vor der Kleinen angerufen und eine Nachricht für dich hinterlassen. Irgend so 'ne Geschichte, daß er einen gewissen Verdächtigen zum Verhör aufs Revier bringt.«

Unglaublich! Sergeant Briggs mußte meine Ängste weit ernster genommen haben, als ich gedacht hatte. Und er hatte so schnell gehandelt! Obwohl. Tricks hatte es ja nicht viel genützt, dachte ich bitter.

»Was war das mit der Polizei?« fragte Mum, während sie mir durch den Regen zum Auto folgte. »Es hat doch nichts mit Ben zu tun, oder? Er hat doch nach der Sperrstunde kein Eis mit Pfefferminzlikör serviert?«

»Nein, nichts dergleichen...« In dem Moment, als ich die Hand nach der Wagentür ausstreckte, stolperte Mum über einen Stein oder sonstwas und wäre um ein Haar samt Sweetie vornübergefallen.

»Der heilige Franziskus!« Sie hob ihn mit der freien Hand auf und hielt ihn hoch wie eine Fackel, um uns zu leuchten, und wegen seines phosphoreszierenden Materials machte er das ganz gut. »Daß er gerade jetzt auftaucht, nachdem er tagelang vermißt war – sag mir nicht, daß das kein Zeichen von da oben ist.« Mum steckte die Statuette in die Tasche ihres Regenmantels. »Es muß bedeuten, daß Beatrix sich erholen wird; selbst du mußt das einsehen, Ellie.«

»Ganz und gar!«

»Du meinst doch nicht« – Mum hatte Mühe, die Worte auszusprechen –, »daß Beatrix eine Dummheit gemacht hat – zum Beispiel den

Versuch unternommen, sich das Leben zu nehmen, wegen des ganzen Ärgers, den es zwischen ihr und mir über diese Badgeschichte und Elijah gegeben hat?«

»Das war kein Selbstmordversuch.«

Keine von uns sagte noch etwas während der zehnmütigen Fahrt, die eher wie eine Stunde wirkte, zum Haus der Taffers. Sweetie schien ebenfalls mit ihren Gedanken beschäftigt zu sein und zuckte nicht mal mit der Wimper, als sie aus dem Wagen gehoben wurde. Der Regen hatte nachgelassen, wenn auch der Himmel noch so schwarz war, daß man nicht erkennen konnte, wo er aufhörte und die Dächer anfingen, und das Haus der Taffers lag in abweisendem Dunkel. Kein einziger Lichtschimmer zeigte sich, als wir über den schmalen Gartenweg zur Haustür huschten. Ohne das Lebenszeichen in Form der Rockmusik, die von drinnen kam, wäre ich zu dem Schluß gelangt, daß niemand zu Hause war.

»Hast du denn auch geläutet?« Mum hielt Sweetie fest in den Armen.

»Ja«, sagte ich und läutete noch einmal.

»Wieso dauert das denn so lange?«

»Ich hab' keine Ahnung.« Meine Stimme war ein Krächzen. Ich stellte mir vor, wie die ganze Familie Taffer sich zu einem letzten Ständchen um das Totenbett von Tricks geschart hatte. Mit jeder qualvollen Minute war die Furcht in mir gewachsen, bis sie Größe und Gewicht einer Kanonenkugel hatte. In der Einsicht, daß dies nicht der rechte Augenblick war, um »ans andere Ufer zu treten«, wie Mrs. Malloy es ausgedrückt hätte, zwang ich mich, langsam und tief durchzuatmen, als wir – endlich – hörten, wie sich Schritte der Tür näherten.

Mum sah so überrascht aus, wie mir zumute war, als in Zeitlupe von Mrs. Pickle geöffnet wurde. Sie trug ihren Mantel und hatte eine Wollmütze über ihre Lockenwickler gestülpt.

»Ach, Sie sind's, Mrs. Haskell, und auch noch Ihre Schwiegermutter! Stellen Sie sich vor, ich war gerade in der Küche auf meinem letzten Rundgang, als ich dachte, ich hätte die Klingel gehen hören.« Ihr

Rosinenbrötchengesicht war gerötet – vermutlich von der Anstrengung, die Diele zu durchqueren. »Aber bei all dem Lärm von Dawns Radio dachte ich, meine Ohren hätten mir einen Streich gespielt.« Sie trat zentimeterweise beiseite, um uns einzulassen, dann schloß sie die Tür. »Und Sie haben auch das kleine Hündchen mitgebracht, nein, wie reizend.«

»Wir wollten meine Freundin Beatrix besuchen«, sagte Mum in recht herzlichem Ton.

»Oje! Den ganzen weiten Weg umsonst gemacht!«

»Sie meinen...?« Ohne ein Wort der Entschuldigung ließ Mum die arme Sweetie auf den Fußboden fallen.

»Sie hat uns vor einer Viertelstunde verlassen«, teilte Mrs. Pickle uns mit, ohne das halbherzige Lächeln von ihrem faden Gesicht zu tilgen.

»Und Sie müssen zugeben, daß es so das beste ist.«

»Ach ja?« wimmerte ich.

»Sie gehört ins Krankenhaus, das hat jedenfalls der Doktor gesagt, als er endlich kam. Er hatte noch zwei andere Notfälle, deshalb macht ihm keiner einen Vorwurf; na, das wäre doch auch ungerecht, oder?«

»Geht es ihr sehr schlecht?« fragte ich.

»Es gibt nicht viel Hoffnung, hat der Doktor der Familie gesagt.« Mrs. Pickle machte ein paar Knöpfe auf, zum Zeichen, daß wir sie nicht aufhielten. »Mrs. Taffer – das heißt, Frizzy – hat versprochen, mich hier anzurufen, weil ich doch selbst kein Telefon hab', sobald sie auf die eine oder andere Art was weiß. Meinen Mantel hab' ich nur angezogen, weil es im Haus richtig frisch geworden ist, bei dem schlechten Wetter und so. Also, wenn Sie hierbleiben und auf eine Nachricht warten wollen – es dürfte eigentlich nicht lange dauern, und ich würde mich über die Gesellschaft freuen.« Sie schaute zum Fußboden hinunter. »Andererseits könnte es natürlich sein, daß Sie es lieber nicht wollen, nach dem kleinen Zwischenfall heute morgen.«

»In einem Augenblick wie diesem zählt nichts anderes, als daß Beatrix sich voll und ganz erholt.« Mums Lippen erstarrten zu einem verzei-

henden Lächeln, wofür sie von Sweetie, die offenbar vergaß, daß
Hündchen nur gesehen und nicht gehört werden sollten, ein anerken-
nendes Wuff erntete.

»Ich führ' Sie ins Hinterzimmer.« Mrs. Pickle ging *klitschklatsch* in den
abgetretenen karierten Pantoffeln, die nicht recht zu ihrem Mantel
passen wollten, durch die Diele. »Es ist nicht so vollgestopft mit dem
Spielzeug der Kleinen wie das Vorderzimmer.« Ihre Worte waren
kaum zu verstehen bei dem neuerlichen Schwall von Rockmusik, der
aus einem der oberen Räume über uns hereinbrach. »Sie sind derart
überstürzt aufgebrochen, daß die kleine Dawn nicht mal dieses gräßliche Radio abgedreht hat.« Mrs. Pickle schüttelte den Kopf, als sie die
Tür zum Hinterzimmer aufschob. »Ich hatte ja vor, es selbst zu
machen, aber es ist eine ziemliche Kletterei, die Stufen raufzugehen.«

»Ich bin überrascht, daß sie es nicht schon vorher ausschalten mußte,
wo ihre Großmutter so krank ist.« Mum gab einen ihrer Markenzei-
chen-Schniefer von sich.

»Die Familie ist an den Radau so gewöhnt, daß die andern es nicht
mehr hören. Und falls der Doktor dem Mädchen gesagt hat, sie soll
die Musik leiser stellen, bezweifle ich, daß sie auf ihn gehört hat. Sie
ist richtig eigensinnig, diese Dawn, das kann ich Ihnen sagen. Ich
staune, daß sie überhaupt zum Krankenhaus mitgefahren ist; sie hatte
nicht viel übrig für ihre Gran. Ich hab' mich zurückgehalten, als sie
abfuhren, um nicht im Weg zu sein, und ich sag' Ihnen, leid hat's mir
nicht getan, einen ihrer Wutanfälle nicht mitzuerleben.«

Mrs. Pickle pflügte sich ihren Pfad durch den schachtelgroßen Raum,
der kaum einen Stehplatz bot, obwohl man den Tisch direkt an die
Verandatüren geschoben und die Eßzimmerstühle, zwei Ottomanen
und einen Fernseher darauf gestapelt hatte.

»Ich wollte das Zimmer gerade gründlich saubermachen, als es Mrs.
Taffer erwischte.« Sie nahm eine nach der anderen ein paar Glühbir-
nen und eine Schachtel Buntstifte von einem der Sessel, während
Mum ihren feuchten Regenmantel auszog und ihn vorsichtig über
den leeren Wäscheständer vor dem Kamin legte. »Eins muß man

Frizzy Taffer lassen, sie treibt einen nie zur Eile an. Sie sagt, wenn sie das Haus halbwegs tipptopp hat, bis die Kinder alle erwachsen sind, reicht ihr das schon.«

»Frizzy ist ein Juwel.« Zitternd setzte ich mich hin und stützte mich dabei versehentlich mit der Hand auf dem kleinen Tisch zwischen Mums Sessel und meinem ab. Ich sah, wie er umkippte und Sweetie am Schwanz erwischte, bevor sie sich in Sicherheit bringen konnte.

»Eins der Beine ist wacklig.« Mrs. Pickle kam in für sie schnellem Tempo herzu. »Hier, ich weiß, wie ich das in Ordnung bringen kann.« Sie griff in ihre Manteltasche, brachte einen Zettel zum Vorschein, der in der Mitte gefaltet war, und knüllte ihn zusammen. »So!« Sie stellte den Tisch wieder hin und klemmte den Zettel unter das lockere Bein. »Das müßte ihn eigentlich stützen. Na, wie wär's, wenn ich den Damen jetzt ein Glas von meinem Rhabarberwein einschenke? Ich hab' ihn heute nachmittag mitgebracht, um zu zeigen, daß ich nicht beleidigt bin, weil Dawn mich beschuldigt hat, ihre Puppen zu klauen.«

Da dies nicht der rechte Zeitpunkt zu sein schien, um darauf hinzuweisen, daß Mrs. Pickle tatsächlich schuldig im Sinne der Anklage war, lächelte ich höflich, als sie zwei Gläser aus der Flasche von der Anrichte vollgoß.

»Ich trinke nicht gern.« Mum sah zu, wie Sweetie auf den Wäscheständer losging und ihn mitsamt ihrem Regenmantel umwarf. »Aber wenn Sie meinen, daß es meinen Nerven guttut, nehme ich einen Schluck...«

»Es gibt kein besseres Mittel, und jeder, der ihn probiert hat, sagt, der Geschmack nach Eisen stört nicht.«

Mit dieser überschwenglichen Empfehlung reichte Mrs. Pickle uns unsere Gläser und sagte, sie werde in die Küche gehen und eine Platte mit Sandwiches vorbereiten.

»Machen Sie sich nicht solche Umstände«, sagte Mum zu ihr.

»So hab' ich was zu tun, um mich von der armen Mrs. Taffer abzulenken. Bleiben Sie nur schön hier sitzen, ich bin in einer Sekunde wieder da.«

»Das heißt, in einer halben Stunde«, sagte ich, als sich die Tür hinter ihr schloß.

»Die Frau meint es gut, Ellie.«

»Das stimmt.« Ich schnupperte an meinem Wein und war nicht sehr begeistert von dem Bukett, möglicherweise weil er nach uraltem Rhabarber roch.

»Du bist nervös. Kein Wunder, wo die arme Beatrix im Krankenhaus liegt und oben diese Musik scheppert.« Mum schickte sich an, ihr Glas auf den Tisch zu stellen, doch bevor es ihn berührte, ging er erneut zu Boden. »Anscheinend hat Mrs. Pickle den Zettel nicht richtig gefaltet. Das soll keine Kritik sein.« Sie ließ mich ihr Weinglas halten, während sie sich bückte, um das Papierknäuel zu entfernen, zu glätten und geometrisch korrekt neu zu falten. »Mir ist klar, daß sie einen schwierigen Tag hinter sich hat, zuerst mit uns und dieser Sache mit der Puppe und ...«

Mum brach ab, sie stand da und starrte mich an, während Sweetie mit einem Sprung aufs Sofa hechtete und anfing, unter den Kissen zu graben, alles ohne ein Wort des Tadels zu hören zu kriegen.

»Sieh dir das mal an, Ellie.« Ihre Stimme klang unnatürlich laut in der Stille, die anzeigte, daß Mrs. Pickle oben Dawns Radio abgeschaltet hatte. »Es ist ein Drohbrief. Und zwar nicht von den Gaswerken.«

»Laß mal sehen.« Ich nahm den Zettel und las laut vor: »Liebe Mrs. Pickle, ich stecke dies durch Ihren Briefschlitz, um Sie wissen zu lassen, daß ich gesehen habe, wie Sie gestern abend das alte Mädchen von der Klippe gestoßen haben. Damit ich über nämlichen Vorfall Stillschweigen bewahre, müssen Sie zweihundert Pfund in den hohlen Baum oben am Fahrweg legen, der nach Pomeroy Manor führt. Von jemandem, der es gut mit Ihnen meint.«

Mum schüttelte den Kopf. »Das muß ein Scherz sein. Einer von Mrs. Pickles Voodoo-Kumpeln, der sich einen kleinen Spaß mit ihr erlaubt; der gesunde Menschenverstand sagt einem doch, daß sie, wenn ein Wort davon wahr wäre, den Brief nie benutzt hätte, um den Tisch zu stützen.«

»Sie kann nicht lesen«, sagte ich. »Lady Kitty hat mir das neulich erzählt. Pech für den Erpresser! Und er mußte sich brieflich mit ihr in Kontakt setzen, weil Mrs. Pickle kein Telefon hat.«

»Ich bleibe trotzdem dabei, daß es ein Streich ist.«

»Das glaube ich nicht«, sagte ich so optimistisch wie möglich. »Bridget Spike ist gestern abend tatsächlich von der Klippe abgestürzt, Gott sei Dank ohne sich eine ernsthafte Verletzung zuzuziehen; und später hat sie Eudora erzählt, daß ihr jemand einen Stoß gab. Und heute morgen habe ich erfahren, daß Lady Kitty bei einem Fahrradunfall ums Leben gekommen ist.«

»Mir hast du kein Wort davon gesagt!«

»Ich wollte dich nicht erschrecken.«

»Sie waren gerade erst bei dir zum Tee! Und da ist Beatrix, die etwas gegessen oder getrunken hat, das ihr nicht bekommen ist!« Mum schaute voll Entsetzen auf unsere Weingläser. »Ich hoffe, ich gehöre nicht zu den Menschen, die aus einer Mücke einen Elefanten machen, Ellie, aber mir scheint, als ob es in Chitterton Fells Ärger gibt.«

»Wir müssen hier raus.« Ich hob Mums Regenmantel vom Fußboden auf und hielt ihn für sie, während sie versuchte, zwei Arme in einen Ärmel zu schieben. »Heute nachmittag ist Dad mit mir zum Polizeirevier gefahren, dort haben wir versucht, Sergeant Briggs begreiflich zu machen, daß wir Grund zu der Annahme haben, daß jemand in dieser Gegend bestimmte Frauen aufs Korn genommen hat.«

»Falls du ältere Frauen aus deinem Bekanntenkreis meinst, dann sag das, Ellie.« Mum befreite endlich einen ihrer Arme. »Jetzt verstehe ich diese telefonische Nachricht, die Jonas dir von der Polizei bestellt hat. Aber sie lassen sich ungemein viel Zeit, wenn Mrs. Pickle« – sie senkte die Stimme – »die Person ist, die zum Verhör geholt werden soll.«

»Laß uns nicht hier warten, bis sie kommen.« Ich schaute zu den von dem Tisch mit seinem Turm aus Stühlen und anderem Kleinkram blockierten Verandatüren hinüber. Widerstrebend gelangte ich zu dem Schluß, daß wir versuchen mußten, unbemerkt durch die Haustür nach draußen zu schlüpfen.

»Jetzt warte mal einen Moment, Ellie.« Mum hörte auf, an ihrem Regenmantel herumzufummeln, und blickte mich fest an. »Du bist jung – woraus dir niemand einen Vorwurf macht –, und eines Tages wirst du lernen, nicht voreilig unfreundliche Schlüsse zu ziehen. Wir haben nur das Wort des Erpressers, daß Mrs. Pickle Bridget Spike von der Klippe gestoßen hat, und, um ihr volle Gerechtigkeit widerfahren zu lassen, es herrschte dichter Nebel und . . .« Mum brach ab und bückte sich, um Sweetie vom Sofa zu nehmen. Sie starrte auf das, was die kleine Hündin zwischen den Zähnen hielt.

»Ist es der heilige Franziskus?« fragte ich.

»Nein, er ist noch hier drin!« Mum zeigte aufgeregt auf die Tasche ihres Regenmantels. »Das hier ist« – sie zerrte es zwischen den Hundekiefern hervor – »wieder so eine von diesen Voodoo-Puppen. Bloß bin ich es nicht! Es ist . . .«

»Tricks.« Ich blickte angeekelt auf das stachelige rote Haar und das aus Fetzen indischen Musselins genähte Kleid.

»Ellie, tu du, was du willst! Erfinde du dir so viele Ausflüchte für Mrs. Pickle, wie du magst, ich verschwinde aus diesem Haus, solange es noch Zeit ist. Und sag mir bloß nicht, daß wir zwei gegen eine sind und es eigentlich nichts gibt, wovor wir uns fürchten müßten . . .«

Ich hatte sie am Ellbogen gefaßt und lotste sie zur Tür, als diese sich direkt vor uns öffnete. Herein kam Mrs. Pickle, noch immer mit Mantel und Mütze, und in der Hand ein Tranchiermesser, um ihr Ensemble zu ergänzen.

»Stellen Sie sich vor, ich schnitt gerade das Brot für die Sandwiches, als mir der Gedanke kam, daß Sie vielleicht noch 'n bißchen Rhabarberwein möchten.« Ihr Gesicht war so fahl wie Reispudding, und in ihrer Stimme war keine Spur von Bosheit, als sie sah, was Mum in der Hand hielt, und sagte: »Wie ich sehe, haben Sie noch eine von den Puppen gefunden. Wenn ich denke, wie tief ich sie hinten ins Sofa gesteckt hab', ich dachte schon, ich würde den Arm nicht wieder raus-kriegen.«

»Hunde sind eben Hunde.« Mum blickte stolz auf Sweetie hinunter. »Dank diesem Spürhund wissen wir, daß das, was der Erpresser Ihnen geschrieben hat, wahr ist.« Mum trat einen Schritt rückwärts. »Sie sind eine Mörderin . . . das soll keine Kritik sein, müssen Sie wissen.«

»Sie bezieht sich auf diesen Brief!« In der verzweifelten Hoffnung, daß Mrs. Pickle zerknirscht in Tränen ausbrechen würde, schwenkte ich den Zettel vor ihrem Gesicht. »Der Schreiber behauptet, er hätte gesehen, wie Sie Bridget Spike von der Klippe schubsten.«

»Wie neugierig manche Leute doch sind!« Ob sie sich auf mich bezog oder auf den Erpresser, blieb unklar. »Wenn ich denke, daß ich mir sogar die Mühe gemacht hab', diesen Brief in meine Tasche zu stek-ken, damit Roxie Malloy ihn mir vorlesen kann, so wie alle meine Korrespondenz. Wissen Sie« – Mrs. Pickle lachte verwirrt –, »es wird mir die ganze Nacht nachgehen, ich werd' mir den Kopf zerbrechen, wer das geschrieben haben könnte. Aber so ist das eben, wenn's nicht das eine ist, dann ist's was anderes. Ich weiß bloß, daß es 'n Geiz-kragen war, zu knauserig, um eine Briefmarke zu bezahlen, statt des-sen kommt er und steckt ihn durch den Briefschlitz. Ich muß mir eben immer wieder einschärfen, daß ich mir von nichts den frohen Tag verderben lasse, an dem ich die Martha gewinne.«

»Also das ist es!« rief ich aus.

»Ich war so sicher, daß es mein Jahr werden würde. Gladstone Spike hat mir erst Sorgen gemacht, bis ich dann einsah, daß er nie gewinnen würde. Die Leute würden sagen, es ist unfair, weil er der Mann von der Pfarrerin ist. Aber dann schlug das Schicksal zu. Ich wußte, daß Mrs. Taffers Kürbisse echte Wunderwerke sind, ich hatte von Lady Kittys Kuchen gekostet und wußte, daß sie unschlagbar sind, und dasselbe galt für die Marmelade von Brigdet Spike, und dann waren da noch *Sie!*« Wenn Blicke töten könnten, hätte der, den Mrs. Pickle Mum zuwarf, auf der Stelle gewirkt. »Ich hab' mein Lebtag noch kei-nen Menschen so häkeln sehen.«

»Wir können nicht in allen Dingen gut sein«, murmelte Mum freundlich.

»Aber dafür können wir unser Schicksal in die eigenen zwei Hände nehmen, so wie dieser wahrsagende Cousin von Mrs. Ellie Haskell hier gesagt hat. Ich wußte gleich, daß er die Gabe hat, als er sagte, er sieht einen vornehmen Herrn und eine Reise über den Ozean für eine der Anwesenden.«

»Freddy hat einfach so ins Blaue hinein geredet«, sagte ich.

»Ich nehme an« – Mrs. Pickle blickte auf ihr Tranchiermesser –, »manch einer würde sagen, daß ich ein bißchen zu weit gegangen bin nur wegen 'ner Trophäe, die auf dem Sommerfest von St. Anselm verliehen wird, und daß es immer ein nächstes Jahr gibt und so weiter; aber was man dabei übersieht, ist, daß diesmal Sir Roberts Cousin, der Ehrenwerte George Clydesdale, derjenige sein wird, der den Preis überreicht – der so ein hohes Tier im Winzergeschäft ist, mit eigenen Weinbergen in Frankreich, kein Geringerer! Ich kann auf keinen Fall die Gelegenheit verpassen, daß er aufhorcht und meinem Löwenzahnwein Beachtung zollt. Nicht bei so einem Mann! Schon seit Jahren träume ich davon, meine Etiketten im ganzen Land auf Flaschen kleben zu sehen. Ich bin keine von den Frauen, die dasitzen und warten, bis das Leben sie an die Hand nimmt.«

»Das hat Mrs. Malloy mir gesagt.« Ein Blitz zuckte. Ich rückte näher an Mum heran. »Sie deutete sogar an, Sie könnten frühere Kandidatinnen in dem jährlichen Wettbewerb umgebracht haben, um die Martha zu kriegen.«

»Was für eine gehässige Lüge!« Mrs. Pickle war ganz und gar empört. »Das hier ist das einzige Mal, daß ich nicht ganz fair war, sozusagen. Und nichts davon war ein Kinderspiel, das kann ich Ihnen sagen. Ich war kein bißchen sicher, ob einer der Morde nach Plan gelingen würde, deshalb mußte ich die Puppen als Glücksbringer benutzen. Und nachdem Sie die auf Merlin's Court gefunden hatten, war ich mit meinem Latein am Ende.« Ihr Gesicht ähnelte stark einem heißen Brötchen, als sie Mum ansah. »Ich bin nicht so blöd, daß ich nicht wußte, daß ich in Ihrem Haus nie mehr willkommen sein würde. Meine Hoffnung, Sie unter einem Schrank zu begraben oder dergleichen, war dahin. Doch dann schien sich das Blatt zu wenden, als ich hörte, wie Dawn Sie anrief und Ihnen ausrichten ließ, daß ihre Gran, total im Delirium, immer wieder den Namen ihrer alten Freundin sagte. Ich hatte das Unkrautvertilgungsmittel in den Rhabarberwein getan – als ich Beatrix Taffers Flasche Jugendelixier nicht in die Finger kriegen konnte – und brachte sie dazu, davon zu trinken, indem ich ihr sagte, es würde ihr Gesicht so weich und glatt machen wie einen Babypopo. Deshalb brauchte ich dann nur noch hierzubleiben, als die ganze Familie ins Krankenhaus fuhr, und zu warten, bis Sie auftauchten, wie die Lämmer, die sich zur Schlachtbank führen lassen.«

»Jammerschade für Sie, daß wir den Wein nicht getrunken haben.« In Mums Naserümpfen schwang eine gewisse Selbstgefälligkeit.

»Das sehe ich.« Mrs. Pickle blickte auf die vollen Gläser. »Eine Vergeudung von hervorragendem Gift, wenn Sie mich fragen. Und ich hatte mir alles so bildschön ausgedacht. Ich wollte der Polizei sagen, daß ich gehört hätte, wie Mrs. Ellie Haskell hier Sie beschuldigte – nachdem sie den Wein getrunken und zu spät erkannt hatte, daß er komisch schmeckte –, Mrs. Beatrix Taffer abgemurkst zu haben. Alles aus Eifersucht wegen ihres üblen Treibens mit Ihrem Mann. Und ich wollte sagen, daß ich, als ich ins Zimmer gelaufen kam, sah, wie Sie Ihr Glas hinunter kippten. Es hätte ausgesehen, als hätten Sie sich selbst in einem Anfall von Reue das Leben genommen. Und daß Sie Ihre Finger auch bei Bridget Spike im Spiel hatten und Lady Kitty umgebracht haben, um Verwirrung zu stiften, sozusagen.«

»Aber bis zum heutigen Tag war ich noch nie in diesem Haus.« Mum sprach mit dem Mut der Empörung eines Menschen, der die Wahrheit zur Verbündeten hat. Ein Donnerschlag knatterte ohrenbetäubend.

»Und ich werde sagen, daß Sie *doch* hier waren.« Mrs. Pickle betastete das Tranchiermesser auf eine Art, die stark darauf hindeutete, daß man sich nicht darauf verlassen konnte, daß sie das wenige an Vernunft, das ihr noch geblieben war, benutzen würde. Ich dachte gerade, daß es kein Fall von zwei gegen eine war – angesichts Mums Größe, sondern eher eineinhalb gegen eine –, als ein Wunder geschah. Das Licht ging aus und tauchte den Raum in undurchdringliche Dunkelheit, wie es während eines Unwetters passieren kann. Nichts Unerklärliches daran. Einen unheimlichen Charakter nahm es erst an, als eine milchigweiße Gestalt, von kleiner Statur, jedoch mit wundersamer Leuchtkraft, nach oben schwebte und zwischen Fußboden und Zimmerdecke in der Luft hing.

Ich mochte ja wissen, daß Mum den heiligen Franziskus aus der Tasche ihres Regenmantels geholt hatte und ihn in stummer Bitte um spirituelle Unterstützung himmelwärts hielt, doch Mrs. Pickle war in diesen banalen Umstand nicht eingeweiht. Begreiflicherweise sah sie darin eine himmlische Vision, gesandt, um sie den Mächten des Bösen zu entreißen. War sie nicht einst römisch-katholisch gewesen, bevor sie im Pfarrhaus arbeitete? Das Messer fiel mit dumpfem Geräusch hin, direkt auf meinen Fuß, und ich hatte es gerade aufgehoben, als das Licht wieder anging und es an der Tür klingelte.

»Entschuldigen Sie uns.« Ich ergriff Mums Hand, die, in der sie nicht den heiligen Franziskus hielt, und hastete an der zusammengekauerten Mrs. Pickle vorbei zur Tür hinaus in die Halle.

»Ich kann nicht anders, ich habe Mitleid mit dieser Frau.« Mum stolperte und richtete sich wieder auf. »Ihr ganzes Gerede heute früh, daß ihre Ururgroßmutter eine Hexe war – was wohl bedeutet, daß sie völlig übergeschnappt war –, bringt mich zu der Vermutung, daß der Wahnsinn in ihrer Familie liegen muß.«

»Wir können uns nicht immer mit Vererbung rausreden«, erwiderte ich. »Es könnte ebensogut ein soziales Problem sein.«

»Mit anderen Worten, Ellie, es ist die Schuld von Mrs. Pickles Mutter, weil die sie gezwungen hat, abends ihre Spielsachen wegzuräumen!« Mum war offenbar auf dem besten Wege, sich gefühlsmäßig zu erholen, als sie die Haustür öffnete und ein Polizeibeamter auf der regenüberspülten Stufe sichtbar wurde.

»Guten Abend, meine Damen!« Sergeant Briggs machte sich nicht die Mühe, einen Seufzer zu unterdrücken, weil er es schon wieder mit irren Mitgliedern der ruchlosen Familie Haskell zu tun hatte. »Ich bin aufgrund der Beschwerde eines der Nachbarn wegen lauter Musik hier. Ich wäre schon früher gekommen, aber es ist wieder einer dieser Abende. Also« – er blickte streng von mir zu Mum –, »wen soll ich verhaften?«

»Die Schwiegermütter-Mörderin«, sagte ich zu ihm, während ein Blitz zuckte. »Und hier noch eine kleine Warnung: Sollte sie Ihnen zufällig ein Glas Rhabarberwein anbieten, halten Sie sich strikt an die Order, daß man im Dienst nicht trinkt.«

Epilog

Arme Mrs. Malloy! Sie nahm die Nachricht von dem Fall ihrer Freundin Edna aus dem Stand der Gnade ausnehmend schwer. Und obschon sie zustimmte, daß Arbeit alle Wunden heilt, redete sie sich das Thema eine Woche später, als sie in der Küche von Merlin's Court stand und sich für den Weg mit einer Tasse Tee stärkte, immer noch von der Seele.

»Ich wußte, daß sie ihre Fehler hatte, so wie wir alle, Mrs. H, aber ich hätte mir nie träumen lassen, daß sie einen so durch und durch gemeinen Zug an sich hat. Es hat keinen Zweck, sich Vorwürfe zu machen, ich weiß, aber ich komme nicht über den Gedanken hinweg, daß, hätte ich nur die Klappe gehalten und Edna nicht von ihrem blutrünstigen Gespräch mit den anderen Damen im Dark Horse erzählt, Lady Kitty heute noch am Leben wäre.«

»Na, jetzt hören Sie schon auf«, sagte ich zum vierzigsten Mal. »Ich hab' auch mein Päckchen Gewissensbisse wegen der Ereignisse zu tragen, aber ich bin zu der Einsicht gelangt, daß Mrs. Pickles Besessenheit derart schlimm war, daß sie so oder so einen Weg gefunden hätte, die Schwiegermütter loszuwerden. Wir müssen uns darauf konzentrieren, daß Bridget ihren Sturz von der Klippe überlebt hat, daß Tricks sich bemerkenswerterweise erholt hat, nachdem sie den Unkrautvertilger zu sich genommen hat, und daß Mum körperlich ungeschoren davongekommen ist.«

»Sie sind mir vielleicht 'n Stehaufmännchen!« Mrs. Malloy spülte ihre Tasse aus und starrte durch das Fenster in die helle Nachmittagssonne. »Aber ehe Sie zu munter werden, denken Sie lieber daran, Mrs. H, daß Sie jetzt vor dem Problem stehen, einen Ersatz für Mr. Watkins zu finden, jetzt wo er wegen Erpressung sitzen muß.«

»Kein großes Drama«, sagte ich. »Wie sich herausgestellt hat, ist Mr. Savage zu dem Schluß gelangt, daß er doch nicht zum Rocksänger bestimmt ist, dafür liebt er das Leben im Freien. Deshalb übernimmt er Mr. Watkins' Fensterputzbetrieb. Habe ich Ihnen schon erzählt« – ich band Mrs. Malloys Schürze für sie auf und hängte sie über die Stuhllehne – »daß Pamela die ganze Zeit den Verdacht hatte, daß Mr. Watkins der Erpresser war, und zwar deshalb, weil er an dem Tag, als ihre Tante ihr den Kuchen für das Ehewettbacken brachte, die Fenster machte?«

»Mrs. H, Sie haben es mir mindestens schon hundertmal erzählt.«

»Aber habe ich auch erwähnt, daß Pamela zur Polizei gegangen ist, kurz nachdem Dad und ich mit Sergeant Briggs geredet hatten? Sie bestätigte meine Mordgeschichte und gab ihren Verdacht bezüglich Mr. Watkins weiter. Und daß mir mit dem Anruf, den Jonas entgegengenommen hat, mitgeteilt werden sollte, daß Mr. Watkins und nicht der Mörder zum Verhör geholt werden sollte?«

»Ich glaube doch.« Mrs. Malloy verkniff es sich, die Augen zu verdrehen, als sie ihren Pelzmantel und ihren Paillettentopfhut anzog. »Und wenn es Ihnen nichts ausmacht, Herzchen, es ist ein heikles Thema, da ich verantwortlich dafür war, daß er erfuhr, was er später benutzte, um Geld aus Ihnen herauszupressen.«

Ich folgte ihr zur Tür. »Es hatte mich schon gewundert, daß ich die einzige Schwiegertochter war, mit der er sich in Kontakt setzte, aber sobald Sie mir sagten, Sie hätten nur meinen Namen in Verbindung mit der Sache erwähnt ...«

»Na, ich hoffe, Sie kennen mich mittlerweile gut genug, um zu wissen, daß ich nicht tratsche, außer über Leute, die ich besonders gern hab'!« Mrs. Malloy drehte sich um und musterte mich kritisch von oben bis unten. »Sie sehen sehr nett aus in Ihrem Partykleid, Mrs. H.«

»Danke schön.« Ich umarmte sie.

»Und Sie sind sicher, daß Sie mich für sonst nichts brauchen?«

»Nein, für unsere kleine Feier ist alles vorbereitet.« Ich hielt ihr die Tür auf und sah ihr nach, wie sie auf ihren hohen Absätzen die Stufen hinunterstöckelte. »Keine Sorge, ich vergesse nicht, Ihnen ein Stück von der Hochzeitstorte aufzuheben. Und ich werde Mum und Dad erklären, daß Sie wegmußten, um eine Freundin in Not zu besuchen.«

»So wie ich es sehe« – Mrs. Malloy drehte sich um und schaute mich aus maskaraverschmierten Augen an –, »brauche ich nicht viel von Edna zu halten, um Mitgefühl zu haben, weil ihr das Wasser bis zum Hals steht wie der Essig 'nem Pickle.«

»Wir sehen uns am Montag«, sagte ich, und nachdem ich die Tür geschlossen hatte, nahm ich das Silbertablett mit den kleinen Käsestangen, um es in den Salon zu bringen, wo unsere Gäste bereits versammelt waren und darauf warteten, daß das Brautpaar die Treppe hinunter zum Empfang kam, ehe es zum Standesamt fuhr. Wir hatten uns auf diese umgekehrte Vorgehensweise geeinigt, weil Mum und Dad, nachdem sie die vorangegangene Woche bei uns verbracht hatten, gleich nach der Hochzeit nach Tottenham aufzubrechen wünschten. Ich mußte Mum große Anerkennung zollen, weil sie einer zivilen Trauung zugestimmt hatte, als vernünftige Notlösung, bis eine religiöse Alternative gefunden war. Und doch mußte ich gestehen, daß ich es leise bedauerte, daß sie nicht ihren großen Tag mit allem Drum und Dran einer Hochzeit in Weiß haben würde. Wie Ben jedoch am vergangenen Abend zu mir gesagt hatte – es kommt der Zeitpunkt, an dem wir uns damit abfinden müssen, daß unsere Eltern flügge werden und das Nest verlassen, um ihr eigenes Leben zu führen.

Apropos mein Liebster, er kam in die Küche, als ich gerade in die Halle hinausging.

»Da bist du ja, Schatz.« Er nahm mir mit geübter Geschicklichkeit das Tablett mit den Käsestangen ab. Ich fand, daß er nie anziehender ausgesehen hatte, als er sich mit lässiger Eleganz gegen die

Tür lehnte – sein dunkles Haar war frisch und duftig, seine Juwelen-augen folgten aufmerksam jeder meiner Bewegungen, als ich ihm den zurückhaltenden Kuß gab, der dem Anlaß der Hochzeit seiner Eltern angemessen war. Meine Hände versuchten wohl, unter sein Jackett zu schlüpfen, um sein warmes, glattes Hemd zu spüren, aber ich riß sie zurück, als er sagte: »Ich wünschte, ich könnte es dir schonender bei-bringen, Ellie.«

»Was ist denn?« Instinktiv griff ich nach einer Käsestange.

»Ich war gerade oben in Mums und Dads Zimmer...«

»Ja.«

»Es war leer.«

»Und?«

»Das Fenster stand weit offen, und als ich hinausschaute, sah ich eine weiße Schleife an der obersten Sprosse von Mr. Watkins' Leiter. Es hat den Anschein, Liebling« – Ben nahm sich auch eine Käsestange –, »als ob meine Eltern durchgebrannt sind.«

»Oh, dann hoffe ich nur, daß sie nach Gretna Green unterwegs sind!« Zum erstenmal seit einer Woche fiel mir ein, wie wundervoll das Leben sein konnte. Liebe heilte alle Wunden. Ich hatte große Lust, zu singen und zu tanzen und das Käsestangentablett in die Luft zu werfen. »Komm mit, Liebling« – ich nahm Ben bei der Hand –, »gehen wir und sagen wir unseren Gästen, daß die große Liebe an die Jugend verschwendet ist!«

Die Leute, die Mum und Dad bei ihrem Fest dabeihaben wollten, waren vollzählig im Salon versammelt. Jonas, der gute, wirkte nicht untröstlich. Tricks sah aus wie das blühende Leben selbst und machte sich jetzt, da die anderen Schwiegermütter aus dem Rennen waren, große Hoffnungen, daß sie die Frau war, die die Martha gewinnen würde. Frizzy sah liebevoll ihren Ehemann Tom an, und Baby Laura kroch über den Fußboden zu Tam und Abbey, die beide in hochzeitli-cher Spitze unverschämt niedlich aussahen. Es war eine Szene zum Herzerwärmen, bis zu dem erschreckenden Moment, als mein einzi-ger Sohn zielsicher ein paar Schritte nach vorn trat und mit einem

Ausdruck in seinen immergrünen Augen, den ich noch nie zuvor an ihm gesehen hatte, mit dem Finger auf Baby Laura zeigte und mit einer Stimme, die alle im Raum verstummen ließ, sagte: »Sie *hübsch.*«

»Das ist mein Junge!« Ben schaute mit großem Stolz zu dem künftigen Casanova hinunter, während alle anderen den kleinen Macho bewundernd anlächelten. Das heißt, alle, bis auf seine Mutter. Denn in diesem Moment blickte ich in die Zukunft und sah mein Geschick in kalten, harten Stein gemeißelt.

»Entschuldige mich einen Augenblick, Liebling!« Ich schubste Ben ins Zimmer. »Mir ist gerade eingefallen, daß ich noch einen *sehr* dringenden Anruf erledigen muß.«

»Willst du Eudora und Gladstone noch einladen?« Sein zärtliches Lächeln war ein genaues Spiegelbild desjenigen, das mein Sohn zur Schau trug, als er tief in die Augen dieses netten, jedoch recht durchschnittlichen neun Monate alten Mädchens blickte.

»Nein.« Es gelang mir, leichthin zu sprechen. »Ich muß drüben in Pebbleworth anrufen.«

»Geht es um die Vorschule, von der du gesprochen hast?«

»Nein.« Ich lehnte den Kopf an seine Schulter. »Ich meine das Kloster, und du weißt ja, wie solche Institutionen sind – sie haben vermutlich eine ellenlange Warteliste. Daher halte ich es als Mutter, die *nur* das Beste für ihren Sohn will, für geraten, Tam so früh wie möglich anzumelden ...«